ゆえに、警官は見護る

日明恩

双葉文庫

ゆえに、警官は見《み》護《つめ》る

十一月二十六日

1

　ドアを前にして武本正純《たけもとまさずみ》は立ち止まった。深く息を吸い込み、姿勢を正してからドアを開けて事務室へと入る。交代時刻の十分前だが、すでに福山《ふくやま》は席に着いていて、事務官の増田《ますだ》となにやら楽しそうに話していた。だが武本を目にして会話が止まる。

「よろしくお願いします」と言って、武本は軽く会釈した。一呼吸遅れて二人がもごもご挨拶を返すのを聞きながら、イスに腰掛ける。二人は会話を再開せず、室内が静かになった。とつぜん、部屋の外から大声が聞こえた。明らかに日本語ではない。武本は入ってきたのとは別のドアに目を向ける。続けて高らかな笑い声が響き渡る。大声を出した男のようだ。さらに重なった数名の笑い声がした。増幅された笑い声の中に、「なんだよ、それ」や「面白《おもし》れー」といった日本語も交じっている。

「そこ、静かに」

厳しい一喝が響き、笑い声がぴたりと止んだ。

外国人、それも陽気な男がいる。武本はそれを心に留めた。

2

「うわっ、マジか！　寒《さみ》ぃ！」

緑色のTシャツ姿のタカシが自分を抱きしめるようにして叫んだ。

クラブのオールナイトのフリーパスは出入り自由だ。午前二時になって外に出ようと言いだしたのはマキの気まぐれだった。

「なら、帰れば？」

白いダウンコートを着込んだマキは冷たく言い放った。

十一月も後半になると東京の明け方の外気温は十度を下回る。さらにすぐそこに運河があるので吹き抜ける冷たい海風に寒さもひとしおだ。息が白い。人混みで熱気溢れるクラブから外に出て来ただけに、その温度差は体感として実際よりも大きく感じるのだろう、タカシが自分の両腕をこすり始めた。

「だからコートを着ろっていったのに」

黒いダッフルコート姿のユズルが呆れた声でタカシに言った。

タカシとその友達のユズルとは、ものの数時間前にクラブで出会ったばかりだ。正直、タカシに声を掛けられたときは無視してやろうと思った。だが、連れのユズルを見て気が変わった。ちらちらと視線が合うことからも、ユズルも自分に興味があるらしい。ラインの交換はすでにした。あとは明日以降、ゆっくりやり取りすればいい。目的は達したものの、問題があった。どうやらタカシは自分に気があるらしい。クラブでも隙あらば身体に触れようとした。その都度さりげなく距離を取って逃げていた。

「寒いー、マキちゃん、温めて」

情けない声を上げながら、タカシが駆け寄って来た。

——冗談じゃない。

ぽっちゃりめのタカシはかなり飲んでいたので、持久力はさほどないだろう。対して自分はさほど飲んでいないし、元陸上部で足には自信がある。タカシが根負けするまで逃げてやろう。捕まらないようにマキは首都高速一号羽田《はねだ》線下の海岸通りを走り出す。

上り下りとも三車線の広い道路は夜中の二時でも車が途絶えず、さすがに信号無視は出来ない。ならばと向きを変えて浦島《うらしま》橋を渡り始める。

身体に当たる風こそ冷たいが、運河をまたぐ橋の上を走るのは気持ちよかった。ジョギングでも始めてみようかと考え始めたマキの目が、右手の対岸に留まった。黄色やオレンジ色の何かが動いている。マキは足を止め、橋の欄干に近づいた。対岸にあるのはまだ新しそうなマンションだ。さすがにこの時間ともなると、どの窓も明かりがついておらず真っ暗だった。エントランスらしき広場の中央にその奇妙な物はあった。高さは二メートルくらいだろうか。

——燃えている。

遅れればせながら正体に気づいた。一体、何だろうと思っていると、コンクリートを叩く足音が近づいてきた。見ると、すでに歩いているタカシと、その後ろにユズルの姿があった。

「マキちゃん、足、速いんだからぁ」

息を弾ませながら言うタカシをマキは無視する。ユズルが「あれって何?」と対岸を見つめて言った。

「ねえ、何か燃えてんじゃない?」

欄干から身を乗り出したタカシがスマートフォンを取りだして向けた。

「誰か近くにいる?」

「いや、いないみたい」

「こんな時間に、誰もいないのに何か燃えてるっておかしくないか?」

「ドラム缶?」

「うーん、それにしては、ぼこぼこした形だな。それに中に何か入っているように見えるんだけど」

さきほどよりも激しくなった炎と黒煙に覆われて、ユズルの言う中までは見えない。

「これだと、ちょっと分かりづらいな」

その時、風で炎がたなびいた。その瞬間、筒状の物体から何かが突き出ているのがはっきりと見えた。

「何か、あの形って。——ああ、そういうことか」

閃いたらしいユズルが納得した声を上げた。

「な〜によ？　もったいぶるなよ」

「あれ、撮影なんじゃないかな」

問われて答えたユズルに「マジっすかー！」とタカシが叫び返す。

「そもそも、こんな時間に周りに誰もいないのに何かを燃やすなんて、火事になったら大変じゃないか。それにあの中のは形からするとマネキンっぽいし。許可を取ってしてるとか、もしかしたら許可なしの泥棒撮りかも。——おい、タカシ！」

好奇心を抑えきれなくなったらしいタカシが走り出した。二人であとを追う。

橋を渡りきり、燃えている物の近くに着くまで二分も掛からなかった。臭いがどんどん酷くなる。もとより湾岸と言っても、海水浴が出来るような綺麗な海ではない。潮の香りには船のオイルの臭いが混じっていて、磯臭さとは違うものだ。だとしても、今燃えている物から出ているらしい臭いとは比べものにならない。もはや、身体に悪いのではないかと思うくらい、今まで嗅《か》いだことがない酷い臭いだ。

マンションのエントランスの広場の中央で燃えさかる物体の前に、すでにタカシが陣取っていた。視界が悪くなるほど、その物体は激しく黒煙を上げている。だが、周囲に燃え広がりそうな物は何もない。タカシはスマートフォンを掲げて、回りながら撮影し続けている。

「誰もいない？」

少しあがった息でユズルが疑問を口にした。ユズルの予想通りならば、撮影の邪魔をするなと誰かが飛び出して来るはずだ。だが周囲には誰一人いない。背後のマンションの一階はすべてガラス張りだったが、その中にも誰もいなかった。

「撮影じゃないよ。誰もいないし、カメラすらないし」

不満そうにタカシが言う。

「ごめん、予想が外れた。けど、だったら、誰が何でこんなこと——。タカシ、危ない、離れろ！」

ユズルはそう叫ぶと、「マキちゃんも離れて！」と言うなり、マキの手を取ってその場から遠ざかりだした。マキも、腕を引っ張られる格好でついていく。

「なんで？　別に何も危なくなんかないじゃん」

警告を聞かずに、その場に残っているタカシに、「馬鹿！　それタイヤだろう？　燃えるぞ！　それもすごい勢いで」とユズルが怒鳴る。

「嘘、マジ？」

じりじりと下がるタカシを尻目に、ユズルはきっぱりと「一一九番通報するから」

と言った。さすがに恐怖を覚えてマキはつないでいた手をそっと離して自分を抱きしめた。

「ちょっと待った！　通報は俺にさせて。一度やってみたかったんだよ」

タカシの身勝手さに、マキはそんなことを言っている場合かと怒鳴りつけてやりたい気持ちに駆られたが、ユズルの手前、ぐっと堪えた。

「だったら、撮るのを止めろ！」

ユズルがそう怒鳴った瞬間、大きな爆発音がして辺りが明るくなった。遅れて「うわぁっ！」と悲鳴が聞こえる。

「やっべ、マジ、危なかった」

駆け寄ってきたタカシの顔は蒼白だった。その前髪が熱で焦《こ》げている。

「大丈夫か？」

案じるユズルに「けど、ちょード迫力映像ゲット出来た」とすぐさまタカシは元に戻る。

「お前がやらないのなら、俺が掛ける」と、さすがに呆れたユズルがスマートフォンのパネルにタッチしだした。

「ちょっと待って、待って！」

タカシが懇願し始めたそのとき、また何か音がした。先ほどの炎が大きくなった爆発音とは違って、何かが崩れるような音だ。三人とも音のした方に目を向ける。重なったタイヤの中に立てられていたマネキンらしきものが、こちらに向かってぐんにゃりと前傾している。

マキは渋谷にある若い女性をターゲットにしたアパレルショップで店員をしている。だから汎用されているマネキン人形の多くがFRP——繊維強化プラスチックで作られていることは知っていた。着替えさせたり運んだことはあっても、もちろん燃やしたことなどない。だとしても燃えたときにあんな状態になるとは思えなかった。きっと溶けてしまうはずだ。何より臭いだ。化学的な悪臭だけでなく、何か別の嫌な臭いが混じっていることに、マキは気づいた。

「——ねぇ、マネキンって燃やしたら、あんな風になるものなの？」

嫌な予感を抱えながら、マキは恐る恐るそう訊ねた。

3

警視庁捜査第一課第二強行犯捜査強行犯捜査第三係に所属する正木星里花《まさきせりか》巡査が港区芝浦《しばうら》二丁目で焼死体が発見されたという一報を受けて現場に到着したのは、日が昇ったのとほぼ同時刻の午前六時半のことだった。現場周辺は、警察と消防関係者でごった返しているのはもちろんのこと、野次馬も集まっている。その中には早くも腕章を着けたマスコミらしき姿が見受けられた。現場保全用の規制線に足早に近づいて行くと、門番のように立つ所轄の制服警察官の鋭い目が向けられる。星里花はスーツの内ポケットに手を入れて、警察バッジホルダーを取り出す。

男女雇用機会均等法が施行され、採用や配置などについての男女差をつけることを禁止して以降、警視庁は女性警察官の採用を増やしている。だが実際のところ、採用人数はさておき、配置についての改革はさほど為《な》されていなかった。長きに亘る男性優位の職業だけに、女性には向かないとされる部署に配属される女性警察官の数は極めて少ない。その最たる部署が本庁の捜査一課だった。だが女性の活躍を謳う政権から、全ての官公庁に改めてお達しが出たからには従うしかない。

警視庁内部でも捜査一課にも女性警察官を、という命令が下り、すぐさま候補者が挙げられた。学生時代、スポーツで優秀な結果を残した者、三親等内に警察官がいる者、警察学校での成績、勤続年数と勤務評価で絞り込み、さらに本人の希望も加味したうえで数名が最終候補となった。

本人には知らされていなかったが、星里花は第一段階では候補に入っていた。他県ではあるが叔父は現役の警部で、その息子である従兄弟《いとこ》は警視庁渋谷署の地域課に在籍している。さらに星里花も高校時代はレスリング部所属で四十八キロ級でインターハイに出場し、全国四位、大学でも全国大会で五位の結果を残していた。だが最終候補には残らなかった。理由は星里花が入庁してまだ二年の二十四歳で、実際の勤続年数が一年に達していなかったからだ。ところが、星里花が非番の日にひったくり犯人を捕まえて、それが報道されたことで流れが変わった。星里花のもとに警視庁捜査一課に配属を命じるという辞令が届いたのは、事件報道の一週間後のことだった。

叔父や従兄弟の話を聞いて警察官を志望し、実際に奉職していたが、捜査一課に行きたいなどとは一度も考えたことがなかっただけに、星里花は困惑した。辞令は同期や気の置けない先輩達による悪戯《いたずら》だとすら思った。だが辞令は冗談などではなく本物で、今から九ヶ月前に星里花は最年少女性警察官として捜査一課の一員となった。

ところが、新たな問題が持ち上がった。星里花は実年齢より若く見えるらしい。捜査一課配属後も聞き込みをしている最中、何度も都民から就職活動中の大学生に間違えられた。それは同僚も同じで、女性で若年となると本庁のみならず、各本署でも刑事課員だとは見なされない。

制服警察官が星里花の手元に目を向けた。とたんに目つきが和らぐ。だがスーツの襟につけた小さな金枠の赤い丸バッジに気づくと、悩ましげなものに変わった。金文字で「S1S mpd」と書かれているそのバッジは警視庁捜査第一課員のみが着けることを許されている。制服警察官はバッジを二度見してから、今度は星里花の全身をしげしげと眺め回す。これももう慣れた。要は、その見た目で本庁捜査一課なのか？　と訝《いぶか》しむ目だ。制服警察官の前まで近づいた星里花は、しっかりと警察バッジを提示し、了解を得てから中へと入った。

本庁の捜査一課が呼び出される現場には、人の塊が幾つも出来る。初動捜査に当たる機動捜査隊、鑑識、所轄の警察官と、それぞれの役付が中心となって、報告事項を取りまとめているためだ。中でも本庁の捜査一課はすぐに分かる。単に私服というだけではなく、他とは違う独特な空気を発しているからだ。すぐさま目指す三係が集まる場所をみつけ、まっすぐに進む。

「早いな」

背後から声を掛けてきたのは同じく三係の係長である鳩羽《はとば》警部だった。「おはようございます」と頭を下げる横を早足で追い抜かれる。

鳩羽三係長も迷うことなく三人の背広姿の男が集まっている場に進む。もちろん星里花はあとを追う。

「始めるぞ」

鳩羽三係長を取り囲むようにして、三係の捜査員が列《なら》んだ。その顔には皆、緊張がみなぎっている。詳細こそ知らされていないが、積んだタイヤの中に立たされ、火を放たれた焼死体がみつかったのだ。近年、警視庁管内を含めて、日本国内で殺人事件は増えているが、今回は明らかに異常な状況だった。

「遺体を発見したのは新堂隆司《しんどうたかし》、北沢譲《きたざわゆずる》、ともに二十一歳の私立大学生と、二十五歳の会社員の神崎真葵《かんざきまき》。芝浦×丁目のクラブ、スタジオインディゴの五階で開かれていたイベントに参加していた。午前二時過ぎに建物の外に出て浦島橋方向に向かったところ、対岸で何かが燃えているのをみつけた。誰かが撮影でもしているのだろうと、二丁目のマンション、ベイサイドポイント1の前まで見物に行って異変に気づき、一一九番に通報した。機捜が着いたときには三人とも興奮状態だったので、今は済生会中央病院にいる」

二十三区内の一一九番通報は東京消防庁の災害救助センターにつながり、通報内容に応じた出動指令が下される。その際、火災や災害と判明した場合は出火報として警視庁の通信指令室に送られ、速やかに現場周辺の自動車警邏《けいら》隊に出動要請をする。さらに事件性があると判断した場合は、機動捜査隊にも出動要請を出す。今回は明らかにそのケースだった。

「所轄が付き添っているが、こちらからも誰か――遠藤《えんどう》、行ってくれ」

「はい」とだけ応えて遠藤がその場を立ち去る。

「手順通り、機捜と所轄が分担して付近を当たっている。目撃者は今のところはいない。不審者、車輛、ともになしだ。もっとも聞き込みを始めて、ようやく一時間だ。何か出るにしたってこれからだ」

聞き込みは事件が起きてから時間が空《あ》けば空くほど、得られる情報は不確かになる。記憶が薄れていくのはもちろんだが、その間に見聞きしたマスコミの情報の影響を受けてしまう者も多い。

「今、確実に分かっている物証は、焼けずに残った十七インチのタイヤ三本のみだ。ただし、メーカーや品番の確定には至っていない。燃焼促進物は臭いからガソリンというのが大方の予想だが、これも未確定。詳細は鑑識を待つしかない」

「被害者の情報は」

星里花よりも四歳年上で捜査員では二年先輩の柴田《しばた》巡査が訊ねる。

「タイヤのお蔭で下半身はさほど燃えなかったから、男性だということは分かっている。解剖が終われば、もう少し詳細が分かるだろう。では分担だ。柴田と正木、二人はスタジオインディゴ内の客と店員の聴取に加わってくれ」

鳩羽三係長の指示に二人は「はい」と返事をして、すぐに対岸のビルへと歩き出した。

十一月二十七日

十一月二十七日午後三時、芝浦二丁目のマンション、ベイサイドポイント1の前で燃焼中の死体が発見されてから一日半、港区三田《みた》署の講堂に設置された芝浦男性死体遺棄及び放火事件の特別捜査本部では、前日に行われた第一回に続き、第二回の捜査会議が始まろうとしていた。通例通り全体の指揮は警視庁捜査一課が任され、今回その長を担ったのは第二強行犯捜査のトップである藤原《ふじわら》管理官だった。講堂内には理事官はもちろん、捜査一課長の下田《しもだ》警視正も顔を揃えている。

初回の捜査会議ならばともかく、二回目にこれだけ集まっているのは異例のことだった。理由はひとえに、今回の事件の特殊性にあった。

特別捜査本部が設置された昨日の午後四時の段階では、まだ遺体の解剖が終わっておらず、殺人かどうかは不明だった。ただ、殺人ではなく遺体が自殺あるいは変死体だとしても、死体遺棄であり損壊なのは間違いない。しかもわざわざタイヤを積み重ねた中に入れ、直立させた状態で燃やしたのだ。どうしても世間の耳目《じもく》が集まる。

さらに困ったことに、現場の対岸にあるビルに入るスタジオインディゴ内にいた客の数名も事件に気づき、写真や動画を撮影して、それをインターネット上に投稿していた。

事件発覚の数時間後から報道を始めたマスコミは、その映像や画像を二次使用して拡散させた。テレビ各局のニュースやワイドショーはもちろん、インターネット上ではニュースサイトのみならず、至る所で今もなお、途切れることなく話題になっている。警察からの発表がまだ何もない状態なだけに、憶測が好き勝手に飛び交っているようだ。それこそ、殺人ののちに焼いた、あるいは生きながら焼かれたなど、事件をよりセンセーショナルなものにして楽しもうという傾向がある。

警察は、どんな事件でも速やかに犯人を逮捕することを目指している。ただ、どれだけ心血を注いで捜査に当たっても、逮捕にはどうしても時間が掛かる。その間に、新たな被害者が生まれてしまうことがある。そして近年、なかなか早期解決へと導けない警察へ批判の目が向けられている。

役職付きが揃って二回目の捜査会議に参加しているのは、そういう状況も踏まえて、今回の事件に対して警視庁は全力を注ぎ、早期解決に努めるという意志の表れに他ならなかった。

会議の進行を任された藤原管理官が立ち上がる。ざわめいていた室内が静まった。講堂内は警視庁捜査一課第二強行犯捜査の強行犯捜査第三、四、五係。さらに放火事件でもあるので第八強行犯捜査火災犯捜査一係。加えて機動捜査隊、鑑識、所轄の刑事も含めて、百人を超える捜査員が詰めていた。その全員の視線が一点に集まる。捜査員達の顔を見回してから、藤原が口を開く。

「それでは、捜査会議を始める。鳩羽、頼む」

「はい」と応えて立ち上がった鳩羽三係長の顔に、緊張が見て取れた。これから報告する内容を知っているだけに、藤原は鳩羽の心中を察する。

「遺体は男性。所持品はなし。着衣は長袖のTシャツにチノパンツ、下着、靴下ともに量販店の商品ですが、詳細は現在鑑定に回していてその結果待ちです。履き物はなし。指紋は表皮が損傷していて採取できませんでした。ただ、これは今回の熱傷ではなく、事前に薬品で処理されたものです」

講堂内がざわつき始めた。わずかな時間にそのざわめきはどんどん大きくなっていく。鳩羽が辺りを見回してから、藤原に目を向けた。報告を続けようにも、今話し出したところで、全員に聞こえないと思ったのだろう。

「鳩羽、続けてくれ」と、藤原は助け船を出す。

その声に講堂内はまた静けさを取り戻した。

「口腔内のレントゲン写真を撮り、東京都歯科医師会に該当者をみつけて貰うよう、協力要請しました。組織はＤＮＡ鑑定に回しました。結果が出次第、警視庁内で保有しているデータと照合すると同時に、東京都医師会にも協力要請します」

被害者の身元につながる物が何一つないことに失望したのだろう、講堂内がまたざわつき始めた。

「じゃぁ、何が分かってるんだ」

だみ声を上げたのは四係長だ。

「身長は百六十八〜百七十センチ、体重は推定五十三キロ。骨密度と骨盤の開きから四十代半ばの男性」

出て来た情報の少なさに不満を覚えたらしく、不満そうな声や溜め息が幾つも聞こえる。

藤原が再度声を上げる前に、鳩羽が「解剖の結果、焼死ではありませんでした」と大声で言った。報告の度にいちいち起こる反応を待っていては、話が進まないと腹をくくったらしい。

「肺、気管支、ともに内部からすすが発見されなかったことから、燃焼時には既に死亡していたとの判断です。死亡時刻ですが」

鳩羽はそこで言葉を切り、ごくりと唾を飲み込んだ。

「まだ確定出来ていません。理由は、燃焼される前に、長時間冷凍されていたからです」

ざわつきは、一気に喧騒へと変わった。鳩羽が負けじと「死因は」と叫ぶ。

「眼球結膜から溢血点が発現していたことから縊死《いし》と判断されました。第一、第二頸椎、舌骨ともに損傷あり。骨折はなし。首つりによる自殺なのか他殺死なのかは、顔と頸部の表皮および筋肉の一部が燃焼してしまったため、判断が難しいとのことです」

首回りの表皮や筋肉があれば何かしらの痕が残っていただろう。それこそ首を吊った物が繊維素材ならば、繊維自体がみつかったかもしれない。そこから自殺なのか他殺死なのか判断が出来たかもしれない。だが燃えてしまって何も残っていない。失望の溜め息が講堂内の各所から上がる。

「なんで目玉はセーフだったんだ？」

再び四係長が訊ねた。

「冷凍されていたために温度が低かったのと、遺体が俯いた状態だったので眼球内部まで完全に燃焼に至らなかったとのことです」

鳩羽はそう言い終えるとイスに腰を下ろした。

「遠藤」

立ち上がった同じく三係の遠藤が、周辺状況についての報告を始める。

「発見者三名と、スタジオインディゴ内にいた客と店員の証言、さらに携帯ツールを集めて確認した結果、発火したのは午前二時七分から十二分の間と考えられます。なお、発火以前に死体遺棄の現場が写っていないかは、今もなお検証中です。死体を遺棄している現場を見たという証言はゼロです。――以上です」

最後の一言には明らかに悔しさがにじんでいた。

続いて、三田署刑事組織犯罪対策課の課長がイスを鳴らして立ち上がる。

「現場のマンション、ベイサイドポイント1については、前回報告させていただいたとおり、十二月一日から入居開始のため、居住者はなし。左隣の倉庫、吉田《よしだ》荷役は夜間には人を置かないので無人でした。防犯カメラはありましたが、自社の前のみが写るように設置されていて、怪しい人物、車ともに映像なし。右隣のビルディング芝浦は、ベイサイドポイント1と同じく本社所在地、新宿《しんじゅく》区西新宿×丁目×番地×の藪《やぶ》長《なが》不動産の購入物件で、現在リノベーションの最中で無人。右三つ横のハイツ芝浦の全戸居住者に話を聞きましたが、目撃情報はありませんでした。こちらも防犯カメラは正面と裏口にありましたので確認しましたが、それらしき人も車も映像なしです。周辺道路のNシステムの映像は現在、確認中です」

タイヤ五本と成人男性をあのような形に設置したのに、徒歩とはさすがに考えづらい。車を使ったに違いない。運ぶ物の量からして、車種も自ずと限られる。ならばNシステムのどこかには必ず写っている。事件の前後に付近の道路を通過した全ての車の所有者を当たっていけば、必ずその中に犯人はいる。だが楽観は出来ない。現場周辺のNシステムの設置場所は、海岸通りと首都高速一号羽田線の下道、旧海岸通り、首都高速一号羽田線、上り下りの入口と出口など、二十四時間交通量が多く、しかも物流車が多い道路だ。なので該当車の所有者をすべて当たるとなったら、相当時間が掛かる。

「人手は足りているか?」

負担を慮《おもんぱか》って藤原は訊ねた。ほんの一瞬の間が空いてから課長が口を開いた。

「――いえ、お願いします」

その声には悔しさがにじんでいた。ちらりとその背後に控える三田署の捜査員を盗み見る。人手が増えると分かって安堵している者など誰一人いない。皆、目を伏せ、ぐっと堪え忍んでいる。

「分かった。早急に対処する」

課長は下げた頭を起こすことなく、そのまま席に着いた。

藤原にはその気持ちは痛いほど分かった。所轄署刑事組織犯罪対策課長として、自分たちだけで犯人の車をみつけ出したかった。だが時間が掛かっては意味が無い。犯人逮捕のために協力し合うのは当然のことだ。だとしても、助けを求めるのは恥なのだ。

三田署の捜査員たちに同情しつつも、その無念の表情を藤原は頼もしく感じた。

十一月三十日

1

蛇口から流れる水を両手に溜めると、洗面台に突っ込むようにして、その水を星里花は顔に浴びせかけた。薄化粧はしているが、長時間にわたる防犯カメラの映像の確認作業を続けた今、もはや化粧なんてどうでもよかった。冷たい水で、ようやく少しだけ頭がすっきりする。首に掛けたタオルを取って顔を拭う。ついごしごし拭きそうになって、さすがにそれは思いとどまり、そっと叩くようにして水滴を拭う。

芝浦で焼死体が発見されてから五日が経とうとしていた。事件当日と翌日の午前中までは、星里花は柴田巡査とともに周辺を聞き込みした。だが午後からは、星里花だけ三田署の捜査本部に呼び戻された。Ｎシステムや首都高速管制室、加えて犯行現場周辺のビルやマンション、コンビニエンスストアを始めとする店舗から集められた防犯カメラの映像は膨大にあり、その確認要員に回されたのだ。

デスクの上に列べられたパソコンでひたすら映像を見ては、車やバイク一台ごとに車種やナンバー、企業名が分かればそれも記述する。ある程度の台数がまとまったら確認班に渡す。所有者やドライバーが確定したら、その情報をもとに外回りの捜査員達が直接出向く。

技術の進歩により、以前よりも格段に見やすくなったとはいえ、長時間ずっと防犯カメラの映像を見続けるのは苦痛だ。それ以上に、硬いパイプイスのおかげで背中も腰もお尻も痛い。

捜査は難航していた。まず、遺体の身元が未だに判明していなかった。指紋を除去されていたことから、指紋の登録がされていたと考えられ、似た体格の男性登録者との照合を始めたものの、その人数は多く、まだ該当者をみつけるには至っていない。外科手術の痕など、個人を特定出来る傷もなく、都内の歯科医の協力は仰いだが、こちらもまだこれからの状態だ。遺体から犯人の痕跡を探した。指紋は検出されなかったが、右足首付近にわずかだが第三者の皮膚の一部が付着していた。ＤＮＡ鑑定を行い、登録されている前歴者のものと照合したが、一致する者はいなかった。目撃証言聞き込み班が得た情報の中には、犯人に繋がる手がかりは何もなかった。

は火の手が上がったあとのものばかりで、直前や直後、つまり準備をしたり、その場から立ち去る犯人の情報はなかった。事件発生時に現場周辺にいた人達から集めた映像や画像も同様で、写っていたのは燃焼中の遺体と、近くに居る発見者三人の姿のみだった。

物証もまた同じだ。遺体を立たせておくのに使われたタイヤは同じ大手メーカーのものが三本、残る二本は違うメーカーのもので、サイズはすべて十七インチ、ゴムの摩耗度から新品ではない、分かったのはそれだけだ。十七インチのタイヤの普及率は高いだけに、入手先を特定するのは至難の業なのは明確だった。タイヤからは複数名の指紋が検出されたが、警察に事前に登録された中には該当者はいなかった。

燃焼促進剤はガソリンと判明した。ただこれもまた大手メーカーのもので、誰でも簡単に入手出来るだけに追跡のしようもない。

こうなると、やはり頼みの綱は防犯カメラの映像だ。犯人の手がかりをみつけるためには、ひたすら作業を続けるしかない。

確認作業を担っているのは所轄の三田署の刑事課と交通課が中心で、捜査一課からは星里花と四、五係それぞれの最年少捜査員の三名のみだ。作業の効率を考えて交代制を取っているが、それは形ばかりだった。所轄の捜査員達は意地になっているのか、仮眠こそたまに取りには行くものの、昼夜を問わずデスクに張りついて離れようとはしない。こうなると、星里花たち警視庁組も休むに休めない。着替えの問題もあるので、さすがに寮には一度戻ったが、入浴を済ませただけでとんぼ返りでまた捜査本部に戻って来た。夜間とはいえ、現場周辺の首都高速一号羽田線や、その下道は物流の中心となる道路だ。高速は午前三時を中心に一時間の通行量だけでも、下り車線のみで三百台はゆうに超える。下道も芝浦ふ頭への通り道になっているために、トラックを中心に交通量はさほど変わらない。その中に犯人がいるかもしれない以上、一台ずつすべて確認して、潰していくしかない。

そんな中、不審な車輛もみつかっていた。ナンバーから盗難車と判明し、犯人かと色めきたったものの、単なる車輛窃盗だった。警視庁がずっと追ってきた組織的な車輛窃盗グループに繋がる手がかりだと判明したことで、十分な益を得たが、今回の事件とは関係なかった。

他にナンバープレート違反車もみつかった。プレートを折り曲げる、見えづらい角度に取り付ける、判別しづらいようにわざと汚す、読み取りづらくさせる効果のあるカバーをつけているなど明確な意図を持ったものはもちろん、装飾用のシールやフチを飾るカバーを付けている車輛も含めると、ゆうに三十台を超えた。前者はさておき、装飾用のシールやカバーに関しては、二〇一五年二月に国土交通省が全面的に禁止すると発表しただけに、発布後に車検を受けていない、あるいは警察にみつかっていないがゆえに、気づかずに使い続けている者もいる。違反車は他の車輛よりも優先的に所有者確認を行っているが、今のところ犯人らしき人物はいない。

三日目に入っても、まだ何の情報もつかめていないことから、本部は当初の犯行現場半径二十キロから、さらに二十キロ範囲を広げて防犯映像を集めることにした。その結果、ナンバーを偽造をした白いハイエースを発見した。一般道に面した場所にあるカラオケスナックと、同じく一般道に面した個人の住宅から提出された防犯カメラの映像の二つに、その車は写り込んでいた。カラオケスナックの映像は正面からで、個人住宅の映像は後部からのものだ。どちらも解像度が低く、乗車している人間の顔までは判別出来ない。カラオケスナックの映像では運転席と助手席、さらに後部座席に一名の合計三名が乗車していることは分かった。

現場からカラオケスナックの距離は三十一・四キロ。撮影時刻は午前一時三十七分、そして個人住宅から現場の距離は三十七・三キロ、時刻は午前二時四十六分。偽造ナンバー車が犯行時間の前後に犯行現場の近くを走っていた。しかもこの二つの映像にしか写っていないのならば、意図的にカメラのない道を走ったことになる。それらから、カラオケスナックの前を通過し、現場に到着して犯行におよび、すぐさま立ち去り、その際に個人の住宅の前を通過した、という推理がなされた。

捜査本部は色めき立ち、偽造ナンバーのハイエースを優先的に追うべく、すぐさま映像確認と外回りをあわせた班を一つ作った。そしてその役目は星里花を始めとする警視庁捜査一課からの映像確認班が担うこととなった。今のところ、犯人に繋がる可能性が高いと目されるだけに、これまで以上に注意を払って星里花たちは映像を見続けている。だがどれだけ捜しても他の防犯カメラには偽造ナンバーの白いハイエースは写っていない。

鏡に映る自分の顔に星里花はどんよりとした気分になる。目の下には濃いクマが浮かび、肌も荒れている。さらに口の中が痛み出した。睡眠不足や不摂生が続くと、口内炎が出来る。この痛みは間違いないと分かっていたが、念のために下唇を指で引っ張って鏡で確認する。下唇と歯茎の境目にぽつりと白いものが出来ていた。いつもと同じ場所だ。どこに出来ようと口内炎は痛い。だとしても、口を動かす度に確実に痛くなる場所なのは、やはり納得がいかない。持ってきたポーチの中に入れているビタミン剤を口に放り込む。蛇口を捻り、流れ落ちる水を掌《てのひら》に溜め、それで薬を飲み込む。

まだ先は長い。そう思うと星里花は溜め息を吐きそうになった。だが沈んだ気持ちを吹き飛ばそうと気合いを入れ直すべく、両手で頬をぴしゃりと叩こうとしたそのとき、館内放送の前に流れるブザー音が聞こえた。

『警視庁から各局、三時十六分第四方面新宿管内発生、火災事件につき、二機1中隊長、特車2中隊長宛、二機1中隊長は新宿へ。なお、芝浦死体遺棄及び放火事件との類似性高しとのこと。各警戒員は、周辺の不審者に対しては徹底職質、事件との関連性につき、職質を徹底追及願いたい、以上警視庁』

星里花はトイレから駆け出た。隣の男子トイレからも捜査員が飛び出てくる。その横を一気に追い抜くと、そのまま全速力で講堂に向かって走って行った。

2

管轄内に日本有数の歓楽街・歌舞伎町《かぶきちょう》や、一日の平均乗降者数が三百四十二万人を超える新宿駅を擁するだけに、新宿署が扱う事件の数は多い。当然、それに対応するために人員も多く、二十四時間、三百六十五日、署内が静まることはない。とはいえ、平日の午前三時ともなると、さすがに物音は減る。だが今夜ばかりは違っていた。

午前三時十六分、西新宿×丁目×番地の藪長不動産ビル前で何かが燃えているという通報が入った。三分後に臨場した自動車警邏隊から、燃えているのは人体だと無線報告されて以降、署内は蜂の巣を突《つつ》いたような騒ぎになった。重ねられた自動車のタイヤの中に立たされた人体が燃えているというその状況は、四日前に港区芝浦で起きた死体遺棄及び放火事件と限りなく似ていた。招集をかけられた警察官達が続々と集まって来る。指示や確認の声が飛び交うところにアナウンスの声が重なり、署内は喧騒に満ちていた。

その一報は留置管理課の増田事務官にも届き、さらに留置担当官達にも伝わった。本来ならば同じ建物内にいるのだから伝達など不要と思われるだろうが、留置管理課だけは別だ。勾留中の留置人——未決拘禁者（被疑者・被告人）を動揺させないために、このフロアにはアナウンスは流されない。加えて床と壁には防音設備を設《しつら》えている。しかしながら外の物音を完全に遮断することは出来ない。警察車輌や消防車がサイレンを鳴らして通り過ぎるのみならず、新宿署からも次々に出場していく。これではどうしても何か起こったと気づき、留置人が騒ぎだす。担当官は何が起きているのかは知らせず、避難が必要な災害ではないとのみ伝える。鳴り止まないサイレンの音に、その説明では納得出来ない留置人が質問を繰り返す。だとしても返答は変わらない。

交番勤務の警察官は交通違反を捕まえろ、切符を切れと、刑事は検挙率を上げろ、犯罪抑止率が落ちていると、上から成果を求められる。だが留置担当官に求められる仕事は厳正勤務と事故防止の二つのみだ。厳正勤務とは、決められたことを決められたとおりに行うことをいい、事故防止とは留置人の逃走防止と自殺防止の二つを指す。決まった時間に決まった行動をし、留置人の身柄と安全を管理する、留置担当官の仕事内容はそれに尽きる。それゆえ留置人を落ち着かせるのも担当官の大切な仕事だ。だから何度でも案じる必要はないと繰り返し答える。

そのやりとりが始まってすぐに、じきに留置人を一人送ると刑事課から伝達が入った。留置管理課が被疑者や被告人を引き受ける際、事前に事件内容が伝達される。送られてくるのは、酔った上での暴行傷害の現行犯で成人男性だという。世間を騒がせるであろう大きな事件が起きている一方で、酔っ払いの暴行事件も起こる。それが日本最大の歓楽街を有する新宿署の日常だ。

伝達から三十数分後の午前四時十九分、ブザーが鳴った。

新宿署の留置場は収容人数六十名を超える警視庁内でも大型の施設で、昼間は八名の担当官が勤務に当たっている。だが、午後五時を過ぎて当直体制に入ると五人勤務となる。さらに夜間になると、五人のうちの二人が仮眠に入る。一人が監視席に常駐し、残る二人が巡視や留置人の身柄引き受けを担っている。

その時刻の担当は、武本と福山巡査の二名だった。武本は福山を伴って扉へと向かった。扉の中央上部にあるスライド式の小窓を開けて外を覗くと、刑事課の巡査と俯いている男の姿が見えた。

「成人男性一名、お願いします」

「成人男性一名ですね。了解しました」

小窓を閉めてから錠を解いて扉を開ける。背後から「開錠」と監視席に着く留置担当官が復唱する。

「入って」

巡査の声に素直に男が従った。

「所持品です」

巡査が差し出したビニール袋を福山が受け取る。その中には男の所持品である携帯電話と財布、キーホルダーに付けられた鍵が二つ入っていた。

近づいて来た男から強い酒の臭いがした。相当飲んでいるようだ。

武本は男を観察する。両腕ともだらりと下げ、右拳には絆創膏が貼られている。男は武本よりも頭一つ背が低く、さらに俯いているので顔は見えない。一歩下がって男の顔を覗く。酔いが醒めてきたのだろう、生気の無い土気色に見える。眠いのかそれとも今の状況にショックを受けているのか、瞼は閉じられていた。男の瞼がわずかに動いた。隙間から目が見える。瞳が妙に黒々としていた。

瞳が黒々と見えるのなら瞳孔が開いている。つまりは興奮状態にある。ならば暴れたり騒いだりする可能性がある。

武本は男についての伝達内容を思い出す。

氏名は柏木研吾《かしわぎけんご》、五十三歳。前科はなし。個人営業のトラックドライバー。暴行傷害の現行犯逮捕。西新宿×丁目×番地×のパチンコ店の前で、通り掛かった男性二名と諍《いさか》いを起こし、相手の顔面を殴った。「ひどく酔った男に殴られた。激しく暴れていて手がつけられない」という被害者からの通報に、通信指令センターはすぐさま現場最寄りの新宿駅西口交番に複数臨場を指示した。五名の警察官が現場に着いた時には、男はすでに道路に座り込んでいた。だが激しく暴れたのは事実らしく、殴られた二人の男のうち一人は鼻血を出し、もう一人はシャツのボタンが飛んでいた。暴行を働いた柏木はすんなりと罪を認め、暴れることなく到着した自動車警邏隊のパトカーに乗り、新宿署に連れてこられた。

伝達内容に薬物反応はなかった。ただ酔っているだけだ。ならば時間の経過と共に醒めていくだろう。

福山が口を開きかける。遮《さえぎ》るように「今から手順に従って勾留の手続きをします」と武本は柏木に告げた。福山の口元がわずかに歪んだ。仕事を奪われたと思ったらしい。

だが武本がそうしたのには理由があった。

留置場に勾留される被疑者は様々だ。大別すれば、罪を犯した自覚がある者、無実の者、罪を犯してはいるが本人には自覚がない者の三つに分けられる。問題はうしろの二つだ。これらの被疑者は勾留自体に納得しておらず、不当な扱いを受けていると思っている。だから逮捕から勾留、そして釈放に至るまでの警察や検察の対応すべてに不満を抱き、些細なことでも高圧的な言動をされたと公言する。

それこそ緊張を解くためや被疑者から情報を聞き出すために、あえて親しげに接すれば、馴れ馴れしいとか軽んじられたと、強めの言葉や言い方をすれば、威圧されたなどと訴える。

彼らの立場で考えれば、気持ちは分からなくもない。無実なのに罪人扱いされ、様々な権利を奪われ、ときに自分よりも年下の警察官からぞんざいな扱いを受ける。憤りを感じるのは無理もないだろう。そして彼らの多くは、調べれば無実だと分かるのに、どうしてこんな対応をされなくてはならない、警察や検察の怠慢だ、不当に威圧して権力を楽しんでいるのではないか？　とすら思う。

懸念しなければならないのは、社会に戻った際、体験談をネットなどに公開されることだ。誰もが自由に自分の意見や体験を発信できる時代となった今、新宿署の留置場での対応が酷かったなどと書かれると、それをもとにクレームをつけてくる個人や民間団体などもいる。

だが、警察や検察の立場から考えれば仕方のないことなのだ。勾留中は、全員がまだ被疑者、または被告人だ。留置担当官が知り得る情報は逮捕に至るまでであり、進行中の捜査内容は特殊な重要事犯以外は知らされない。さらに言うのなら、個人ごとに対応を変えることは出来ない。一律の対応をしなければ差別となるからだ。

だとしても、わずかな気遣いで誤解を回避することは出来る。たとえば、対応を誰がするかだ。担当官と留置人の関係は、一方的に指示を出す者とそれに従う者だ。

から被疑者の年齢が高い場合は、可能な限り年輩か年が近い担当官が対応する。それだけで留置人の不快な気持ちをわずかかもしれないが緩和することは可能だ。

福山巡査は二十六歳で、武本よりも十歳以上年下だ。高卒で入庁し、足立《あだち》署の交番勤務から生活安全課に異動し、新宿署の留置管理課所属となった。いわゆる刑事部の刑事への王道を辿っている。

留置場勤務が刑事部への王道となっているのには理由がある。昭和期の後半くらいまでは留置場は刑事課の施設だった。なので取調べを中心に刑事の都合がまかり通り、その結果、「警察の留置場は代用監獄と化していて、冤罪事件の温床になっている」という人権派の批判が出始めた。それをかわすために組織上では刑事部から切り離され、留置管理課として警務部の所属となった。だがそれは組織上の話で、配属されているのは元刑事課所属か、次に刑事課に異動する見込みの者が圧倒的に多い。そして日中の取調べを終えて居室に戻ってきた留置人の言動を監視し、逐一刑事課に報告を上げているのが現状だ。

そして武本は前者で、福山は後者だった。

福山はよく言えば向上心がある、悪く言えば貪欲な男だった。役職でいえば武本は警部補であり、巡査の福山が生意気な態度を取ることなど、規律の厳しい縦社会である警察では許されない。だが福山の方が武本よりも留置管理課への異動が三ヶ月早い。加えて、事情があって刑事課から異動してきた武本に対して、レールから外れた落伍者と見下している節が日頃の言動から窺えた。そんな福山だけに、どうせなら手柄の一つでも立てて刑事部に異動したいと考えているらしく、機会があれば刑事課に自身の活躍をアピールしようと余念がない。

だが、柏木は酔った勢いの暴行傷害事件での逮捕で、しかも初犯だ。この場合、被害者との話し合いの結果、起訴に至らず示談で結着する例は多い。だとすると七十二時間後には釈放となり、自由の身として社会に戻る可能性がある。だから武本は慎重を期して、自分が対応することにしたのだ。

あとで福山にきちんと話さなくてはと思いながら、「今から身体検査をします」と柏木に告げた。福山がさっさと身体検査室に向かって歩き出す。その背に向けて手を差し示すと、返事こそなかったが、柏木は素直に従ってあとに続いた。

机とイスが三脚、必要書類や器具を入れた物入れ、他には身体測定用の身長計と体重計のみが置かれた五畳程度の小さな身体検査室内に三人とも入る。ドアを閉めてから、男の手錠を福山が外し、腰に巻いた縄を武本がほどいた。

「服と靴を脱いで下さい」

武本の声に、柏木はすぐに反応しなかった。福山が強めの語気で「服と靴を脱いで」と告げた。のろのろと柏木は手を上げると、黒いジャンパーのジッパーを引き下ろし始めた。福山が口を開く前に、武本は物入れからスリッパを取り出して柏木の足下に置き、「脱いだものは机の上に置いて下さい」と伝えた。

柏木が靴を脱いだ。有名スポーツメーカーの紐付きの黒いスニーカーだった。相当履き古しているらしく、ゴム底がかなりすり減っている。武本は持ち上げると、ひっくり返した。何も落ちてこなかった。続けて中を覗く。やはり何もない。今度は紐を外して、布地の重なった箇所を開く。そこにも何もなかった。作業をしながら、武本は柏木の顔、ことに目を盗み見ていた。伏せられた顔の瞳はやはり黒々としている。まだ酔いが醒めきっていないらしい。

柏木が脱ぎ終えたジャンパーを机の上に置いた。すぐさま福山が上から手で服を押すようにして中に何も隠されていないか探る。何もなかったらしく、続けて福山が「シャツを」と鋭い声で言った。柏木は脱いだ長袖の白いTシャツを机の上に置く。ジャンパーと同じく福山が手で確認しながら、「次はズボンと靴下を」と告げる。濃いグレーのズボンのポケットを中心に、黒い靴下も含めて念入りに調べる。何もない。柏木はパンツ一枚で呆然と立っていた。武本は机の中から金属探知機を取り出した。

「では、両手を上げて下さい」

武本に言われた通りに柏木が両腕を上げて立つ。身体中にくまなく金属探知機を当てていく。毛髪に覆われた頭部はことに丁寧に、さらに足も片足ずつ上げさせ、両足の裏まで丁寧に調べる。反応はなかった。武本が金属探知機を机の引き出しにしまっていると、「その場で足を少し開いてジャンプして下さい」と福山の声が聞こえた。

躊躇《ちゅうちょ》したのか、柏木は指示に従わなかった。

「足を少し開いて跳ねて」と言って武本は自ら手本を見せた。怪訝《けげん》な顔をしながら柏木が真似をする。何も落ちて来ない。

「OKです。では、足を横に大きく広げてスクワットをして下さい」

言いながら今度も武本が手本を見せた。大きく足を開き膝を深く曲げ、床近くまで低く腰を落として立ち上がる。三度続けてから「どうぞ」と告げる。

何をさせられているのかを察したらしく、柏木の表情が悔しいとも悲しいともつかない複雑なものに変わった。小さく溜め息をつくと、柏木は武本の真似をして大きく足を開いてスクワットを始めた。今度も何も落ちては来ない。三度目を終えて柏木は動きを止めた。

次は身体測定だ。福山が告げるだろうと思っていたが、口を閉ざしていた。そうするに至った心情が武本には予想できた。自分でやりたいのなら、どうぞご勝手に、ということだろう。武本は溜め息を押し殺して「次は身体測定をします」と柏木に告げる。

武本が柏木の身長、体重、足のサイズを測定し、数値を告げると、福山は復唱することなく記入用紙に記載していく。つづけて全身の観察に移る。A4サイズの記入用紙には表と裏の二体の人体図が印刷されている。そこに痣《あざ》や傷、手術の痕や注射の痕、入れ墨はもちろんホクロまで、すべて記入していく。

男の身体にはこれといった特徴はなかった。両腕に打ち身らしき痕、さらに右拳に怪我をしていたが、どちらもさきほどの暴行事件で出来たもののようだ。

「身体測定は終了です」

福山は相変わらず口を閉ざしたままだった。しかたなく、武本は柏木にイスを勧めてから先を続ける。

「続いて着衣を一つ一つすべて検査して書類に記入します。どうぞ座っていて下さい。

少し時間が掛かりますが、できる限り急ぎますので、申し訳ありませんが我慢して下さい。ですが、どうしても寒いようでしたら服を貸します」

書類に書き込んでいた福山の手が止まった。だがすぐにまた動き出した。そうした理由の想像はついた。呆れているのだろう。

留置場内は冷暖房装置などにより二十四時間快適な温度が保たれている。なので下着一枚でも寒いということはない。だから以前は調書が完了するまでそのままの格好にさせていたが、人道的な見地から服を貸す提案をするように改善しろと通達が出た。とは言え、多くの管理官が無視してこれまで通りにしているのが現状だ。理由は記入が終わった服はすぐに着て貰って構わないからだ。一枚記入するのに三十秒と掛からない。それに留置場が所有するトレーナーやジャージは貸出こそ無料だが、洗濯代は勾留者の負担となる。それらまで説明していたら、勾留手続きに時間が掛かってしまう。だが武本は通達に従っていた。上からの指示が全て効率的で正しいものとは限らない。だとしても、規則なら守るべきだと思っているからだ。

イスに腰掛けた柏木が頭《かぶり》を振った。

「それでは、一緒に確認して下さい。記入を終えた物から着て貰って構いません。ただし靴はこちらで預かります」

武本は物入れからサンダルを取り出して、柏木の足下に置いた。柏木が小さく頭を下げてからサンダルに足を入れるのを見ながら、福山の横のイスに腰掛ける。

幸いなことに柏木の着衣にはベルトを始め、紐状の物がなかった。自殺防止のために、紐状の物は没収することになっている。裾や袖が破れかかっている服も、引きちぎって紐を作る可能性があるので没収対象となるが、それもない。

脱いだ服を一点ずつ、着やすいように肌に近い物から、種類、色、特徴などを武本が柏木に確認する。福山はその内容を用紙に書き込んでいく。服が終われば、今度は持ち物だ。柏木がすべての服を着終えるのを待っていると、福山がさきほど刑事課の巡査から預かった柏木の所持品の入ったビニール袋をどさりと音を立てて机の上に置いた。

「次は所持品です。これは釈放時に、持ってきた物をすべてお返しするために行う作業です」

所持品は留置場で保管され、釈放される時に目録とともにすべて返却するだけに、重要な作業だ。

まずは財布を取り出す。中の現金、免許証、クレジットカードなどだけではなくレシートに至るまで、すべて確認して名称と数を記載し、目録を作製する。鍵の束についても、それぞれ何の鍵なのかを柏木から聞き、もれなく記載した。

柏木の持ち物は少なかった。スマートフォンが一台。使い古した黒革の二つ折りの財布。中にあったのは、現金七千五百四十二円、免許証、クレジットカードが一枚だけだ。レシートどころか、ポイントカードや会員カードの類《たぐ》いも一切ない。鍵は自宅とトラックのもので、それぞれ緑色と黄緑色のキャラクターがついたキーホルダーにつけられている。

「このキーホルダーは？」

キャラクターに名前があるのなら、それも記載しなければならない。だがそんなことを問われるとは思っていなかったのだろう。初めて柏木が武本を見つめてきた。さきほど見たのと変わらぬ黒々とした瞳が、まっすぐに武本に向けられる。何か底知れぬものを秘めたような暗い色に、武本はわずかに身を乗り出した。そのとき「キャラクターの名前」と福山が強い口調で訊ねた。柏木は顔を伏せると、「モリゾーとキッコロです」と小声でぼそぼそと言った。

「なんか見覚えあるんだけれど」

キーホルダーを指先でつまみ上げて言う福山に、「愛知万博のキャラクターです」と柏木が答える。

「あー、いたね、こんなの」

福山はキーホルダーを机の上に放った。金属製の鍵が机に当たってがちゃんと耳障りな音を立てた。緑色のキャラクターが仰向けになっている。武本は柏木を見つめる。柏木は顔を上げなかった。机の上の鍵すら見ずに、ただ俯いたままでいる。

「それじゃぁ、これ読んで」

記入し終えた福山が留置場での注意事項、禁止事項などを印刷した紙を取り出して柏木に渡す。施設内では犯罪行為をしてはならない、他者の迷惑になるような行為をしてはならない、手紙の発信や面会の決まりなどの規則と生活時間の流れなどが列記されている。

柏木は机の上に紙を置き、下を向いて記載された内容を読んでいる。初めて勾留される者は、この注意書きの内容に驚いて、何らかの反応をする。だが柏木はただ静かに黙読している。その様子にも武本は引っかかった。

「もしかして、寝てない？」

からかうように福山が言うと、柏木は「いえ、読み終わりました」と小さな声で答えて、手で紙を押しやった。

「荷物はこちらで預かるんで。今から留置室に案内するけれど、その前に逮捕・留置されたことを伝えたい人がいるのなら言って。一カ所だけだよ」

留置人は勾留直前に指定した一カ所にのみ、連絡が出来る。ただし本人ではなく、担当官からだ。さらに相手の氏名と番号を伝えなくてはならない。つまり番号を記憶している相手のみだ。携帯電話が普及して電話番号を登録できるようになり、自力で記憶する必要がなくなったこともあり、この時点で多くの留置人がパニックになる。逮捕時に携帯電話を所持していたとしても、直接自分で操作することは出来ない。代わりに担当官に登録番号を調べて貰うことは可能だ。ただしロックがかかっていれば暗証番号を伝えなくてはならないし、調べて貰う際には、どんな人達が登録されているかなどの個人情報を担当官が見ることになる。

柏木は俯いたまま黙していた。携帯電話の登録番号を調べようかと武本が提案しようとしたそのとき、「ありません」と柏木が答えた。

「ないの？　本当に？」

福山の驚いた声に「はい」と柏木が言った。

いったん留置されれば釈放になるまで外には出られない。最短で釈放されたとしても二日間は留置場にいることとなる。一人の人間が拘束され、連絡がつかなくなるのだ。家族や友人、学校や職場などには、連絡しておくべきだろう。着替えの服や下着も必要だ。貸し出しはしているが、やはり自分の物の方がよいだろうから、ほとんどの留置人が、面会の際に持ってきて貰う。それに洗面用具などの許可された生活必需品や、提供される食事以外の食品を購入するために現金も必要だ。所持している現金が多く、その中で済めば問題ないが、持ち合わせのない場合は弁護士を立ててカードを預けてキャッシュディスペンサーで引き出して貰うなどしなくてはならない。

だが連絡を拒む留置人もいる。身寄りがないとか、恥ずかしい、迷惑を掛けたくないという気持ちから、あるいはどうせすぐに釈放されると軽んじてしているのなら問題は無い。ただ、何か隠し事をしている可能性もある。

武本は柏木を注視する。

ふて腐れているようには見えない。個人経営のトラックドライバーだから雇用主はいない。財布の中に家族の存在を感じさせる物もない。ならば連絡する場所がなくてもおかしくはない。それでも念のために、武本はもう一度訊ねた。

「本当によろしいのですか？」

柏木は今度もまた、小さな声で「はい」とだけ言った。

「まぁ、また連絡する機会はあるから」

投げやりに福山は言うと、机の上の書類を束ね、音を立てて揃える。

「じゃぁ、今から留置室に案内するから。それから、あなたの番号は九十七番。今後は名前ではなく、この番号で呼ぶので」

武本の了解を得ずに福山は聴取の終わりを告げた。音を立ててイスから立ち上がると、物入れの中から便紙を数枚取り出して机の上に置いてから柏木に手錠を掛け始める。無言のまま武本も腰縄を巻いた。


身体検査室を出て廊下に戻ると、すぐ隣の扉をノックし「成人男性一名、お願いします」と告げた。中から「成人男性一名、了解しました」と声が聞こえ、続けて扉が開けられる。監視席のカウンターの横を通り過ぎ、留置室へと進む。監視席の正面に、下半分を目隠しで覆われた鉄格子の居室が列んでいる。なので担当官は席にいながら室内の様子を監視することが出来る。

被疑者の罪状に拘わらず、初日は原則的に一人居室に勾留することとなっている。

理由は様々ある。万が一にでも共犯者がいようものなら口裏を合わせられてしまうから、単純に泥酔していたり、薬物の副作用で暴れたりして他の留置人に被害が及ぶのを避けるため、そして何より逮捕直後でショックを受けていることもあり、一晩一人にすることで気持ちを落ち着かせるためなどだ。

しかしながら新宿署管内の犯罪件数は多い。週末や休日、夏休みや年末年始ともなると、留置場は満員になってしまう。基本的に留置人は勾留順に居室に入れることになっている。けれど例外もある。一人居室が薬物使用、泥酔などの興奮状態にある者で満室の場合、問題がなさそうな留置人は最初から大部屋に入れるしかない。だが幸いなことに、今夜は一人居室が空いていた。

留置場は夜間でも完全に消灯はされず、居室内には少し明かりを落とした状態の蛍光灯が点《つ》いている。深夜にもなると静かで、聞こえてくるのはトイレの物音やいびきくらいだ。担当官も日中の通常の短靴から音のしない運動靴に履き替えて、十五分おきの巡視も足音を忍ばせる。そんな中、ペタンペタンという柏木のサンダルのかかとがリノリウムの床を叩く音が響いていた。

「音、立てないように歩いて」

福山が小声で注意をした。柏木は一度立ち止まると、音を鳴らさないようにすり足で歩き始める。

福山は収納庫のある右奥には進まず、まっすぐ居室に向かおうとしていた。房の中には布団はない。居室ではなく収納庫にあるので、留置人は布団を朝夕二回、担当官の管理下で出し入れすることになっている。

「福山」と声を掛けると、福山は武本に目をやらずに柏木に「まもなく、起床の時間だ。今日は布団は我慢してもらう。寝ている者を起こさないように室内では静かにするように」と告げた。

たとえ一時間であろうとも、就寝時間だ。留置人には布団を使う権利がある。さすがにこれは問題がある。だが武本が口を開く前に柏木が「はい」と応えた。

時刻は五時半になろうとしていた。午前六時半の起床まで時間はわずかだ。ここで福山と揉めて柏木の居室入りが遅れることが得策だとは武本も思わない。だが、この件についても、やはり福山と話さなくてはならないと、心に刻みつけた。

一人居室の前に着いて、鉄格子の引き戸を開けながら福山が「開錠」と言った。監視席の担当官が今度も「開錠」と呼応する。柏木の手錠と腰縄の二つの拘束を解き、

「それでは、両腕を上げて下さい」と武本が告げる。

さきほど隅々まで身体検査をしたばかりだが、居室に留置人が出入りする際には、改めて必ず身体検査を行う。今一度、服の全てのポケットや上着の袖やズボンの裾などの折り返し部分など、何かを隠し持てそうな場所に留意して、何もないことを確認した。

「OKです。サンダルを脱いでから上がって」

柏木は小さく「はい」と応えるとサンダルを脱いで居室内に入って行く。四畳に満たない畳敷きの部屋の中にあるのは作り付けの本棚と木製の文机、あとは洋式のトイレ、水のみが出る水道と、その上のタオル掛けのみだ。

初めて勾留される者は、室内を見回し、その設備にショックを受け、皆一様に途方に暮れる。柏木の頭が動いた。室内を見回しているようだ。その姿はひどく落ち着いているように武本には見えた。訝しく思った武本は柏木をさらに注視する。言葉を発さないことに業を煮やしたのか、福山が「はい、これ、受け取って。初回分のみのサービスだからね」と便紙を柏木に差し出した。振り向いた柏木が便紙を受け取る。

「トイレの説明するから」

居室内のトイレには水洗装置はついていない。使用後に担当官に声を掛ければ、担当官が外にある水洗装置で流す。室内に便紙はないので、大をもよおしたときは欲しいと、次回からは担当官に伝えることを淡々と福山が伝える。

水洗装置を備えていないのは証拠隠滅を避けるためと、留置人の健康に留意するためだ。紙がないのは、以前に大量の紙を飲み込んで窒息を図った留置人がいたためだ。どちらも相手の人間性を貶《おとし》めたり恥をかかせるためではない。

だとしても留置人、ことに女性や、男性でも初めて留置される場合は人権を侵害されたと思う者は多い。だからトイレの説明を受けると、皆一様に某《なにがし》かの反応を見せる。だが柏木は振り向くことすらしなかった。

「喉が渇いたときは、水かお湯のどっちか言って。ああ、ハーフっていうぬるま湯もあるから」

担当官は留置人の要望があるごとに、水かお湯かぬるま湯を渡すことになっている。

「――もう五時回っているのか。とにかく少しでも寝てアルコール抜いて。起床は六時半。そのあと順番に洗面。タオル、歯磨き粉、歯ブラシ、プラスチックのコップ、石鹸《せっけん》、シャンプーの全部で千二百五十円」

留置場は集団による共同生活なので、口臭による苦情を避けるためと、虫歯などで歯科医に掛かる機会を作らせないために、自前の物を所持していない留置人には、初日にアメニティグッズ一式を購入させる。これに関して留置人に拒否権はない。所持金がない場合でも、代理人や弁護士が準備をして保釈時に徴収することになっている。

柏木が振り向いた。顔には相変わらず感情が窺えない。だがショックで状況が分からずに呆然としているようには見えない。言い表すのなら無表情だろう。だが瞼の下に見える細められた目は、やはり黒々としている。

留置管理課に引き渡されてから、一時間近く経過している。アルコールならばそろそろ瞳孔反応が収まってもよい頃だ。

福山が扉を引く。金属製の檻状のドアがガシャンと音を立てた。施錠を終えた福山が上げた「閉錠」の声に、監視席の担当官が「閉錠」と呼応する。福山はさっさと担当官のカウンターに戻り始める。だが武本はその場から動かなかった。

すでに柏木は背を向けていた。ゆっくりと畳の上に腰を下ろすと、そのままごろりと仰向けに寝転がる。瞼は閉じていた。武本は柏木をしばらく見つめる。瞼の下の眼球は動かず止まっている。どうやら眠りについたらしい。武本は足音を立てぬように注意してその場を立ち去った。

すぐに午前六時半になり、起床時間となった。留置場の一日は点呼から始まる。武本は担当する三号室の前に立った。室内の留置人を部屋番号とともに番号の若い順に読んでいく。

「三号室二十七番」

「おう」

腕にタトゥーがある目つきの悪い男が応えた。強盗傷害三十八歳、共犯者が未逮捕。勾留十九日目。男の情報を思い出しながら、全身を武本は見回す。怪我もないし、顔色も悪くない。

「三号室三十九番」

「はい」

根元がだいぶ黒くなってきた金髪の男が返事をする。デリヘル経営、売春防止法違反および青少年健全育成条例違反。十四日目。――問題なし。

留置人の健康管理は担当官の重要な仕事だ。罪を犯したとされる五名ほどが八畳の部屋の中で共同生活をしているだけに、トラブルは起こりうる。
続けて四十番——窃盗容疑の五十三歳、四十三番——窃盗容疑の四十一歳、五十五番——覚醒剤取締法違反の三十二歳と点呼を続ける。三人とも異変はない。

「開錠」の武本の声に、すでにたたみ終えていた布団を持ち、五人が通路へと出てくる。五人が一列になって収納庫に布団を下げに行き、洗面所で洗面をすませてから居室へ戻る。武本はそれに随行し、再度点呼を取ってから入室させる。次は室内の清掃だ。布団を下げた際に取り出した清掃用具一式を留置人に渡す。留置人たちは相談することなく、それぞれ清掃作業に入る。武本はその様子を観察する。ポイントはトイレを誰が受け持つかだ。

居室に持ち込める物は限られているし、掃除は毎日するので室内はさほど汚れていない。だがトイレは別だ。トイレの清掃用にはバケツと雑巾とトイレ用のたわしを渡す。だが専用の洗剤はない。自殺防止の観点から洗面用の石鹸を使用している。流しで石鹸を雑巾にこすって泡立て、その泡をバケツに絞り出す。それを何回か繰り返して溜まった液体を洗剤として使用する。衛生面はもちろん、手間が面倒なので率先してトイレ掃除を受け持つ者は少ない。留置日数の長さや年功序列などで同じ留置人がやり続けている場合、不満が高じて喧嘩が生じることはままある。

バケツを手にして流しに向かったのは五十五番だった。前日は四十三番だったと引継書にあった。どうやら三号室は公平に当番制にしているようだ。

清掃が終われば朝食の時間となる。武本は受け取った清掃用具を収納庫に片付けたその足で朝食を取りに行く。留置人の食事は新宿署が契約している業者から三食届けられる。朝夕は米食で、平たいプラスチックの弁当箱には仕切りごとに白米、主菜、副菜、漬け物が入っていて、昼食のみがパン食となっている。朝夕食には味噌汁一杯が付き、あとは三食ともに白湯を提供している。冷たい、味が薄い、不味い、量が少ないなどの不評を受けて以前より改善されてはいるらしい。だが、それでも決して美味しいものではないし、量も変わっていない。

朝食を配り終えれば、食事が終わって空容器の回収をするまで担当官の手は空く。その時間を利用して、武本は柏木のいる一人居室へと向かった。

柏木はこちらに背を向けて胡座《あぐら》をかいている。弁当を食べているのは、腕の動きから分かった。留置されたてだとショックで食事が喉を通らない留置人は多い。だが柏木は違うらしい。しっかりと食事をしている姿に安堵するとともに、意外と神経は図太いらしい、と思う。

武本の視線に気づいたのか、柏木は手にしていた弁当を畳の上に置いて振り向いた。驚いた様子はない。何の感情も窺えない顔でこちらを見つめている。瞳は正常な状態に戻っていた。時間が経過して酔いは完全に醒めたらしい。どうやら気にしすぎだったようだ。そう思いながら、武本は監視席へと戻って行った。

午前九時になって、ブザーが鳴った。規定通りに確認のうえ扉を開けると、第一当番の担当官が入って来た。

引き継ぎは口頭では行わない。当番中、言動や体調が気になった留置人がいたら、その内容を監視席にある書類に記載し、交代した担当官がそれを読む。あるいは事務室に戻ってから書類に記載し、のちに事務官が監視席へ届けることになっている。

勤務を終えた武本は、今日も恙《つつが》なく当直を終えたことに感謝した。

留置場は何も起きないことが当たり前とされている。だから一旦何かが起これば厳しい処分が待っている。当直中、居眠りをしようと、何も起こりさえしなければ始末書で済む。留置人同士の喧嘩で、留置人が通院が必要なほどの傷を負ったとしても同じだ。だが逃走や自殺した場合はそうはいかない。その時間を受け持った担当官はもちろんのこと、上司にも処分が下る。

監視席に座り居室に注意を払い、十五分おきに巡視し、留置人を監視する。水やお湯が欲しいと言われればそれに応じ、もよおしたと言われれば便紙を渡し、用を足したと言われれば水を流しに行く。

地域課、刑事課と武本はこれまで能動的な職務ばかりをこなしてきた。事件が起これば、帰宅もままならない過酷な職場だ。だが事件さえ起こらなければ、手が空くときもあった。対して留置場の仕事は受動的だ。だが勤務中に気を抜くことは許されない。

二週間の事前研修を終えて配属となり、武本はこの新しい環境になかなかなじむことが出来なかった。異動して一年半が過ぎようとしている今もなお、それは変わっていない。だが不満はなかった。与えられた仕事を全うする。武本はそれだけを常に心がけていた。

事務室に戻ると、福山と事務官の増田が興奮した声で話し込んでいる。

「目と鼻の先じゃないですか！」

「そうなんだよ。しかも、港区の例の事件と似ているんだって」

冷凍保存された遺体を重ねたタイヤに入れ、遺棄放火した事件のことだろう。どうやら近くで同様の事件が起きたようだ。サイレンが途切れることなく聞こえ続けた理由が分かって武本は納得する。

「ウチに特捜立つんじゃないですか。しかも合同特捜になるかもしれないじゃん。うっわー、俺、そっちに加わりたい！」

福山が心底悔しそうな声を上げた。

管内で遺体遺棄及び放火事件が起きたのだから新宿署に特別捜査本部は設置される。しかも港区の事件と似ているとなれば、合同特別捜査本部となる確率は高い。

「本部ってウチかな、それとも三田かな？」

「本庁だろうよ」

同じく当直だった豊本《とよもと》警部が穏やかな声で割って入った。

「え、本庁？」

「どちらかに情報を集めるのも、一方のみに足を運ばなくてはならないのも不公平だし、合同特捜となったら、もっとおエライさんが出てくることになる。だったら本庁にしたがるだろうよ」

刑事畑を歩み続けた豊本の言葉だけに信憑性があった。

豊本が渋谷署刑事課から新宿署の留置管理課に異動となったのは、二年半前のことだ。五年前に脊柱管狭窄症になり外科手術を受けてそのときは完治した。だがその一年後に違う関節でまた発症してしまった。再度、手術を受けようとしたが、重度の糖尿病も発症していたために、外科医は全身麻酔での手術を勧めなかった。

定年まであと三年、刑事として現場で警察人生を終えることを望んでいた豊本は迷った。だがこの先も続く人生を考えて断念することを決めた。走れないのはもちろん、長時間歩き続けることも困難となっては刑事として役に立たない。今までの功績から、後続への指導を中心に内勤として刑事課に残ることを上から勧められたそうだが、豊本はきっぱりと断った。そして自ら留置管理課への異動を申し出た。同僚の活躍を指をくわえて見ているだけの留守番などごめんだったし、留置管理課はこれから刑事になる若手を育成する場でもあるからちょうど良いと考えたのだ。

希望はかなったものの、留置管理課の仕事は予想以上に立ったり座ったり歩き回ったりが多い。痛み止めを飲む度に「失敗したよ。大人しく刑事課に残れば良かった」

と豊本は愚痴をこぼしている。それでも留置場内で何かが起これば、誰よりも先に現場に駆けつける。それに留置人への対応も上手い。叱るべき時は叱り、優しい対応をすべきときはする。先入観を持たずに留置人を正しく観察できるからこそ、状況に応じた硬軟自在の対応が可能となる。豊本はそれを体現していた。武本にとって豊本は理想の担当官であり、尊敬すべき警察官でもあった。

「じゃぁ、合同特捜に入れば本庁にも行く可能性があったってことですか？　なんだよー、ビッグ・チャンス逃したぁ」

福山は異動前に上から留置管理課の勤務は二年で、次は刑事課だと聞かされたという。事実ならば、事件が半年後に起きていたら刑事として捜査に加われたことになる。

「まぁ、次があるさ。――本当は、あっちゃぁ困るんだけれどな」

残念がる福山を励ましたあとに、さりげなく窘《たしな》める言葉を続ける。失言に気づいた福山が「すみません」と小さく詫《わ》びた。

「やる気があるのはいいことだよ。ところで福山。お前、明け方来た九十七番に布団出さなかったな」

福山はちらりと武本に視線を送ると、すぐに戻した。おそらく言いつけたと思っているのだろう。だが武本はそんなことはしていない。

「薬が切れて痛くて眠れなくてな。お前がしゃべってんのが聞こえたんだよ」

仮眠室は留置場内にあるので、声が聞こえたとしてもおかしくはない。

「音を立てないためという判断は間違ってない。でも、一応、訊かないとな。九十七番は酔っ払って暴行した初犯だろ？　示談になれば明後日《あさって》には前も付かずに自由の身だ。そのあとで酷い扱いを受けたとか言われたら面倒なことになる。油断大敵だ。――合同特捜、入りたいんだろ？」

穏やかな表情で苦言を呈し、最後はにやりと笑って豊本は締めた。

神妙な顔つきこそしていたが、口元には不服が表れていた福山だったが、最後の一言は刺さったらしい。すぐさま「すみません、今後気をつけます」と言って頭を下げた。

「そんじゃ、ちょっくらトイレ行ってくるわ」

豊本は慎重にイスから腰を上げ始めた。痛みが生じない角度と動きを保ち、時間を掛けて立ち上がる。安堵の息を吐き終えてから歩き出した。すれ違い様、武本に向かってわずかに片方の眉毛を上げてみせた。一連のことは自分を慮ってのことだと武本は気づく。

「お疲れ様でした」

感謝の気持ちを込めて、武本は頭を下げて豊本を送り出した。

十二月三日

1

十二月三日の午前八時、武本はいつもよりも十五分早く新宿署の正面入り口に到着した。

十二月は特別警戒月間なので、もとより新宿署内は他の月よりはざわついている。だが、今日はその比ではなかった。三日前の武本の当直日に西新宿の藪長不動産ビル前で起きた事件の特別捜査本部が署内に立っていたからだ。

武本が通常よりも早く出勤したのもそれが理由だ。特別捜査本部が設置されると刑事課だけでなく、ことに事務方の職員の多くが本部の手伝いに回される。事務方が手薄になると、通常業務に支障が出る。そのため余裕を持って早く出勤したのだ。

三日前に武本達が当直時間を終えたときは、事件が発覚してからまだ数時間しか経っておらず、分かっていたのは藪長不動産ビル前で人体らしきものが燃やされていた

ということのみだった。重ねられたタイヤの中に人体が入れられ、燃やされていると
いう状況は、その五日前に起きた芝浦の死体遺棄及び放火事件と全く同じだった。そ
れらから、同僚の福山は連続事件だと予測し、すぐさま合同特別捜査本部が立つだろ
うと予測した。だが、そうはならなかった。当日のうちに、二つの事件の相違点が発
覚したからだ。

管轄内で起きただけに、武本も事件については留意していた。三交代の非番と休日
である二日間、新聞やテレビのニュースを極力見るようにしていたので、マスコミ報
道の範囲内のことは知っていた。

被害者は吉井文規《よしいふみのり》・五十歳、藪長不動産都市リノベーション事業部長であることは
当日のうちに、さらに翌日には解剖の結果、死因はインシュリンの過剰摂取による殺
人であること、死亡時刻は午前二時頃、つまり通報の一時間ほど前だと判明した。
マスコミは三日前に芝浦で起きた事件との共通点と相違点を取り上げ、同一犯か、
はたまた模倣犯かと、識者による憶測を交えて報じ続けている。

実際のところ、芝浦の事件は未だに被害者は正体不明だ。死因が縊死なのは確定し
ているが、自殺か他殺かも未だに特定できていない。死亡時期は再検視の結果、火が
回っていなかった膝より下の冷凍焼けの状態から、死後七日から十日間は冷凍保存さ
れていたと判明したという。遺体遺棄と燃焼に関しては、使われたのはどちらも大量
に流通している中古のタイヤとガソリン。場所は港区芝浦と新宿区西新宿と違うが、

どちらも藪長不動産の所有物件の敷地内だ。

状況的に同一犯の可能性は高いと目されていた。ただ、相違点もあった。最たるものは、被害者の扱いだ。

芝浦の被害者は今なお身元不明、つまり身元に繋がる物は徹底的に排除されていた。だが新宿の被害者は、運転免許証入りの財布や携帯電話を身につけたままだった。すぐに身元が判明したのはそのためだ。

死因についてもだ。同一犯ならば、遺体が完全焼却されずに発見されることは、すでに分かっているはずだ。新宿の現場は、背後の藪長不動産ビル内はもちろん、周辺の道路も二十四時間完全に無人になることなどありえない。人気《ひとけ》の無い芝浦よりも確実に発見も通報も早い。ならば、死因——殺人を隠す気はなかったことになる。同一犯だとするなら、大きな矛盾だ。

それに、まだマスコミ発表はされていないが、今回は犯人達の映像があるはずだ。芝浦では犯人達は防犯カメラを徹底的に避けていて、その映像はみつかっていないという。けれど、新宿の現場は藪長不動産ビルの内外部はもちろん、周囲の道路にとりつけられた防犯カメラに、確実に犯人達の姿が記録されているはずだ。

武本はエレベーターホールではなく、まっすぐに階段へと向かう。特別捜査本部は七階の講堂に設置されている。エレベーターは本部に参加している捜査員達の行き来や、飲食物や資料や備品などの運搬のために、通常よりも使用頻度が高く、しかも混んでいる。その邪魔をしたくないからだ。一階と七階講堂の捜査本部とは離れている。だが一階を通った捜査員達の熱気が、残り香のごとく、宙に漂っているように武本は感じた。

殺人事件が起きて特別捜査本部が立てば、捜査に携わる警察官は早く犯人を逮捕しようと意気込む。それは警察官の本分だし、同時に手柄を挙げたいという欲もある。だが今回はいつにもまして熱気があるようだ。

芝浦の事件ではまだ被害者の身元すら分からないが、こちらはすでに判明している。無差別殺人でない限り、被害者の周辺を探っていけば、必ず犯人はいる。何より犯人達の映像がある。映像に判別がつくほど明瞭に犯人の顔まで写っているかは知らないが、単独犯なのか複数犯なのかはもちろん、犯人の体格、そしてどちらから来てどこへ去って行ったのかなどの情報は、既に得ているに違いない。二つの事件には類似点も多く同一犯の可能性も依然捨てきれない。ならば三田の捜査本部よりも先に犯人を逮捕したいと誰しもが狙っているに違いない。

武本は階段を上り始める。同じ考えの者は多いらしく、いつもよりも利用人数が多い。エレベーターを待つ時間を惜しむ捜査員が行き来したのだろう。さきほど感じた残り香のような熱気は、階段からも感じられた。だが留置管理課のフロアに入ると、その熱気は完全に消失した。

署内で何が起きていようと、このフロアだけは隔離されたかのように、常に静寂に満ちている。

ドアを開けて事務室へと入った。着席していた事務官の増田に挨拶をすると、もごもごと挨拶らしき言葉を返される。

二十八歳の増田は警察官ではなく、事務職員として勤務する警視庁職員Ⅲ類での入庁者だ。情報通と言えば聞こえはよいが、早い話がゴシップ好きで、職員のことから、今扱っている事件のことまで、署内のあらゆることを知りたがる。どうやら情報を持っていることに快感を覚える性質らしい。福山とは歳も近く、双方が情報源となれることもあって、気が合うらしく仲が良い。

武本が異動してきた当初、増田は何くれとなく気を遣ってくれた。同僚として、新人の面倒を見てくれているのだと感謝し、極力話をしようと努力した。だが話題は武本個人についてが多かった。

過去の事件については守秘義務があるので話すことは出来ない。その点は察しているらしく、あくまで武本個人の感想だとか心情として聞かせて欲しいと増田は言ってきた。だとしても池袋署時代の事件にしても、横浜でのホテル立てこもり事件にしても、銃で撃たれた感想を問われても「痛かった」としか武本には答えようがない。それでは納得がいかないのか、増田はまるで医師の如く「ずきずき痛いんですか？　それとも、かーっと熱くなるような痛みですか？」と詳細を訊ねてきた。だがもはや完治しているし、痛みの種類を感じ取り、さらに覚えておく余裕はどちらもなかったので答えようがない。

まして横浜での事件で少年を撃ったときの感想など問われたところで、何一つ言うべき言葉はなかった。

撃った瞬間は何も感じなかった。音や反動による衝撃などの肉体的なものも、人を、それも少年を撃ってしまったことへの感情も、何一つなかった。ただ覚えているのは、行動を共にしていたホテルマンの西島《にしじま》に支えられて、その場を立ち去るときに見た少年の背に鮮やかな赤い穴が開いていたことだけだ。

事件収束後、少年の死因は頭部への銃撃で、武本が撃ったのが直接の死因ではないことが判明した。それでも武本は病室のベッドの上で、他に方法があったのでは？と、自問自答をし続けた。その答えは未だにみつかっていない。

銃を撃った瞬間に「何も感じなかった」のは事実だ。だが、誤解を招く可能性は高い。なので無言で通した。さすがにバツが悪くなったのか、増田はそれ以上訊いてこなかった。

私生活についても質問されたが、独身であること、現在は交際している女性はいないこと、父親は健在であることくらいしか伝える情報はない。休みの日は何をしているのか？という質問だけには答えることが出来た。昇級試験の勉強に費してきたが、先日合格したので、今はこれと言ってない。なので今、探している最中だと伝えたものの、増田はもの足りなそうだった。

潮崎《しおざき》警視のことも訊かれた。何かと話題の人物である潮崎と、今後職場を同じくする可能性があるから、事前に知っておきたいという建前だったが、自分の見解よりも、実際に同僚となったときに増田自身が判断するべきだと答えた。潮崎のことを上手く説明できる自信などなかったし、何より自分の発言で不用意な先入観を与えるのは増田、潮崎の両方に申し訳ないと思ったからだ。

どれだけ話しかけても、会話が弾まないどころか続きもしないことにさすがに増田も諦めたらしく、その後は声をかけてくることがなくなった。当初は申し訳なく思っていた。だがのちに増田に話した内容が、他の留置担当官に筒抜けになっていると知って、その気持ちは薄れた。

知られて困ることは何もなかったが、やはり断りもなく吹聴されるのは良い気持ちがしない。まして、福山をはじめとする担当官達が、増田の段階なのか、自分達からなのかは分からないが、勝手に脚色や感想交じりの事実と違うことを話しているのを聞けばなおさらだ。

武本は増田にはっきりと「事実と違う話が広まっているのは迷惑です」と伝えた。増田は、一度ぐっと詰まったものの、すぐさま淀みなく「許可を得ないで話したことには詫びるが、自分は聞いたそのままを伝えた。間違ったものが広まっているのなら、それは自分の責任ではない。聞いた人達の問題だ」と言い訳をした。武本は、「二度とないようにして貰えれば結構です」とのみ言って話を終わりにした。それ以来、増田はあからさまに武本を避けるようになった。だが業務には支障はないので放っておいている。

福山の姿はない。そのせいか自分の席に着いているのに増田はどこか所在なげだ。だが福山がすでに署内にいるのを武本は知っていた。到着時に、嬉しそうな顔で書類の束を抱えてエレベーターに乗り込む姿を見かけたからだ。どうやら特別捜査本部の雑務の手伝いを率先してやっているらしい。交代時間に間に合えば、それまで何をしていようと問題はない。

武本は席に着き、日報と引継書に目を通した。留置人それぞれの釈放、検察への送検、勾留延長、面会者の名前と所要時間などにはじまり、日中に留置場内で起こった全ての出来事が記載されている。留置担当官達は、食事や休憩の際、交代で事務室に戻る。そのときに引継書と日報を書くことになっている。

三号室の二十七番は昨日起訴されて拘置所に移送された。三十九、四十、四十三、五十五番の四名は未だ勾留中だ。部屋ごとに留置人のそれぞれの状況を確認していく。五号室にさしかかって、九十七番が入室しているのに気づいた。勾留後、取調べを受けたあとに、一人部屋から移されている。通常の流れではある。だが武本は違和感を覚えた。

九十七番は暴行傷害の現行犯で逮捕された。現場で本人が罪を認め、抵抗することなくパトカーに乗って新宿署に連行された。署内での取調べにも素直に応じた。被害者の一人は出血こそあったが、鼻血程度だったこともあり、ならば今回は軽微な犯罪とみなされる。この場合、逮捕と取調べで犯人が罪を認めれば、通常は検察官が被疑者の同意を得て簡易裁判所で公判を開かずに書面審理で刑を言い渡す略式起訴の形が採られ、被告人は一定額以下の罰金や、または科料を支払いさえすれば、すぐに釈放となる。

だが三日目の今日も勾留中だ。しかも取調べの予定も入っている。だとすると、無罪だと前言を翻した、それ以外は思い浮かばない。逮捕時は泥酔していたこともあり、あっさり罪を認めたものの、酔いが醒めて覚えていないこともあって、無罪を主張する被疑者は珍しくない。ならば今日中に検察官が裁判官に勾留請求を出す。勾留が決定すれば、さらに十日間の延長となる。

——確か、柏木という名前だった。

頭の中に、柏木の黒々とした目が甦った。それが妙に引っかかる。立ち上がり、柏木のファイルを持ってくる。

——留置当日は、誰にも連絡しなかった。

だが酔いが醒めて気も変わったに違いない。連絡先を確認しようと、留置当日と昨日までの柏木の記録を確認する。だが連絡相手の氏名と電話番号の欄は当番弁護士のみだ。

——天涯孤独の身ということなのか？

続けて所持品のリストを眺める。昨今では多くの人が財布の中に店の会員証やポイントカードなどを入れて持ち歩いている。それを一点ずつ全てを記載するのでリストは当然長くなる。だが柏木の所持品は驚くほど少なかった。その中に家族の存在を感じられる物を探すが、それらしきものはみつからない。一般的に、持ち物を見れば持ち主の人となりが分かると言われている。だが柏木の所持品リストからは彼がどういう人間なのか、まったく伝わってこない。

唯一、その背後に何かを感じ取れるものは、愛知万博のマスコットキャラクター二つがついたキーホルダーだ。万博の開催からはずいぶんと時間が経っている。キャラクターの塗装も所々はげていた。それでも使い続けているのなら、何か思い入れがあるのかもしれない。

ぼんやりとキーホルダーを思い出しながら、そんなことを考えていた武本の頭に、新たな疑問が過《よぎ》った。

——トラックは？

トラックの鍵がここにあるのなら、本体がどこかにあるはずだ。現行犯逮捕された現場は新宿署から目と鼻の先で、周辺にトラックを駐《と》められるような駐車場はない。離れた場所にあると考えるべきだ。あるいは飲むためにあらかじめ自宅近くに置いてきたのかもしれない。ならばトラックのことを気に掛けなくてもよいのかもしれない。ただトラックの心配は不要だとしても、個人で仕事を請け負っているのなら、客先へは連絡を入れたいはずだ。とは言え、こちらも依頼された仕事を終えていて、さらに今後の予定がまったくないのならば、必要はない。

だとしても、まったく誰にも連絡をしていないというのに、武本は引っかかっていた。こうなると、事件の詳細が記録されている取調調書を読んでみたい。取調調書は刑事課が管理しているので、ここにはない。だが、頼めば読むことは出来る。これは暗黙の了解で許されている。休憩時間に柏木の調書に目を通そうと決めた武本は、広げていたファイルを閉じて元の場所に戻した。

「おはようございます」

事務室のドアが開くと同時に声がした。階段を駆けてきたのだろう、福山の顔は紅潮している。興奮の冷めぬまま、まっすぐに増田の許へ行くと「いや、なんかもう、すごいんですよ！」と弾んだ声で言った。

すぐさま増田がそれに応える。

「本庁捜査一課の第四強行犯捜査の殺人犯捜査第三と四係の二十人に、第八の火災犯捜査第二係の一班五人も投入してるんだって？」

福山は武本と同じく交代勤だが事務官の増田は常勤だ。捜査本部が立てられてから今日で三日目になるが、その間に情報収集をしたらしい。

「これだけの事件だから当然だろうけれど、デカい本部だよな」

感嘆した声で増田が続ける。

一般的に、捜査本部の総人数は四十人程度とされている。捜査一課からは一個係——一班五人編成の二班分となる十人が投入され、残る三十人は本部を立てた所轄の刑事課員や、近隣署の刑事課の応援などによって構成される。だが今回の本部には第三と四係のすべて四班分に、さらに火災犯捜査第二係の一班五人の二十五人が投入された。ならば所轄も同様に増員態勢だろう。つまりは通常規模の倍以上の規模の本部だということだ。

「実は、もっとデカくなりそうなんだよ」

嬉しさを隠そうともしない満面の笑みで福山が言う。

「さらに増員？」

「じゃなくて」

「まさか、三田と合同になるとか？」

盗み聞く気はないが、事務室は広くない。まして向かい合わせにされた机二台分しか離れていないところで話しているだけに、嫌でも話が聞こえてくる。三田署の本部と合同になるのなら、二つの事件の犯人は同一だということに他ならない。

「だって、捜査一課長の下田警視正がそう言ったの、俺直に聞いたんだから。俺、下田捜査一課長、生で初めて見ました。挨拶もしちゃいました——！」

両手を高々と突き上げて、晴れやかに福山が声を張り上げる。

「それでか！　だから昨日、春山《はるやま》参事官が来てたんだ。てっきり視察なんだと思っていた」

「うっわー、見たかったなー！　俺、参事官クラスの生キャリアって、まだ見たことないんですよ。見たかったな、生キャリ〜」

「生キャリアってなんだよ。しかも、すぐに略すなよ。でも、合同特別捜査本部になるんだから、解決するまではここにも来るだろうから、見られるんじゃないの？」

「増田っちと違って、俺、交替勤務だから、タイミング合うかな？　うわー、見たい〜、生キャリ〜！」

自分で作ったばかりの造語が気に入ったらしく、福山は重ねて言った。

所轄に勤務していると、それこそ捜査本部が立つような事件が起き本部のメンバーに選ばれない限り、本庁捜査一課長には、まして参事官が本部に参加すること自体なかなかないので、出会うことはない。だがどれだけ役職が上の相手であろうと、管区内で起こった事件の解決のために立った捜査本部の参加者に対して「見た」というのは、何かが違うだろうと武本は思った。

「けどさ、ウチが本部になるの？　総務課が予算がないって泣きそうになってたけど」

捜査本部にかかる費用は立った署の予算から出すことになっている。もとより捜査本部は管区内の本署に作られるため、その分の予算を給付されてはいる。だが今年に入って新宿署内に捜査本部が立つのは二回目だ。二月に大久保のアパートで独居老人絞殺事件が起こった。犯人は同じアパートに住んでいた五十代の男で、理由は日頃からの騒音トラブルだった。本部総人数は四十二名、犯人逮捕まで掛かったのは六日で、本部は設置から七日で解散した。捜査本部としての期間はかなり短い方だ。だとしても、七日間の間、四十二名の捜査員達の備品や夜食、仮眠用の布団のクリーニング代などにかかる費用はけっこうなものだ。そこにきて、今回の本部は通常の倍の人数態勢だ。そのうえ合同特別となったら、かかる費用はさらに膨れ上がる。

「それが、情報共有のために、合同特別本部は本庁内に作るみたいな感じなんだよね」

つまらなそうな声で福山が言う。豊本が言っていたとおりになったと武本は思った。

「だったら、捜査一課長も参事官もウチには滅多に来ないんじゃないの？」

「だよなぁ」

先ほどまでのはしゃぎっぷりと対照的に、落胆した福山が肩を落とした。だがすぐさま、また弾けた声を上げる。

「そんなことより、俺、犯人の映像見ちゃった！」

「え、マジで？　うっわぁ、いいな、うらやましい！」

それまで増田が自慢をし、福山がうらやましがっていたが、その構図が逆転した。福山が勢いこんで話し出そうとしたそのとき、ドアが開いた。

「おはようさん」

挨拶をしながら入ってきた豊本に、室内の三名がそれぞれ挨拶をする。

「それで、それで？」

終わると増田はすぐに話の続きを福山にせがんだ。

「犯人は三人組。全員、帽子とマスクを着けていて、上は長袖、下は長ズボンの全身黒ずくめ。それで画面がこうだとして」

福山が両手でディスプレーを模して長方形を形作る。

「左上の方から、こう」

福山の様子に目を留めた豊本が「なんの話だ？」と割って入る。

「本部で見てきた犯人の映像です」

得意げに即答する福山に、「よく潜り込めたな」と呆れた声で豊本は言ったが、それでも犯人達の映像の話には興味があるらしく、腰を庇いつつゆっくりとイスに座りながら、「それで？」と促した。

「左上からまず二人が入って来て。黒いナップザックを背負った細身の一人目がタイヤを三本、何も背負っていない小柄な二人目が二本を、こう列べて一気に転がして」

福山は身体を折るようにしてタイヤを転がす仕草をしてみせる。

話だけ聞けば簡単なようだが、実際にタイヤを横列びにして一緒に転がすのは、かなり難しいだろうと武本は考える。

「タイヤって、そんな風にして転がせる？　ばらばらになるんじゃないの？」

「ガムテープを貼って繋げてあったんだよ」

増田の質問に、福山が得意げに答える。

民放のワイドショウでは各局、どうやって犯人が現場をセッティングしたのかの考察が為されていた。一番多かったのは、「すべてセットし終えた状態で台車に乗せて運ぶ」だった。だが局によっては分解して運んだ可能性についても取り上げていて、実際にスタジオにタイヤを持ち込み、アナウンサーやコメンテーターに転がさせていたところすらある。三十代の男性アナウンサーが、試しに二つ列べて転がそうとしたが、タイヤは思ったようには動かず、それぞればらばらの方向に転がっていき、それを追ってスタジオがちょっとした騒ぎになっていた。騒ぎが収まったのちに、タイヤは一人で一本転がすしかない。それで何往復かするとなると、時間が掛かって目撃される可能性が高くなる。やはり台車に載せて短時間で済ませたのだろうという推測を立てて、その番組のコーナーは終了した。番組を見ていた武本も、その推測には納得した。だが、事実は違ったらしい。

「二人の後ろから、人を背負った二人よりも体格の良い三人目が来て」

三人目が地面に背負ってきた男を下ろしている間に、二人がタイヤの穴を横にしたまま五本列べた。一番小柄な一人がタイヤをまとめて支えて、残る二人が背負ってきた男の肩と足をそれぞれ持ち上げ、タイヤの穴の中に通すように押し入れた。それを三人がかりで起こして縦にした。一番小柄な一人がタイヤに貼り付けていたガムテープを剝がす。ナップザックを背負っていた男が中から三十センチほどの長方体のものを取り出し、蓋らしき物を開け、準備し終えたものに大きく腕を振って中に入っている液体をかけ始めた。すべてかけ終えたらしく男が身を引くと、今度は人を背負ってきた体格の良い男が近づいた。男の手がタイヤに伸ばされ、タイヤに触れたように見えた次の瞬間、火の手が上がる。

「三人は、それぞれ左上、右下、左下の方に走って行きました。そのあとは、二分後に藪長不動産ビルの警備員が近づくまで映っていたのは燃えている被害者だけです」

身振り手ぶりを入れながら説明していた福山が話し終えた。

「――犯人は三人」

息を漏らすように増田がそう呟いた。その目はまだどこにも漏れていない犯人の情報を得たという喜びに輝いている。

「ここだけの話ですからね！」

あわてて福山が警告を発する。

「当然だ。おっと」

言いながら、豊本がドアを見る。直後にドアが開いて、残りの留置担当官達が続々と室内に入って来る。

「この話はここまでだ」

小声だがはっきりと豊本は言った。興奮して話し続けようとしていた福山と増田も真剣な顔になり、そのまま口を噤《つぐ》んだ。

2

十二月三日の午前九時から、芝浦男性死体遺棄及び放火事件と新宿不動産会社社員殺人死体遺棄放火事件の合同特別捜査本部の第一回の会議が本庁内で始まった。双方の本部で知り得た情報の交換のみで終了まで一時間も掛からなかった。三田署と新宿署から呼び出された刑事や鑑識や交通課の長たちは、我先にと争うように講堂をあとにする。

室内には本庁一課長の下田警視正以下、理事官、各強行犯捜査の管理官である本庁組の役付と、合同特別捜査本部の事務や連絡を担う刑事部の事務官のみが残された。

「問題は、人手だな。今、さらに何か起きたら、さすがに動きが取れない」

呟くように言ったのは、第二強行犯捜査管理官の藤原警視だった。

殺人事件を担当する警視庁捜査一課の第二強行犯捜査第三、四、五係と、第四強行犯捜査第三、四係、さらに第八強行犯捜査の火災犯捜査第一、二係までがこの二つの事件の捜査に投入されていた。残された他の強行犯捜査も手が空いているわけではない。十月二十九日に江東《こうとう》区で起こった二十六歳地下アイドル殺人事件の捜査本部もある。すでに犯人のめどは立っているが、現在、韓国に滞在しているので、未だに逮捕には至っていない状態だ。この非常事態に下田一課長は捜査二課、三課、さらには捜査共助課と刑事総務課にも協力依頼を出した。それぞれ何名か人を回して貰えることにはなったが、それでもどうにも手が足りていない。

新宿署が入手した藪長不動産ビルの防犯カメラには犯人達が写っていた。新宿署の本部は、すぐさま周辺道路のNシステムや、個人所有の防犯カメラの映像を集め、不審な車の割り出しを開始した。そして偽造ナンバーの白いハイエースを発見した。三田署の本部でもまったく同じ偽造ナンバーの白いハイエースを発見していたが、新宿では逃走時には三名ではなく、二名のみが乗っていたというのが相違点だった。

白いハイエースに乗った三人組に的を絞って捜査を行いつつも、身元が判明した被害者の吉井文規の周辺、さらには二つの現場ともに藪長不動産の所有物であり、被害者の一人も同社の社員だったことから、藪長不動産自体も調べていかねばならない。映像の確認、車の場当たり、被害者周辺と会社自体への聞き込みとなると、捜査員の数はさらに必要となる。

「失礼します」

開け放たれたドアの外から大きな声が聞こえる。「どうぞ」と下田が応えると、白いシャツ姿の男が早足で入ってきた。

「刑事総務課長補佐の浜松《はままつ》です。各課長からの人員リストを預かってきました」

「ありがとう」

下田は受け取った紙にさっそく目を通す。警視庁の捜査一課だけでも三百五十名を超える人数がいる。まして刑事部総員となると、ゆうに千名を超える。一課長の下田でさえも、さすがに全員の顔と名前を一致させることは出来ない。それでもある一名の名前に引っかかった。同時に総務課長が自らは足を運ばずに、課長補佐を寄越した理由が分かった。浜松に何か訊ねたところで、選んだのは彼ではないので答えようがない。

無言を続ける下田に、理事官が「どうかしましたか？」と声を掛けた。下田は何も言わずに紙を手渡した。すぐさま読み始めた理事官の目もある一点で留まった。下田の目が留まったのと同じ位置だ。理事官は顔を上げると声のないままに下田を見つめる。異変を感じた第二強行犯捜査管理官の藤原が「よろしいですか？」と声を掛けて理事官の手から紙を受け取った。しばしの沈黙ののちに、ようやく口を開いた。

「――これは、外して貰いますか？」

「その方がよいだろう」

理事官も同意した。下田も同じように考えていた。だが、その名前に引っかかってリストの最後まで目を通していなかったのを思い出し、再度、リストを受け取って読み始める。

「あいつを捜査に加えると、ろくなことにはならないから」

「それに、新宿には奴がいるんじゃないのか？」

理事官の質問に藤原管理官が右手の人差し指と親指だけ伸ばして銃の形を作ってみせた。それで理解したらしく、理事官が「ああ」と声を上げる。

「でも現場ではないよな？」

「留置管理課のはずです」

二人の会話を聞きながら、下田はリストに目を通し続ける。捜査二課に差し掛かって、またある名前で目が留まった。思案したのちに下田は口を開いた。

「いや、外す必要はありません。彼にも本部に参加して貰います」

二人の顔が驚いていた。下田はリストを机の上に置くと、下の方の一点を指し示した。指された場所に書かれた、先ほどとは違う名前を見た理事官が「毒を以《もっ》て毒を制す、か？　そう上手くいくかな」と、不安そうな声を上げた。

3

定時になったので、ブザーを鳴らして待つ。中からの「開錠」の声に続いてドアが開いた。監視席を引き継ぎ、書類があるのを確認した武本は、そのまま見回りに向かう。

「今日の集団押送、ウチがスタートだったのか」

背後を歩く福山が、ぼんやりと言った。

押送とは留置場から留置人を他の場所に護送することを言い、留置担当官の業務の中でも、もっとも責任が重く緊張を強《し》いられる仕事だ。

護送にはいくつか種類がある。送致、勾留質問、検事調べ、公判、移送、通院などの一般護送、実際に事件が行われた現場へ被疑者を連れて行き、被疑者自身や被害者の供述に間違いがないかを確認する実況検分を行う引き当たり護送。問題留置人及び特別要注意者のときの特別護送などだ。どの護送の際も、当番の留置主任官が護送計画を立て、被護送者の罪状、性格、体力などから必要に応じて戒護員を増強することもある。

「十二月だし大変だったでしょうね」

重ねて福山が漏らす。

集団押送は一般護送の特化版だ。指定された警察署に留置されている被疑者を対象として、集中護送車及び集中護送係を運用して系統ごとに護送することをいう。

簡単に言えば、同じ管区内を護送車が巡回バスのように巡って被疑者を乗せて検察や裁判所に向かうのだ。集団押送が運用された理由は、各署からそれぞれ護送車と護送に伴う人員を出す負担を軽減するためだ。なので本部——警視庁の留置管理第二課が担当し、護送車を配車している。そして護送ルートは不定期で変わる。安全性の問題もあるが、検察には朝の九時前には到着しなくてはならない。そのため起点となる署のスタートは早くなる。その不公平を減らすという意味もあるらしい。

もとより新宿署が扱う事件数は多く、留置される被疑者も多い。週末明けの月曜は集団押送の人数が十人を超えることも珍しくない。まして飲酒の機会が増える十二月ともなれば、言わずもがなだ。新宿署がスタートの場合、出発は朝の七時半だ。それまでに該当する被疑者たちに準備を終えさせなければならない。既に押送は終わっているものの、今日もかなりの慌ただしさだったに違いない。

「いっつも思うんだけど、なんで集団押送って二当が担当なんだろ」

誰からの返事もないまま、さらに福山が続ける。

留置管理課の業務は交番勤務の地域課と同じく、四交代制となっている。第一当番が朝八時半から午後五時十五分までの日勤。第二当番が午後三時から翌朝十時半までの夜勤。夜勤明けが非番。その翌日が休日とされている。

数カ所の署を巡った護送車が東京地検に九時前に着くためには、出発はいずれにせよ八時前になる。なので集団押送は二当――第二当番が担っている。つまり二当担当官は、途中で仮眠時間はあるものの、他の時間は数十分に一度巡回をし、一夜が明けた担当時間の最後に集団押送をこなさなければならない。

言葉だけならば「準備」の一言で済むが、実際には書類の準備と実務の二つがあることに緊張を強いられるのが後者だ。

留置管理課が担うのは、留置場から護送車に被疑者を乗せ終えるまでだ。まず、その日に押送する被疑者を房内から出して手錠を掛ける。新宿署ともなると一日の押送が一名ということはまずない。五名以上が普通で、年末年始などになると十名を超す。その全員を、手錠の中央に付けられている輪にロープを通して数珠つなぎにし、そのまま留置場から出す。一階まではエレベーターを使うが、乗る際には被疑者を壁に向かってコの字形に整列させる。

武本も配属以来、何度も集団押送をしているが、エレベーターに乗る際はいつも緊張する。同行する担当官に対して被疑者の数は倍以上だ。手錠をしたうえにロープで数珠つなぎにして行動の制限を掛けてはいるが、全員が結託して攻撃してきたら、エレベーターという密室の中ではさすがに手も足も出ない。だから護送車の待つ地下駐車場にエレベーターが着いて、全員を外に出したときは毎回ほっとする。

それでもまだ完全に緊張は解けない。全員を乗せ終えた護送車が駐車場から走り出て、ようやく当番担当官の押送業務は終わる。それまでの間に被疑者に何か起こった場合、喧嘩による死傷事件や、それこそ脱走などされようものなら、その責任は当番担当官にあるからだ。本当の意味で緊張が解けるのは、護送車を送り出して留置場へ戻るエレベーターの中でだ。

「一当の方がいいのに」

福山の意見には一理あるとは武本も思った。夜勤明けの疲れた状態よりも、当番が始まったばかりの一当の方が、体力もあるし集中力も高いからだ。だが、勤務交代時間は八時半で確定している。変わらない限りは現状のままだ。次回の当番の際は、集中して手早く行おうとのみ、武本は心に留める。

通り掛かる留置房の中を確認しながら、武本は奥へと進んだ。すでに押送が終わっているので、房内の留置人の数は欠けている。

「運動は九十一番まで終わっているから。福山、本郷《ほんごう》、本岡《もとおか》、武本、よろしく」

運動の間は留置人よりも警察官の人数が常に上回るように決められている。この場合、四人の中で役職が一番上の武本が監督をし、残りはそれぞれが一人ずつ担当する。

豊本の声に、名前を呼ばれた四名の担当官が三名の留置人がいる四号房と五号房へと向かう。

「九十三番、九十六番、運動だ」

「九十七番、運動だ」

房の前に立った担当官がそれぞれ伝え、続けて「開錠」と言う。以前は運動中にのみ喫煙が許されていたので、喫煙者と煙草の所持の有無を確認しなければならなかった。だが今は禁煙となったので、留置場の備品ロッカーから持っていくのは電動髭剃《ひげそ》りと爪切りのみだ。

重い金属音とともに格子状のドアが開けられ、呼ばれた三人が外に出る。すぐさま「閉錠」と言いながら、担当官達が閉じる。房の外に出た留置人三名に、それぞれ手錠と腰縄を装着する。武本は担当官達の後ろに立って、それを監督する。恙なく作業が進むのを確認しつつ、順に留置人の様子を探る。

九十三番は二十七歳の風営法違反のチンピラで再犯だ。顔色は悪くない。怪我も見当たらないし、体調不良でもなさそうだ。次の九十六番は三十六歳の会社員で初犯。盗撮および、児童ポルノ法違反だ。

新宿駅構内のエスカレーターで盗撮の現行犯で逮捕された当時は、略式起訴で終わるだろうと目されていた。だが所持していたスマートフォンにネット上からダウンロードしたと思《おぼ》しき十八歳以下と見られる女児のポルノ画像を二千点以上保存していたことが発覚し、児童買春・ポルノ禁止法違反の単純所持容疑が追加された。こちらも盗撮同様、犯罪としては軽微とみなされ、通常は略式起訴となる。しかし男は写真のモデルは十八歳以上だと主張し、こちらについては罪を認めていない。モデルの本人が十八歳以上だと確認できれば、もちろん罪にはならない。だが今のところ、九十六番による「この肌の感じは絶対に二十歳は過ぎている」という主観だけだ。これではどうしようもない。現在、生活安全課が同じ画像をネット上で捜して、モデルの本人確認に当たっているが、しばらくは時間を要するだろう。

九十六番の顔色は優れず、目の周りは落ちくぼんでいた。だが怪我は見受けられないし、体調が悪いほどではない。武本は三人目に目を移す。

——九十七番、柏木か。

気になっていた留置人ということもあって、武本は柏木を注意深く観察する。

――顔色は悪くない。

怪我もないし、体調不良でもなさそうだ。どこにも問題は見当たらない。だが、どこか違和感を覚えた。正体を探ろうと、改めて柏木を観察する。髪はべたついているが、これは留置以来の入浴が本日なのだから仕方ない。改めて顔を見て、違和感の正体が分かった。柏木の顔は、やつれも荒《すさ》みもしていない。

初犯の留置人の場合、勾留日数が延びるにつれて、表情が荒んでくる。自由と権利を奪われ、食事も提供されたもののみ。それもお世辞にも美味しいとは言えず、温かくもないし、もともと小食でもない限り満腹にもならない。夜間は完全に暗くならず、目の上を手や布団や衣服で覆えば、万が一もあるため担当官が注意して止めさせる。よほど神経が図太くない限り、熟睡はまず出来ない。

そんな環境の中で、自分がこの先どうなるのか、いつまでこの生活が続くのか、外では家族や友人、職場や学校などがどうなっているのかなどの不安にさいなまれ続けるのだ。だからほとんどの留置人が痩《や》せるし荒む。それこそ九十六番のようにだ。盗撮の現行犯のうえに、児童ポルノ所持の罪が乗ったのだから、不安や焦りは人一倍だと思う。だとしても、ほぼ同じ日数留置されているのに、柏木はまったく変化がない。

「移動」

本岡の声に続いて、留置人三名と担当官三名の六名が廊下を進み始める。武本もそれに続く。

目の前を歩く柏木の背を武本は見つめる。

柏木の後ろ姿にとりわけ異変はない。それどころか前を歩く九十六番の落とした肩や、丸まった背中と比べると、至って元気そうだった。九十六番は既に私選弁護士が付いている。だから今後どうなるか概要は知っているはずだ。だが柏木にはいない。ならば、この先自分がどうなるか分かっていない可能性は高い。なのにこの状況に落ち込んでいる様子がまったく窺えない。

——誰かの入れ知恵か？

初犯、それも泥酔しての暴行事件の場合、再犯の留置人達は優しい。彼らはまず新人に先輩として留置場でのしきたりを教える。八畳程度の狭い部屋で当面共に暮らしていくのだから、日常的なルールを早く知って貰いたいというのはもちろん、逮捕されて自由を奪われた仲間としての意識もある。だからときに弁護士の紹介をする者もいる。だが油断は出来ない。優しい言葉でつけいろうとする輩もいるからだ。ことに初犯の留置人は狙われやすい。優しく接して個人情報を聞き出し、釈放後にその家族に弁護士を装って連絡を入れ、金銭をだまし取った例などいくらでもある。そういう新たな犯罪の発生を阻むためにも、担当官達は留置人同士の会話には十分に注意を払っている。

——いや、違う。

武本は思いつきを否定した。

逮捕二日目の夜から柏木は独居房から大部屋の五号房に移動した。五号房に留置されているのは詐欺の元指定暴力団の幹部、公務執行妨害のホームレス、暴行傷害の中国人だ。ことに様々な罪で再犯を重ねている元暴力団幹部の男は面倒見が良い。公務執行妨害で逮捕された大学生に弁護士を紹介したりしていた。その大学生は昨日釈放された。恐らく柏木にもそうしたはずだ。だとするのなら、柏木は自分の意思で頼んでいないことになる。

——ホームレスか？

ホームレスの中には、雨風もしのげるし、食事も無料で出るという理由で留置されたがる者もいる。

——所持金はあった。

現金七千五百四十二円を所持していた。あとはクレジットカードが一枚あっただけで、会員カードやポイントカードの類いはまったく持っていなかった。かなり珍しいが、まれではあるが、そういう者もいる。

続けて服装も思い返す。黒いジャンパーに長袖の白いTシャツ、濃いグレーのズボンに黒い靴下、足下はゴム底のすり減った黒いスニーカー。

Tシャツからはアルコールと体臭の入り混じった臭いこそしたが、着古して傷みきってはいなかった。だとするとホームレスとは考えづらい。

「開錠」

福山の声が聞こえて、武本は復唱する。

どれだけ考えたところで、正解が出るとは限らない。まずは柏木の取調調書を読もうと、改めて武本は心に留める。

三名を運動場——塀に囲まれたバルコニーへと連れ出し、ドアを閉めながら「閉錠」と武本は言った。

運動と言っても、担当官の指導の下、留置人に運動——決まった体操などを本当にさせはしない。実際は、房の外に出して気分転換をさせる時間だ。

留置場の一日の流れは決まっている。朝六時半起床、七時までに洗面と布団の片付けと房内の清掃。七時頃から朝食。八時から平日のみ、留置人一名あたり十五分から二十分の運動。同時間に五日に一回、夏場は月曜と木曜に交代で入浴。九時から留置人の所有物である自本の引き渡しとボールペン及び一日三冊までの官本の貸し出し。留置人は自分の所有物の本ならば、持ち込み禁止内容に該当しなければ、房内に持ち込んで読むことが出来る。雑誌も可能だが、ホッチキスの芯は、事前に担当官が紙紐に交換してから引き渡す。貸し出すボールペンは市販されているものとは異なり、軸のみで先端からボール部分が〇・五ミリのみ出ている。ペンを垂直に立てないと文字が書けないため留置人からは不評だが、わずかでも尖っているものは凶器となりうるという理由で、この特注品を使用し、さらに食事時の都度回収する。

昼食までは自由時間。十二時に昼食。その後、十七時の夕食までまた自由時間。二十時から総検——留置人の所持品を確認し、貸し出した官本とボールペンを回収する。このときに留置人の眼鏡も回収する。眼鏡の蔓《つる》やガラスも凶器となりうるからだ。回収した眼鏡は起床時に引き渡す。その後、洗面、就寝の準備をし、二十一時消灯。留置場内では、これが毎日繰り返される。

自由時間といっても、留置人は房の中で自由気ままに好き勝手には出来ない。もとより留置場は事件を犯したと見なされる被疑者が入る場だ。それだけに情報交換したり、それこそ意気投合して、新たな犯罪が誘発される可能性は高い。だから留置人同士の過度な接触はもとより、会話内容にも担当官は耳をそばだて、内容によっては注意をする。

そうなると留置人の自由時間は、押送や取調べ、一日一人の面会人、弁護士の接見がなければ、八畳の房内で満室ならば男性四名で、静かに座っているか、寝転がるかのどちらかだ。

そのため運動の時間は留置人にとって、少しは自由になる貴重な時間だ。本当に運動してもよいし、あとは髭剃りと爪切りだ。どちらも金属製の用具を使うために、使用ごとに消毒した器具を留置場が貸し出している。

「髭剃りは？」

剃る必要があるほど伸びてはいないが、会話のきっかけとして武本は柏木に訊ねてみた。

「――いえ、濃くないので」

話しかけられると思っていなかったらしく、返答するのにわずかに間を空けてから柏木が答えた。

「爪切りは？」

「大丈夫です」

これで会話は終わってしまった。

担当官はあくまで留置人を監督する立場にあるため、担当官から留置人に事件のことも含めて、個人的な話をしてはならないと決められている。留置場が刑事課から切り離された経緯が最大の理由だが、同時に担当官の個人情報を守るためでもある。

警察官の職務は、全うすればするほど、犯罪者から恨まれる。ことに留置担当官は四交代で、最低でも三日間、最長だと二十三日間、留置人と一緒にいるため、個人として記憶に残るし恨みも買いやすい。釈放後、仕返しなどを受けないためにも担当官は留置人との会話には留意する必要がある。

「担当さん、髭剃り貸して」

九十三番が大きく手を挙げて言った。武本はその場を離れて九十三番に近寄って電動髭剃りを渡してやる。

「あざーす」

二十代前半のチンピラらしい簡略した礼を言ってから、さっそく九十三番が髭剃りを開始する。運動場の中にモーターの音が響きだす。右前方の壁際で、九十六番が大きく腕を振り回したり、屈伸運動をしたりと、身体を動かしていた。だが柏木は、ただその場に立っていた。周囲を見回すでもなく、コンクリートの壁の一点を見つめて立ち尽くしている。

——身体を動かさなくてもいいのだろうか？

訊ねてみようとしたそのとき、柏木と目が合った。柏木は足を踏み出すと、運動場の壁に沿って歩き始めた。

——避けている？

たまたま歩き出そうとしていたというタイミングではなかった。明らかに目が合ってから柏木は歩き始めた。武本にはそうとしか思えなかった。

第一当番はさしたるトラブルもなく、恙なく終わった。午後五時十五分が過ぎ、武本は留置場の事務室内で帰宅にむけて片付けをしながら考えていた。

昼休みを利用して柏木の調書に目を通した。予想通り、前日の取調べで柏木は前言を翻していた。正しくは、覚えていない、暴力を振るった記憶が無いと言い出したのだ。だが右拳には怪我がある。それに被害者二名の他にパチンコ店の夜間作業員の目撃談もあったし、店の防犯カメラの映像もあった。調書には、青梅《おうめ》街道方向から歩いてきた柏木が、パチンコ店の前で通り掛かった男性二名とすれ違いざまに、その一人の津田敏也《つだとしや》二十八歳アルバイトにつかみかかった。引き離そうとした友人の沼尻悟《ぬまじりさとる》二十七歳アルバイトのシャツの喉元を左手でつかみ、右手で顔を殴ったとあった。目が合った、因縁をつけられたとかではなく、突然つかまれた。引き離そうとしたら殴られた——。

相手は誰でもよかった、つまりは通り魔的な犯行ということかと、武本は考えた。

店の外での騒ぎに気づいたパチンコ店の夜間作業員が一一〇番通報。沼尻を殴ったあと、柏木研吾はそのまま地面に座り込み、現着した新宿駅西口交番の警察官により逮捕——。

殴ったあと、柏木は逃げなかった。泥酔していたため、座り込んで動けずにいた、というのが逮捕した地域課警官の所見だ。柏木は抵抗することなく、パトカーに乗り、車中で沼尻を殴ったことを認めた。その後、新宿署へ連行——。

通報時刻は午前三時二十三分。逮捕は三時四十一分。留置場受付は四時十九分だった。

時刻が時刻だし、既に罪を認めていることから、取調べは後回しで留置手続きに進んだことになる。

だが、いざ取調べに入ったら「本当にやったのか覚えていない」と言い出した。そこで本人の腕の怪我と目撃証言、さらには防犯カメラの映像という証拠を挙げたところ、すぐさま柏木は暴行の事実を認めた。深い反省を見せ、被害者に対して謝罪の言葉を口にするだけでなく、治療費や服代も弁償したいと言った。これでスムーズに送検できると思いきや、そうはいかなかった。

「どうして自分が彼を殴ったのか分からない。自分はそんなことをする人間ではない。何か理由があったはずだ。でも何一つ覚えていない。理由が分からない限り、罪は認められない。理由が分かりさえすれば、すぐさま罪を認める」

そう言い出したのだ。

刑事は津田と沼尻の両名に再度、話を聞いた。だが二人の証言は変わらなかった。近づいてきた柏木が津田に突然つかみかかってきて、引き離そうとした沼尻を殴った。その間、何一つ言葉を発していない——。

翌日、取調べでそう刑事が柏木に伝えた。柏木の態度は変わらなかった。だが、被害者に対しては再度、謝罪の言葉と、治療費と服代を弁償したいので金額を言って欲しいと伝えてくれと頼んできた。

ならば弁護士を雇えと刑事は柏木に勧めた。現行犯逮捕ではあるが初犯だし、先方が示談に応じて被害を取り下げれば罪に問われなくなる。普通ならば、それに飛びつくはずだ。だが柏木は応じなかった。たとえ国選弁護士で私選弁護士よりも安価であれ、とにかく弁護士には一円たりともお金は払いたくないと言うのだ。

「大したこともしていないのに、高額を取り過ぎだ」と吐き捨てるように言うと、そのまま口を噤んでしまった。過去に弁護士と何かあったらしいが、それについて質問しても柏木は無言を貫いている。

こうなると勾留延長は仕方ない。そして今日、四日目に突入した。

――やはり、外に出たくないのだろうか?

武本はそこで考えるのを止めた。考えたところで答えは出ない。何より自分の職務は留置担当官で、刑事ではない。使い終えた筆記用具を引き出しにしまい終えると席を立つ。他の第一当番の担当官たちはすでに部屋を後にしていた。事務官の増田に挨拶して武本も事務室を出る。エレベーターに進みかけて、捜査本部が立っていたことを思い出して非常階段へと向かった。足音がいくつか聞こえる。やはり同じ考えの者がいるらしく、いつもよりも利用者が多いらしい。壁に沿って曲がり、階段に足を踏み出そうとしたそのとき、何かを感じた。見下ろすと踊り場に男が一人、立っている。

男が顔を上げた。よく知る男だった。

「ご無沙汰しちゃいました」

満面の笑みで、大きく手を振りながら潮崎が言った。

なぜここに? と思ったが、すぐさま捜査本部だと気づく。久しぶりに会う潮崎は、それなりに年を重ねてはいた。だが、相変わらず実年齢よりは若く見えた。

「一当なら上がりで会えるかと思って、待ってたんですよ」

近づいて来る潮崎を見て、武本も階段を下り始める。

「先輩なら絶対に階段だって読み、やっぱり当たりました」

数段下で立ち止まって嬉しそうに潮崎が言った。武本が同じ段になるのを待って、一緒に階段を下り始める。

「よかった。もう、すっかりお元気ですね」

潮崎がずっと自分の動きを観察していることには気づいていた。どうやら、二年前の横浜の事件での負傷をまだ案じていたらしい。あれからずいぶんと時を経ている。

「お蔭様で」とのみ武本は言う。

「でも、やっぱり痛んだりしません？　天候や気圧によって傷口が痛むとか、よく言うじゃないですか」

幸いなことにそう感じたことはなかったので「いいえ」と答えた。踊り場に着いた潮崎が立ち止まる。思わず武本も止まった。潮崎は右手で顎をはさんだ姿勢をとっていた。その眉間には皺が寄っている。

どうしました？　と訊ねるべきなのだろう。だが、放っておいたところで、潮崎は言いたいことは言う。そのまま待っていると、目が合った。

「あのぉ～、実は前から考えていたことがあるんですけれど」

真剣な表情で潮崎が話し始めた。一体何を言い出すのかと武本は身構える。

「もしかして、先輩って痛覚がないというのか、あったとしても極端に鈍いんじゃないですか？　だから、実は普通の人なら痛いのに、感じていないんじゃないかと思って」

立ち止まるのではなかったと武本は思った。

「それでは」と言って踊り場から歩き出す。あわてて潮崎が追って来た。

「実際に、そういう人っているんですよ。医学的にも認められているんです。で、もし先輩がそうだとしたら、命に関わることじゃないですか。だから一度、大きな病院できちんと検査して貰った方がいいんじゃないかと」

潮崎なりに案じてくれているのは分かるが色々と失礼だ。だが見当違いであれ、独特のやり方であれ、案じてくれてのことだ。相変わらずというか、潮崎がまったく変わっていないことに武本は感じ入る。

「父の代から懇意にさせていただいているお医者さんが東京大学病院にいて」

説得しようと話し続ける潮崎を無視して、武本は階段を下りて行く。

「話をしたら、ぜひ診察させて貰いたいと仰って。ご都合の良い日を教えていただければ、予約は僕がしますから」

「ありがたいですが、結構です」

失礼がないように答えて、武本は階段を下り続ける。すれ違う職員の数名が、興味深そうな視線を向けていた。それを無視してひたすら一階へと下る。二階と一階の踊り場を過ぎ、一階のフロアが見えた。壁際に背広姿の小柄な男が一人立っていた。手にしたスマートフォンに見入っている。気配に気づいたのだろう、男が顔を上げた。その男が誰なのか、武本は知っていた。以前新宿署にいて本庁に異動した宇佐見圭《うさみけい》だ。

武本と目が合うと、宇佐見はすぐに頭を下げた。ここにいるということは、特別捜査本部に呼ばれたのだろうか？　だが、宇佐見は捜査二課の所属だ。それに刑事ではなく財務捜査官として警視庁に採用された技官のはずだ。殺人事件の捜査本部の一員になるとは考えづらい。だとすると、経済事犯の応援だろうか？　新宿署時代の宇佐見の実績を考えると、ありえなくはない。

「ご無沙汰しております」

宇佐見が上目遣いで話しかけてきた。男性職員の採用身長規定の最低である百六十五センチちょうどと小柄なため、長身の武本と話すには自然と見上げる形になる。

太くはっきりした眉毛に大きくはないが黒目がちの奥二重の目。額まで掛かる髪もあって、宇佐見もまた実年齢よりも若く見える。新宿署時代、捜査で刑事の一人が高校生に扮する必要があったとき、白羽の矢が立ったこともある。ブレザー型の制服を着た宇佐見は、どこからどう見ても現役の高校生だった。それは今でも変わっていない。

「応援か？」

「いえ、特捜です」

意外な答えに武本は驚く。

「人手が足りないのと」

宇佐見の視線が背後に動く。視線の先にいるのは潮崎だ。

「その人のお守りです」

はっきりと宇佐見はそう言った。

「お守りって、いくらなんでも酷くありませんか?」

「お守りが嫌なら、監視役、お目付役、スパイ。言い換えるのならこんなところでしょうが、どれがいいですか？」

眉をひそめて不満げに言う潮崎に、宇佐見は真顔で言い返した。

「それなら、スパイがいいかな」

なぜか潮崎が笑顔で答えた。だが宇佐見は無言のまま潮崎を見つめている。無言状態が数秒続く。その間に耐えかねたのは潮崎だった。

「いや、冗談です」

頭に手をやって申し訳なさそうに言うと、すぐさま「そんなことより、二人は知り合いだったんですか？　かつて同じ署にいたとはいえ、てっきり面識はないものだと思っていました」と言った。

「武本さんのことは存じ上げています」

「まぁ、先輩は有名人ですからね。なにしろ」

一人で納得して頷きながら、なおも潮崎が続けようとするところに、宇佐見が「仕事で留置管理課にはお世話になったもので」と、割って入った。

「え？　だって君。——だとするとあの噂って」

何か考え込んでいるらしく、ぶつぶつと呟く潮崎を無視して「武本さんは、私を責めなかった唯一の方なので」と言った。

それが何を意味するか、武本には覚えがあった。だが、今あえて話題にする必要はないと判断して、そのまま黙っていた。宇佐見も同じく考えたのだろう、続けて口にしたのは、今回の任務に対する不満のほうだった。

「正直、迷惑なんですよ。そもそも殺人の合同捜査本部の手伝いなんて、私には向いていない。私には私に適した仕事がある。そこを活かしてこその技官採用でしょう」

多様化する犯罪の抑止と解決、そして犯人検挙のために、警視庁は特定の分野において専門的な知識や能力を備え、一定の資格や職歴、経験を持つ人を特別捜査官として採用している。現在は財務、科学、コンピュータ犯罪、国際犯罪の四種類があり、百名ほどが在籍している。

「いや、任されたのは画像確認だし、物事をチェックするという意味では、宇佐見君の得意分野と被るわけで」

「数字には法則がある。だからおかしな数字があれば、確実に見抜ける。でも映像は人の行動や、その時、その場の状況です。そこに法則はない。まったく別物じゃないですか。被るところがあるとは思えませんが」

真面目な顔で宇佐見は言いきった。もっともだと武本は思う。だが、署内で宇佐見に対して囁かれていた不満も思い出していた。

数字は正直だ。だからこそ正しい——。

それが宇佐見のポリシーなのだと教えてくれたのは、当時、宇佐見が所属していた組織犯罪対策課長だ。

財務捜査官の仕事は証拠の確認作業などの書類仕事が中心だ。現場に出ることはほとんどないし、まして被疑者の取調べに立ち会うことも多くはない。なので実務に携わる警察官から蔭では後方支援と呼ばれている。だから本来ならば、財務捜査官の宇佐見と留置管理課の武本が職務上で接点を持つことはまずない。だが、宇佐見は違った。

宇佐見が今までの財務捜査官とはまったく異質な存在であると認知されたのは、新宿署に配属当初からだった。

財務捜査官の採用後の最初の配属先は、あえて新宿署や渋谷署の組織犯罪対策課にすることとなっている。やがて得意の分野に専念することになる彼らに、まずは警察の現場の仕事を体験させるためだ。だから配属後すぐに、現場に同行させる。つまりは、資格という特別なパスポートで入ってきた彼らに、身を以て職務の危険さを理解させるためだ。もちろん捜索令状のあるガサ入れ——家宅捜索などではない。付き合いのある暴力団への定期巡回が一般的だ。場合によっては事前に頼んでおいて、一触即発の現場の芝居をして貰うことすらある。そして新任の財務捜査官がどれだけ怯えるかを見るのが組対の刑事達の悪しき楽しみにもなっている。

当然、その洗礼を宇佐見も喰らった。そのときは暴力団の協力は得られず、馴染みの雀荘に頼んで、アルバイトの店員達に一芝居打って貰った。顔を青くして震える、腰を抜かして座り込む。その場から逃げ出す。刑事達は思い思いの予想をして缶コーヒーを賭けた。だが誰の予想も当たらなかった。宇佐見は目前まで迫り、唾を飛ばして恫喝する店員に、顔色を変えることなく、「芝居がヘタですね」と言ってのけた。さらに「芸人か劇団員をなさっているのでしょうが、もう三十五は過ぎてらっしゃるとお見受けするだけに、その程度の演技力では先行きが不安です。ここらが潮時ではないでしょうか?」と告げたという。肩を落として落ち込む店員をあわてて慰《なぐさ》める先輩の刑事達に、宇佐見は大手のお笑い事務所の本社が近い新宿という場所柄や店内の防犯カメラの機種、出入り口に置かれていたお笑いライブや芝居のチラシ、暴力団対策法施行後の暴力団員の立ち回り方などを挙げて、嘘を見抜いた理由を説明した。さらに「私の今後を案じての計らいだったのですよね。ありがとうございます。でもご心配なく。私は正義のヒーローになったなどという勘違いはしていません。あくまで皆さんがみつけた物証を、犯罪として告発に至るために吟味する。そのために財務捜査官になりましたので」と続け、言い終えるとにこりと微笑《ほほえ》んだという。

宣言通り、宇佐見は署内で能力を発揮した。その結果、組織犯罪対策課だけではなく、詐欺などの書類の確認を依頼した生活安全課も着実に成果を挙げることが出来た。

その噂を聞きつけた当時の総務課員が特別捜査本部の会計の確認作業を宇佐見に頼んだ。だが宇佐見は「本来の職務ではないので」と、きっぱりと断った。総務課員は自分の方が先輩であることや、手伝うことで署内での覚えがめでたくなると喰い下がった。それに対して宇佐見は「警視庁の過去例からして技官採用者は出世とはほぼ無縁です。そもそも、経済的なことを言えば会計士をしていた方が高収入です。私が財務捜査官になったのは、顧客のために法を犯さない節税を考えることに飽きたからです。ですが、せっかく得た資格は活かしたい。そして思いついたんです。違法な収益を得ている連中を捕まえるのはどうだろう、と。少なくとも以前よりも面白いでしょうし、何より世間の役に立ちます。そしてなりました。ですから、本来の職分以外のことは致しません」と言いきり、撥ねつけたという。

本来、総務課内で行うべき仕事を依頼したのだから、非は総務課員にある。とはいえ、やはりものは言いようだ。まして縦社会の警察では、宇佐見にも問題があると見られた。だが宇佐見が署内の非難や奇異の目を気にすることは一切なかった。

そんな宇佐見がさらに一目置かれる事件が起こった。生活安全課が逮捕したアイドルのコンサートチケットの転売詐欺犯の大学生グループ三名の取調べのときのことだ。

証拠は揃っていた。取調べは事実確認中心に行われていたが、ふて腐れた態度を見せたり、法律の知識を盾に黙秘を貫いたりと、まったく反省の色を見せない犯人達に、生活安全課の刑事達は苛立っていた。そんなとき、証拠確認の捜査協力をした宇佐見が「彼らと話してみたいです」と言い出した。

生活安全課の刑事は、膠着《こうちゃく》状態に何らかの変化が起こることを期待して了承した。

そして宇佐見が一枚の紙を手に一人目の取調室に入った十分後、犯人は落ちた。

その紙には、犯人達がこれまでの詐欺で得た金額と、この先得られたであろう総額が書かれていた。宇佐見はそれを犯人に突きつけたのだ。

三名が偽造チケットを販売して得た総額は三百五十万円。逮捕されて大学は退学になり、今後、前科が付く。大学中退の前科持ちを採用する大手企業はない。大卒後、それなりの企業で定年まで勤めた場合と、日雇いやアルバイトで得られる一般的な年収に定年までの年数分を掛けて生涯収入を算出した。

「たかだか三百五十万円、一人当たり百十六万ちょっとの利益のために、最低でも二千万円以上の損をしたことになります。もっとも、これはあくまで最低金額です。もっと給料の高い企業ならば楽に億を超えます。それとご自身の勤務による収入外、それこそ良家の子女とご結婚なさったりした場合の、先方の資産を得る可能性なども考慮していません。まぁ、とにかく、一般的な雇用関係の雇われる側で収入を得ようとした場合、よっぽどのことがない限りはあなたが今後、本来ならば得られたはずの収益を得る可能性はほぼなくなりました。それもこれも、百十六万ちょっとを得るために法を犯した結果です。何をどうしても、もう取り返しはつきません。この先の人生で得られる収入を少しでもマシに出来るかどうかは、このあとのあなたの態度に懸かっています。このまま反抗的な態度を続け、それが反映された調書が公的文書となることが得策か、熟考してみてはいかがでしょうか？」

淀むことなく一気に言い終えると宇佐見は口を閉じた。その直後、犯人はがっくりと肩を落とし、さらには嗚咽《おえつ》しだした。そしてすべてをお話ししますと言った。

「そうですか、では、あとはこれまで担当された刑事さんにお話し下さい。それでは」と宇佐見は言って席を立った。全てを話そうと決めたのに、自白に導いた本人が出て行こうとしていることに、被疑者は驚いて「あの、どうして？」と訊ねた。

「調書作成は経験による技術が必要です。経験のない私では時間が掛かりますので」と答え、そのまま部屋を出て行った。その後、被疑者の一人が落ちたことが残る二人にも伝わり、両名とも隠し通すのは得策ではないと判断したらしい。結局、三名全員が同日内に事実を包み隠さず供述した。

その取調べの話はすぐさま署内に広まり、議論の的となった。

結果としてはよかったのだろうが、あれでは真の意味で反省を促せない。再犯防止に繋がらない。損得勘定で犯罪をするのはよせというのは、やはり間違っている――。世の中を良くしたい。人を守りたい。悪は許さない。そういう考えの下に警察官を志す者が圧倒的に多いだけに、肯定よりも否定が多いのは仕方のないことだった。そして面と向かって苦言を呈したのは、宇佐見の所属長である組織犯罪対策課長だった。だが宇佐見は課長相手でも淡々と反論した。

「法を破ってはならない。これは子どもの頃に親から、のちに社会の一員として生きていく中で自身で身につけておくべき最低限の倫理観です。それを無視して金銭的な利益のために罪を犯した人間相手に、今更ものの善悪を説いたところで改心するのでしょうか？」

言い返せないでいる課長を相手に、宇佐見はなおも続けた。

「利益のために罪を犯した相手ならば、捕まって生じる損失を突きつければ、自分のしでかした愚かさを痛感するはずです。数で考える人間には、数を示せば理解します。そもそも日本だけでなく、全世界的に刑罰は犯罪に見合った年数や罰金という数字に換算されています。私がしたことはその延長線上にあるに過ぎないと思いますが」

間違ってはいないだけに、今度もまた課長は黙したままだった。そんな課長に一礼すると、何事もなかったように、宇佐見はまた自分の仕事に戻ったという。

その一件以降、宇佐見の考えを変えようと挑戦する職員はあとを絶たなかった。だが結局、宇佐見は変わらなかった。それだけに署内には宇佐見を苦手とする者は数多くいた。だが、こと金銭が絡む犯罪の際は役に立つと、その後も取調べに何度も宇佐見は駆り出された。

そして武本を含めた留置担当官達は、宇佐見の存在を知ることとなった。宇佐見の取調べを受けた被疑者には皆、同じ特徴があった。取調べに行く前と、戻ってきたあとでは、驚くほど態度が変わっていた。皆、がっくりと肩を落として落ち込むか、虚脱して腑抜けた状態になっていたのだ。中には心底自分のしたことを悔やみ、涙ぐむ者もいた。あまりの落ち込みように、次の当番に自殺を図る恐れがあると申し送りをする必要すらあったほどだ。

やがて留置管理課で〝ぴょん注〟なる隠語が誕生した。宇佐見の取調べにつき要注意の被疑者の略語だ。〝ぴょん〟というのは女性警察官や事務官が名付けた宇佐見のあだ名だ。宇佐見という苗字の響きと、童顔に小柄で可愛らしい見た目からウサギとなったらしい。ただ、さすがにそのままでは、ということで〝ぴょん〟とされたそうだ。揺るがない論理を盾に、相手を徹底的に追い詰めるどう猛な宇佐見の実態とはかけ離れていたが、せめて矮小化《わいしょう》されたあだ名をつけることで溜飲を下げようという意識があったようだ。〝ぴょん注〟は、宇佐見が本庁に異動になるまで使われ続けた。

宇佐見のせいで、余計な仕事が増えたと多くの留置担当官が不満を漏らしているのを武本は聞いていた。留置場事務室に訪れた宇佐見に、冗談めかした口調ではあったが、福山が直接文句を言った現場にもいた。そのとき福山は、異動直後だった武本に「本当に迷惑ですよね」と同意を求めた。武本は「いや」と否定し、「彼は職務を果たしただけだ。事故防止は我々の仕事だ」と付け足した。福山はシラけた顔を見せ、宇佐見は何も言わずに頭を下げて事務室を出て行った。その後、個人的に話す機会はなかった。

異動後、いなくなったからこそだろうが、宇佐見の話は口伝され続けた。その度に出て来るのが蔭で囁かれていた不満だ。

言っていることは正しい、けれど、言い負かされた気がして腹が立つ――。

おそらく今、目にしているのがその状況だろうと武本は思った。ちらりと潮崎を見る。

ぽかんと宇佐見を見つめていた潮崎は、とつぜん両手をぽんと音を立てて合わせた。

「確かに。その通りだとしか言えません。僕が間違っていました。大変申し訳ない。いやぁ、それにしても無駄のない、かつ丁寧な説明でした。すごいなぁ」

自分の非を認めて詫びたあと、潮崎は嬉しそうに続ける。

「宇佐見君みたいに、自分の考えていることを簡潔に、しかも相手にきちんと伝わるように話したいと常々僕も思っているんですよ。でも、ダメなんですよねぇ。なぜか、話があっちこっちに脱線してしまって。先輩にもそれで随分とご迷惑をお掛けして。横浜の一件でも」

「今、まさに脱線しています」

宇佐見が遮る。

「――本当だ。すみません。もう、本当に僕ったらだめですね」

詫びてはいるが、潮崎に悪びれた様子はどこにもない。

「この際、はっきりお伝えしておきます。捜査本部にとって、あなたは文字通り猫の手です」

急に出て来た猫の手という言葉の意味を武本は考える。すぐさま潮崎が「ああ、猫の手も借りたいの猫の手ですね」と言った。そういうことかと納得している横で潮崎が続ける。

「でも、そうなると宇佐見君は鈴になりませんか？」

〝猫の手も借りたい〟のことわざの猫が潮崎ならば、そのお目付役である宇佐見は〝猫の首に鈴をつける〟の鈴だということだろう。

「そうです。ですが、猫がいなければ鈴は必要ない。物には適材適所があるんです」

探るような目で見つめる潮崎に、真面目な顔で宇佐見が言い返す。一度瞬《まばた》きをした潮崎が、晴れやかな笑顔に変わる。

「宇佐見君も武本先輩と同じでぶれない人なんだ。いや、これはすごい。ありがたいというのか、嬉しくなっちゃうなぁ」

急に喜び出した理由が分からずに武本はわずかに首を捻る。

「ああ、先輩には分からないですよね。ご説明します。宇佐見君は僕のことを猫呼ばわりしました。そして僕は彼を鈴に喩え返した。先に自分が相手を下に見た言動をしたのに、同じことを返されると腹を立てる人っているんですよ。それも少なからず。でも宇佐見君はそうではなかった。それが嬉しくって」

自分がされて嫌なことは人にもしない。逆にしたのならば、自分もされても仕方ない。当然のことだろうと武本は思う。ごく当たり前のことを喜ぶ潮崎を不可解な目で見ていると、さらに潮崎が話し出す。

「鈴と言っても種類も大きさも様々で、神社の鈴緒《すずお》に付ける鈴もあれば、キーホルダーに付ける鈴もありますけれど、宇佐見君は見た目に反して鈴緒の方だしなぁ。そうなると、僕は自分の身体以上に大きな鈴を付けた猫になるわけですね。そっか、がんばらなくちゃなぁ」

潮崎はなぜか心底嬉しそうだ。視線を感じて見ると、物言いたげな目で宇佐見が武本を見つめていた。だが出来ることは何もない。武本はただ視線を逸らす。そんな二人の様子に気づいていないらしく、潮崎はまだ話し続けている。

「ああ、それと。さきほど武本先輩が宇佐見君を責めなかった唯一の方と言ってましたが、僕も責めませんよ。だって、宇佐見君は仕事をしただけで、しかも成果を挙げたのですから。賞賛に値しこそすれ、責める必要なんてどこにもありません。それに事故防止は留置担当官の本来の職務ですし。——ですよね？　先輩」

何をどう推測した結果なのかは分からないが、武本の内心を完全に言い当てていたので、「ええ」と同意した。

「変わらないなぁ、先輩は。このシンプルさは常々見習いたいと心がけているのですが、なかなか。しかし、お二人とも最高だ。僕は本当に幸せ者です。——あ、でも」

何か思いついたらしく、潮崎は急に声を大きくした。武本と宇佐見の二人ともが思わず目をやる。潮崎は武本と宇佐見を交互に見てから、また口を開いた。

「武本先輩に宇佐見君の説明能力があったら、もう完璧じゃないですか」

さらにしげしげと二人を見つめてから言った。

「体格と身体の丈夫さも合わせて、二人を足して二で割るとベストかも。——科学と医学の力で、どうにか出来ないですかねぇ」

武本と宇佐見が潮崎に背を向けて一歩足を踏み出したのは同時だった。

4

芝浦と新宿の二つの事件の合同特別捜査本部が本庁内に設けられたと朝の会議で通達されて、三田署内の捜査本部はざわついた。二つの事件に関連性がある、それこそ同一犯の可能性があると見なしたからこその設置だ。ならば新宿の本部に先を越されてはならない。目の色を変えた捜査員達が鼻息も荒くそれぞれの任務に没頭する。星里花ももちろんその一人だった。だが、午後二時を回った頃、藤原管理官から「午後三時に合同特別捜査本部に行け」と指示を受けた。呼び出されるようなことは何もしていない。一体、何だろうと緊張して向かった星里花に申し渡されたのは、三田の本部から合同特別捜査本部への異動だった。

実際に捜査に当たるのは、どちらも所轄署本部の捜査員で、本庁内の合同捜査本部は双方の情報の取りまとめや共有するための場でしかない。任されるのは、おそらく書類作成やコピーとその配布や連絡など事務の仕事だ。

異動を聞いた星里花は、異物として扱われる三田の本部を離れることに、正直ほっとしていた。本庁内ならば、すでに見知った職員ばかりだ。今までより気持ちは楽だ。だが、心のどこかで失望も感じていた。

長時間に亘る映像確認の中で、偽装ナンバーの白いハイエースをみつけた。まだ車の発見には至っていないので、犯人と断言することは出来ないが、現時点では可能性はかなり高いだろう。本当に犯人だとしたら、星里花は逮捕のきっかけに携わっていたことになる。

あのまま三田の本部にいたら、いずれは映像確認の任を解かれ、車の確認班に回されただろう。もちろん自分の手で犯人を逮捕するなんて甘い想像はしていない。それでもまったくあり得ないことではない。だが、本庁の合同本部に入れば可能性はゼロだ。

望んで捜査一課に配属されたわけではない。だがいつまでも特別枠のお飾り扱いとして軽んじられ続けるのも辛い。その評価を変えるには、実績を出すしかないが、その機会は奪われてしまった。

安堵と失望の入り混じった複雑な心境を抱えて合同捜査本部に入った星里花に待っていたのは、予想とは違う指示だった。新宿署の本部内の映像確認班に合流しろと言われたのだ。それも一人でだ。

新宿署の本部に入るとしても、強行犯捜査第三係から一人だけということは、まずない。最低でももう一人は一緒に異動となるはずだ。

混乱する星里花に、事情の説明をしたのは下田捜査一課長だった。一課長と直接話すのは係長までだ。その下の係員ともなるとほぼないに等しい。星里花に至っては、配属初日に挨拶をして以来だ。緊張して直立不動する星里花に、下田一課長が配属の詳細を明かした。

「正木の所属はあくまでこの合同捜査本部だ。新宿署との連絡作業が中心となる。だがあちらも人手が足りないので、映像確認の手伝いもして欲しい」

そういうことかと納得は出来た。緊張が和らいでいくのを感じる。けれど失望もしていた。同じ連絡要員ならば、合同特別本部でする方がストレスがなくて良かったからだ。それでも「はい」と即答する。捜査一課長の指示に異を唱えるという選択肢はない。

「それともう一つ、頼みたいことがある」

下田一課長のどこか申し訳なさそうな表情に、緊張がぶり返す。

「映像確認班に行くのは一人ではないんだ。実はあと二名いる。正木には、新宿本部の情報連絡だけでなく、この二人の動向を監視し、報告して欲しい」

不思議な指示に、さすがに星里花は眉を顰《ひそ》めた。合同特別捜査本部から出向するのなら、その二人は本庁の捜査一課員のはずで、つまりは下田一課長の部下だ。なのに監視報告を求める理由が分からない。そのときある考えが頭に浮かんだ。内偵だ。その二人には、何か疑わしい部分があるのだ。だからあえて今回、本庁から外に出し、自由な行動を取りやすくした――。

身体が熱くなるのを感じて、星里花はぎゅっと手を握りしめてなんとか気持ちを落ち着かせる。興奮すると血の巡りが良くなり、すぐに顔や手が真っ赤になる体質なのだ。ただ、そうしながら、でも、なぜ私が？　と疑問にも思っていた。

そんな重要な役目を経験の浅い自分に任せるだろうか？　いや、面識がないとか、侮《あなど》って油断するから？　私で出来るのだろうか？　これって、期待されている？

頭の中を疑問と不安と期待が次々に浮かんで埋め尽くしていく。そこで星里花は考えるのを止めた。まずは二人が誰なのか知るのが先だ。なんとか心を落ち着けて、

「その二名とは？」と訊ねる。

「刑事総務課刑事企画第一係の潮崎警視と、捜査第二課第一知能犯特別捜査特別捜査第二係の宇佐見巡査部長だ」

二人の所属と名前を聞いた星里花は、しばし呆然と下田一課長を見つめていた。だが、自分が何を頼まれたのかを理解して、盛大に顔を顰《しか》めた。

潮崎警視の風評は、男性と女性の間ではっきり分かれていた。男性は、金と権力のある家の息子なのを利用して自由に行動する、警察という組織を乱す厄介者と捉えている者がほとんどで、つまりは好ましく思っていない。

対して女性は、仕事もきちんとするし、何より女性への配慮を忘れず優しい。しかも面白くて楽しく、さらには格好良いと好意的だ。ただし、事務職をしていればという条件付きでだ。現場の捜査員になると、自由気ままに動き回って和を乱す。ことに武本という所轄の刑事と一緒になると始末に悪い。

ただ、男女ともに共通していることがある。それは蔭での呼び名だ。警視庁の治外法権、庁内でそういわれれば、それは潮崎のことだと誰もが知っている。

一度だけ庁内のエレベーターに同乗したことがある。感じが良く、さぞかしモテるのだろうなと思ったが、それだけだ。

もう一人の宇佐見巡査部長とは面識があった。困る姿を見てやろうという先輩刑事達の悪戯でだ。本来ならば一課内で行うべき逮捕済みの殺人犯の金銭の流れのチェックを捜査二課の宇佐見に協力を頼みに行かされた。刑事という職務自体、まだ何も理解できていない状態で送り込まれた星里花に、宇佐見は容赦なかった。

「これは通常、そちらで行う作業です。それも分からないとはどういうことですか？」となじられ、「異動したばかりで」と言い訳をした。だが、「だとしても、これくらい見抜いて、先輩達が悪戯を仕掛けていることに気づけないのなら、あなたには注意力と判断力が足りていない」と言われて、にべもなく追い返されたのだ。

戻った星里花が悪戯を仕掛けた遠藤と柴田の両名にそう伝えると、二人はなおも「体よく追い返されただけだ」「言いくるめられただけだ」と、再度、頼みに行くように命じた。しかたなくまた行ったが、宇佐見は星里花の顔を見るなり席を立ち、遠藤と柴田のところに行き、「あなた方の悪戯に私を巻き込むのは止めて下さい。これ以上続けるのなら、業務妨害として上司間で話をして貰います」と言ったのだ。

悪いのは悪戯を仕組んだ遠藤と柴田だ。だが、宇佐見にぐうの音《ね》も出ない状態に追い込まれたことの八つ当たりをした。星里花の対応が悪かったせいだと責められ、関係性が悪化した。鳩羽三係長の知るところになって、二人から謝罪されて和解に至るまでには五日も掛かった。

宇佐見の発言は間違っていない。だとしても、三名とも階級は同じとは言え、二人は宇佐美より年長で、職歴も長い。もう少し配慮のある言動をしてくれていたら、あんなことにはならなかっただろう。

そもそも、警察という組織の中で、自分よりも職歴が長い相手には尊敬の念を持って対応することは慣例と言うより厳守されている暗黙の了解だ。だが宇佐見はまったく気にせず、己を貫いている。そして職務に関しては、優秀だというのもまた事実だった。優秀だが変人、そんな宇佐見の蔭でのあだ名は警視庁の屁理屈大王だ。

警視庁の治外法権と屁理屈大王、その二人の行動を監視して報告しろと、下田一課長は言っている。さすがにこれは無理だ、辞退しよう、するしかない。自分よりも役職も年齢も職歴も上の自由人と変人の監視報告なんて無理に決まっているし、失敗するに違いない。だが、そこで星里花の頭に、ある疑惑が浮かんだ。

——もしかして、この失敗の責任を取らせて、私を異動させるためなのでは？

捜査一課に異動してすぐに歓迎されていない空気に星里花は気づいた。捜査一課を志す者は多い。だがなれるのは選ばれた一握りの者のみだ。時間と苦労を重ねてやっとこの場を得た男性警察官達が在籍している。上からのお達しで、何の苦労もなく配属された星里花を面白く思わないのも無理もない。そこにきて捜査一課志望ではなかったことが、なぜか課員に知れ渡っていた。この状態で歓迎などされるはずはなかった。さすがに同じ三係の同僚達は面と向かって疎《うと》みはしなかった。だが、やはりどことなく疎外感を覚えていた。

正直、理不尽だと星里花は思っていた。望んでいた者の中から選べば良かったのだ。そうしていたら、自分は今、こんな苦境に立たされていなかった。だが次の辞令が出るまでには、そもそもの配属事情があるだけに最低でも二年先のことだろうと読んでいた。早まるとしたら、何か大きな失敗をした場合のみだが、そんな失敗はどこに在籍していようが起こしてはならない。かといって、この状態のまま辞令を待つのは辛い。そんな中でのこの指令だ。

認めたくはないが、三人とも職場では厄介者だ。この際、三人まとめて異動させるために、所属長が結託して仕組んだのかもしれない。

しかしここで断ったら、それだけで自分の評価は下がる。つまりは異動への布石となる。そして捜査一課長の指令を断ったという事実は、今後の警察官人生にずっとついて回る。

引き受けても断っても、どのみちマイナスを背負うのだと気づいて、星里花は途方に暮れた。

頭の中にレスリングの大会の記憶が甦った。高校、大学を通じて、対戦相手には後《のち》のオリンピックのメダリストがいた。組み合わせによっては大会序盤で対戦することも多かった。星里花は運を持ち合わせておらず、必ず準決勝までに、なぜかその選手と当たってしまうのだ。試合に臨む度に、またかと失望し続けた。力の差は歴然で、何をどうしても勝てない相手との試合をしなければならないのだから、やる気も失せる。理由をつけて試合を放棄することも考えた。けれど、やはり一度もしなかった。やるだけやってみよう。もしかしたら、万が一があるかもしれない。もちろんそんなことはなかった。それでも敵前逃亡したら、生涯後悔することになる。自分のために、それだけはしてはならない。そう心に決めて星里花は試合に臨み続けた。結局、その選手に勝つことは一度もなかった。ただ、星里花の努力を一番認めてくれていたのは、実はそのメダリストだった。大学最後の試合後、彼女は星里花の健闘をたたえてくれ、連絡先の交換を頼んできた。彼女とは今もメールやラインでやりとりしている。

星里花は覚悟を決めた。こうなったら、せめてやるだけはやったという結果は残そう。

「分かりました」

下田一課長にはっきりと星里花はそう言った。

午後三時五十分、正木星里花は白とグレーのモザイクタイル張りの歩道で立ち止まっていた。目の前にあるのはベージュのタイル張りの何の変哲もないビルだ。建物正面のわずかなスペースに警察車輛が列んでいる。一般的に警察署には免許の更新やその他の相談に訪れる都民のための一般来客用の駐車場が設けられているが、ここにはない。新宿という場所柄、仕方のないことなのだろう。

建物の大きさや職員の数で言えば、もちろん星里花が在籍している警視庁の本庁庁舎と比べるべくもない。だが現場としての犯罪の検挙数は警視庁管内では最大の署だ。刑事課に所属している刑事達の経験値は、二十四歳で刑事になって九ヶ月の星里花よりも断然高い。捜査一課の一員だとしても年の若い星里花に対する所轄署の刑事達の態度がどういうものかは、すでに三田署の捜査本部で体験済みだ。三田署よりも犯罪数の多い新宿署となれば、推して知るべしだ。しかも今回は、さらなる困難を背負っている。

星里花の心は重く沈んでいた。だが、いつまでも立ち尽くしたままではいられない。案の定、出入り口の自動ドアの前に立つ制服警官が訝しげな目でこちらを見ている。

——よし、行こう。

覚悟を決めて一つ深呼吸すると、星里花は歩き出した。

新宿署の捜査本部は七階の講堂に設けられていた。エレベーターホールには到着を待つ人々が集まっている。奇異の目を避けるために星里花は階段へ向かった。

高校、大学の部活の合宿では、部員を一人背負った状態で五階分の階段を二往復させられた。卒業してまだ三年も経っていない。まして自分だけなのだから、七階分の階段など苦ではないはずだ。星里花は早足で一気に階段を上がっていく。

六階へ差し掛かった。あと一階分上れば七階だ。さすがに息が上がってきた。胸がばくばく鳴っている。手が赤くなりはじめているのに気づいた。このままでは真っ赤な顔で本部に入ることになる。最初の印象は大切だ。やる気に燃えているなどと取り違えられ、からかわれるなどご免だ。息を落ち着かせるために、星里花は立ち止まった。動悸が収まるのを待ってから、今度はゆっくりと階段を上っていく。講堂のドアが開き閉じるまでの間だけ、中の声が聞こえてくる。踊り場を通り過ぎ、七階までしっかりと足を踏みしめて上りきった。廊下の先に講堂のドアが見える。ドアが開いて、背広姿の男が二人、険しい顔で出て来た。片方は自分の父親と同じくらいの年齢で、もう一人は三十代半ばに見える。近づいてきた二人の目が星里花に向けられる。ちらりとだが、それでもなめ回すように全身を見られた。間違いなく新宿署の刑事だ。捜査一課のバッジを確認すると、わずかにむっとしたような顔をされた。

星里花は、「お疲れ様です」と挨拶して深く頭を下げる。返事は返されなかった。二人は無視して通り過ぎて行く。

いつものことだと、胸の中で自嘲する。それに、今回は、今までどころではないものが待ち構えているのだ。これくらいでへこたれている場合ではない。

さあ、いよいよだと覚悟を決めて、星里花は講堂のドアを押し開いた。

ターゲットの潮崎警視と宇佐見巡査部長の両名を捜すと、二人はすでに映像の確認作業を始めていた。もちろん話が通っていたのだろう。捜査本部内の実務を取り仕切る新宿署刑事課長は、星里花を二人と同じく映像確認班に指名した。新宿署刑事課からの三名と合わせて六名編成の班を交代制のために二つに分けた際も、当然のように二人と同じ班になった。そして挨拶もそこそこに、三つ横列びにされたディスプレーの席に就き、確認作業を開始する。二人とも、真剣に映像を見つめている。だが、星里花はなかなか映像に集中できなかった。相手は自由人と変人だ。とつぜん行動を起こすかもしれない。油断はならない。ことに席を立つときは要注意だ。

下田一課長は、何をどうすればいいのか細かく星里花に指示を出してくれた。

潮崎警視が捜査本部の指示に背いた行動をしようとした、あるいはしたときは同行し、メール、または電話で連絡をしろ——。

画面にばかり集中していたら見過ごしてしまうかもしれない。そう思うと、映像確認に身が入りきれない。そうして二時間が過ぎた頃、二人を監視しているのに気づかれた。

「潮崎警視。私以外に、もう一人被害者がいることに気づいてますか?」

三台列んだディスプレーの右端を担当する宇佐見が、映像を見つめながら突然そう切り出した。

「被害者って」

中央に陣取る潮崎が弱ったような口調で言い返す。いったい何の話だろうと、左端の星里花は耳をそばだてた。

「では言い方を変えましょう。二つ目の鈴の存在に気づいてます？」

言い方を変えられても、宇佐見の喩えはますます星里花を混乱させた。映像に目を向けてはいたが、自然と眉を顰めてしまった。

「潮崎警視のお目付役一号が私。そして二号が正木さんだという話です」

唐突に名前を出されて思わず宇佐見を見てしまう。

「う～ん、そうなんだろうねぇ。でも、ゴージャスだよね。僕一人に二人もだなんて。ただ、人手が足りないから投入されたというのとは矛盾しているよね」

穏やかというよりも、のんびりと潮崎が返した。

「本部に入れずに勝手なことをされるよりも、入れて監視した方が安全だろうという決断でしょうね。キャリアの警視相手に、役職が下の一般的な警察官ではダメ出しはしづらい。そこで、躊躇なくするであろう人物、つまり私を配置した。けれど私だと、本来の職務の効率化を理由に、あなたと共に行動するのを放棄する可能性もある」

「え？　あるんですか？」

「当然です。そもそもあなたの言動に責任を負うべきは監督する立場の上役です。部下の立場の私ではない。厳密に言えば所属が違うのですから、私はあなたの直属の部下ではない。ですが、この状況下で周囲はそう扱っています。みすみす問題行動を起こすであろう相手の下に就けられて、その責任を取る必要がどこにあります？」

宇佐見が言っていることは正しい。けれど、警察という縦社会では、法に触れる場合はともかく、それ以外では多少不条理だとしても、上が出した指示にたてつくなどあり得ない。それだけに星里花はぎょっとする。だが、すぐさま「本当に、清々しいほどに正直だなぁ、宇佐見君は」と嬉しそうに言った潮崎にさらに驚かされる。

「話を戻します。そこで、若い女性巡査の正木さんをさらに投入した」

──気づかれた。

内心で星里花は激しく焦っていた。心臓が高鳴り出す。

「責任の所在で考えればおかしな話ですが、あなたが本来の業務から外れて勝手な行動を取れば、監視役を任された彼女の失態となる。警視の人となりからして、さすがにそれは申し訳ないと思って控えるだろうと下田一課長は考えたのでしょう」

そんな発想は星里花にはなかった。失敗の責任を取らせて捜査一課から追い出すためだとばかり思っていただけに、驚いて目を見開いた。

「中断するのなら、一旦停止にした方が二度手間になりませんよ、正木さん」

正面を向いたままの宇佐見に指摘されて、あわてて停止ボタンを押す。右に列ぶ二人に振り向くが、二人とも正面を向いて映像確認作業を続けている。

「正攻法の制止と泣き落とし、あなた一人相手に下田一課長はその二段構えをしたということです。これって、実に無駄なことだと思いませんか？」

「いや、でも、その無駄をしても、本部に入れる意味があったんじゃないですかね？」

「こんな無駄をしなくても、もっとシンプルな解決法がありますよね」

「それは？」

「あなたが余計なことをしない、です」

「正論だけに、突き刺さるなぁ」

二人とも前を向いたまま会話を続けている。それも星里花が監視役だという前提でだ。

違うと言わなくては。どうにかして誤魔化さなくては。頭の中でそう思うが、何も言葉が出てこない。それでもなんとか言い訳を組み立てる。

「三田署の本部で映像確認をしていて、偽装ナンバーの白いハイエースをみつけたので、こちらでも」

言い終える前に宇佐見が被せてきた。

「以前に、注意力と判断力が足りないと指摘しましたが、改善されてないですね」

否定的な内容に言葉が詰まった。

「ここで一緒に作業を始めてからずっと、警視が少しでも動く度にあなたは反応していました。とても映像確認に集中しているとは言えない。はっきり言えば挙動不審です。それだけ警視に注目する理由は何か？　若い女性なだけに異性として興味を引かれてという可能性もあるでしょうが、よく言えば実直、悪く言えば馬鹿正直という定評のある正木さんだけに、職務中にそれは考えづらい。そうなると残るのは、そうしなければならない、つまり誰かから指示を受けている。ならば命じたのは今回の事件の責任者の下田一課長と考えるのが普通です。誰にでも明白でしょう」

淡々と矢継ぎ早に繰り出される宇佐見の言葉が星里花の胸に突き刺さる。

「失礼ですよ、宇佐見君」

潮崎が窘めた。けれど、宇佐見にはまったく響かなかったらしく、「事実です」とのみ言い返した。それにには応えずに潮崎は一旦停止ボタンを押す。

「とりあえず、一旦作業を中断しましょう。一服して親睦を深めるというのはどうですか？　これから当分、三人で活動するのですから。ところでお二人は抹茶はお好きですか？」

そう言うと、潮崎はまずは宇佐見、続けて星里花を見てにこりと微笑んだ。

「好きというほどではないですが、嫌いでもないです。ただ、せっかく点《た》てていただいたのに、口に合わずに残してしまうのは申し訳ない、といったところです」

馬鹿正直に宇佐見が言う。

「でしたら、砂糖とパウダーミルクをお持ちしましょう。それでも無理ならば、残りは僕がいただきます。正木さんは？」

「いただきます。――いえ、私が」

警視にお茶を淹《い》れさせるだなんてとんでもないと気づいて、あわてて席を立つ。

「あなたは抹茶を持っていない。それに持っていたとしても、実家が茶道家元の警視の口に合うように淹れられます？」

宇佐見の言葉にぐっと詰まった。言っていることは正しい。だが、無性に腹が立つ。

宇佐見がじっと自分を見つめている。小顔に黒目がちの小さな目、黒く太い眉毛。真顔でもわずかに微笑んでいるように見える顔の造りもあって、そんな宇佐見を可愛らしいと言う女性職員も多い。今すぐにでも彼女たち全員に、こいつのどこが可愛いんだ？　騙されるなと叫びたい衝動に駆られる。

「でも、一緒にいないといけないのでしょうから、手伝いに行っては？　僕は残って作業を進めます。抹茶の点て方は知りませんし、給湯室も広くはないので、邪魔になるだけですから」

言い終えた宇佐見はディスプレーに顔を戻した。今度もまた、ごもっともと認めざるを得ない。けれど、胸の中では怒りが渦巻いていた。もはや周りには誰も存在していないかのように画面を見つめる横顔を見ているうちに、首をつかんで投げ飛ばしてやりたい欲求に駆られる。

「では、行きましょうか」

潮崎の声に我に返った星里花は、宇佐見に対する荒ぶる気持ちをなんとか抑え、潮崎のあとに続いて給湯室へと向かった。

「正木さんには、ご迷惑をお掛けしてしまったようですね」

持参した手触りの良さそうな布袋《ほてい》の中から、次々と物を取りだしながら潮崎が切り出した。

女性職員の数も増えてはいるが、圧倒的に男性優位な職場なだけに、男性と二人きりになる機会は多い。だから緊張などしない。けれど相手はキャリアの警視であり、しかも捜査一課の同僚達の見慣れた吊るしの安物とは違う、生地も仕立ても良さそうなスーツに身を包んだ、顔立ちも爽やかな独身男性だ。しかも良い香りすらする。そして複雑な状況が重なっているだけに、さすがにいつもとは勝手が違う。返事をしようにも、「いえ、あの」と言ったあと、言葉が続かない。

「決して反抗しようとは思っていないんです。ただ、何というのか。言ってしまえば、僕は警察が好き過ぎるんですよ。ただ、入り口が推理小説なもので、それでつい理想を追ってしまって、たまに暴走してしまうというのか」

流しに列べた湯飲みに、潮崎が沸かした湯を入れる。

「警察組織を正常に動かすために役職や指示系統がある。それを守ることで事件解決に繋がる。十分承知しています。ですが、もっと臨機応変であってもよい場合もあると思うんですよ。ことに昨今の犯罪の多様性などを考えると」

言いながら、湯飲みの中のお湯を流しにこぼしていく。言わんとしていることは星里花にも分かる。

今も現職の叔父を見て、警察官というものがどういうものかは分かっていたつもりだった。だがいざ自分がなってみて、想像以上に行動規範が旧態依然のままなことに驚いた。

「法律が新しく制定されない限り、警察官には処理出来ないことがあります。理論で言えば仕方ないこととして済ますしかありません。ですが、被害者の立場になったら、仕方ないで終わられては困ります」

給湯室に置いてある湯飲みは、実用性重視の厚みのある無骨な物だ。だが白く長い潮崎の指が扱うと、なぜだか上等の器に見える。二つ目の湯飲みの湯をこぼし出したのを見て、あわてて「手伝います」と最後の湯飲みをつかもうとして湯が指に掛かった。熱さに驚いて湯飲みを落としてしまった。ステンレスに湯飲みがぶつかった派手な音が給湯室に鳴り響いた。

「すみません！」

あわてて拾い上げようとした手を、潮崎につかまれた。蛇口の下まで引っぱられて、上から水を掛けられる。

「あとは僕がしますので、冷やしていて下さい」

にこやかに言われて、立つ瀬がなく、星里花はただ「はい」とのみ言って手を水に打たせた。

つるりとした手触りが想像出来る小さな黒い筒状の器の蓋を潮崎が開けた。ふわりと抹茶の良い香りが鼻をくすぐる。器と同じ素材らしい黒い耳かき状の小さなさじで綺麗な緑色の抹茶をすくって湯飲みの中に入れていく。

「本当は、一度湯を冷ましてからの方がよろしいのですが、ちょっと手抜きをします」

薬缶《やかん》を手に取り、沸かしていた湯を湯飲みに直接注いでいく。

「そして、じゃーん」

抹茶の入っていた入れ物よりもさらに細い筒状の物を手にして蓋を抜き取った。泡立て器に似た形状のそれが、茶道で使う茶筅《ちゃせん》だということくらいは星里花もさすがに知っていた。

「携帯茶筅～！」

ドラえもんが秘密道具を出す口上をまねて潮崎が言う。どう応えたらよいのか迷う。そんな星里花を置いて潮崎は続ける。

「女性のメイク用の携帯ブラシから着想を得て、造っていただいたんです。これが、かなりの優れもので」

潮崎は指先だけ細かく器用に動かして、抹茶をかき混ぜ始めた。

「ところで、手はいかがですか？」

気づけば右手はすっかり冷たくなっていた。蛇口を閉めて確かめる。どうやら火傷《やけど》にはならずに済んだようだ。思えば、そもそも火傷するほどの熱さではなかった。大げさに騒いでしまったことを反省しつつ、「お蔭様で大丈夫でした」と、もごもごと伝える。

「それは何よりでした」

にこりと微笑んで潮崎は続ける。

「警察の仕事内容は多岐に亘ります。けれど、すべての枝葉を取り払えば、根幹にあるのは人を守る、それだけだと思うんですよ」

至極まっとうなことを言いながら、潮崎は抹茶を泡立てていく。大きくない湯飲みの中で、まるでカプチーノのように薄緑色の泡が立つ様を見ながら、自分がしたら手首が攣《つ》りそうだと星里花は思う。

「それを叶えるためには、ときに警察の時代錯誤な決まり事、これはさすがに言い過ぎか。――ええと、そうだ、様式美を重視していては、時間が掛かってしまうことがあるじゃないですか。それも少なくなく。最悪の場合では、被害者が出てしまう」

規律を守り、形式を重んじる。役職序列を尊び、業務を縦割りし、連携すべきはずの署同士で、あるいは署内で、出世に直結する星取り――業績を競いあう。それが警察だと言っても過言ではない。だが、それらを重視するあまりに後手に回り、結果、犯罪が起こり被害者が出てしまった悪しき実例は幾つもある。

「それって、本末転倒だと僕は思うんです。だからつい、出来るだけシンプルにアプローチしたいと考えてしまうし、してしまうんですよ」

潮崎は手を止めると、最後に一度くるりと綺麗に円を描くようにして湯飲みの中から茶筅を抜き出した。

「さあ、どうぞ」

先に口をつけることに気が引けて「いえ、警視が」と遠慮する。だが「香りが飛んでしまいます。さあ」と促されて、「では」とは言ったものの、片手で乱暴に湯飲みを持つのはさすがにまずいだろうと、腰を屈めて頭を低くした状態で両手を差し出す。

「そんなに肩肘張らなくていいんですよ。しょせんはお茶ですから」

潮崎が両手を添えて湯飲みを差し出した。手渡しさせてしまったことに恐縮した星里花はますます頭を低くして受け取ろうとした。

「しかし、さすがですね」

あとわずかで手が届こうかというところでまた潮崎が話し出した。

「レスリングをされていたと伺ってはいたのですが、その姿勢でも違和感がないというのか、実に安定感があるというのか。ただ、若い女性がお茶を受け取るのには、あまり似つかわしいとは……」

困ったような顔を見て、膝を落として中腰の状態のまま、お茶を受け取ろうとしていることに気づく。あわてて膝を伸ばし、両手も下げて姿勢を正す。

「うん、直立姿勢も素晴らしいですね。体幹が実にしっかりしているようにお見受けします。僕ももう少し鍛えないと」

改めて湯飲みを差し出されて、ようやく星里花は受け取った。

口元に運ぶと、湯気に乗って、清冽だけれど角のない抹茶の香りが鼻腔をくすぐる。

一口含んで飲み込んだ。思ったよりも苦くない。泡のせいか口当たりがまろやかだ。

「美味《お》しい」

意識していないのに、自然とそう言っていた。

「よかった」

安堵を零した潮崎が話を続ける。

「もちろん、こんなことでお詫びになるとは思っていませんが、正木さんと宇佐見君には、せめて美味しいお茶くらいはごちそうしたくて」

お詫びという言葉に引っかかる。

「命令には従います。──ですが、やっぱり色々とやらかしちゃうと思います。もちろん、その際の責任は僕一人で取ります。ただ、やはり、少しは正木さんと宇佐見君のお二人にご迷惑をお掛けしてしまうのではないかと」

困ったような笑顔でしゃあしゃあと言う潮崎に、星里花は湯飲みを持ったまま立ち尽くしてしまった。

十二月四日

頭の上の方から音が聞こえる。警視庁の捜査一課に異動して以来、スマートフォンは常に夜間でもマナーモードにしていない。音源に星里花は手を伸ばした。いつもならば一発でつかめる。だが連日の捜査本部詰めで溜まった疲れのせいか、指先で弾いてしまい、スマホがカーペットの上に落ちた。呼び出し音は鳴りつづけている。ベッドから上半身だけ乗りだして床を探った。ようやく拾い上げて顔に引き寄せるが、熟睡していたせいか、瞼が重い。なんとかディスプレーにピントを合わせた目に『本庁合同特別捜査本部』の文字が飛び込んできた。一気に目が覚め、通話ボタンを押しながら、ベッドから床に下りようとする。だが足に布団が絡まってしまい、なかなか抜けだせない。そうこうしているうちに上半身から頽《くずお》れた。床を鳴らす大きな音と同時に肩と胸が痛んだが、身体を起こしながら「はい、正木です」と精一杯声を張る。

「合同特別捜査本部の水谷《みずたに》だ」

水谷は合同特別捜査本部の連絡係をしている。

「緊急連絡。午前三時七分に渋谷区幡ヶ谷《はたがや》×丁目×番地〇、カーサカメリアの前で何かが燃えているとの通報が入った」

合同特別捜査本部からの連絡、燃えている――。この二つから出来る予想は一つだ。手と顔が熱くなりだした。興奮し始めた自分を落ち着かせるために、静かに息を吐き出しながら正座する。

「現着した自動車警邏隊員の報告で、タイヤ五本の中に入れられた人体だと判明。現場のカーサカメリアは藪長不動産がリノベーションを手がけた物件だ」

――やっぱり。

三田、新宿に続いて、これで三件続けて藪長不動産に関係する場所で事件が起こった。胸の鼓動が速くなり始めている。出来るだけゆっくり息を吸い込み、静かに吐き出すようにする。

「三田詰めの四係と、八係の火災犯捜査第一係が担当することになった」

星里花は立ち上がってスーツを掛けたスチール製のラックに向かった。ラックの下段には、下着やシャツも準備済みだ。

「すぐさま」

そこで口ごもった。本庁の合同特別捜査本部の一員ではあるが、新宿署の捜査本部詰めを任命されている。だが連絡は合同特別捜査本部からだ。自分は本庁と新宿署のどちらに行けばいいのだろうか？

「あの、私はどちらに」

「新宿署にシフト通りに出勤しろとの指示だ」

ならば、こんな時間に連絡する必要があったのだろうか？　腑に落ちなかった。それとも、今回のような合同特別捜査本部の場合は、捜査に携わる全員に即時連絡が入ることになっているのだろうか？　なにぶん初めての経験なので分からない。

「ただ、下田一課長からもう一つ指示が出ている」

下田捜査一課長の名に、星里花の身が引き締まる。

「この情報を正木から潮崎警視と宇佐見巡査部長に伝達しろとのことだ」

「はい。――え？」

思わず疑問の声が漏れた。

本庁から新宿署の捜査本部に参加している刑事の中で星里花はいちばん下《した》っ端《ぱ》だ。だから他の捜査官達に連絡をすることについて疑問はない。ただし全員に伝達するのならばだ。

「あの、お二人だけでよろしいのでしょうか？」

「他は新宿署の本部内から伝達する。正木は二人にのみ連絡しろ。事件の発生と、三名ともシフト通りの出勤だということを、くれぐれも捜査本部に迷惑を掛けないよう上手く伝えろ、という指示だ」

水谷は被せるように一方的に告げてきた。

「迷惑を掛けないようにって」

あわてて訊ねるが、「以上、連絡終了」と言って、水谷は通話を切った。

正座した足に携帯電話を持つ右手を下ろした。

――どうしよう。

まだ暗い部屋の中で光を放つディスプレーを呆然と見つめながら途方に暮れた。

下田一課長が言わんとしたことは分かっている。幡ヶ谷の事件を知ったら、潮崎警視は喜び勇んですぐさま新宿署の捜査本部に行くに決まっている。そして、自分の思うがままに推理を披露する。行き先が新宿署ならまだましだ。幡ヶ谷の現場や、その所轄である代々木《よよぎ》署に行く恐れもある。

両手を床に突いて大きく溜め息を吐き出した。連絡しろと言われた以上、しなくてはならない。

光が消えた。スマートフォンが節電モードになったのだ。持ち上げて、登録した潮崎の番号を呼び出した。そのとき、表示された時刻が目に入った。三時二十七分だ。

――今すぐに連絡する必要があるだろうか？

今、潮崎は眠っているだろう。そこに電話を掛けて起こし、事件のことを伝えたら、どれだけシフト通りの出勤だと伝えたとしても聞きはしない。間違いなく出署するに決まっている。

――ならば、もう少しあとで連絡を入れるというのはどうだろう？

自分が連絡しなかった場合、潮崎が一番最初に事件を知るとしたら？

新聞の朝刊は間に合わない。テレビかネットのニュースのはずだ。スマホでテレビの番組表を検索する。一番早いのは民放の四時スタートの番組だ。あと三十分もしたら放送が始まる。いや、それよりもネットの方が早いだろう。だとしたら、すでに潮崎は知っている可能性もある。

とりあえず潮崎の所在確認をしようと、番号を呼び出す。指でタップしようとして、直前で思い止まった。

問題は、潮崎が今どうしているかだ。まだ寝ているのなら、起こしたら藪蛇だ。

スマホのディスプレーに表示された潮崎の名を見つめながら、「どうしよう」と声に出して言った。電話をするべきか、それとも——。

スマホの光が消えた。ただ時間だけが過ぎていく。

いずれにしろ、事件のことを知れば潮崎は本部に行く。そうなれば、本部から自分に連絡が入る。そして叱責される。今、自分が知らせたとしても、潮崎が本部に行けば結果は同じだ。ただし、後者の場合、まず電話で潮崎を説得しなくてはならないし、当然自分も本部に行かなくてはならない。そして結局叱責される。

いずれにせよ、結末は同じだ。ならば、せめて労力を伴わない方を選びたい。そうでなくても、このところずっと睡眠不足が続いて疲れている。少しでも英気を養おう。

腹をくった星里花は、スマホを充電器に戻すと、ベッドの中に潜り込んだ。

再び頭上から音が聞こえた。今度はセットしておいた目覚ましのアラーム音だ。腕を伸ばし、今回は一発でスマホをつかんだ。ディスプレーに表示されている時刻は六時。今まで一度も着信はない。どうやら潮崎は、少なくともどこかの本部にまだ迷惑を掛けてはいないらしい。ほっと安堵する。だがすぐに、ならば自分がこれから連絡しなければならないことに気づいた。

覚悟を決めて番号を呼び出そうとして、思いとどまる。連絡を入れたら、すぐさま本部に行くことになる。ならば、出かける支度を調えてからにしよう。先に着き、新宿署の前で待ち構えて一緒に本部内に入る。そうすれば、被害はかなり食い止められるはずだ。

星里花はベッドから起き上がって、洗面所へと向かった。

洗顔と軽い化粧と着替えを終え、さらに朝食も済ませた。時刻は六時十八分になっていた。着信は未だにない。大きく深呼吸すると、星里花は潮崎に電話を掛けた。スリーコール目に潮崎が出た。

「おはようございます、正木です」

「おはようございます。幡ヶ谷の件ですね」

明らかに寝起きではない落ち着いた声で言われて、どきりとする。

「ご存じでしたか」

「ええ、ネットのニュースサイトで」

知っていたのに、本部に行っていない。予想が外れたことに拍子抜けする。

「本部より、定時に出勤するようにと」

「いえ、結構です、お母様」

潮崎が突然、妙なことを言い出した。

「身体に良いのは、ご説明いただいたお蔭で重々承知しております。ですが、何をどうしても僕はケールとは相容れないのです。——ケールの持つ栄養素については、もう何度も伺いました。素晴らしい野菜だと僕も思います。けれど、どれだけ努力を重ねても、どうしても好きになれないのです。同じだけの栄養素を他の物で取りますので、どうぞご心配なく。そんなことよりも、今、仕事の電話を受けている最中です」

かいつまんでまとめると、潮崎は今、母親からケールを食べるように勧められている。だが嫌いらしい。

「βカロテンならばにんじんで、ビタミンEはブロッコリーでいただきます。実際、その二つがサラダに入っているではありませんか。抗酸化力が健康に良いことも存じております。活性酸素を抑えて、体内の不飽和脂肪酸の酸化を防ぐ。それによって動脈硬化や心筋梗塞などの生活習慣病の予防に役立ち、さらには老化の予防効果も期待出来る、ですよね？」

ケールの持つ栄養価について話しているようだ。潮崎の年齢は三十半ばを過ぎている。その母親ならば六十歳前後だろう。今聞いているのは、身体に良い物を取らせようとしている愛情深い母親とその息子の会話だ。だがやたらと言葉遣いが丁寧過ぎて、違和感を覚える。

「だからと言って、好ましく思っていないのに体内に取りこんだところで、良い効果が得られるとは僕には思えないのです。──ええ、仰る通りです。薬だって好んで体内に入れません。でも確かに効果はあります。僕が間違っていました。ですが」

反論したものの、理論で言い負かされた。明らかに潮崎の旗色は悪い。

「とにかく、今は電話中です。──え？　分かった、すぐに伺います」

それまで少し遠かった声が、急にはっきり聞こえる。

「すみません、緊急の呼び出しが入りました。それでは行って参ります」

また声が遠くなった。その場から逃れるために、呼び出しを喰らったと芝居をしたらしい。

ドアが開閉する音に続けて「すみません、お待たせしました」潮崎の声が聞こえる。

「いえ。出勤は定時でよいとのことです」

「分かりました。でも、状況をお察しいただけていると思いますが、とりあえず今すぐ家を出ます。どこかで時間を潰して、定時に到着するよう調整します」

また誰か来たのか、後半ぐっと声が小さくなった。

「これは？　ですから兄さん、僕はケールは苦手だと。お義姉様《ねえ》の特製のスムージーですか。ケールは入っていないのですね。でしたら、いただきます」

今度は兄が来たようだ。実の姉か兄の妻かは分からないが、その姉が作った特製のスムージーを持って追ってきたらしい。仲の良さを通り越して過保護とも感じる。特製のスムージーを飲んでいるらしく、音が途絶えた。

「——これ、アサイーを入れて下さってますよね？」

苦々しげな声で潮崎が文句をつける。

「大変申し訳ないのですが、僕はアサイーに対する愛情を持ち合わせていないのです。作って下さったお義姉様に心より御礼申し上げます。ですが、次回からは僕の分はどうぞお気になさらずと、兄さんからお伝え下さい」

食べ物の好き嫌いは誰にでもある。自分ならば人に伝えるときは、苦手だとはっきり言う。だが潮崎はそうは言わない。相容れない、好ましく思わない、愛情を持ち合わせないと三つの違う言葉で言い表した。

冷静に考えると、相容れないと愛情を持ち合わせないの二つは、かなり厳しい拒絶の言葉だ。けれど、言い方のせいなのか、そんな風には感じない。

「——いえ、お母様、お弁当は結構です」

そんなことを考えていたら、母親もやってきたらしい。しかも弁当を持ってだ。

「職場での食事は、同僚とのコミュニケーションとして重要な役割がありますので、皆さんとご一緒します」

ただいらないではなく、きちんと理由を伝えるのは丁寧だし親切だと思う。これが良家というものなのかもしれないが、こんな会話を当たり前のようにするのだとしたら、一般的な家庭に生まれて良かったと星里花は思った。

「あ、でも、明日の朝は一人前お願い致します。ええ、武本先輩にです」

要注意人物の名が聞こえて、星里花は気を引き締め直した。

潮崎と武本の二人は、かつて所属していた池袋《いけぶくろ》署で同僚だった。偶然なのは分かっているが、この二人が揃うと、犬も歩けば棒に当たるかの如く、なぜか大事件に出くわすという。その詳細は下田一課長から聞いたばかりだ。人手が足りなくて本部に潮崎を入れるにしても、せめて新宿署ではなく三田署にすればよかったのにと星里花は思っていた。回避できるのならば、そうするべきだ。

だが新宿にしたのは、武本が留置管理課所属だからだ。留置担当官は勤務時間中は、まず外には出てこない。それに武本は命令に反する男ではないと聞く。言われたことを誰よりも愚直に全うする。ある意味、警察官の鑑《かがみ》だと。実際に、武本が一人の時は何事も起こっていない。対して潮崎は一人のときも、規模こそ小さいが何かしら騒動を起こしている。そして二人が揃うと、なぜか大事件に巻き込まれるのだ。

「捜査と関係なければ、二人が接点を持っても構わない。けれど、様子は報告してくれ」と強く一課長から言われたのを思い出して、心して耳を澄ませる。

「明日は朝十時半に仕事を終えられます。相変わらず、官舎で侘しい一人住まいをされてらっしゃるんですよ。朝なんて四枚切りの食パンを一枚、それも時間がないときはバターすらなしで、ただ牛乳で流し込んで終わりです」

武本の朝食事情は星里花とほぼ同じだ。独身で官舎住まいの警察官ならば、男女を問わず似たようなものだろう。それを、さも悲劇のように言われて星里花は少しムッとする。

「確かに先輩は健康でいらっしゃいます。二度撃たれてもお元気なのですから、殺したって死なないと言われているのも、あながち嘘ではないかもしれません」

武本を慕っているからこそ、食事情を案じているのだろうに、けっこう失礼なことを潮崎は言っている。

「とは言えもう四十代ですし、さすがに心配です。ですから、滋養のある物を召し上がっていただきたいのです。そうだ、ケールを入れて下さい。たっぷりと。それでは行って参ります」

――自分が苦手とする物を押しつけやがった、と呆れていると、出かける挨拶に続けて引き戸が動く音が聞こえた。ようやく潮崎は家を出ることに成功したらしい。

「何度もお待たせして本当にすみません。そうだ、署の入り口で待ち合わせしましょう。七時五十五分でいかがですか?」

「はい」と応えると、「それでは、のちほど。今日も頑張りましょう!」と明るく言って、潮崎が通話を切った。

音の途絶えたスマホを耳から外す。スーツの内ポケットからメモ帳を取り出して、先ほどの会話を思い出して報告のために箇条書きにする。書き終えて内容を読み返した。そして改めて、やはり潮崎は自由人だと実感する。

——私、やっていけるのかしら？

星里花は大きく溜め息を吐いた。

十二月五日

午前五時三十分になった。武本は監視席から立ち上がり、巡視を開始する。前回は番号の早い房からだったので今回は遅い房からだ。奥にある独居室に向かって歩き出す。もちろん大部屋の前をただ通り過ぎるのではなく、しっかりと中の様子を確認しながらだ。

前日四日の午前三時七分に幡ヶ谷でまた死体遺棄及び放火事件が起こったというセンセーショナルなニュースは、午後九時を回って面会を終えた留置人達から口伝で一気に留置場内に広まった。異様な事件が三件ともなると、留置人達もあだこうだと推理に余念がなく騒がしかった。それは消灯時間を過ぎても終わらず、何度も注意をしなければならなかった。だが今はさすがに皆、寝静まっている。

注意すべきは留置人の顔が全部出ているかどうかだ。留置場内は夜間でも完全に消灯されない。薄ぼんやりと明るい中では眠れないと、顔や目を布団や着衣で覆う者がいるが、それはみつけ次第、事故と自殺の二つの防止観点から、声を掛けて止めさせる。次に注意すべきは寝息だ。歯ぎしりやいびきはさておき、体調不良による小声のうめき声を聞き逃してはならない。

本来、裁判所によって勾留の決定がなされた被疑者は拘置所に収容されることになっている。だが留置場が全国に千百カ所あるのに対して拘置所は全国に八カ所、支所は百十一カ所しかない。なので常に満員状態で定員オーバーという理由から留置場で身柄の拘束を続けることが多く、被疑者の拘置所移送は検察が起訴を行ったあとになるのが通例となっている。今、大部屋に居る留置人達は、全員がすでに留置三日以上が過ぎている。しかも神経が太い者が多いらしい。皆、しっかりと顔を出し、穏やかに眠っている。もちろん留置人の中には、この環境にどうしても馴染めず眠れないデリケートな者もいる。その場合は指定医の診断後、軽い精神安定剤が処方される。

最奥の独居室の前に着いた。昨日の午後六時前に万引きで逮捕された七十代の男性だ。すでに三度逮捕されている常習犯だ。留置場にも慣れているのだろう、ぐっすりと眠っている。そこからまた引き返して、番号の早い居室へと巡視して行く。中央の監視席の前で反対側から来た福山とすれ違った。向こうも何もなかったのだろう。報告することがなければ、目顔で合図してただ交差するだけだ。五号居室の前に着き、足を止めて就寝中の留置人に目をこらす。

居室内での布団の敷き方には規定はない。奥から一列に列べる部屋もあれば、中心に足を向けて二列にしているところもある。ここは二列だ。右奥の白髪頭《しらが》が詐欺の元指定暴力団の幹部、その隣のやはり白髪の長髪が公務執行妨害のホームレス、手前左のてっぺんだけ長めにしているツーブロックが暴行傷害の中国人、右の六四分けの黒髪が暴行傷害——柏木だ。

昨日の午後二時四十分、第二当番開始の十分前に事務室に着いた武本は、さっそく引継書に目を通した。釈放や勾留延長などを確認してから、留置人それぞれの情報へと読み進める。そして、九十七番の柏木のところで目が留まった。

午前十一時半、弁護士を依頼したいと電話要請。午後二時十二分、皆川《みながわ》総合法律事務所の酒井信太朗《さかいしんたろう》弁護士が面会——。

それまで柏木は誰にも連絡していなかった。もちろん弁護士にもだ。犯行は認め、被害者への謝罪の念も深い。さらに治療費や服代などの弁償もすると言っている。ただ、泥酔のせいで犯行に及んだ理由を覚えていない。そして理由が分からない限りは罪は認めないと言い張っていた。それが今日になって急に弁護士を呼んだ。

決して楽ではない留置生活に限界を感じた、そう考えるのが普通だろう。けれど前日までの柏木からは、不安も憔悴も感じられなかった。だから、外に出たくないのかもしれないと考えた。だが、ものの二十四時間も経たないうちに気が変わったらしい。しかも呼んだ弁護士は国選ではなく私選だ。それも、柏木が頼んで教えて貰ったのだろう、同房の元指定暴力団の幹部御用達の刑事事件に慣れた事務所の弁護士だ。

――気が変わった理由は何だ？

規則正しく上下する柏木の胸に掛かった布団を見つめながら、武本は思案した。

十二月十五日

1

午後四時半になり、武本は台帳を手に監視席を立つ。今日は自弁の当番だ。留置人の食事は三食無料で支給される。だが平日の昼食のみ、留置人は自ら費用を負担すれば購入することが出来る。担当官が前日の夕方に各部屋を回って注文を取り、翌日の昼に提供することになっている。料金は一律五百円。各自の所持金から差し引き、釈放、または保釈時に精算される。メニューは各曜日ごと、三種類の中から一つを選ぶ。

明日は鶏の照り焼き丼とシーフードカレーとキツネそば、またはうどんだ。メニューは毎日変わるが、御飯物が二つと麺類が一つなのは変わらない。だが麺類はスパゲティミートソースやソース焼きそばなどの汁なしはさておき、汁物は人気がない。汁物は発泡スチロールの丼に具と麺のみが入っていて、手渡す直前に魔法瓶に入った出汁《だし》をかけて仕上げる。留置場内で唯一の熱いメニューのはずなのだが、出汁が生温《なまぬる》いのでリピートする者は少ない。しかし、なぜか外国人の間では人気がある。

一号居室の前に立ち、「一室自弁。鶏照り、シーフードカレー、キツネそば・うどん」と明日のメニューを読み上げる。

「百二番、鶏照り丼お願いします」

「百十六番、鶏照り丼お願いします」

一号居室では二名が注文した。

自弁は新宿署内の食堂で作られている。なので警察官も留置人と同じ物を食べている。鶏照り丼は御飯の上に脂身の少ない味の濃い鶏肉とキャベツやもやしなどの野菜炒めが載っている。ボリュームがあり、味が濃いために冷めてもけっこういけると、新宿署員の中でも人気メニューだ。留置人も同じらしく注文する者が多い。

続けて二号、三号、四号居室と回って注文を取っていく。五号居室の前に着き、改めてメニューを告げた。

「八十二番、シーフードカレーお願いします」

頼んだのは元指定暴力団の幹部だ。シーフードカレーと言っても、エビやイカやホタテ入りのカレーではない。カレールーの上に白身魚の小さなフライが載っているだけの物だ。

「九十七番、鶏照り丼お願いします」

九十七番――柏木だ。

逮捕勾留後、すぐに弁護士を頼まなかったのと勾留当初の態度から、柏木は勾留期間がさらに十日間延長となった。今日は十二月十五日、勾留されて十五日が過ぎようとしている。

目が合うと柏木は軽く会釈した。わずかに頷いて武本はそれに返す。

十二月四日に弁護士を呼んで以来、柏木の様子が変わった。まず、服装だ。

留置人は弁護士や面会人が着替えを持ってこない限り、留置時の着衣しかない。洗濯は週に二回、担当官がすることになっているが、洗っている間、裸でいさせるわけにもいかない。その際は留置場の服、通称トメ服を貸している。紐やポケットがないスウェットの上下や綿の丸首シャツとウェストがゴムのパンツなど、どれも勾留中の着衣規定を満たした物だ。その中には有名スポーツメーカーのジャージやシャツなどもある。

トメ服の多くは留置場で購入したものではない。留置人が釈放、または保釈の際に置いていく――寄付した物だ。勾留の記憶を思い出させる物など不要なのだろう。

トメ服も私服も洗濯は一緒にする。なので間違わないように、トメ服には黒いマジックで「留」または「トメ」と大きく書いている。担当官がふざけて、大手量販店や有名スポーツメーカーのロゴを真似して書いている物もあるが、これに関しては、あくまで被疑者の立場の留置人に対して不謹慎だという声もある。一方で、複数回逮捕されている犯罪者達には面白いと概《おおむ》ね好評だ。

柏木は弁護士を呼ぶまで、誰にも連絡しなかった。なので勾留初日の私服を洗濯に出した時はトメ服を着ていた。その後、弁護士接見の際に服を持ってきて貰い、今は私服だ。白いスウェットの上下は新品らしく、色もあせておらず、布も張りがあってきちんと見える。

自弁もまたしかりだ。逮捕時に所持していた現金は七千五百四十二円。初日に歯磨きセットやタオル代として千二百五十円を徴収したので残りは六千二百九十二円。残金が心許なかったのだろう、自弁も飲み物も日曜限定のお菓子も一度も購入していなかった。だが二度目の弁護士の面会後、柏木の所持金は一回の差し入れ上限金額の三万円分増えた。弁護士に依頼して口座から引き落として差し入れて貰ったのだ。余裕が出来たのか、柏木はそれまで頼まなかった自弁も頼むようになった。

何より表情と態度が変わった。今までは口数が少なく、表情も乏しかった。だが今は同居室内の留置人達だけではなく、担当官とも話すようになり、さらには笑顔も見せるようになった。

接見時、同席した担当官の話から、弁護士は被害者に示談を持ちかけていて、どうやら被害者は乗り気らしいのも分かった。ならば、変化は当然だ。

けれど武本はどうしても引っかかっていた。

柏木は暴行した事実は認めた。深く反省し、被害者に対して賠償するとも言った。けれど酔っていたせいで記憶がなく、殴った理由が分からない。それが分かるまでは罪は認められないと言い張っていた。その柏木が弁護士を呼んだのならば、自分の中で納得したからに違いない。だが調書には明確な理由は記されていなかった。あったのは、「多分、いらついていたんだと思います」という曖昧な言葉のみだった。

引き継ぎの際、第二当番の担当官・水田《みずた》が言っていた。水田は福山と同じく、次は刑事課に異動になると言われている二十七歳の巡査だ。水田も柏木のことが気になっていたらしく、気が変わった理由を尋ねてみたそうだ。答えは「このままにしていたら、被害者に申し訳ない」というものだった。もとより暴行に対して自責の念を持っていたのだから、それならば納得できる。だが水田はさらに続けた。

「弁護士を呼ぼうと思った直接の理由は、いつまでも警察のお世話になるのも申し訳ないと思うようになってきたからだって言うんですよ。警察に迷惑を掛けたくないと思うのなら、人を殴ったりしなければいいのに。でも、酔っぱらってしまって、判断ができなかったのでしょうね」

苦笑して言う水田に、そんなものかもしれないと武本も思った。ただ、続いた「でも本当のところは、最初は意地を張っていたものの、やっぱり辛くなったんじゃないですか？　この生活が」には、すんなりと同意することは出来なかった。

留置場の生活は完全に管理され、自由もなく、プライバシーすらない。狭い居室の中で二十四時間のほとんどを、見ず知らずの他人と過ごす。食事も決して美味しくはない。夜間も明かりが灯される。何より世間から隔離され、家族や恋人や友人にも会えない。そして、この先自分を取り巻く状況がどうなるかという不安に苛まれ続ける。そんな生活に耐えきれず、とにかく外に出たさから、頑なに冤罪を訴えていたものの、態度を翻して罪を認める留置人は少なくはない。

柏木は勾留初日から普通に食事を摂っていた。眠れていないということもない。さらに荒んでいるようにも見えない。弁護士を頼んだあとも、面会に来ているのは弁護士だけだ。

一般的な留置人は、弁護士以外にも家族や友人など近しい者が面会に訪れる。中には面会は一日一組、同席は三名までという規定があるのを知らず、何組も来てしまう場合すらある。

もとより天涯孤独で連絡する相手がいない。あるいはいたとしても迷惑を掛けたくないから伝えるなと指示しているのかもしれない。そう考えればおかしくはない。けれど水田が言うように、柏木が勾留生活に音を上げたとは武本には思えなかった。

そこで武本は考えるのを止めた。柏木の勾留期限は十二月二十日、五日後だ。弁護士が上手く進めて示談を取り付ければ不起訴で釈放。失敗したら起訴で、認められれば保釈、却下されれば拘置所に移送される。どちらにしても五日後にはここから出る。全ては担当の検察官が決めることだ。留置担当官の自分の見解は必要ない。

そのとき「五室は以上だよ」と声が聞こえた。癖のあるイントネーションは暴行傷害の中国人だ。ツーブロックの刈り上げ部分が伸びたのが気になるのか、しきりとその箇所を触っている。

武本は頷くと六号居室へ移動する。去り際、ちらりと視線をやった。柏木は胡座をかいて、官本の文庫本を読んでいる。自由時間の留置人のほとんどが官本を読んで過ごすか、寝転んでいるかのどちらかだから、ありふれた光景だ。ふと柏木の視線が動いた。今、一瞬だが柏木はページの外——自分に目を向けた。武本の視線に気づいたのだ。なのに、目を合わせることを避けた。視線に気づいたことを悟られたくないようだ。

担当官の仕事は常に留置人を見ることであり、留置人の立場で言えば、ずっと見られていることになる。それだけにいちいち反応してもいられない。だから声を掛けたときはさておき、ただ見ているだけのときに留置人に無視されても、別段不思議でもない。けれど柏木の態度に、武本はやはりどこか引っかかった。

2

星里花は強く目を瞑り、心の中で五つ数えてからまた開いた。だが長時間ディスプレーを見続けていた目は乾ききっていて、それくらいでは潤わない。窓の外に目を向けた。すでに暗くなり始めている。壁に掛けられた時計の針は午後五時を回っていた。十二月の中旬ともなると日は短い。

前回、時刻を確認したときは午後三時十二分だった。あれから二時間近く凝視していたのだから、目が乾いて当然だ。机の上に置いていた眠気覚まし用の清涼感のある目薬を取ってさす。少し潤ったが、使い続けたせいでもはや刺激は感じない。瞼を閉じたまま目頭をつまんで、全体に行き渡らせる。その方が効果があると潮崎が教えてくれたからだ。目を開く。視界が少し良くなったが、疲れているのは変わらず、やはり瞼は重い。机の上に目薬を戻す。これは三つ目の目薬だ。芝浦の事件で三田署の捜査本部に加わったのちに新宿署の捜査本部に異動した翌日に、最初の一つは使いきった。そして今、この目薬も残りわずかだ。目薬の横に置いたミントのタブレットのケースに手を伸ばし掛けて戻した。こちらも残りはあとわずかだと思い出したからだ。ミントや目薬代もいくつも買えば馬鹿には出来ない金額になる。

仕方なく、息を吐き出しながら大きく伸びをする。顔を洗うのが眠気覚ましには一番効果があるのは分かっている。けれど新宿署の捜査本部に加入して十日が過ぎた今、ずっと映像確認のみであることに飽きてきたのか、潮崎に落ち着きがなくなりだしている。油断していると断りもなく席から消える。そして他の担当のところに行き、勝手に資料を見て、自分の推理を繰り広げだす。役職が下の捜査員たちは、警視の潮崎を無下に追い払うことも出来ない。そのたびに星里花はあわてて連れ戻さなければならなかった。

それは捜査本部内だけではなかった。潮崎は「先輩」と敬愛する武本に会いに出掛ける。さすがに留置場には押しかけないが、出退勤時や昼食時ともなると、通り道を狙って待ち構え、一方的に話しかける。雑談なら問題はないが、ストレスを晴らそうとしているのか、事件について話してしまう。それも廊下や階段でだ。

星里花が困るのはもちろんだが、武本も迷惑なのだろう。はっきりと「時間がありません」「本部に戻られては」「その話をここで私にするのは問題があると思います」などと口にする。けれど潮崎は、「そうですよねぇ」とか「気をつけます」とは言うものの、決して改めようとしない。結局、「仕事ですので」と言って武本が立ち去るまで終わらない。

ただしそれは武本の出勤日の話だ。武本と話すと気が晴れるのか、潮崎はあまり捜査本部内をうろつかない。だが非番で署内にいないときは回数が跳ね上がる。

すでに武本の出勤パターンは頭の中に入っている。今日は二当明けですでに帰宅した。それだけに潮崎を残して一人で離席するわけにはいかない。ならばと席を立ち、その場でスクワットを始める。身体を動かせば眠気も払えるし、イスに座り続けて凝り固まった背中や腰の筋肉の張りも解消する。

最初のうちこそ、潮崎には感心され、宇佐見にはうるさいとかほこりが立つと嫌みを言われたが、もはや二人とも慣れたらしく何も言わない。

後頭部に両手を添えた方がトレーニング効果は高い。だが今は身体を鍛えたいのではない。より眠気を消し去るために、あえて大きく腕を振ることにした。弾みをつけて深く腰を落としては、立ち上がる。一回ごとに声に出さずに数えていく。その横を車輛を担当する外回り班の捜査官達が通り過ぎた。皆、くたびれ果てた顔をしている。寒空の下、一台ずつ車の所有者を訪ねなくてはならないのだから大変だ。けれど、正直うらやましいと星里花は思っていた。

潮崎だけではなく、身体を動かしている方が好きな星里花にとっても、芝浦の捜査本部も含めるとかれこれ二週間以上、ずっと映像確認の座り仕事を続けているのは苦痛だった。しかも潮崎を見張るという使命もある。ただ芝浦、新宿だけではなく、幡ヶ谷の現場周辺の防犯カメラの映像からも、偽造ナンバーの白いハイエースがみつかっただけに、重要な作業を請け負っているという自覚はあった。

無心で身体を動かすよりも、何か考えた方が頭もはっきりする。事件のことを思い出しながら、星里花はスクワットを続ける。

三カ所とも偽造ナンバーの白いハイエースだが、ナンバーはそれぞれ違っていた。さらに芝浦では行きも帰りも三名、新宿では行きは三名、帰りは二名、幡ヶ谷では行きも帰りも二名と、乗車人数も異なっている。

映像から犯人の体格を割り出した結果、芝浦では百六十五から七十センチ、百七十から七十五センチ、百七十五から八十センチで、新宿の現場で遺体を運び放火した三名と同一とみなされた。ただし新宿の帰りの車中では百七十五から八十センチの男が不在だ。一方、幡ヶ谷では、行きも帰りも百六十五から七十センチ、百七十から七十五センチの二名が該当するとの見解に至った。

これらから犯人は三人組で、新宿の事件後一人が抜けたという推測が成り立った。これで幡ヶ谷の現場の被害者が百七十五から八十センチならば、仲間割れが考えられただろう。だが、幡ヶ谷の事件の被害者は身長百六十三から五センチ、推定体重四十七キロの年齢八十歳前後の男性だと判明した。

遺体に所持品はなく、着衣は長袖のシャツにスラックス、下着、靴下のみで履き物はなし。身元は未だ不明。司法解剖の結果、喉や気管支や肺に煤《すす》はなく、燃焼時にはすでに死亡。目立った外傷、ことに頸椎・舌骨に損傷はなく、毒物検査の結果も陰性。肝臓から直径二センチ以上の肝細胞癌が六つ確認されたことからステージⅣの肝臓癌と診断され、死因は肝臓癌による病死と断定された。現在、当該患者がいないか都内の癌専門医に確認中だ。焼け残った筋繊維と内臓は冷蔵されていた痕跡がみつかった。

ただ、冷蔵される以前にすでに乾燥収縮があり、それらから十一月十四日前後に死亡したとみなされた。

死亡後、冷却されていたのなら芝浦の事件と同じ手口だ。同一犯の可能性は高いと、代々木署の捜査本部は考えた。だが検視官の報告書には続きがあった。幡ヶ谷の遺体はゼロから四度の間で最低でも二十四時間以上冷蔵保存されていたとされるとあったのだ。対して芝浦の遺体は、さらなる検視の結果、マイナス十八度以下で十日以上冷凍保存されていたと判明した。

どちらも冷やされて保存されていたのは同じだ。けれど保存温度と時間が違う。ならば場所も違うと考えた代々木署の捜査本部は、一から保存場所を捜しだそうとした。これにすでに捜査を始めていた三田署の捜査本部が異を唱えた。マイナス四十度以下の超低温倉庫を除いた冷蔵倉庫の多くは、マイナス十八からマイナス四十度の冷凍、マイナス十八からプラス十度の冷蔵の二温度帯の冷凍・冷蔵を提供している。だから遺体が保存された場所が同じ可能性は十分にある。それまでの三田署の冷蔵倉庫の捜査結果は、警視庁内の合同特別捜査本部から代々木署の捜査本部に提供され、代々木署は未捜査の冷蔵倉庫を分担として受け持つこととなった。
十九、二十とリズミカルに数を重ねる。ここまでは楽勝だ。息も弾まないし、腿に痛みもない。
三件ともに共通しているのは燃焼促進剤がガソリンで、使用されたのが十七インチの中古タイヤ五本ということだ。ただしタイヤのメーカーは同一な物もあれば違う物もあった。三つの捜査本部が分担してタイヤの入手先を捜しているが、中古タイヤを扱う販売店の数は関東近郊だけでも数が多く、さらにネット販売まで加えると全国レベルとなる。その全てに該当するメーカーの十七インチのタイヤの売買を問い合わせ、購入者に当たり始めはしたものの、未だ成果は出ていない。

さらに中古タイヤとなると売買以外にも入手方法がある。不法投棄された物だ。そもそもゴミから入手出来るのならば、証拠を残さないためにも犯人達はそちらを選ぶ可能性は高い。そしてこちらの捜査はさらに難航している。不法投棄で有名な場所を洗い出し、そこに通じる道のNシステムや、周辺の団体や会社、個人所有の防犯カメラの映像を集めて、タイヤの持ち去りをみつけるしか方法がないからだ。それに時期は事件より前ということしか分からない。結果、星里花たち映像確認班は膨大な時間の映像を見続けている。

ゴミが不法投棄される場所は、当然だが人の少ない山中や河原などが多く、そこに通じる道には街灯も少ない。さらに捨てるにしても拾うにしても、人目を気にしてほぼ夜間だ。当然映像は暗く、その中を走る車のナンバーも見づらい。それを特定するのだから、目の疲労は激しい。

三十回を過ぎて、腿が痛み出した。それでも休まずに五十回までやり遂げようと星里花はスクワットを続ける。

芝浦の事件が十一月二十六日、新宿の事件が十一月三十日、そして幡ヶ谷の事件が十二月四日。三つの事件は四日ごとに起こっていた。新宿の被害者・吉井文規は藪長不動産の社員で発見されたのは本社ビルの敷地内だ。芝浦と幡ヶ谷の二カ所とも、藪長不動産が手がけた、それも吉井が担当した物件だと判明した。そうなると藪長不動産自体か、あるいは吉井個人への怨恨による犯行という線が有力視されている。

だが重ねたタイヤに遺体を入れて燃やすという過剰な行為と四日おきという間隔の犯行から、儀式的な意味合いがあるかもしれないという推測も立った。合同特別捜査本部は念のために公安に問い合わせた。

警察という組織の中でも独自の存在である公安は、簡単には活動内容を公表しない。時に平然と嘘も吐く。該当しそうな団体はないという返答を得たところで、鵜《う》呑《の》みには出来ない。けれど幡ヶ谷の事件勃発から四日経っても新たな事件は起こらなかった。その後も、今に至るまで発生していない。合同特別捜査本部はその線は消し、藪長不動産と吉井に絞り込んで捜査を進めることにした。

そんな中、三日前の十二月十二日、ようやく事件は大きな進展を迎えた。芝浦の被害者の身元特定のために東京はもちろん近県の歯科医師会に歯のレントゲン写真を配って問い合わせをしていたところ、埼玉《さいたま》県の久喜《くき》市にある河本《こうもと》歯科医院から該当する記録があると一報が入ったのだ。

それは新宿署の捜査本部にも大きく影響を及ぼした。被害者は鈴木《すずき》隆史《たかふみ》・四十三歳、清掃業アルバイト、住所は東京都江東区辰巳《たつみ》×丁目〇番地・都営辰巳×丁目アパート五〇二と判明したのだ。そして鈴木には新宿の被害者、吉井文規にかつて暴行事件を起こした過去があった。

三件のうち二件の被害者に関係があるのなら、三件目の被害者もと考えた本庁の合同特別捜査本部は、吉井の事件を担当する新宿署に、さらに吉井周辺の捜査に重点を置くよう指示を出した。そして新宿署の捜査本部では、偽造ナンバーの白いハイエースの特定とともに、それが進められている。

四十回が目前となった三十八回目、すでに息は切れて太腿は張っていた。辛さにバランスを崩しかけたが、なんとか持ちこたえる。四十五、四十六と頭の中で数えながら、苦しさを紛らわせるために、潮崎と宇佐見の様子を窺う。

二人とも長時間イスに座って映像を見続けているのだから肉体的に辛いのは同じだ。もとより表情が乏しい宇佐見は、もはや完全に能面状態で、まったく表情が窺えない。さらに口数も減った。これは星里花にとって唯一の得だった。逆に潮崎は疲労と眠気と闘おうとしているのか、かえって口数が増えた。眠気覚ましとして映像を見ながら実況中継をするようになったのだ。実際、潮崎は今もなにやら呟いていた。最初のうちはうるさい、気が散ると宇佐見が文句を言っていたが、もはや慣れたというより諦めたらしく何も言わなくなった。

ようやく五十回を終え、筋肉の張りを取るべく片方ずつ足を振る。学生時代は五十回くらいでは腿に痛みなど感じなかった。だが今は両足ともかなり痛いし、息も切れている。事件解決までこの生活は続く。油断していたら、ますます体が鈍《なま》ってしまう。もっとこまめにスクワットをしなくてはと思いながら、星里花はまたイスに座った。すると「相変わらずお見事ですね。僕もしようかな」と潮崎が立ち上がった。

潮崎は身体が硬く、かかとを着けてしゃがめない。スクワットを始めるとぐらぐらと前後に身体が揺れ、ときには尻餅をつく。前回は持ちこたえようとしたせいで後ろによろけ、背後を通っていた事務官にぶつかって、ちょっとした騒ぎになった。星里花はサポートしようと立ち上がり掛けたが、「いえ、今度こそ一人で大丈夫です」と潮崎に制された。

ならば折衷《せっちゅう》案だと思い、キャスター付きのイスを潮崎の後ろまで滑らせる。

「ええと、足を肩幅に開いて。両手は後頭部で組んで。つま先よりも膝が前に出ないように。背筋は伸ばして、膝はつま先と同じ向きで、地面と太ももが平行になるように腰を下ろす」

言いながら始めたものの、一回目から前傾姿勢でぐらついている。

「さぁ〜ん、しぃ〜」

数える声も震えていた。

「何度も言っていますが、慣れないことをすると余計に疲れるだけかと」

振り向きもせずに宇佐見が言う。

「確かに疲れはしますけれど、でも、いつもはしないことをしているので、気分転換としての効果は大ですよ。宇佐見君もどうです？」

「いえ、結構です」

にべもなく宇佐見が断る。

「ろぉ〜く、しぃ〜ち。そうだ、正木さん。この間、武本先輩に正木さん直伝のスクワットをお勧めしようとしましたよね？」

動きを止めて潮崎が言う。

三日前の話だ。さすがに辟易したのだろう、武本は潮崎の待ち伏せを避けようといつもと出勤時間を変えていた。午後一時半に出署して道場で武道の稽古をし、終わったその足で一気に三階の留置場に行こうと計画していたのだ。

けれど潮崎は武本の行動など、すでにお見通しだった。道場は捜査本部が設置された講堂と同じ七階にある。武本が第二当番のときは午後一時過ぎから十分おきに潮崎は席を立ち道場の前をうろつき、中を覗いていた。なぜそんなことをするのかが分からずに訊ねると、潮崎はにこやかに答えた。

「地域課の皆さんは、交番勤務に出る前に稽古をすることになってるじゃないですか」

交番勤務の地域課職員は直接交番に出勤はしない。一度所轄の本署に出勤してから向かう。勤務終わりも同じく、本署に戻ってから退勤となる。そして勤務前に必ず本署の道場で柔道か剣道か合気道のどれかの稽古に出ることになっている。どれを選ぶかは、経験者はそれを、ないものは個人の自由とされている。

「武本先輩なら、出るのならば混んでいる朝稽古ではなく、昼稽古だろうと思って」

稽古は朝と昼の二回、第一当番前と第二当番前に行われている。夜間当直の第二当番前に稽古をするのは体力的にもつらいから、どうしても第一当番前の朝稽古に参加者は集中する。武本ならばその辺りを配慮して昼稽古に出ると潮崎は推測し、それは見事に当たった。道場前で待ち構えていると一時半に武本がやってきたのだ。

潮崎の姿を捉えた武本は驚きはしなかった。かといって嫌な顔にもなっていないようにに星里花には見えた。自分だったら、あからさまに表情に出してしまうだろう。武本さんは人間が出来ているのだなと感心していると「そんなに迷惑がらないで下さいよ」と、武本の顔を見ながら潮崎が言った。どこを見てそう気づいたのか分からず、思わず武本の顔を凝視する。

「左の口の端にわずかですけれど力が入っているんですよ。好ましくないと思われているときにするんです」

確認しようとさらに見るが、まったくそんな風には見えない。指摘されて戻したのだろうか。

「簡単には分からないと思います。僕もずいぶんと時間が掛かりましたから。差し入れした朝食のおにぎりの具で、梅干しを食べているときだけしていると気づいたときは、それはもう感激しました」

嬉しそうに潮崎が言う。だが乱暴に言い換えるのなら、餌付けして観察したことになるだろう。これではまるで野生動物扱いだと心の中で星里花は思う。同時に、迷惑だと思っているのに、なぜ武本は立ち去らないのだろうと疑問が湧いた。

「そうだ、先輩スクワットをして下さいよ」

唐突に潮崎が言い出した。そんなことを言われたらさすがに何か言い返すかと思った。実際、武本は一度、口を開き掛けた。だが気が変わったらしくそのまま口を噤んだ。今までと同じく表情の読み取れない顔を向けて無言で立っている。

初めて武本に会ったとき、身体の大きさと無骨な造りの顔に、星里花は一瞬怯んだ。素人《しろうと》が彫った木彫りの仏像のような顔だと潮崎から聞いていたが、右眉の下の縫い傷も相まって、仏像でも如来や菩薩ではなく、明王、もしくは仁王にしか見えなかったからだ。

得体のしれない要求をする潮崎に微塵も動揺せずにいる武本は、もはや無我の境地に立っているように星里花には見えた。

「学生時代レスリングでかなりの結果を残している正木さんから正しいスクワットの仕方を伝授していただいたんです。せっかくなので、先輩にも知っていただければと思って」

「いつまでサボっているんですか」

止まることなく続く潮崎のおしゃべりを、厳しい声が遮った。振り向くと、険のある目でこちらを見つめる宇佐見が立っていた。

「おっと、そろそろ戻らないと。それでは失礼します」

一方的に足止めを喰らわせたのに、それを詫びもせずにさっさと潮崎は捜査本部に戻って行った。残された星里花は、代わりに深々と武本に一礼してからあとに続いた。

結局、スクワットの件はうやむやに終わった。その話を持ち出したということは、また教えに行こうと言い出すに違いない。どうやって思い止まらせようかと考えていたら、潮崎が話を続けた。

「あのとき、先輩は何か僕らに言いたかった。いや、頼もうとしていたんです」

予想していなかった内容に、星里花はその時のことを思い返す。武本がそんな素振りをしていた記憶などない。

「ですが、宇佐見君に呼ばれて聞きそびれてしまって。いえ、悪いのは僕です。宇佐見君は正しい」

反論される前に、宇佐見に詫びてから潮崎はなおも続ける。

「なので明日、伺いに行きます。先輩は第二当番ですので、よろしくお願いします」

にっこり微笑むと潮崎は「さてと、はぁ〜ちぃ」と声を上げてスクワットを再開した。

潮崎の行くところ、星里花はついていくしかない。事前に予定を告げてくれるのはありがたい。けれど、余計なことでしかないのに、しゃあしゃあと言われるのは腹立たしい。

怒りにまかせて、転べ、転べと胸の中で念じていると、十回目に差し掛かった潮崎がよろけて、「ひゃぁ」と悲鳴を上げて盛大に尻餅をついた。偶然なのは分かっていたが、星里花は少しだけ胸がすっとした。

十二月十九日

午前十一時四十五分になった。食事提供の前に、各居室に敷くゴザを配布しなくてはならない。当番の武本は監視席を立ち、倉庫へと向かった。居室の枚数分ゴザを取ると、順次、居室を回って鉄格子の差し入れ口から「食事だ」と声を掛けながら渡す。受け取った留置人は入り口付近にゴザを敷く。居室にテーブルはないので食事はこのゴザの上に置き、同室の者達で取り囲むようにして食べることになっている。すべての居室にゴザを配り終えて、監視席に戻るとちょうどブザーが鳴った。留置人の昼食が届いたのだ。

平日は提供食だけでなく、一食五百円の自弁と、カフェオレ、牛乳、野菜ジュースの三種類の中から一つ百五十円で購入できる紙パックの自飲が届く。それらを注文した留置人に間違えないように提供しなければならない。だが土曜と日曜は自弁はなく自飲のみだ。さらに日曜日のみ、自飲に加えてお菓子——どら焼き、ロールケーキ、グリコ・ジャイアントカプリコ〈いちご〉味の三つの中から一つを、飲み物とセットで三百円で購入出来る。

今日は日曜日だ。人数分の提供食の他に、お菓子と自飲のセットがあった。担当官達は昼食の載った台車を留置場内に運び込むと、まず居室の人数分ごとに提供食を分ける。

留置場の昼食は基本的にパン食だ。八枚切りほどの厚さの食パンが三枚、それに学校給食で出てきたような袋詰めにされたマーガリン、いちごジャム、りんごジャム、ピーナッツペースト、チョコレートペーストの中から二つが日替わりで付く。おかずは十センチ四方程度の大きさの総菜パックの中に、ウィンナーソーセージ一本とナポリタンや、チキンナゲット一つにポテトサラダなどの簡単な物だ。これにオレンジ、ピーチ、アップル、ヨーグルト風味の紙パックのジュースを日替わりで一つ提供している。

そこにさらに注文票に合わせてお菓子と自飲を付けていく。

「一室四名、自飲、菓子、それぞれ三つ。百二十九番、百三十二番、百三十五番。カフェオレ、牛乳、野菜ジュース、カプリコ三」

お菓子の中では圧倒的にジャイアントカプリコ〈いちご〉味の人気が高い。どら焼きはしっとりはしているが柔らかさはなく、中の餡《あん》も砂糖が多く甘すぎて喉が渇く。ロールケーキはカステラに生クリームが渦巻き状に入っている一切れで、見た目こそ良いが、カステラ部分はぱさぱさしていて生クリームは滑らかではなく美味しくないというのが留置人達の共通した感想だからだろう。

順番に居室の食事を揃えていき、五号居室の番となった。

「五室四名、自飲、菓子、それぞれ三つ。八十二番、九十七番、百二番。カフェオレ一、野菜ジュース二」

豊本に読み上げられた通りに武本は段ボール箱の中から紙パックの飲み物をつかみ出す。注文したのは公務執行妨害のホームレス以外の三名だ。柏木も注文していた。

「カプリコ三」

続けてピンクの包装に包まれた三角錐の菓子を三つ取り出してトレーの上に置いた。武本は、セットしたばかりのトレーを見下ろす。

——これが最後か。

五号室の九十七番、柏木は恐らく明日釈放となる。十一月三十日に逮捕されて以来、柏木はずっと黙秘を貫いてきた。だが十二月四日になって気が変わり、弁護士を呼んだ。そして弁護士が被害者との示談を取り付けたのだ。それによって拘置所への移送はなくなり、そのまま留置となった。ならば柏木が食べる日曜日の菓子は今回で最後になる。

「以上、全室終了」

豊本の声に、留置担当官達は居室ごとにまとめたトレーを台車に載せて、各部屋へと配布する。

「一室、昼食だ」

声を掛けて鉄格子の差し入れ口から一人分ずつ、留置人の番号と注文内容を告げながらトレーを入れる。留置人も自分の番号に続けて、注文内容を復唱してから受け取る。これを全員分行う。配布し終えると、ここから三十分が食事時間となる。抑えられた音量の放送が流れ出すのを合図に留置人達は食べ始める。

留置場内では昼食と夕食の時間だけＢＧＭを流している。前半の十五分は公共放送のラジオニュースだが、もちろん当日のものではない。勾留中の留置人の事件を取り扱う可能性もあるだけに、録音して差し障りのない内容のものだけを選び、さらにそれを聴き取れるかとれないか程度の音量で流す。

かすかにニュースが流れる中、留置人達は黙々と提供食を口に運んでいる。留置場内の飲食は、水とお湯以外はすべて食事時間内に済ませる決まりとなっている。提供食はもちろん、自弁、自飲、菓子すべて、取り置きは出来ない。なので留置人達は三十分の食事時間の中で、すべて飲食し終えなくてはならない。

提供食を食べ終えたのだろう、菓子の包装紙を破る音があちらこちらから聞こえる。

BGMがニュースから音楽に変わった。後半の十五分はJ‐POPや時代劇のテーマソング集、ジブリアニメの主題歌集、クラシック集などのインストアレンジCDを流すことになっている。どのCDを流すかは当番の留置担当官が決めるため、同じCDが連日流されることもある。さきほどまでのニュースよりは音が大きく、何の曲が流れているか聴き取れる。今日はジブリアニメの主題歌集だ。

食事開始から十五分が経過したので、担当官達は巡視に回る。一号居室から、数字の大きい居室に向かって武本は歩いて行く。紙パックの飲料やジャイアントカプリコを手にしている様は、これがもしも野外で、子どもや女性がいたとしたらピクニックの一幕にも見えるだろう。だが実際は狭い留置場の居室だ。いるのは年代や肌の色も異なる成人男性のみで、着ているのは皆、紐のないトレーナーなどの留置服だ。この光景に配属当初、武本は違和感を覚えた。だが一ヶ月で慣れた。

四号居室の前を通過して五号居室に差し掛かる。前回の当番日と留置人の構成は変わっていない。詐欺の指定暴力団の元幹部、公務執行妨害のホームレス、暴行傷害の中国人、そして柏木の四人だ。

「明日は釈放か」

「だといいんですが」

元幹部と柏木が密やかな声で話している。

「被害者が取り下げたんだから確実だろうよ。出たら、酒には気をつけるんだな」

「はい、そうします」

柏木が礼を言ったのと、武本が五号居室の前に着いたのは同時だった。

「兄ちゃんも来週中には出られそうなんだろう？」

「はい、弁護士さんがそう言ってました。おじさんのお蔭です」

面倒見の良い元幹部は、中国人にも経験を活かした知恵を授けていた。中国人の青年は都内の有名私大に通っている富裕層の留学生だ。暴行傷害事件の内容は、同級生の同じく中国からの留学生の女性が、同大学のサークルの日本人につきまとわれたり、からかわれて困っていたところを取りなそうと間に入ったことからの喧嘩だった。中国人の青年は勾留されてすぐに本国にいる親に電話を掛けた。親は自分たちが到着するまで、何もするなとだけ告げて、すぐさま日本に向かった。だが、勾留されたのが午後九時を回っていたこともあり、一番早い便で来たとしても、半日以上は掛かる。それまでどうしてよいのか分からず、青年は途方に暮れていた。そのときに救いの手を差し伸べたのが、おじさんこと元幹部だ。

当番弁護士との一回目の接見はお金が掛からない。けれど選任したらそこからお金が生じる。お金がない場合は、当番弁護士に『選任をお断りします』という証書を書いて貰う。それがあれば低額の国選弁護士を雇うことが出来る。お金の心配がないとしても、当番弁護士を選任にするのはよく考えてからにした方がよい。当番弁護士をしているからといって、刑事弁護の腕が良いとは限らない。同じお金を払うのなら、刑事事件の経験件数が多い腕の良い弁護士を頼んだ方が損をしないなど、事細かに青年に教えてやったのだ。そして柏木と同じく弁護士も紹介してやった。

両親が面会に来た際、青年は教えて貰ったことを伝え、紹介された弁護士に連絡するように頼んだ。来たのは同じ法律事務所の別な弁護士だったが、柏木の件でも示談を取り付けただけあって、皆川総合法律事務所の弁護士は腕が良いらしく、被害届取り下げに向けて話が進んでいるらしい。

「本当に助かりました。保釈金のことなんて、まったく知りませんでしたから」

起訴された留置人は裁判を受ける。だが裁判所はたくさんの案件を抱えているので、すぐにとはならない。裁判の日が来るまでの間、留置人が待つ場所は二通りある。保証人がおらず、逃亡や証拠隠滅の恐れがある場合は拘置所へ移送され、そこで裁判の日まで過ごす。その心配がないと判断された場合は保釈となり、自宅で裁判を待つ。ただし保釈には保釈金が必要だ。保釈金は裁判の日に被告人が出廷し判決を受ければ返還される。出廷しなかった場合、罰則として没収される、謂わば一時預かり金だ。保釈金の支払い方法は振り込みではない。裁判所の会計に現金で支払わなくてはならない。保釈の通知は前日の午後四時から五時か、あるいは地検からの逆送者が戻ってくる午後六時から七時が多く、保釈金額もそのときに知らされる。留置人は弁護士を通じて、家族や保証人にすぐさまその金額を伝え、準備して貰うこととなる。だがそれらの時間では銀行の窓口はすでに閉まっている。ＡＴＭで下ろすとしても一日一回に下ろす金額には上限がある。口座に必要な金額があれば、翌日窓口で引き出すことも可能だが、経済事情は人それぞれなだけに、事前にお金を準備しておく必要がある。このしくみを知らずに、当日になって現金が準備出来ておらず、保釈日が延びるケースも珍しくはない。

「本当にありがとう、おじさん」

中国人の青年が礼を言う。

元幹部が、気にするなとばかりに、顔の前で手を横に振った。その顔には人の好《よ》さそうな笑みが浮かんでいる。だがこの笑顔で人を騙してきたのだ。それだけに油断はならない。

弱っているときに親切にされると人は恩を感じる。そして、何かあればその恩を返そうともする。〝おじさん〟は暴力団の元幹部だ。この優しさは無料ではない。いずれ何かの形で回収しようと画策している可能性がある。新たな犯罪の抑止も留置担当官の仕事だ。だから留置人の話には留意する。武本はあえて足を止めずにゆっくりと進む。

「世の中には知らなくていいこともあってさ。これなんか、その最たる例だけれどな」

にこやかに言う元幹部に柏木が「確かに」と応えた。

元幹部の言うことはもっともだ。保釈金の事情など、罪を犯さなければ知る必要はない。

「でも、私たちには必要な情報です。せっかく保釈が決まったのに、お金の準備が出来ていないで勾留が延びるなんて嫌ですからね」

元幹部に感謝の言葉を伝える柏木の声を聞きながら、武本は四号居室に向かう。

なぜこんなにも柏木が気になるのかが分からない。だがやはりどうしても何かが引っかかっている。その正体を探ろうと当番ごとに柏木を観察した。だが納得のいく答えは出ない。そんな中、捜査本部に加わった潮崎と会うようになった。顔を合わせているうちに、自由な発想を持つ潮崎ならば、という考えが頭を過った。実際に前々回の第二当番の前にあったとき、話をしかけた。だが職務の本分に背くと思いとどまった。

それでも武本は柏木に対する引っかかりをどうしても消すことが出来ない。それにはもう一つ理由があった。

休日の昨日、武本は足立区北綾瀬《きたあやせ》にいた。初めて降り立つ土地で、記憶した住所を頼りに目的地に向かいながら、どうかしていると武本は自嘲を繰り返していた。

――足立区北綾瀬×丁目△番地○、秋山荘《あきやまそう》一〇二号室。

頭の中で何度も復唱しているのは柏木の住所だ。

武本は留置担当官として厳正勤務と事故防止という職務を全うしている。決まった時間に決まった行動をし、留置人の身柄と安全を管理する。もちろん留置人の誰かを特化して扱いはしない。分け隔てなく一律の態度で接する。柏木に対してもそうしてきた自負はある。けれど勾留されたその日から、武本はずっと柏木のことが気になっていた。初犯で勾留された留置人に見られる特徴的な荒みがまったく見られなかったからだ。それに柏木は自分を避けているように感じた。担当官を避ける留置人は珍しくない。ずっと監視されているだけに疎ましく思うのは当然であり、別段おかしくはない。ただ、そうする留置人の多くは、あからさまに目を合わせない、話さないなど態度が一貫している。だが柏木は違う。さりげなく目を逸らす。話のかわし方も上手く、こちらが違和感を覚えないように自然に終わらせる。それは担当官達だけではない。他の留置人に対しても同じだ。一見すると自然体に映る。けれど、注目を集めないために細心の注意を払っているように武本は感じていた。

弁護士をつけたのが遅かったのと、最初のうちに黙秘を貫いたことが響いたのだろう、柏木はさらなる勾留延長は免れなかった。だが延長から三日後、弁護士は被害者から示談を取り付けた。おそらく柏木は不起訴となり、釈放される。

損害賠償内容に納得した被害者が赦すとしたのだから、罪には問われず世に戻る。別段おかしな点はない。もともと、酒に酔って人を殴ったという単純な暴行事件だ。被害者は鼻血を出し、服を一部破かれたが、被害としては決して大きくはない。勾留直後に弁護士を頼んでいたら、勾留請求せずに釈放とはいかないまでも、少なくとも二度目の勾留延長にはならなかっただろう。

新宿署が扱う事件数は多く、比例して留置人の数も多い。似たような暴行事件もまた多く、似たような留置人は山ほどいる。現に柏木よりもあとに五名勾留した。すでに釈放となった者もいれば未だに勾留されている者もいる。

けれど、どうしても武本は柏木が気になっていた。それで柏木の調書を何度も読み返した。調書には、柏木自身の言葉が連なっている。

先行きの見えない人生への不安と孤独感からつい深酒をした。明確な意思があっての犯行ではなく、本当に酔った弾みで偶発的に暴行をしてしまった。被害者には本当に申し訳ないことをした——。

調書には事件の経緯と心情の変化が余さず記載されていた。ことに弁護士がついて以降、深い反省が窺えた。けれどどれだけ繰り返して読んでも、武本には柏木という男が何者かが見えてこなかった。体裁は整ってはいる。だが人物が見えないのだ。

そうこうしているうちに、柏木の勾留延長の最終日が近づいて来ていた。悩み考える武本の頭に、自分の父親にかつて言われた「後悔という字は後で悔やむと書く。やらなかったことを後悔するよりも、やって後悔した方が良い」という言葉が浮かんだ。

武本は腹をくくった。そして台帳で柏木の現住所を調べ、記憶した。自分のしていることは越権行為だ。その自覚はあった。それでもずっと頭の片隅にこびりついている違和感をどうにかしたかった。柏木についてもう少し知りたい。そのためには、本人の言葉ではなく、他の人の意見が必要だった。柏木と接している人達から話を聞けば、もう少し人となりが分かるはずだ。柏木は個人でトラック運送業をしているので、職場の同僚はいない。それに家族の有無も分からない。明確な捜査対象人物であるのなら、担当課員に頼んで、法に則《のっと》って調べることは可能だ。その場合、戸籍謄本を取ることも出来る。だが、今はあくまで個人の違和感の払拭のための行為なので、それは出来ない。残るのは現住所——住まい周辺の人達から話を聞くしかない。

そして今、武本は柏木が住むアパートに向かっていた。時刻は午後一時を回っていた。道の細い住宅街には人気がない。人に話を聞くには事前に場所と住人の生活サイクルを調べなくてはならない。それは捜査の鉄則だ。朝夕の出勤や登校の忙しい時間帯は避ける。かといって、人の不在時に行ったところで得るものはない。不審者として通報されるのを避けるのはもちろん、被疑者に警察が近づいたことを悟らせてもならない。けれど今回は、あくまでも個人的な行為だ。まして武本には何の権限もない。だから行き当たりばったりで昼間に来てしまった。時間帯だけでなく、冷たい強風が吹いているせいもあるだろう、道には人の姿はない。

——△番地〇、秋山荘。

電信柱に取り付けられた看板に書かれた住所などを確認しながら、ようやく築年数がかなり経っていそうな古びたアパートをみつけた。壁に秋山荘と書かれたプレートが付けられていたが、その文字は経年劣化で消えかかっている。

――一〇二号室。

一階の端から二つ目のドアに数字で102と銀色のプレートが付いている。ドアの郵便受けから不在の間に入れられた大量のチラシが飛び出ていた。誰かが同居しているのなら、取りこんでいるはずだから、やはり一人で住んでいるのだろう。ドアの横はキッチンらしく、金属製の柵の奥、磨《す》りガラスの向こうにフライパンらしき物が吊り下げられているのが見える。

これからの行動は慎重を期さなくてはならない。身分を名乗ることはもちろん出来ない。それこそこの行為が世間に知られようものなら、自分のみならず上司も含めて懲戒処分が下る。どうするべきか考えていた頭にある顔が浮かんだ。潮崎だ。

池袋署の刑事課で行動を共にしたときのことだ。拳銃売買に関わっている疑いのある人物を訪ねて、その人物が経営する模型店を捜していた。夕暮れ時の住宅街で、道行く人は買い物袋を提げた主婦や老人が多く、その中で武本は明らかに異質な存在だった。そんな中、潮崎は軽やかに道行く女性に声を掛けた。警察官とは名乗らず、ただ店の場所を聞いたのだ。女性は不思議がる様子もなく、あっさりと場所を教えてくれた。

あのとき捜していた場所は店だった。それに聞いたのは、老若男女に警戒心を抱かせることはまずない外見の潮崎だ。対して今は柏木という男個人の話を聞きたい。加えて自分だ。あのときは背広姿だった。潮崎に言わせると、自分の背広姿は警官の制服と同様に、周囲に職業が伝わるらしい。だが、今は私服でダウンジャケットにスラックス姿だ。幾分かはましだろうと思う。ただし、話を聞くことが出来たとしても、柏木はじきに釈放される。のちに知らない男が話を聞きに来たと伝えられるかもしれない。それで自分だと気づく可能性はある。柏木が不服に思って世に公表するなり、直に新宿署に訴え出ないとは限らない。

——やはり、間違っている。

背を向けて立ち去ろうとしたそのとき、「柏木さんの知り合いの方ですか？」と背後から声を掛けられた。振り向くと温かそうな黒いロングダウンコートに赤い毛糸の帽子、同じく赤い毛糸の手袋で完全に防寒対策をした小柄な老女が立っていた。赤い帽子と手袋に若々しさを感じたが、目尻の深い皺から、おそらく七十歳は超えているだろう。

即答は出来なかった。だが振り向いたときに頭が動いたのを肯定したと思ってくれたらしく、「私、斜め上の部屋に住んでいるんですけれど」と、話し掛けてきた。

「もうずいぶんと柏木さんの姿を見ていないんですよ。トラックの運転手さんだから、数日帰ってこないことはあります。でも、こんなに長く不在にしていたことは今までなくて」

案じた声で女性は続ける。

「チラシもね、一度取ったんですよ。入りきらなくて下に落ちていたから。もちろん捨てたりしないで、私の部屋に全部取ってあります」

武本は今度も頷きのみで応える。

「あなたもトラックの運転手さん？」

老女は勝手に話を進めてくれている。武本はそれに乗ることにして、また頷いた。

「いらしたってことは、仕事先でも姿を見ないってことよね？　もしかして、どこかで具合が悪くなってしまったのかしら？」

不安そうな表情に、思わず無事だと知らせたくなったが、事情を話すわけにもいかず、無言でやり過ごす。

「柏木さん、大丈夫かしら？」

家主不在の部屋のドアを見つめて老女は呟くように言うと、そのまま口を噤んだ。柏木について話を聞かなくてはならない。口を開こうとしたそのとき、強い風が吹いた。老女が寒さに身をすくめる。

「今日は寒いですね」と声を掛けると、老女が「ええ、本当に」と微笑んで応えた。この機会を逃さずに武本は続ける。

「柏木さんと仲が良いんですね」

「いえ、そうでもないの。挨拶をする程度なの。でも優しい人でね、不燃ゴミを出すのに苦労していたら、手伝ってくれたのよ。そのときに少しだけ話したの。私が一人暮らしだと知って、重い物を運ぶときは声を掛けて下さい、いれば手伝いますからって言ってくれたときは嬉しかったわ」

困っている老女に手を貸す柏木の姿は想像に難くない。

「でもね、柏木さんのことはあまり知らないの。私は自分のことを話したくないの。だから人のことも訊かないことにしているの」

どこか遠くを見つめながら、再び老女が呟くように言う。古びたアパートに一人で暮らしているのには何か事情があるのだろう。

「でも、こんなことになるのなら、もっと話しておけばよかった。そうしたら、誰かに連絡することも出来たのに」

心底残念そうに言う老女に「そうですね」と武本は返した。どうやら柏木について個人的なことは何も知らないらしい。ならば、これ以上話すことはない。

「引き留めてすみません。寒いので帰ります。あなたも部屋に入って下さい」

それだけ言って一礼する。老女はゆっくりと外付けの階段へ向かう。足下はしっかりしているようだが、しっかりと手すりをつかんでいる。念のために階段を上りきるまで見守ることにした。

「大丈夫よ。でも、ありがとう」

立ち去らない武本の意図を汲んだのだろう、老女が礼を言う。二階まであと二段のところで、とつぜん立ち止まった。

「ああ、そうだった。一つだけ知ってたわ」

思い出せたことが嬉しいのか、武本を見下ろす顔には笑みが浮かんでいた。

「柏木さん、前は埼玉県に住んでいたって言っていたのよ。確か、花のつく素敵な名前の町で。それで良い名前の町ねって言ったら、名前だけだって怒鳴られて」

町の名で怒鳴る理由が分からない。それに武本が知る柏木は、老女相手に怒鳴るような印象はない。

「すぐに我に返って謝ってくれたのよ。嫌な記憶しかない場所だったもので、ついって」

柏木は嫌な記憶のある町から、ここに引っ越してきた。その町に行けば、柏木のことが分かるかもしれない。

「何という町でした?」

尋ねられるとは思っていなかったらしく、老女は驚いていた。けれど思い出そうと考え込んでくれる。

「花盛り――、違うわ、花栄《はなさかえ》よ。そうよ、花が栄えるっていうのが素敵だと思ったのよ」

明るい声で老女が言う。

「花栄町ですね、ありがとうございました」

お礼を言って一礼すると、武本はその場をあとにした。

市は分からないが、町名が分かれば絞り込むことは出来る。埼玉県の花栄町、記憶に留めようと頭の中で復唱する。そのとき、何かが頭の中で引っかかった。何度か町名を復唱しているうちに気づいた。その町の名を武本は既に知っていた。

「おいおい、すげぇ似てんじゃん！」

野太い笑い声が聞こえて、武本は意識をそちらに集中させる。

「もういっぺんやってよ」

この声は八号居室の百三十七番、四日前に暴行傷害で現行犯逮捕された旧車會に属している四十三歳の巨漢で、職業は整備工だ。続けて誰かの声がしたが、小さくて何を言っているのか聞こえない。その直後、「マジ似てる！」という声に被さるように複数名の笑い声が響いた。どうやら百三十七番が他の留置人に物まねをさせて、それを皆で笑っているようだ。

もめ事ではないことに安堵するが、やはり静かにさせなければならない。武本は足早に八号居室へと向かう。一足先に八号居室の前に着いた福山が、「そこ、静かに！」と、強い口調で警告を発した。

「すいません。けどさー、こいつのムスカの物まね、すげえ似てるんだよ。担当さんにも聞かせてやれよ！」

百三十七番は素直に詫びてから、さらに物まねをせがむ。

「ほぉ、はっはぁ！　見ろぉ！　人がゴミのようだ！」

檻の中から低い声が聞こえた。ジブリ映画主題歌がＢＧＭの時に物まねをする者は時たまいる。だがその映画は観ていないので、本当に似ているのかは分からない。けれどまた檻の中から弾けるような笑い声が聞こえ、さらに福山も「確かに」と顔をほころばせたので、似ているのだろう。だが、近づいて来た武本に気づいた福山は、すぐさま表情を引き締め、「いいから、静かにしろ」と怒鳴った。

留置人への接し方については、分け隔てなく一律であることを除けば、他には細かく定められていない。話し方は丁寧語を使う者もいるし、一貫して高圧的な態度を貫く者もいる。留置人の多くは被疑者であり被告人ではない。あくまで疑いが掛かっている状態であり、中には冤罪の者もいる。それだけに必要以上に高圧的な態度を取らないように武本はしている。ただ、留置人の年齢は様々で、留置担当官よりも年長者はいくらでもいる。だからなのか、ことに福山のような若い担当官は、舐められてはいけないとばかりに、高圧的な態度を取りがちだ。

「はい、気をつけます」

二度目ともなると、さすがにまずいと思ったのだろう、百三十七番も神妙に詫びてそれで終わりとなった。

騒ぎが収まったのならば、それで良い。武本はその足で監視席へと戻った。

食事時間が終わると、午後は取調べや面会がある留置人以外は居室で過ごす。ちなみに面会は取調べよりも優先される。なので取調べの最中でも、その留置人に面会人が来れば、中断して面会が行われる。居室の中では寝転ぶ者、本を読む者とそれぞれだ。

午後三時になると、担当官達が順次お茶を配っていく。その頃になると、釈放や保釈の可能性がある留置人はそわそわしている。検察からの連絡が入る最初のタイミングの午後四時が近づいているのだから当然だ。五号居室の前を通りながら、武本はちらりと中を窺う。柏木は胡座で本を読んでいた。浮わついた様子は感じられない。そのとき、柏木の視線が動いた。だがすぐさま元に戻される。

――まだだ。

柏木は武本の視線に気づいた。だが目を合わせようとはしなかった。ペースを変えずに武本は五号居室の前を通り過ぎる。

――時間がない。

おそらく明日には柏木は釈放される。

――埼玉県久喜市花栄町。

昨日、柏木の現住所で出会った老女が覚えていたのは県名と町名だけだった。帰宅した武本はすぐさま埼玉県の町名を調べた。埼玉県に花栄町は久喜市にある一つだけだった。

この町名を武本に教えたのは潮崎だ。武本の当番日の度に潮崎は署内のあちこちで待ち伏せている。そして一方的に捜査本部の事件について話す。埼玉県久喜市花栄町はその中で出てきた町名だ。二番目の新宿の事件の被害者・吉井文規はかつて暴行事件の被害者だった。加害者である鈴木隆史は、のちに一番目の芝浦の事件の被害者だと判明した。その鈴木がかつて住んでいたのが埼玉県久喜市花栄町だ。奇《く》しくも柏木が現住所に引っ越す前に住んでいたのと同じ町だった。

――事件と何か関わりがあるのだろうか？

新宿の事件は、防犯カメラの映像から三人組が吉井の遺体を運んで火をつけたのは午前三時七分と判明した。泥酔して暴行事件を起こした柏木が通報されたのが三時二十三分、現行犯逮捕され留置場に勾留されたのは四時十九分。

藪長不動産の本社から柏木が逮捕された西新宿×丁目のパチンコ店の前までは距離で八百五十メートルほど、大人の足ならば十分もかからない。それに柏木の体格は、防犯カメラに写っていた犯人の一人、百七十五から八十センチの男に該当する。

――いや、ありえない。

武本は自ら疑念を打ち消した。柏木は逮捕時、泥酔していた。十五分の間に移動して、泥酔するほど酒を飲み、さらに出くわしたばかりの通行人を殴るのにはさすがに無理がある。

――だが。

柏木が態度を変えて弁護士を呼んだのは、三つ目の幡ヶ谷の事件が起きたまさにその日だった。第三の幡ヶ谷の事件で防犯カメラに写っていた犯人は二人。新宿の事件の三人から身長百七十五から八十センチの男が欠けていた。

――まさかな。

その身長百七十五から八十センチの男が柏木だとしたら、三つ目の現場に行くことは不可能だ。他ならぬ留置場に勾留されていたのだ。

――アリバイとしては完璧だ。

どんな疑いを掛けられようと、このアリバイを覆すことは出来ない。まさに完璧なアリバイだ。

完璧なアリバイという言葉が頭に浮かんで武本は苦笑した。まるでミステリー小説に出てくる言葉だ。潮崎ならばさぞや喜んだに違いない。

「お茶のおかわり、お願いします」

背後から声が聞こえた。三号居室からだ。武本は薬缶《やかん》を手に振り向き、五号居室の前を通過する。そのとき、柏木の目がまた動いた。今度もまた、目を合わせずに元に戻した。

十二月二十日

電車が到着した花栄駅は、ホームが二本のみで二階部分に駅舎があるシンプルな構造の駅だった。ホームに下り立った星里花は周囲を見回す。目に入るのは数軒のマンションと民家のみだ。都心の駅周辺にあるような商業ビルや商店街は見当たらない。時刻は午前十時過ぎ。通勤や通学の時間帯とずれているせいか、駅には人気がない。見れば、潮崎と宇佐見の二人も同じようにあたりを見回していた。

捜査本部詰めでも勤務は交代制となっていて、一応休日はある。とはいえ、実際のところは皆休みなど関係なく出署している。二件の死体遺棄及び放火事件と、一件の殺人もしくは死体遺棄及び放火事件の捜査はどれも大きな進展はない。芝浦と新宿の事件の被害者は判明したが、幡ヶ谷の事件の被害者は未だ不明だ。そんな中、三人揃って休日を使って埼玉県久喜市までやって来るなど、本来ならばありえないことだ。だが警視の潮崎が「明日は予定通り休みます。お二人も休んで下さい」と宣言したことで今日の花栄駅行きが決まった。

前日の夕方、例の如く武本の勤務明けを狙って潮崎は階段で待ち伏せていた。お目付役の星里花も、もちろんその場にいた。迷惑がられているのは明白なのに、よくぞ懲りもせずに続けるものだと感心しながら待っていると、目的の人物が現れた。いつもならば潮崎の姿を確認すると、武本は捉まらないように足早に立ち去ろうとする。だが昨日は違った。自ら潮崎の前で立ち止まり、真面目な顔で「相談があります」と告げたのだ。珍しいこともあるものだと思いつつ、一言も聞き漏らすまいと星里花は集中した。

気になる留置人がいる——。それが武本の最初の言葉だった。新宿の事件が起きたのとほぼ同時刻に暴行事件を起こして逮捕勾留された柏木という男について、武本は訥々《とつとつ》と語った。留置場勤務をしたことがない星里花には、武本の言う初犯の留置人としては何かがおかしいという感覚は分からない。それまで弁護士を呼ばなかったのに、幡ヶ谷の事件の直後に急に気が変わったと聞いたところで、たまたまタイミングが重なっただけとしか思えない。だが続いた「どうしても気になって、柏木の現住所を訪ねました」との言葉に仰天した。潮崎と武本が今まで数々の騒動を起こしてきたことは知っている。だが警察官の本分から外れて、勝手な行動を取るのは常に潮崎だと聞いていた。反対に武本は決まり事を重視する堅物の警察官のはずだ。なのに今、武本は世間に漏れれば懲戒処分もありえる話をしている。そしてそれを目を輝かせて潮崎が聞いている。もはや嫌な予感しかしない。だが口を挿むわけにもいかず、黙って聞いていた。そんな星里花をよそに武本は抑揚に乏しい声で続ける。

「柏木が以前に住んでいたのは埼玉県久喜市の花栄町だと分かりました」

その町名には聞き覚えがあった。思わず口を開いていた。

「それって」

「芝浦の事件の被害者で、新宿の被害者・吉井にかつて暴行事件を起こした鈴木隆史が住んでいた町ですね」

星里花の声に被せるように言ったのは潮崎だった。

「分かりました！　お任せ下さい。柏木は僕が調べます！」

興奮状態で潮崎がそう断言した。

休日宣言はそののちだ。つまり休日は柏木の捜査に費やすに他ならない。ならば星里花としては同行するしかない。ただ宇佐見まで来たのは予想外だった。てっきり休みを取るだろうと思っていたが、宇佐見は仕事上がりの直前に「それで休みは何をするんです？」と潮崎に訊ねてきた。すんなりと事情を潮崎が説明すると「そうですか、それでは私も同行します」と言い出した。

「来てくれるんですか？」

「新宿の本部では三人セットと思われているので、二人が勝手に何かしているのを私は知らないと言っても誰も信じてはくれないでしょうから。それにいい加減、防犯カメラの確認作業にも飽きました。気分転換がてらに一緒に行きます」

星里花の心中は複雑だった。潮崎の自由すぎる言動を制御することなど一人ではまず無理だ。そこにさらに屁理屈大王の宇佐見が加わる。正直、どうなるか恐ろしい。

でも、と思い直す。宇佐見は潮崎をまったく恐れていない。潮崎が何かおかしなことをしたら苦言を呈するはずだ。ならば、一緒に来てくれた方がいいのかもしれない。

とはいえ、何かあれば理詰め攻撃を食らう。どちらにしても、楽な一日ではないことは確実だ。そう思い悩む星里花をよそに、宇佐見は「それで現地集合ですか？　それとも、どこかで待ち合わせます？」と訊いてくる。結局、朝の九時に新宿駅集合と決めたのは宇佐見だった。

そして今、三人は目的地の花栄駅のホームに立っている。

「思ったよりも近かったな」

腕時計を見ながら宇佐見が言う。つられて星里花も時刻を確認した。新宿駅からJRと私鉄を乗り継いで到着するのに要したのは一時間十一分だった。

「でも、移動距離はかなりのものですよ。これだけ長時間電車に乗るなんて、最近ではなかったので、けっこう疲れました」

両腕を天に突き上げて、潮崎が大きく伸びをした。ホームには潮崎と星里花と宇佐見の三名しかいなかった。とはいえ、潮崎の年齢を考えると子どもじみた仕草だと思った。

「さて、改札口はあちらですかね？」

腕を下ろすと、潮崎は上り階段に向かって歩き出した。宇佐見があとに続く。

宇佐見は星里花よりも背が低い。当然脚の長さも短く歩幅も狭い。けれど歩くのは異様に速い。頭がほとんど上下動せず、すたすたと早足で歩く姿はどこか作り物めいている。そんな宇佐見は早くも潮崎に追いつき、階段を上り始めた頃には横に列んでいた。潮崎が足を止めた。そのまま先に上っていく宇佐見を見上げている。追いついた星里花が「どうかしました？」と訊ねると、手で口元を覆って「宇佐見君って、茶運び人形に似てません？」と耳打ちしてきた。すぐにはピンとこず考えていると、「江戸時代に作られたからくり人形ですよ」と補足された。今度は明確にイメージが頭に浮かんだ。思わず「ああ！」と声を上げる。

「聞こえてますよ」

階段を同じペースで上がりながら振り向きもせずに宇佐見が言う。潮崎は子どものように肩をすくめて、「名は体を表すですね、地獄耳だ」と、またもや耳打ちしてきた。

一足先に階段を上りきった宇佐見が振り返って、「それも聞こえてます」と言う。

「ごめん、ごめん」

さすがに悪いと思ったのだろう、潮崎は一段飛ばしで階段を上がりながら宇佐見に詫びる。

「地獄耳は悪口だから言い逃れできないけれど、茶運び人形は違いますから。我が家に江戸時代に作られた田中久重《たなかひさしげ》のオリジナルの人形があるのですが、見た目といい動きといい、なんとも可愛らしいのですよ」

聞き慣れない名前を潮崎がさらりと口にした。知識がないのでどのくらい高名なのか星里花には分からない。けれど金額だけでなく文化的にもかなりの価値のあるものを所有しているに違いない。潮崎の実家の生業《なりわい》を考えれば驚くことはないのかもしれないが、庶民としては、そんな価値のあるものが家にあるということ自体、想像がつかない。けれど、潮崎にとってそれは普通のことだ。そう考えると、変わり者と呼ばれるのも仕方のない部分もあるのかもしれない。

「耳打ちしましたよね」

潮崎の足が止まる。

「聞かれて困ることでないのなら、最初から私に聞こえるように言いますよね」

怒っているようには見えない。むしろ無表情で宇佐見が続ける。

「ですが警視は正木さんにのみ聞こえるように耳打ちした。それは聞かれたら問題が生じると思ったからです。つまり私の耳に入ったら不快に思うだろうという想定のうえでの一連の行動となります」

理詰めで事実を突きつけていくのが宇佐見の性質なのは知っている。けれど、上役である潮崎に悪口を言ったと認めさせ、さらには謝罪の言葉を引き出すまで追及の手を緩めないのはさすがにどうなのだろう。内心あわてるが、へたに口を挿んだら矛先が自分に向くだけに、うかつなことは言えない。

「聞こえていると分かったとたんに、茶運び人形を所有していて、自分は好感を持っていると。つまり悪口ではない。そう言おうとされましたよね？」

いつもは多弁な潮崎が、今は言葉を失っていた。頷きのみで肯定を示す。この先、宇佐見が言いそうな内容の想像はつく。つまりは悪口を言った。しかもそれを誤魔化そうとしただろう。そして潮崎が謝罪し、宇佐見がそれを受け入れる。だが問題はそのあとだ。気まずさから、この先、潮崎は宇佐見には話し掛けなくなるだろう。そうなると潮崎のおしゃべりを一手に引き受けるのは自分だ。それは避けたい。星里花はなんとか仲裁が出来ないかと考えた。

宇佐見の口が再び開きかけた。だがその前に潮崎が「宇佐見君が茶運び人形をどう思っているか分からないから、という配慮です」と言った。

宇佐見が瞬きをする。

「宇佐見君が茶運び人形を好きなら問題はありません。でも、嫌いだったら不快に思う。例えば僕が誰かに君は犬に似ていると言われたとしましょう。僕は犬好きなので、悪い気はしません。それどころか嬉しいと思います。だとしても、すべての犬種が平等に好きかと言えば違います。鼻が前に出ている骨格の犬の方が好きなんですよ。柴犬やコーギーのような」

にこやかに微笑みながら潮崎はさらに続ける。

「ですから、パグとかブルドッグとか鼻の出ていないタイプの犬に似ていると言われたら、不快とまでは言いませんが、嬉しいとは思えない。それもあって、宇佐見君には聞こえないようにした。でも、誰かに伝えたい、出来れば共感してほしいと思ってしまうんですよ、僕は。それでつい、近くにいた正木さんに言ってしまったということなんです。納得出来ないと言われても仕方ないとは思います。ですがこれが僕の言い分です。では、改めて」

潮崎はそこでひと呼吸置き、再び切り出した。

「宇佐見君、茶運び人形はお好きですか？」

潮崎が意図していることが見えた。好きだと言われたら似ていると言うのだろう。けれど嫌いと言われたらどうするのだろう？

「分かりません」と宇佐見が答えた。完全に想定外の返答だ。潮崎はすぐさま「と言うと？」と訊ねる。

「好きとか嫌いとか某《なにがし》かの感情を持つほど、茶運び人形について考えたことがないもので」

こうなるともはや会話がどこに転がっていくのか、星里花にはまったく予想出来ない。そして、これはいつまで続くのだろうか。

「——なるほど。確かに茶運び人形は一般的とは言いがたいですものね。考えたことがないのも当然です。茶運び人形の動きって、可愛らしいだけでなく効率的かつ機能的で美しいと僕は思っているんです。そして、実は以前より宇佐見君の動きが茶運び人形に似ているなと思っていたんです。実際に見たことは？」

「ないです。ですが、映像では見ています」

「でもそれって、あくまで映像ですよね？　現物を生で見るとまた別だと思うんですよ。ぜひ我が家にいらして下さい。現物をお見せしましょう。いつならばご都合がよろしいですか？」

晴れやかに言うと再び潮崎が階段を上がり始める。星里花もあとに続く。

「いえ、結構です」

宇佐見が前に向き直った。

「でもそれでは、似ていると言われたことを不快と思われるかの判断がつかないじゃないですか」

駆け足で潮崎が追いかける。

「今夜はいかがです？　明日の勤務明けは？」

どうやら本気らしく、潮崎がぐいぐいと宇佐見に詰め寄っていく。その追求を逃れようと、宇佐見が足早に改札へ向かう。

「あ、そっちじゃなくて南改札です」

目的地と逆の方向の改札に進む宇佐見に星里花は声を掛ける。宇佐見が鋭角に曲がって南改札へと向かい出す。その動きはまさに茶運び人形のようだった。その後ろを、潮崎が追いかけていく。決して面白がっているわけではないのは、その表情で分かる。

今、目の前で繰り広げられているのは、大の大人が互いの理論と意思の正当性を通さんがための行為なのだ。

星里花はため息を吐いた。頭に浮かんだのは、面倒臭い、ただそれだけだった。

「いえ、どうぞお気遣いなく。警視が僕を茶運び人形に似ていると思われるのは自由ですから」

「いや、そういうわけにはいきませんよ。陰口を叩いたと思われたままではわだかまりが残ります」

潮崎が宇佐見の顔を覗き込むようにして前に回った。避けようと宇佐見がまた鋭角に曲がる。その動きは茶運び人形と言うより、障害物にぶつかったロボット掃除機のようだった。

「本当に結構です」

「それでは僕の気がすみません」

潮崎の声が真剣だ。このままではいつまでも終わらないが、間に入ったところで、上手く収められる自信がない。

「今の状況は、上役である警視が部下の私に勤務時間外の予定を強要している。つまりパワハラです」

逃げながら宇佐見が違う角度から言い返した。さすがは屁理屈大王と星里花は感心する。

「それはさすがに心外です。僕としては、誤解を解くための提案をしているだけなのに」

心底傷ついた声で言いながら、なおも潮崎が追いすがる。

「分かりました。誤解でした。これでよろしいですね」

宇佐見がぴたりと立ち止まって言った。その背に潮崎が危うくぶつかりそうになる。

この言い争いは潮崎の勝利で終結したようだ。いい年をした大人が何をしているのだと星里花はげんなりした。

「いや、誤解が解けてよかった。では和解の握手を」

笑顔で潮崎が手を差し出した。宇佐見も潮崎の手を握る。ともあれ、一件落着だ。

これでようやく本来の目的に向けて活動を始められる。星里花が安堵しながら近づいたそのとき、また宇佐見が話し出した。

「そもそも警視が私に対してどう思っていようと、私の関知する限りではないので」

潮崎は応戦しようと早くも口を開き掛けている。これ以上、二人の不毛なやりとりが続くかと思うと堪えきれなかった。

「もう、また嫌ごと言う！　宇佐見さん、いい加減にしぃや！　潮崎警視も相手にせんといてっ！」

女性が話すにしてはきつい印象がある言葉なだけに、大学で上京して以降、標準語を話すようにしていたのだが、苛立ちからつい出身地の東大阪の言葉が出てしまった。

しまったと思わず手で口を覆う。二人とも黙したままこちらを見つめている。沈黙がいたたまれなくなって、「すみませんでした」と言いながら深く頭を下げる。だが二人とも何も言ってこない。

「失礼なことを言いました。本当に申し訳ございませんでした」

頭を下げたまま、さらに謝罪の言葉を重ねる。

「――すみません、正木さん、嫌ごとってなんですか？」

聞こえた声に顔を上げると、潮崎と宇佐見が二人揃って怪訝な顔で見つめていた。

「嫌ごとというのは、方言ですか？」

「いえ、私の出身地とか、関西の一部で使う言葉で、方言みたいなものでしょうか」

改札を抜けて目指す花栄町に向かって歩きながら星里花は説明する。

「正木さんのご出身地は東大阪でしたよね？」

個人的な話など一度もしたことはない。だが潮崎は自分の出身地を知っていた。

「上司として、部下であるお二人には興味があったもので。警視庁に提出した情報の範囲のことは頭に入っています。ちなみに、宇佐見君は岡山《おかやま》県の白石《しらいし》島出身ですよね？」

「ええ」

風貌や言動からてっきり関東、それも東京出身だと思い込んでいた。だが中国地方の島育ちだと知って星里花は驚く。

「正木さんが方言で話すのを初めて聞きました。いや、良いですね。女性の方言って。なんとも味わいがあって。そうだ、宇佐見君も話して下さいよ。岡山弁って聞いたことがないんですよ」

「嫌です」

取り出したスマートフォンを操作しながら宇佐見はにべもなく断る。

「嫌ごと。嫌み、小言、不平不満などの意味のようですね。嫌ごと言い、というのもありますね。嫌なことを言う人だそうです」

検索した内容を宇佐見が読み上げた。

「なるほど、一連の流れから考えるに、本当に人を不快にさせて関係性を悪くするほどのことではなく、あくまで人を苛つかせる程度のことですね。実に上手い言い方ですね」

感心したように潮崎が言う。

「そうですか?」

スマートフォンから目を上げずに返す宇佐見に潮崎が続ける。

「宇佐見君が言うことの多くは間違っていない。いや、ほとんどが正論です。正論は正しい。けれどたとえ間違っていたとしても、今はそのまま話を進めたいときってあるじゃないですか」

駅前の狭いロータリーを右方向に抜けて目的地の住宅地に向かって歩きながら潮崎が言う。

「例えば、仕事に対する愚痴とかですかね。言ったところで状況は何も変わらない。でも、吐き出すことで気持ちが楽になる。そこで、そんなことに時間を費やしていても何も状況は変わらないなんて正論は言われたくない。分かったうえでしているのだから放っておいて欲しいと思うでしょう。そういうときに使うんですよね？」

「そうです」と星里花は肯定する。

「意見を求められていないのに言ったのなら仕方ないと思います。そもそも誰にも頼まれていないのに、勝手に話に割って入ること自体がおかしいですから。ですが、求められれば自分の意見を述べます。間違っているものは間違っていると」

きっぱりと言いきった宇佐見に対して、それが嫌ごと言いなのだと星里花は思う。けれどその揺らぎのない宇佐見の強さに、どこか後ろめたさを覚える。

「聞かれたから答えたのに、自分の望んだ答えと違うというだけで、嫌ごと言い扱いされるのは心外です」

宇佐見の口から屁理屈大王と呼ばれる所以《ゆえん》である意見が語られた。

だからそれだよ！　と心の中で星里花が突っ込みを入れたそのとき、「また、そんな嫌ごと言う」と潮崎が星里花の口調を真似て笑った。

「ただね、宇佐見君の気持ちも分かるんですよ。正木さんからしたら、宇佐見君は言ったところで仕方のないことを言う人、ですよね？」

本人を前にして肯定するのは憚《はばか》られたが、しぶしぶ「はい」と答える。

「さきほど宇佐見君は、僕が彼をどう思おうと自分には関係ないと言いかけた。これって、宇佐見君は僕には興味がない。つまりは無関心だということですね。ただ、これでは人間関係は成り立たない。だから正木さんは止めようとした」

その通りなので黙って頷く。

「ただ、ここが難しいところなのですが」

潮崎がわずかに眉間に皺を寄せる。

「嫌われるのと無関心なのと、正木さんはどっちが嫌ですか？」

嫌われるのは嬉しいことではない。だが、相手にとって意識されている――存在はしている。対して無関心は存在していない。考えた末に「どっちも嫌ですけれど、でも嫌われる方がましです」と答えた。

「ですよね。うん、多くの人がそうだと思います。でも、違う人もいるんですよ。同じ質問を宇佐見君にします」

「嫌われる方が嫌ですね」

宇佐見が即答した。

どうしてですか？　と訊ねる前に、宇佐見が話し出す。

「一つ根本的に間違っています。私は警視だけでなく、人に対して無関心ではありません。あえて言うのなら、どうでもよいというか、ゼロの状態です」

どうでもよいとゼロは違うのでは？と星里花は考える。そもそも宇佐見は人に関心があるようには見えない。だが本人はあると言う。意味が分からず困惑している星里花の横で、潮崎がとつぜん高らかな笑い声を上げた。怪訝な顔をした宇佐見が「何か？」と訊ねる。

「いや、武本先輩と似ているなと思って。——ああ、すみません。分かるように説明してみます」

ひとしきり笑うと潮崎は星里花に向かって話し出した。

「今までの話を忘れて、単純に数字で考えて下さい。ゼロとマイナス、どちらが嫌ですか？」

「マイナスです」

「それはゼロよりもマイナスの方が欠けているとか足りていない、つまりゼロの方が上だからですよね？」

星里花が、はいと言うのを確認してから潮崎は続ける。

「では思い出して下さい。正木さんは、さきほどは嫌われるというマイナスの方が良いと言われた」

「それとこれとは」

優雅な手つきで潮崎が星里花を制する。

「対象物によってゼロはマイナスよりも悪いとか低いものになる。いわば正木さんの中には時と場合に応じた物差しがいくつもある。でも、宇佐見君が持っている物差しは一つなんですよ」

潮崎の言葉を理解しようと星里花は頭をフル回転させる。確かに、宇佐見はいつ誰に対しても態度が揺らがない。それは宇佐見が持っている物差しが一つということだ。

「宇佐見君にとってゼロは悪いものではない。それどころか、マイナスよりもはるかにプラスに近い。そうですよね？」

「ええ」

「武本先輩も宇佐見君と同じで、物差しが一つなんです。だからぶれない」

ようやく話が見えてきた。

「まぁ、二人とも、さぞかし生きづらいだろうと思いますが」

気の毒そうな視線を潮崎が宇佐見に送る。

「私からしたら、警視の言うところの物差しを幾つも持っている人の方が生きづらいと思いますが」

「――とは？」

潮崎が首を傾げる。

「そういう人の多くが自分がどういう物差しを何本持っているか分かっていないようですので。同じ物なのに、そのつど違う物差しで測っていたら、正確な長さが分かるはずもない」

淡々とした物言いだからこそ、ばっさりと斬り捨てられたように星里花は感じた。

「それに私は他人の物差しの否定はしません。人は皆、自分の物差しで測った数値を信じればいい。私は私の物差しで測るだけです」

言いきった宇佐見の強さに星里花は憧憬《どうけい》の念すら覚えそうになる。さらに宇佐見が続けた。

「ただし、現実世界においては別です。一分が六十秒、一時間が六十分、一日が二十四時間と、時の流れの測り方は定められています。誰が何をどう言おうが、これは変わりません。そう考えれば、物差しは一つで生きる方が楽だと思います」

浮かんだ憧憬の念は完全に消え去った。

「また、そういう嫌ごと言う！」

そう言ったのは、星里花と潮崎の二人同時だった。

「正直、イメージしていたのとは違うと言うのか」

辺りを見回して潮崎が言う。花栄町は新興住宅地らしく道路は広く整然としていて、綺麗な区画で住宅が建ち列んでいる。敷地は皆広めだ。駅周辺に買い物が出来る場所がなかっただけに、車で買い物に行くことが前提らしく、どの家にも駐車場がある。天気も良く、家には洗濯物が干されている。家々の間にはまだ購入者がいないらしく、いくつかぽつぽつと更地があり、中には畑として利用されているものもあった。

星里花の実家の東大阪は中小企業の工場が建ち列ぶ町で、常に機械の音がそこかしこで聞こえていた。大学進学での東京暮らしは寮生活で、やはり人の声は途絶えなかった。今も独身寮暮らしだが、ほぼ寝に帰るのみだ。いわゆる静かな住宅街とは縁のない生活を送ってきただけに、目に映るのどかで穏やかな光景は星里花にとって理想の生活に見える。潮崎の言う、イメージと違うというのは、もっと開発の進んだ新興住宅地か、あるいはその逆のどちらかだろう。

「事前に調べてきたのですが、このあたりは東日本大震災時、液状化被害がかなり出た場所なんですよ。でも、あれから年月が経って、復興が進んだのでしょうね。今ではまったくそのあとは見受けられません」

「そうなんですか？」

まったく知らなかっただけに、驚いて改めて周囲を見回す。確かにこれと言って災害の痕跡をみつけることは出来ない。

「さてと、鈴木隆史さんのお住まいは」

言いながら潮崎が周囲を見回す。

柏木を調べに来たのに、芝浦の被害者であり、新宿の被害者・吉井に以前に暴行事件を起こした鈴木の家を捜すらしい。その理由を星里花が訊く前に、潮崎が先回りして答えた。

「柏木さんというお名前の方は、こちらにはいらっしゃらないんですよ。だとするなら、実際に住んでいた鈴木さんについてご近所さんに伺って、そこから話を広げた方が良いかなと思って。──あ、すみませーん！」

とつぜん潮崎が駆けだした。その先に、手押し車を押して歩く老婦人がいる。目ざとさに感心しながら、星里花はあとを追う。

「こんにちは～」

訝しげな顔で見つめてくる老婦人に潮崎は近づくと、警察バッジを取り出してから「すみません、少しお時間よろしいでしょうか？」と微笑んで訊ねた。

「警察の方？　もしかして、鈴木さんのことですか？　それでしたら、お話しすることはありません」

眉を顰めて言うと、白髪の老婦人は足を早めた。

捜査一課に配属され、捜査本部が立つ度に聞き込みを重ねてきた星里花は、その表情や態度をすでに何度も見てきた。話を訊いたところで何も答えてはくれない非協力的なパターンだ。ここでへたに深追いすると怒り出すこともしばしばある。だが潮崎はめげなかった。老婦人の横を併走しながら「すみません、本当にご迷惑だとは思います。ですが、なんとかお願い出来ないでしょうか？」と頼み込む。

「本当にお話しすることなんてありません。親しかったわけでもないですし」

「もちろん、ご存じのことだけで構いません。お願いします」

頭を下げて潮崎がなおも食い下がる。

「このままでは鈴木さんが浮かばれません。助けると思って、なんとか事件解決のためにご協力いただけないでしょうか？　どんなことでも構いません。鈴木さんのことを知りたいのです。なんとかお願い出来ませんでしょうか？」

老婦人が足を止めた。まじまじと潮崎の顔を見上げている。しつこさに怒り出すのではないかとはらはらする。だが、老婦人の口から出て来た言葉は予想とは違った。

「あなた、警察の方にしては物腰が柔らかいのね。前に来た人達は偉そうで。まるで人を品定めするようで、嫌な感じだったのよ」

職務質問や聞き込みの際、嫌疑の有無に拘わらず、民間人への対応には注意しなければならない。それは警察学校の授業や現場で叩き込まれてきたことだ。だがどれだけ細心の注意を払ったところで、受け止める側の心境はどうしようもない。制服はもとより、バッジを見せて警察だと分かったとたんに、反感を持つ者は多い。とはいえ、目の前の老婦人はそのようなタイプには見えない。ならば残念だが、前回の担当者の対応は老婦人に反感を抱かせてしまった。一度、嫌な思いをしたのなら、ますます協力を得るのは難しくなる。これはさすがに無理だろうと星里花は思う。だが潮崎は諦めなかった。

「それは申し訳ございませんでした。皆様の協力あっての警察なのに。失礼を心よりお詫び致します」

そう言うと、深々と一礼してから潮崎は頭を上げた。

「それで、どうでしょう？　なんとかご協力いただけないでしょうか？」

困り果てた顔で懇願する潮崎を見た老婦人の表情が和らいだ。

「まぁ、いいわ。それで、何を訊きたいの？」

「ありがとうございます！　助かります」

嬉しそうに感謝の言葉を伝えると、潮崎は老婦人に微笑んだ。

わずかな時間で老婦人の心を捉えたことに舌を巻く。しかも一連の言動は計算してのことではない。潮崎の人となりで自然としたことだ。

「潮崎警視がもしも詐欺師だったら、希代《きだい》の犯罪者になっていたでしょうね」

ぽつりと宇佐見が呟いた。星里花もそれには「ですね」と同意した。

潮崎の態度に気をよくした老婦人は、話をすることを了承した。だが昼前で好天とはいえ十二月も後半で、外気はやはり冷たい。高齢者に立ち話をさせるのはさすがに申し訳ない。潮崎はどこか店にでも入ってお話を伺いたいと提案した。だが駅からここまでに見かけた店はコンビニエンスストアぐらいだ。

「国道沿いまで出ないと何もないですね」

手にしたスマートフォンを見ながら宇佐見が言う。その対応の早さに星里花は舌を巻いた。すかさず自分も、「でしたら、タクシーを」と周囲を見回すが、車一台通っていない。

「タクシー、呼びますね」

器用に片手でスマートフォンを操作しながら、また宇佐見が言った。またもや出遅れてしまった。だが電話が繋がる前に老婦人が口を開いた。

「タクシーが来るまで待っていたら風邪ひいちゃうわ。うちにいらっしゃい」

そう言うと、彼女は手押し車を押して歩き始めた。すぐさま「ありがとうございます」と言いながら潮崎があとに続く。こうなるとついていくしかない。宇佐見がスマートフォンを背広の内ポケットにしまいながら「なんだろう、この、結果ナイスアシストな感じ」と呟いた。宇佐見の機転の利いた行動が、老婦人が三人を家に招き入れる呼び水になったのは確かだと星里花も思う。

けれど、宇佐見の口調にはどこか納得のいかないものが滲んでいる。さきほどの駅での潮崎と宇佐見のやりとりが頭を過った。言っても仕方のないことを時と場合を顧みずに言う男、それが宇佐見だ。せっかく老婦人が話をしてくれることになったのに、また二人の無駄な言い合いが始まろうものなら、困ったことになる。

「話は聞けるのですから、よかったじゃないですか。さあ、行きましょう」

なんとかとりなそうと、言葉を掛けて促す。

「私だけではないです。正木さん、あなたもです」

早くもせかせかと歩き出した宇佐見に冷たく言い返されて足が止まった。

「三人の中であなたは一番年下でしかも女性です。そのあなたがタクシーを探そうとした」

宇佐見はさらに数歩早足で進むと、とつぜん立ち止まって上半身を大きくねじりながら辺りを見回した。まるでコントの芝居のような大げさな動きだった。宇佐見は姿勢を戻してから口を開く。

「さきほどの正木さんの動きを再現してみました」

自分がそんな大げさな動きをしたとは思えず、言い返そうとした。だがその前に宇佐見が続けた。

「気づいていないかもしれませんが、正木さんは行動に入るスピードが人より速い。それに動きの一つ一つが大きいんです」

「そんなことは」

「自覚がないのなら、今度、動画に撮ってお見せします。反論はそれを見てからにして下さい。――話を戻します」

口を挿む隙を一切与えてくれない。

「三人のうち男性が二名、残る一名の一番年下の女性がタクシーを探してかけずり回りそうになったら、まぁ、普通は同情するでしょう。そこに重ねて私はタクシーを呼ぼうとした。タクシーが来るとしても、到着には早くても五分から十分は掛かる。それでお婆さんは自宅に招く決断をされた」

言われてみればその通りだ。だとしても星里花はなるほど、としか思わなかった。

だがさきほどの宇佐見の口ぶりはそれだけではないように思えた。

「誤解がないように言っておきますが、私はこの結果に不満はありません。正木さんの仰るとおり、結果オーライで何よりです。ただ、私は想定外のことへの対処能力が低いのです。ですから、この結果を予想出来なかった自分には不満を抱いています」

そう言うと宇佐見は歩き始めた。

分かりづらいんだよ！　と腹の中で毒づいてから星里花も前を進む三人のあとを追う。

「いや、本当にすみません。ところで自己紹介が遅れました。私は潮崎と申します。二人は部下で彼が宇佐見。彼女は正木です。失礼ですが」

先に自己紹介をしてから、潮崎は老婦人に訊ねた。

「安田《やすだ》ゆかりよ」

「ゆかりさんですか。たどってゆけるつながりという意味ですか、素敵なお名前ですね」

言葉の意味を含めて褒められれば、まず悪い気はしないだろう。安田ゆかりも例に漏れず「あら、そう？」と嬉しげに返している。感心している星里花の耳に、「縁もゆかりもないのゆかり」と、宇佐見の呟きが聞こえた。

またろくでもないことを！　と、思わず睨みつける。聞こえたのではないかと、どきどきしたが、幸いなことに、安田ゆかりの耳には届かなかったようだ。

「車で来ていれば、どこかにお誘いしたのですが、あいにく電車なもので」と、話しかける潮崎に、「電車移動もするんですね。警察の人って、車とか自転車とかバイクのイメージがあって」と、ごく普通に会話を続けている。

「もちろんします。警察官全員が利用できるほど車もバイクも所有していないですから」

「でも、テレビでやっている『警察二十四時』みたいのだと、みなさん電車では移動していないじゃない？」

「あれはテレビなので」

手押し車を押してゆっくりと歩く安田ゆかりの歩調に合わせて、潮崎はにこやかに話しながら歩いている。二人の後ろを宇佐見と星里花は列んでついていく。周囲一帯が一斉に開発されたのだろう、建ち列ぶ家は同じ施工会社が手掛けたらしく、大きさやデザインに多少の差こそあれ、外装に使用している素材が同じこともあり、見た目が似ている。しばらく行くと、「ここよ」と安田ゆかりの声が聞こえた。

安田ゆかりの家は私道と公道が垂直に交わる角地にあった。道路からの緩やかなスロープの奥に建つ家に入るには、数段階段を上らねばならない。手押し車があっては上れない。

「お手伝いしましょう」

安田ゆかりの横に行き、身体を支えようと手を伸ばす。

「大丈夫。いつもやっていることだから」と遠慮されるが、「いえ、お手伝いさせて下さい」とさらに声を掛けて、腕をつかもうとした。

「あのね、いつもしていることなの。だからいつも通りにやらせてちょうだい」

強い口調で拒絶されて、あわてて手を引っこめた。

「親切で言ってくれたのは分かっているのよ。でもね、年寄りに楽をさせないで。出来ることは自分でしないとますます弱っていくだけだから」

優しく言われて星里花は反省した。「すみません」と頭を下げて謝罪する。

「よかれと思ってだとしても、まずは相手の意思を確認しないとね。安田さん、私達はどうすれば？」

優しい口調で星里花を窘めたあと、潮崎は訊ねた。

「呼ぶまで待っていて」

「分かりました。お待ちしております」

にこやかに応えた潮崎の横に行き、「失敗しました」と星里花は頭を下げる。

「何事も経験です」

慰めるような言葉に恐縮していると、目の前に、スマートフォンが突き出された。

「今の一連の動画です」

言いながら宇佐見が動画の再生を始めた。いつの間に撮っていたのだろうと驚きつつ、ディスプレーの中の自分の姿に見入る。階段に気づき、走り出して安田ゆかりの横まで行き、やりとりをしてその場から離れる。別におかしなところなどあるはずもないと思って見ていると宇佐見が解説し出した。

「まずスタートダッシュが速い。加えて、走るとき膝が曲がるというか腰の位置が下がるんですよ。さらに前傾姿勢になっている。言うならば、レスリングのタックルをする姿勢ですかね」

実際にレスリングをしているときは、もっと深く腰を落とすし、上半身も倒している。この程度で言われるのは心外だ。だが「ああ、確かに」と潮崎に同意されて、反論の言葉を失った。潮崎もそう思っているのならば、宇佐見一人の思い込みではなくなる。

「安田さんに断られて姿勢を戻したここで、はっきり分かります。ほら、ひょこっと背が高くなっている。で、お詫びの言葉とともに一礼。ピアノの伴奏をつけたいくらいの滑らかさのないメリハリのあるお辞儀です。とにかく、全体的に動きがオーバーなんですよ」

確かに言う通りだ。動作が全体的に速いし大きい。それに滑らかさは欠片もない。まるでバネ仕掛けのような自分の動作に星里花はショックを受ける。一連の動画からは、女性らしさはどこにも感じられない。

「オーバーは言い過ぎだと思います」

「では、他になんと言えば？」

動揺する星里花をよそに潮崎と宇佐見は話し合っていた。

「動きがアクティブ――だと馬から落ちて落馬状態か。ええと」

潮崎は視線を上げてしばし黙った。そして絞り出すように「ゴージャス、華やかはどうでしょうか？」と言った。

「苦しいですね」

宇佐見がそれに即答する。そういう宇佐見の動きは茶運び人形やロボット掃除機だ。そんな相手に何を言われようと気にしないと思いつつも、やはり今後はもう少し気をつけようと心に誓う。

「お待たせしたわね、どうぞ」

ドアを開けた安田ゆかりに呼ばれて、この話をこれで終わりにするためにも、「お邪魔します」と星里花は大きな声で返事をした。

家の中は雑然と言うほどではないが、それなりに物が溢れていた。リビングのソファを勧められ、お茶を出すと言われた。潮崎が「勤務中なのでお構いなく」と辞退したが、「お客さんに出さずに自分だけ飲むなんて出来ないわよ」と安田ゆかりは突っぱねた。結局お茶を出して貰うまでにかなりの時間を要した。

ようやく安田ゆかりの横に潮崎が、その向かいに宇佐見と星里花が腰を落ち着け、これでようやく本題に入れると思いきや、そうはいかなかった。柏木の話を訊くために段階を踏もうとした潮崎は、まずは鈴木の話をした。鈴木に関しては事件の被害者であるだけでなく、新宿の被害者の吉井に暴行事件を起こしていた加害者でもあったので情報を得ることはやぶさかではない。すでに捜査本部によって鈴木についての調査は終わっているが、警察に不信感を持つ安田ゆかりの口からならば、まだ知られていない情報が出てくるかもしれない。

「鈴木さんが引っ越されたのは三年前と伺っています」

「引っ越しね。確かに引っ越したけれど、実情は違うわ」

投げ出すように安田ゆかりが言った。

「違うって」

思わず口を挿んだ星里花に安田ゆかりが答える。

「住宅ローンが払えなくなって、銀行に差し押さえられて、出て行くしかなかったのよ」

「それって」

「詳しく伺わせて下さい」

続けて話し出した宇佐見の声をかき消すように潮崎が訊ねた。

宇佐見の言い方は質問ではなかった。何かすでに知っているのだろうか？ そもそも宇佐見は財務捜査官だ。鈴木や吉井の金の流れについての話が、持ち込まれていたとしても不思議ではない。けれどちらりと潮崎を見た宇佐見は、そのまま口を噤んでしまった。

「ご存じではないでしょうけれど」

安田ゆかりは静かな声で話し始めた。

「この町はね、東日本大震災の被害に遭った場所なの」

花栄町に着いてすぐに潮崎もそう言っていた。けれど星里花にはぴんと来なかった。東日本大震災の被災地と言われて頭に浮かぶのは津波被害にあった宮城県や原子力発電所がある福島県くらいだ。今いる花栄町は埼玉県で、海に面してもいない。それに実際に町を歩いても被災の爪痕はみつけられなかった。

「液状化の被害があったんですよね」

宇佐見が言う。

「あら、ご存じなの？」

「昨日、インターネットで調べた限りですが」

「宇佐見君、お話を伺いましょう」

潮崎はやんわりと制すると「せっかくですから、いただいたらどうですか？」と、安田ゆかりが茶菓子として出してくれた小袋に入ったクッキーやせんべいの入った菓子鉢を宇佐見の前に押しやった。

相手が犯罪者や事件事故の当事者ではなく、何かの見返りも求めずにただ労をねぎらうための一杯のお茶だとしても、職務中に警察官が受け取ることは職務規定として禁止されている。もちろん潮崎も分かっているはずだ。だがすでにお茶を貰い、さらに今、出して貰ったお菓子を宇佐見に勧めている。何か考えがあってのことだろうと星里花は思う。けれど宇佐見は見ず知らずの人の家で出された菓子に手を出すタイプではない。ここで潮崎がさらに勧めようものなら、いらないとはっきり言いそうだ。そうなったら確実に場の空気は悪くなる。この際、自分が先に貰おうと決める。だがその前に「いただきます」と言いながら、宇佐見がすんなり手を伸ばしてクッキーをつまんだ。さっそく小袋を開けて食べ始める。

ぼりぼりとクッキーを嚙み砕く音が聞こえてくる。安田ゆかりが目を細めて「安物だけれど、結構美味しいのよ、それ」と話しかけた。一枚食べ終えた宇佐見が「美味しいですね。ただし、歯には粘りつきますが」と返した。

――なぜ、一言多い！

星里花は心の中で突っ込んだ。そして気を悪くしたのではないかと安田ゆかりを窺う。けれどまったく気にせずに、「そうなのよ、確かに歯に粘りつくのよ、これ。お茶、もっといかが？」と、お茶のおかわりを勧めた。

「ありがとうございます」

まったく遠慮しない宇佐見に、嬉しそうに安田ゆかりがお茶を入れる。

「よかったら、もっと召し上がれ」

潮崎の作戦は成功したようだ。これが安田ゆかりの気持ちはほぐれ、話しやすくなったに違いない。

「はい」と言うなり、宇佐見はまたクッキーに手を伸ばして、すぐさま小袋を開けて食べ始めた。勧められるがままに飲み食いする様を見ているうちに、星里花は宇佐見を見直し始めた。嫌なことは嫌とはっきり言うが、良いのであれば素直に応じる。現に安田ゆかりは自分の勧めに素直に従っている宇佐見に嬉しそうにしている。宇佐見には独特のルールがある。そのルールさえ知っていれば、嫌な思いはしないどころか、扱いやすいのかもしれない。そんなことを考えていると、宇佐見の顔がぐるんとこちらに向いた。口の中にまだクッキーが残っているらしく、もぐもぐと口を動かしながら星里花を見つめてくる。見つめられる理由が思い当たらずとまどっていると、ようやく食べ終えてから口を開いた。

「市販のメーカー品の小分けされた物なので。これが手作りの物ならどれだけ勧められてもお断りしますが」

頭の中を読んだかのように言われて、星里花は啞然とした。

「それって、今、言わなくてもいいことなんじゃ」

「初対面の人に手作りの物なんて出さないわよ」

あわてて口を挿んだが、安田ゆかりの声に遮られた。

「旧知の仲ならともかく、そんな非常識なことしないわよ。ねぇ？」

安田ゆかりは同意を求めるように宇佐見に訊ねる。

「ええ。常識のある人ならば、まずしないです」

無表情で答える宇佐見を見る顔は嬉しそうだ。どうやら宇佐見を気に入ったらしい。

「――ですよねぇ〜」

二人の顔に交互に視線を向けて潮崎はそう言うと「それで、鈴木さんですが」とさりげなく話を戻した。

「ああ、そうだったわね」

急須の中のお茶を宇佐見の湯飲みに注ぎながら、安田ゆかりは改めて話し出した。

二〇一一年三月十一日、震度五の揺れが花栄町を襲った。家の中にいた彼女は、揺れる家具や、家具の上に置いた物が落ちる様、さらには食器棚の中の食器がぶつかる騒々しい音に恐怖におののいた。

「窓から外に出た方がいいかもと思って、外を見たの」

安田ゆかりの視線がリビングの大きな窓に向けられた。枯れた芝で覆われた庭と柵の向こうに道路が見える。玄関まで行くよりも、この窓から出た方が確かに早いし、庭に出れば崩れ落ちてくる物もない。安田ゆかりは今、歩くのに手押し車を使っている。数年前とはいえ正しい選択だと星里花は思う。

「そうしたらね、道路が波打っていたの」

耳から入った言葉を頭の中でイメージしようとするが、上手く出来ない。

道路は道路だ。アスファルトにしろコンクリートにしろ、打ちたてはともかく、時間が経てば硬くなる。たまに盛り上がったり凹んだりしているのは見かけるが、決して波打つものではない。

「亀裂から水が噴き出して」

窓の外を見つめながら言葉を続ける。

「そこの電柱が、ゆっくりと傾いてきて」

指さした先の電柱は、今はまっすぐに立っている。

「電線が引っ張られていくのを見て、怖くなったのよ。このまま倒れたら電線が切れるって。そうしたら、がしゃんって大きな音がして。斜め向かいの目黒《めぐろ》さんのブロック塀が崩れて道路に落ちたの」

道路を挟んだ斜め向かいの家を見る。綺麗な白いブロック造りの外壁が整然と建っていた。壊れたままにはしておけないので修繕したのだろう。だが今の綺麗な状態に、話が事実として伝わってこない。

「揺れが収まってすぐに窓を開けたの。だって、信じられなかったんですもの。きっと見間違えたんだと思って。でも窓を開けたら聞こえたのよ」

安田ゆかりはそこで一度口を噤んだ。すぐに口を開きかけたが、また閉じてしまった。目を瞑り、一度深呼吸してから、また話し始める。

「そのときは何の音か分からなかった。でもあとで分かったのよ。道路の下で砂利の交じった水が流れている音だって。重い何かが這いずっているような音が聞こえ続けて、そこにごぼごぼと水が噴き出す音と、引っ張られた電線がきしむ音、塀が崩れて道路に落ちてブロックが砕ける音が重なって」

頭の中で音が聞こえているのか、安田ゆかりの顔が歪む。

「安田さん」

辛い記憶を甦らせてしまったことに罪悪感を覚えたのだろう、潮崎が声をかける。

だが安田ゆかりはさらに続けた。

「見る間に亀裂から出て来た泥水で道路が見えなくなってしまって。この世のものとは思えなかった。これは現実なんかじゃない、きっと幻なんだって思ったわ」

窓の外には安田ゆかりの語った当時の面影は何もない。それだけににわかには信じられない。不思議な世界に紛れ込んだような違和感が星里花を包み込む。

花栄町の被災被害は甚大だった。道路は隆起や側溝の破損が起き、電柱や水道管にも被害が出た。さらに大規模半壊は四十七戸。全壊した住宅は十二戸にも及んだという。

星里花は花栄町に着いてから、安田ゆかりの家にあがらせて貰うまでの道中で、いくつか更地があったのを思い出していた。あのときは、まだ買い手がついていないのだと思っていた。けれど、その予想は間違っていたのかもしれないと気づく。

「――ごめんなさい。鈴木さんの話だったわね」

苦しそうな表情を浮かべた安田ゆかりが、思い出したように話を戻す。

「鈴木さんの家は、うちから道路二本後ろにあって。一番被害が大きかったところではなかったんだけれど」

そこまで言うと、安田ゆかりは一つ深く息を吐いた。

十七年前、かつて田んぼとして使用されていた花栄町が新興住宅地として開発され、販売された。新生活を夢見る住人達が次々に越してきて、そして町として機能し始めた。

「住人の事情は、当然だけれど様々で。うちは夫が早くに亡くなっていて、この先私一人では心配だからって娘が同居しようって言ってくれたのよ。それでここを買うことに決めたの。生前、夫ががんばってくれてけっこうお金を遺してくれたから」

夫の遺産のお蔭で、安田家は住宅ローンを早々に返済し終えた。

「似たようなお宅もあったし、それこそ老後、夫婦二人で広い場所でゆっくり暮らそうなんて余裕のあるところもいて。でも、まだ小さな子どものいる、経済的に余裕のない年の若い夫婦もいてね。でも、鈴木さんのところは違うと思っていたのよ。結構、派手な感じのご夫婦だったから」

新興住宅地では、強く意識していなくても、周辺住人の経済事情は分かるのだと安田ゆかりは語った。

「まず、家を見れば一目瞭然だしね」

一斉販売されただけに、区画ごとの値段は当然、皆知っている。さらに上物の家を見ても明らかだ。建築条件付きの土地のみで販売されたものもあれば、建て売りもあった。もちろん売値は公開されていた。だから各家庭が家と土地にかけた金額は、およそ知れ渡っていた。

「それに暮らしぶりも。車とか服装なんて、一番分かりやすいでしょう？」

鈴木は外国車に乗っていて、夫婦子どもともにいつも服や靴もブランド物で身を固めていた。なので若い世帯ではあるが、生活には余裕があると周囲は思っていた。けれど実際には鈴木は最後のグループに属していた。

「新聞社の系列の広告代理店にお勤めだったのよ」

安田ゆかりは著名な新聞社の名前を出した。

「こういう新興住宅地ではね、あまり良いことだとは私は思わないのだけれど、情報が筒抜けなのよ。だって、急に人が集まって町が出来たのだもの、町内会だってゼロから出来たしね」

「ゴミ出しの場所とか当番とか、いろいろありますものね」

潮崎の合いの手に「そうなのよ」と安田ゆかりが顔を顰めて同意する。その表情から町内会が煩わしいのだと伝わってきた。

「鈴木さんのご夫婦は、二人とも同じ会社に勤めていたんですって」

そして社内結婚に至り、妊娠し双子の出産を機に妻が退職し、新居を購入したと聞いたという。

「順風満帆なご家庭ねって思ってたのよ。双子ちゃんも可愛くてね。双子用のベビーカーって初めて見たわ。見たことある？」

「横列びに二つのですか？」

宇佐見の問いに「ええ、そう」と安田ゆかりが微笑んで返す。

「可愛いわねって、話しかけたのよ。そうしたら」

シートが前後のものと横列びのものと迷ったけれど、都会の狭いところならともかく、花栄町ならば問題はないから横列びのものにしたと鈴木の妻は微笑んで答えたという。

「鈴木さんのところだけじゃなくて、みんな幸せだと思っていたわ」

販売されて以降、住人は増えこそすれ、減りはしなかった。住人の全員が、整然とした区画に建てられた家に暮らしていた。それが二〇一一年三月十一日に一変した。

道路や水道管は管轄する市や国が、電柱は所有する電力会社が早急に復旧させた。だが家は個人の所有物だ。それに被害の度合いは世帯ごとに違った。

全壊や半壊してしまった家は言うまでもないが、一見して被害がなく見える家も、実は傾いていた。

「うちもね、家が傾いていたのよ。七度」

七度傾いていたと言われても、それがどれくらいなのか星里花には分からなかった。

「家の中にいる分には気づかないのよ。でも、外に出るとね、建物の北側が道路から四センチ沈んでいて」水平であるはずの道路から建物が四センチ沈んでいる。明確に確認した上で、傾いた家の中で暮らしていくのがどういうことなのかの想像がつかない。

「早々に直そうとした人もいたのよ。でも、結構な費用が掛かるって分かって」

液状化対策は地盤自体を改良するしかない。方法はいくつかあるらしいが、凝固剤を地中に直接流し込んで地盤自体の強度を上げ、そのうえで建物自体をジャッキアップさせるのが一般的とされているそうだ。

「うちも見積もりを取ったのよ。七百五十三万円ですって。五十坪で」

かなりの高額だ。金額を聞いた星里花は息を呑む。

「さすがに即決できる金額ではなくて。――すぐにしようとしたお宅もあったのよ。だけれど」

気まずそうな表情を浮かべて安田ゆかりは言葉を濁した。

「すみません、鈴木さんの話を伺いたいのですが」

菓子皿に手を伸ばしながら、ずけずけと宇佐見が言う。確かに話は脱線してしまっていた。けれど、言い方というものがある。まったくデリカシーのない男だ。

「宇佐見君、失礼ですよ。すみません、安田さん。修繕をすぐにしようとしたのに、しなかった理由ってなんでしょうか？」

話しやすくするためだろう、潮崎が話の続きを促した。

「ごめんなさいね、ちゃんと鈴木さんの話に繋がるのよ」と宇佐見に詫びてから安田ゆかりがまた話し出す。

「住人の猛反対があったのよ」

そう言うと、安田ゆかりは目を伏せた。

液状化は一度収まったからと言って、もう安全とはならない。また同じような大きい地震があれば、再び被害が及ぶ。住人達は、その日の暮らしはもとより、今後の生活をどうするかの問題に直面していた。

解決策は簡単には出てこない。そんな中、「花栄町は造成した土地だ。ならば行政と開発業者に道義的な責任を問うべきだ」と、町内会で最初に声を上げたのは鈴木だった。

「鈴木さんはね」

安田ゆかりが話を続ける。

鈴木は過去の震災被災地において国や市が復興支援金をどれだけ出したかを調べて町内会で発表した。そして、支援金を得るために、住民は一丸とならなくてはならない。個人で修復をする世帯があれば、それだけ得られる額が減る。だから全世帯、修復しないでくれと強く言った。

都会のマスコミで働いているだけに、学のある人だと安田ゆかりをはじめ住人達は感心した。

住人の多くはまだ住宅ローンの返済が終わっていなかった。住める状態になく、すでに町から離れざるをえなくなった住人達は、住宅ローンに加えて新生活用の家賃を二重に支払わねばならないという切実な問題を抱えていた。すでにローンの返済が終わっていて、売却して引っ越しをしようと考えていた住人達も、またしかりだった。被災した上物の価値はないに等しいのはもちろん、土地の評価額も購入時の半分以下にまで落ちてしまっていた。それにどれだけ値段が下がっていようとも、この状態の花栄町の土地を購入しようとする者などいない。皆、困窮していただけに、鈴木の意見に賛同した。

「でもね、被害の少ない家でも、在宅で仕事をされていたお宅とか、お年寄りのご夫婦とか、どうしてもそのままでは暮らしていけないというところもあって」

自宅で図面を描いていた建築士はこのままでは仕事が出来ないからと、引退した医師の世帯は終の住み処《か》を一日も早く元の状況に戻したいと自費での修復を望んだ。けれど、住人達の強い反対を喰らった。ことにその先頭に立って二世帯を説得しようとしていたのが鈴木だった。

「少しでも多く支援金をもらいたいと私も思っていたわ。だけれど、あんな態度は」

鈴木は二つの世帯に対して声を荒らげ、暴言を吐いた。

「自分たちさえよければいいのかって、怒鳴ったりして。それでおかしいと思ったのよ」

鈴木は経済的に余裕がありそうに見えた。なのに、自己修復を望む二世帯に対して、もはや憎しみすら感じさせる強硬な態度に、住人達は違和感を持ちだした。そんなある日、安田ゆかりはスーパーで鈴木の妻と会った。季節はすでに真夏だった。なのにマスクで顔を覆っている。具合でも悪いのかと思い、声を掛けてみた。

「そうしたらね、顔に痣《あざ》があったの」

驚いた安田ゆかりは心配して、何があったのかを訊ねた。口を濁して答えないかと思いきや、鈴木の妻は堰を切ったように事情を語り出した。

震災の起こる半年ほど前に、景気の悪化に伴って、鈴木の勤めていた広告会社は倒産していた。生活を維持するために同業他社に転職するか、紹介された系列会社の事務か営業職のどちらかで再就職するかの選択を鈴木は迫られた。後者を選べば職には就ける。けれど給料は以前の三分の二に減額される。住宅購入と日々の暮らしで貯金もあまりなかっただけに、それではローン返済に破綻を来すのは目に見えていた。そして鈴木は同業他社に転職する道を選んだ。けれど、系列会社内での仕事を中心にしていたため、個人としての顧客を持っていなかった。それに業界内で知られるような実績も残してはいなかった。結果、鈴木は転職に失敗した。失業していたのだ。ローンの返済と日々の暮らしのために、なけなしの貯金を切り崩す生活を続けているのだと鈴木の妻は語った。

「何ヶ月も前から家の中では喧嘩が絶えなかったんですって」

双子の母親である妻は、子どもたちのためにも車やブランド品などを手放して金に換える提案をした。だが鈴木は頑として承知しなかった。

今はタイミングが悪いだけだ。いずれなんとかなるから──。

それを繰り返して日が過ぎていった。妻は実家に金の無心をし始めた。もちろんプライドの高い夫には内緒でだ。年老いた両親に頼る罪悪感と、二人の子どもを育てていく現実に、これ以上は無理だと妻は覚悟を決めた。家を手放し、小さなアパートに引っ越そうと提案した。そのとき初めて殴られた。それ以来、怖くなって夫に何も言えなくなってしまったと、鈴木の妻は言ったのだ。

星里花は憤っていた。つまらない見栄のために家族を苦しめるだけでも罪なのに、建設的な意見を述べた妻に手を上げた鈴木という男を許せないと思った。

「そこに震災が起きたのよ」

鈴木の家の被害は、外壁は壊れず、家の傾斜は五度と他よりも少なかった。だが鈴木は誰よりも支援金を欲していた。

妻の言葉に従って、あのときに家を手放していたらと鈴木は後悔したに違いない。その後悔がますます彼を頑なにしてしまった。

「けっきょく、奥さんは双子を連れて出て行ったの。家はローンが支払えなくて銀行が差し押さえたわ。そのあとに鈴木さんもいつだったか忘れたけれど、いなくなっていたの」

言い終えると安田ゆかりは深く息を吐き出した。

芝浦のマンションの前で、重ねられたタイヤの中で燃やされていた遺体。それが星里花の知る鈴木だった。だがこうして生前を知る人物から話を聞いていくうちに、一人の人間として形作られていく。

広告会社の同僚と社内結婚したのちに双子の父親となり、新興住宅地の花栄町に越してきた。絵に描いたような幸せな家族だった。

星里花の頭の中に、鈴木の最期の姿が浮かんだ。凄惨な光景と強烈な臭いが甦り、思わず頭を振り払う。視線を感じて目をやると、宇佐見が横目でこちらを窺っていた。あとで何か言われることを覚悟しつつ、素知らぬ顔で安田ゆかりの顔に視線を合わせる。

「その後、鈴木さんとご家族がこちらに戻ってこられたりは？」

「いいえ、まったく。事件が起きるまで、話題にも上らなかったわ」

安田ゆかりの顔を見つめながらも、いったん頭の中に甦った現場の鈴木の姿は簡単に消すことは出来なかった。星里花の意識はまたそちらに流されていく。

鈴木の死因が縊死なのは検視で判明した。けれど自殺と他殺のどちらなのかは、未だに断定されていない。殺人と自殺とでは事件として大きく変わる。

過剰な演出、劇場型の犯行。現場を表すのに捜査本部で何度も上がった言葉だ。新宿の被害者である吉井もそうだ。インシュリンの過剰投与による殺害後、鈴木と同じく重ねたタイヤに入れて燃やされた。

——誰が、なぜ？

最初の事件と二番目の事件の被害者は奇しくもかつての加害者と被害者だった。その事件に関しても謎がある。鈴木が吉井を暴行した理由だ。当時の調書には目を通した。鈴木は吉井が人生を奪ったと供述していた。だが核心に至る前に吉井が訴えを取り下げ、鈴木は不起訴となり釈放された。二人とも死亡した今となっては、詳細は分からない。

「潮崎警視、そろそろ次の質問に移られては？」

宇佐見に言われて「そうですね」と応える潮崎の声に、星里花は物思いから呼び戻された。

「それでは、次は、やはり以前にこちらに住んでいらした柏木さんという方について、話を伺いたいのですが」

いよいよだと星里花は気を引き締めて、安田ゆかりの返事を待つ。だがすぐに返事はなかった。安田ゆかりは眉間に皺を寄せて押し黙っている。鈴木と同じく、あまり良い思い出のない相手なのだろうか？　それともただ単に、記憶にあまり残っていないだけかもしれない。柏木という苗字だけでは思い出しづらいのならば、もう少し情報を与えた方が良いだろう。留置場での調書に記載されていた柏木の情報を追加しようとしたそのとき、安田ゆかりが口を開いた。

「柏木なんて人、いなかったわよ」

答えに星里花は拍子抜けした。潮崎も言葉を失っている。

安田ゆかりは高齢だ。ただ単に忘れているだけかもしれない。少しでもイメージしやすいように、星里花は柏木の情報を伝える。

「身長は百七十七センチで体重は七十五キロ」

「身長と体重を言われて、思い浮かぶものですかね」

宇佐見の嫌みを無視して「年齢は現在五十三歳、顔は面長、目は二重です」と、さらに情報を加える。

「有名人の誰かに似ているとか言った方がよいかもしれないですね。ええと、誰か似た感じの人っていたかな？」

例を挙げようとする潮崎を尻目に、安田ゆかりは「だから、柏木なんて住人はいなかったのよ」とにべもなく否定した。そしてソファからゆっくりと立ち上がる。

「見て貰った方が早いでしょうから、持ってくるわ」

そう言ったものの、安田ゆかりはその場に立ったままだ。

「ごめんなさいね。すぐには歩けないのよ」

足が悪いのを失念していた。

「なにを持ってくれば」

言いながら星里花も立ち上がる。だが、「だから、余計な気遣いは止めて頂戴」とぴしゃりと言われた。ばつが悪くなって、すぐさま腰を下ろす。ゆっくりとリビングを出て行く安田ゆかりの後ろ姿を見ながら、またやってしまったとがっかりする。

「二度目ですね」

自覚しているところに、宇佐見に追い打ちをかけられてさすがに腹が立つが、事実なだけに言い返せない。

「正木さんも、いただいては？」

場を和ませるためだろう、潮崎が菓子皿を星里花の方へ押してくれた。気持ちを静めるためにもと思い、星里花は「いただきます」と言って、袋に入ったせんべいを手に取った。袋の外から指で押してせんべいを割る。せんべいの砕ける乾いた音を聞いていると、少しだけ気持ちが落ち着いてきた。いざ袋を開けようとしたそのとき、横から「袋を開けるときには気をつけて下さいね」と声がかかる。

「お土産物だか頂き物のお菓子を係内で配ろうとしていたとき、中身を床にばらまいていたのを見かけた記憶があるもので」

宇佐見が言ったことは事実だ。本庁の刑事部の部屋は広く、捜査一課と二課では数列机が離れている。なのに見逃さなかったのだ。この地獄耳、いや地獄目？　なんであれ、人の落ち度を見逃さない嫌な奴めと、腹の中で舌を出す。

「あのときに室内にいた人はみんな知っていますよ。あっ、しまった。すみません、すみません。すぐに拾い集めます。大丈夫です。個別包装でよかった、セーフです。

お騒がせしてすみません――。室内に響き渡るくらいの大声で言ってましたから」

いつもと同じ静かな口調だったが、星里花の真似をしたのは分かる。

「今いるのはよそのお宅です。まして砕いたせんべいをぶちまけたりしたら大変なことになります」

言われなくても分かっていることを、いちいち言葉にして伝えてくる。それが宇佐見という人間だ。こうなったら絶対に失敗は出来ない。

「気をつけます」

顔が引きつっているのを感じながら、袋をふつうに開けるのではなく、端を切り取るようにして慎重に開けていく。中身を取り出すのに十分なくらい開いたときには、思わず安堵の息が出た。たかだかせんべいの袋を一つ開けるだけなのに、何でこんなに緊張しないといけないのだろうかと思いつつ、せんべいの欠片をつまんで口に運ぶ。

「お待たせして」

言いながら安田ゆかりが室内に戻ってきた。手にはかなりの量の紙の束を持っている。すかさず潮崎が立ち上がり、「よろしかったら」と手を差し出す。

「あら、ありがとう」

素直に安田ゆかりは紙の束を手渡した。

「これは?」

「町内の地図よ」

「ずいぶんと、たくさんありますね」

「町内会で毎年新しいのを作っているのよ。念のためにうちで保管しておいた分を全部持ってきたわ」

「これはありがたいですね」

潮崎は笑顔でお礼を言うと、続けて「広げて宜しいですか？」と訊ねる。

「ええ」と安田ゆかりが即答した。同意を得た潮崎は、さっそくテーブルの上に地図を広げようとする。宇佐見は菓子皿を端に寄せながら「手におせんべいを持っていることを忘れないで下さい」と星里花に釘を刺した。

こうなると自分だけせんべいを食べているわけにはいかない。だがまだかなりの量が残っていて、一気にすべてを食べるのには無理がある。とはいえ、袋が開いている状態なだけに、持っていても、どこかに置くにしても、何かの拍子に中身をばらまきそうで怖い。

どうしようかと迷ったが、ままよと腹をくくってスーツのポケットにしまった。こぼれたところで被害に遭うのは自分のスーツだけだ。予想通り、宇佐見の視線を感じたが、あえて無視した。

「一番古いのは二十年前のだけれど、捜すのなら二〇一一年からで良いと思うわよ」

その年に東日本大震災が起こった。それ以後、町から人が去っていった。つまり、町の住人が一番多かったのはその年ということだ。ただ、それ以前にも町を出て行った人がいる可能性はある。宇佐見がそう指摘するのではないかとちらりと横目で見るが、潮崎が先に「そうさせていただきます」と同意した。

「これが二〇一一年のですね」

目当ての地図をみつけた潮崎がテーブルの上に広げる。

「区画ごとに住人の名前が入っているから。悪いけれど、もう老眼でよく見えないのよ。だから皆さんで捜してちょうだい」

元の位置に戻った安田ゆかりがゆっくりと時間を掛けて腰を下ろしながら言う。テーブル一杯に広げられた紙には花栄町の地図が描かれていて、一区画ごとに住人の苗字が記載されていた。

「ではさっそく。私は左端から、宇佐見君は中央を、正木さんは右端を、折り目で言うと縦に一列ずつお願いします」

潮崎の指示に従って、地図上に柏木という名がないか捜し始める。

「ありませんね。では翌年のを」

しばらくして潮崎が言った。すぐに宇佐見が地図を取り替える。三人がかりで柏木の名を捜すが、やはりこちらにもない。まだ引っ越しする住人がいなかったらしく、二〇一二年の地図は前年と比較して、ほぼ差がなかった。続けて翌年、また翌年と地図を替えて捜していく。目を皿のようにして一区画ずつ丁寧に確認するが、柏木の名はない。二〇一四年の地図をたたもうとしたそのとき、安田ゆかりが大きく溜め息を吐いた。

「どうかされました？」

潮崎に問われた安田ゆかりが、「ここ」と言いながら、区画の一点を指さした。そこは公道に面した角地で、他よりもかなり大きい区画だった。だがそこには名前は記載されていない。

「ずいぶんと大きいですね。区画二つ分あるんじゃないですか？」

宇佐見の指摘に「ええ、そうなの」と安田ゆかりは頷いてから話し出した。

「ここには磯山《いそやま》さんという引退されたお医者様のご夫婦が住んでらしたの。奥さんがバラが好きでね。庭にバラ園を造っていて。五月になるとそれは綺麗だったわ。前を通りかかったときに声を掛けたら、どうぞご覧になってと言って下さって。近づくと香りも素晴らしくてね」

「引退した医師の夫婦ということは、さきほど話題に出た自費で改修しようとした二つの家庭のうちの一つですか？」

ずばりと宇佐見が切り込んだ。言われてみれば確かに聞いた覚えは星里花にもある。だが間髪《かんはつ》を容《い》れずに問えるほど覚えてはいなかった。

宇佐見の問いかけに、安田ゆかりの顔が曇った。

「そうなのよ。さっき聞いて貰った二軒のうちの一件が磯山さん。もう一軒が秋山《あきやま》さん、ここよ」

地図上の右端に近い区画の一つを指す。もちろんそこにも名前はない。

「秋山さんは、旦那さんのご実家のある川越《かわごえ》に引っ越されたのよ」

建築士として在宅で図面を描いている都合上、傾いた状態ではままならず、早々に秋山家の主人は仕事場のみ実家に移し、花栄町から車で通っていた。だが修繕費の騒動が始まり、町内での風当たりの強さに嫌気が差して、その半年後には家族全員で出て行ったという。その際に連絡先として残していった住所が川越だった。

「磯山さんはどちらに？」

「知らないの」

訊ねた潮崎に溜め息混じりに安田ゆかりが答えた。

磯山夫婦には子どもはいなかった。医師としての現役時代、内科医の仕事に邁進していて、妻との時間を大切にはしていなかったご主人が定年を迎え、さらに大学病院の名誉教授として招聘《しょうへい》されて七年が過ぎた頃、夫人が脳梗塞で倒れた。幸いなことに大事には至らなかったが、右腕と記憶にわずかだが障害が残った。ご主人はそれまでの生き方を反省し、すっぱりと職を辞し、夫人がずっと希望していた隠遁《いんとん》生活をすると決めた。その終の住み処として花栄町を選び、夫人が望んでいたバラ園を造るために二区画分の土地を購入した。家も夫人が暮らしやすいよう、あえて平屋でバリアフリーの注文住宅を建てた。

けれど、その幸せな日々は潰えてしまった。鈴木を始めとした多くの住人達から責め立てられ、夫人は家から出なくなっていった。

「二〇一二年の春のことよ。朝早く、救急車が磯山さんのお宅に来て」

搬送されたのは夫人だった。二度目の脳梗塞を起こしたのだ。

「その後、奥さんが家に帰ってらっしゃることはなくて」

「亡くなったということですか？」

「いえ、そのときはご存命だったの。でも入院が必要となって。奥さんだけじゃなくて、磯山さんもほとんど家に帰ることもなくなって。翌年、引っ越して行ったの。どこに越されたのか、奥さんがお元気なのかも誰も知らないのよ」

「でも、今後のこともあるから、やはり連絡先は残されたのでは？」

「聞こうとはしたのよ、町内会で。でも、磯山さんは、不動産屋に任せたから、あとはそっちとやってくれとしか。町内会の人達も、それ以上は聞けなくて」

町内会の人達もどこか後ろめたい気持ちだったのだろう。だから強くは聞けなかったのだ。

「ごめんなさいね、作業の邪魔をして」

「いえ、辛い記憶を思い出させてしまって申し訳ないです」

潮崎はそう詫びると、地図をたたんで二〇一五年のものと差し替えた。翌年、さらに翌年と年を重ねるごとに名前のない区画が増えていた。そして柏木の名前は依然としてみつからない。

「これで最後、今年の分ですね」

七枚目ともなると、前日までの映像確認の疲労も加わって、さすがに目に疲れを感じる。それは宇佐見も同じらしく、目を瞬《しばたた》かせていた。

「では」

潮崎の声に、身を乗り出して地図を上から覗く。一目でさらに名前のない区画が増えていることに気づく。これだけの人が町から出て行った、いや出て行かざるをえなかったのだ。捜しているうちに安田ゆかり宅の左隣の区画に名前が入っていないことに星里花は気づく。目の前の壁の先に家は建っている。けれど住人はすでに退去していないということだ。ゴーストタウンという言葉が頭の中に浮かぶ。

「ないですね」

「こちらもです」

宇佐見に続いて潮崎の声が聞こえて、あわてて柏木の名前捜しに戻る。見落としのないように指を当てながら確認するが、やはりなかった。

「こっちもないです。あの、もしかしたら」

さきほど考えた、それ以前の転出者の可能性を指摘しようとする。だが「すみません、長々と居座ってしまって。申し訳ないのですが、この地図、お借りできないでしょうか？　コピーを取り終え次第、すぐに返却させていただきますので」と遮るように潮崎が言った。このまま安田邸に居座って、さらに過去の地図を見るよりも、その方が確かに効率的だ。

「すみませんが、宅配または郵送させていただくと思いますので、ご住所と連絡先をこちらにいただけないでしょうか?」

「ええ、構わないわよ」

メモ帳とペンを取り出すと潮崎は安田ゆかりの前に差し出した。

「一つ、お伺いしたいことがあるのですが」

そろそろ辞去する頃合いで、宇佐見が切り出した。

「すでに地盤改良工事は終えられているようですが、最終的にいくら掛かりました?」

てっきり柏木についての質問かと思いきや、まったく違った。

なぜそんなことを知りたい? 訊くにしても、もう少しデリカシーのある言い方があるはずだろうにと、星里花は心の中でつぶやく。だが安田ゆかりは気を悪くするでもなく「三百万円弱よ」と即答した。

さきほど、見積もりでは七百五十三万円だったと言っていた。だが実際に掛かった費用は半額以下だったようだ。

「二分の一は、国から復興交付金が支給されることになったの。あと、市からの補助金が最大額の百万円出て、残りが自己負担。その他諸々含めてうちはそれだけ掛かったの。半額以下になったことは、素直にありがたかったわ」

そこまで言うと、安田ゆかりは深く溜め息を吐いて、さらに続けた。

「それでも、決して安くはないわ」

確かに三百万円は安い金額ではない。宅地の広さによって自己負担金額は異なるだろうが、まだ住宅ローンを返済し終えていない住人には、さらに負債が増えることになる。だが、家が傾いたまま暮らしていくのは不便だ。何より、地盤改良工事をしないと、同じ規模の震災が起こったら、また液状化を起こす。このままこの場所に住み続けるのならば、負担するしかない。住人の気持ちを考えると、星里花は暗澹《あんたん》たる気持ちになった。

「うちを含めたこの区画の二十世帯は、皆さん自己負担すると決めたのよ。それで七月にようやく工事が出来たの。けれど、出来ないお宅もあって。だから、外通りに面した区画と、三本目の区画は未だに手つかずで」

何かが引っかかった。今の話だと、自己負担できない家だけではなく、その家を含む一区画丸ごと改良工事が出来ないことになる。

「工事は一軒ごとに行うものでは？」

星里花は訊ねる。

「いいえ、違うのよ」

再び溜め息を吐いてから、安田ゆかりが話し始めた。

すでに住宅が建つ広範囲の土地の地盤改良工事を行うにあたり行政が決めた工事法は、宅地の境界線上を十メートル前後掘ってセメント系の固化剤を注入し、土と混ぜて固めた円柱を列べて壁を造り、宅地ごとに碁盤の目のように仕切る格子状地中壁工法というものだった。この工法は区画内で欠ける宅地があると効果が薄れるため、その区画の全戸合意が前提だった。だが住人全員の合意は簡単には得られなかった。事実、年金暮らしの高齢者世帯などが、経済状態と余生を鑑みて、高額な自己負担は出来ないと拒否したのだ。そうなると工事に取りかかることは出来ないのだという。

「うちの区画も全戸合意にこぎ着けるまで、ずいぶんと時間が掛かったのよ。決まるまでに関係が悪くなってね。最終的に全戸合意して工事も無事に終わったけれど、一度そういうことがあると、工事が終わったからって、何事もなかったことにはならなくて」

膝の上の左手を重ねた右手でさすりながら話していた安田ゆかりは、そこで語尾を濁した。

「色々とお辛い思いをさせて申し訳ございません」

潮崎は丁重に頭を下げた。そして頭を上げると「それでは、そろそろ失礼させていただきます。本日は、お時間をいただき誠にありがとうございました。美味しいお茶とお菓子もごちそうさまでした」と続けてから立ち上がった。横の宇佐見も立ち上がり、ひょこりと頭を下げた。星里花もあわててそれに倣う。机の上の地図に潮崎が手を伸ばそうとしたので、「私が」と、星里花は地図を取って折りたたむ。

「片付けのお手伝いをしても構いませんか?」

にこやかに訊ねる潮崎に安田ゆかりは「いえ、けっこうよ」と断りながら、ゆっくりと時間を掛けて立ち上がる。

「それでは、失礼します。地図はコピーを取り次第、返却させていただきます」

丁寧に挨拶をする潮崎の横で、宇佐見が「ごちそうさまでした」とお礼を言って、またひょこりと頭を下げた。その仕草は小柄な外見と、黙ってさえいれば可愛らしい部類の顔立ちも相まって、どこか微笑ましく見える。もとより宇佐見のことを気に入っていた安田ゆかりには効果覿面《てきめん》だったらしい。

「お昼時にこんな物しかなくて悪かったわね。よかったら、持って行く?」と、さらに菓子を勧めてくる。

遠慮するかと思いきや、宇佐見は「では、遠慮なく」と言って、菓子皿からかなりの量のクッキーをつかむと、鞄の中にしまおうとした。

「あら、全部持っていきなさいよ」

安田ゆかりは菓子皿を持って、宇佐見に差し出す。宇佐見は「ありがとうございます」と、当然のように開いた鞄を安田ゆかりに向けた。大人として、加えて警察官という職に就き、民間人に事件に関しての話を聞きに来た者が取る態度とは思えない。

星里花は驚きを通り越して呆れていた。

しかし安田ゆかりはまったく気にせず、菓子皿をさらうようにして中身のすべてを鞄の中に流し込んだ。

「帰りの電車の中で食べます」

「二人にも分けてあげるのよ」

宇佐見と安田ゆかりは、まるで祖母と孫のようなやりとりをしている。そんな二人を置いて、星里花は「それでは失礼します」と言ってから部屋を出て、玄関で靴を履く潮崎に追いついた。宇佐見の本性を知っている身としては、まったく理解出来ない。

「なんだか宇佐見さん、気に入られたみたいですね」

不満が伝わらないように、平静を装って潮崎に言ってみる。

「宇佐見君は言動のすべてが等身大ですからね」

「等身大？」

「そのままというのでしょうか。つまりは嘘がないってことです。だから、気に入る人は気に入ると思いますよ」

穏やかに潮崎が返してきた。言う通りなだけに、星里花は黙り込んでしまった。

安田ゆかりの家を辞去した三人は、花栄駅に向かって歩き出した。

「なんだかんだで長居してしまいましたね」

宇佐見が腕時計を見ながら言う。時刻はすでに十二時前になっていた。昼時ともなれば、オフィス街ならば駅に向かう道には、それなりに人がいるものだが、来たときと同じく、やはり人気はない。

星里花は足下に視線を落として歩を進める。ただソファに座っていただけで、何をしたという訳でもないのに、足が重く感じる。安田ゆかりから聞いた話のせいだ。

花栄町に着いたとき、星里花の目に映ったのは静かで綺麗な住宅街だった。理想の生活だとも思った。足を止めて振り返る。見える景色は何一つ変わらない。けれど話を聞いた今、来たときと同じようにはとても思えなかった。

「警察官という職に就いて、残念ながら悪い意味で想像を絶するという状況を目の当たりにすることは珍しくもなくなってしまったけれど、今日は応えた」

誰に話しかけるでもなく、潮崎が言う。潮崎も自分と同じく安田ゆかりの話に心が沈んでいたのだ。

「昨日、花栄町について色々と調べてみたんですよ。だから震災で液状化の被害に遭った場所だというのは知っていました」

安田ゆかりに出会う前に、確かに潮崎はそう言っていた。

「全国には、花栄町と同じく液状化被害に遭ったところがあって。千葉《ちば》県の浦安《うらやす》はニュースで取り上げられていたから、ご存じではないかと」

東日本大震災直後、東京ディズニーランドの敷地内、ことに駐車場が液状化の被害を受けたというニュースは星里花の記憶にも残っていたので、「はい」と返事する。

「でも、早急に改修したようで、その後はまったく話題にも上らず。考えたら、東京ディズニーランドのみ被害に遭うなんてはずはないんですよね」

「浦安市は全市の面積のうちの四分の三が埋め立て地です。東日本大震災で液状化したエリアは市の八十五％、戸数だと約九千百戸が被害を受けたとの発表でした」

潮崎の話を受け取ってデータを補足すると、宇佐見はさらに続けた。

「浦安も花栄町と同じく格子状地中壁工法を採用したものの、やはり全戸合意は難しくて、未だに工事に着手できていないところもあるのだとか」

淡々と語る宇佐見を星里花は驚いて見つめる。

「浦安市では住人が液状化被害が起きたのは地盤改良などの対策が不十分だったからだとして、分譲販売を行った三井《みつい》不動産などを訴える液状化訴訟を起こしたんですよね」

「ええ」と同意した潮崎がつづける。

「道路一本隔てた都市開発機構・URが開発した区域は液状化対策を施していたのでまったく被害はなかった。対して三井不動産は危険性を認識していたのに地盤改良をしていなかったという理由で、二〇一一年と一二年に百三十三人の住人が四件の訴訟を起こし、総額三十三億七千三百五十万円を請求しました。同社はすべての訴訟について、三十年以上前の分譲住宅で、大震災やそれによる液状化被害が発生する可能性はまったく予想出来なかったと請求棄却を求めました」

引っかかることなく話し終えると潮崎が口を閉じた。

疑問が湧いた星里花は「裁判の結果――」まで言って、口を噤んだ。浦安の住人達が勝訴したのなら、花栄町の住人達も訴訟を起こしているはずだ。けれど、そんな話は安田ゆかりからは出てこなかった。

「残念ながら、正木さんのご想像通りです。一審、二審ともに住人側の敗訴です。土地が分譲された当時は東日本大震災のような規模の地震が発生し、液状化被害が発生することを予測することは困難だった、三井不動産側の対策が不十分だったとは言えないとして、三井不動産側の過失を否定し、東京高裁は住民の訴えを棄却しました」

星里花が言い淀んだのに気づいた潮崎が、配慮した言い方で教えてくれた。

未曾有の規模、誰もが想定していなかった、などの言葉を東日本大震災後、何度も見聞きした。過去の災害を元に、それに耐えうる基準を行政が定め、どこもそれを満たしていた。けれど津波は設置された防波堤を越え、大地は液状化して、多大なる被害を与えた。

どれだけ予測は出来なかった、それまでの行政の基準は満たしていたと言われたところで、被災者は簡単に納得することはできないだろう。損失の大きさに、それでもこの先の人生を全うするためにも、誰かに責任を求めたい気持ちは星里花にも分かる。けれど裁判という公の場で法に則って、責任はないと判決が下った。被災者たちは、引っ越さない限り、被災地に留まりそこで暮らしていく。その一つである町に今いて、被災者から生の声を聞いてきたのだ。頭の中に安田ゆかりの辛そうな表情が浮かんだ。

災害は家や物などの物質を壊すだけでなく、人間関係までをも破壊した。それでも、その場所に留まって、同じ人間関係の中で暮らしていかなくてはならない。その現実に、星里花は改めて打ちのめされた。

「ところで正木さん」

そのとき、宇佐見の声が聞こえた。

「言いたくはないですが、あなたは警察官採用で捜査一課所属の刑事です。今後は、何かを調べるためにどこかに行くのならば、事前に下調べをするくらいの準備をした方がよろしいのでは？」

呆然としていて、心構えが出来ていなかっただけに、宇佐見の嫌ごとが突き刺さる。お説ごもっともで、口を噤んだままぐっと堪える。そんな星里花に宇佐見はまた話し出した。

「浦安以外でも、茨城《いばらき》県神栖《かみす》市では千六百五十棟前後の住宅被害が。こちらは地下水をポンプでくみ上げ続ける地下水位低下工法が有効と判明して」

宇佐見の話を潮崎が引き継ぐ。

「その工法だと一回では済まなくて毎年しないとならないのですが、それでも住民負担額はおおむね年一万円未満で済む」

今度は宇佐見が潮崎が言い終えるのを待たずに話し始める。

「それも結局、市が全額負担したんですよね」

潮崎はまじまじと宇佐見の顔を見て、「宇佐見君のことだから、下調べはしてくるだろうとは思っていましたが、液状化被害に遭った他の地域や裁判の結果まで調べてきたとは、お見事です」と嬉しそうに言う。

「今、自分がいるところからさして離れていない場所で起こっていることなのに知らなかったので、興味が湧いただけです」

にべもなく言うと、「結局、柏木はこの町でみつかりませんでしたね」と宇佐見は続けた。

安田ゆかりの記憶だけなら、忘れているということもあるだろう。だが複数年にわたる町内の地図に名前がなかったのだから、やはりここには住んでいなかったのかもしれない。

もとよりこの情報は、武本が柏木の現住所のアパートに住んでいる高齢女性から聞いただけの話だ。その女性の記憶違いか、あるいは聞き違えかもしれない。

「それでどうします？　このあと」

「そうですねぇ。僕としては、花栄町から転居していった方達に聞き込みをしようかと思っています」

潮崎は平然と答えた。敬愛する武本を疑いたくない気持ちは分かるが、さすがに時間の無駄だと星里花は思う。

「でしょうね」

宇佐見も即座に同意した。もちろんこのあとには、理路整然といかにそれが無駄なことか、加えて本来の仕事ではないかも含めて宇佐見は滔々《とうとう》と説くに違いない。気持ちは同じだ。けれど、「でしたら、住民票が必要になりますよね。このまま区役所に寄りますか？」と、宇佐見が言った。反論どころか、積極的に協力する提案だ。

「実に良い提案ですね。その前にどこかでお昼を食べてからにしましょうか。ああでも、国道沿いまで行かないとお店はないんでしたっけ？」

「ええ、駅前まではコンビニしかありません。私は構いませんが」

「僕もまったく問題なしです」

歩き続けながら、二人で話を決めてしまっている。状況が呑み込めず、あわてて声を掛けようとするが、その前に宇佐見がこちらを向いた。さあくるぞと今度は覚悟する。だが「僕から説明します」と、潮崎が話し出した。

「柏木という苗字は、確かに地図にはありませんでした。けれど、柏木がこの町に住んでいた可能性はあります。ヒントはこの町を出て行った、いや、出て行かざるをえなかった芝浦の被害者、鈴木さんです」

鈴木について知っている情報を頭の中で確認する。事件の調書だけではなく安田ゆかりから聞いたばかりの話も併せて検証するが、ヒントがあるとは思えない。答えを待つ潮崎がぱくぱくと口を動かした。言葉は発しない。唇の形で何を言っているのか気付けということだろうか。星里花は潮崎の口元を注視する。どう見てもその動きは「い、お、ん」の三文字だ。

その三文字で思いつくのは大手のスーパーだけだった。鈴木の職歴にその名はない。それに見渡す限り、そのスーパーは見えない。

「口の形だと子音が残るから、それでは分からないですよ。離婚です」

宇佐見に言われて、なるほどと理解する。けれど、離婚でヒントだと言われても、まだ柏木が花栄町にいたということには繋がらない。

「もう少しだったのに、なんで言っちゃうかなぁ」

潮崎が残念そうに言う。

「鈴木さんの場合は、結婚の際、奥さんが鈴木さんの姓になった。だから地図に記載されていた苗字は鈴木で、離婚後も鈴木のままだった、ですよね?」

優しく潮崎に問われて、ようやく星里花も気づいた。

「柏木が旧姓ということですね?」

「正解です。婿養子か、あるいは結婚時に女性側の姓を選択していて、その後離婚して旧姓に戻った。だとすると地図上に柏木の名前がなくても仕方ない。花栄町から転居したあとに離婚したのなら、安田さんが知らなくて当然です」

なるほどと納得する横で「まぁ、柏木の写真を持ってきて、安田さんに見て貰っていたら、すぐに話が済んだことですけれどね」と、宇佐見がぼそりと呟いた。

「それは僕も考えたんですよ。柏木さんの写真や情報は署内にある。でも、それはさすがにやりすぎかなと思いまして」

「武本さんが柏木の現住所を訪ねた段階で、倫理的にすでにアウトです。ましてその依頼を受けて、ここまで来て住人に話を聞いているのに、今更何を言っているのだか。潮崎警視は案外小心者ですね」

そう言いきると宇佐見は足を速めた。宇佐見の言葉に驚いたのか、潮崎はその場に立ち止まっていた。だがすぐさま歩き出すと前を進む宇佐見に向かって言い返す。

「今の言い分だと、すでに規則を破ったのなら、腹をくってとことんまでやれということですよね？」

「結果的にはそうなりますね」

「いや、さすがにそれは警察官としてどうかと思います」

「では、ぎりぎりのところならば構わないと？　そちらの方が悪質です」

そもそも警察官としての倫理規定は破ってはならない。その根幹を無視して二人は不毛な言い争いを続けている。もはや口を挿む気にもならない。道路を挟んだ進行方向の先にコンビニエンスストアが見えてきた。あそこに行くことになるのだろう。仕方なく、まだやり合い続けている二人のあとをついてゆく。相変わらず、周囲には人気がない。正午近くになっても、気温はさほど上がっていないこともあるのだろうが、これほどまで人がいないことに星里花は違和感を覚える。

そのとき、とつぜん背後で何かの叫び声がした。続けて急激にアクセルをふかすクーターのエンジン音が聞こえる。何事かと振り返ると歩道に人が倒れていた。今の叫び声は、その人が転倒した際に上げたのだろう。黒い帽子とロングコートに身を包み、右手をこちらに伸ばしている。遠目だが高齢の女性らしい。その前に黒いスクーターがいた。スピードを上げてこちらに近づいて来る。星里花はスクーターに目をやった。ハーフカップのヘルメット、サングラス、ダウンコートのすべてが黒い。色のある物と言えば、左のハンドルに下がっているベージュ色の四角い物だけだ。

——鞄？

さらにスクーターが近づいてきた。目の端である物を捉えた。鞄に付けられた青い何かが揺れている。

——マスコットだ。

そう気づいたのと、「ひったくりよ」と女性が叫び声を上げたのは、ほぼ同時だった。星里花の横をスピードを上げたスクーターが通り過ぎていく。星里花は走り出した。だが相手はスクーターだ。このままでは、あっと言う間に引き離される。腕を大きく振り、脚にぐっと力を入れギアを上げた。その差が少し縮まる。対向車線に車はない。運転手に向かって飛びかかった。左側からタックルを受けた格好の運転手がスクーターごと横に倒れていった。怪我をさせてはならないと星里花は運転手の右側に身体を巻き込むようにして、そのまま一緒にごろごろと回転し衝撃を逃がす。アスファルトにスクーターが当たる派手な衝撃音が聞こえた。身体を貫く痛みに息が詰まる。運転手の重みをすべて受けた状態で、アスファルトに身体を打ちつけたのだから仕方ない。その重みが不意に消えた。ひったくり犯の運転手が逃げ出したのだ。星里花は立ち上がると、犯人を追った。

思ったよりも犯人の足は速かった。だがスクーターとは比べるべくもない。星里花は追いつくと、伸ばした右手で犯人のダウンコートの襟をしっかりとつかんだ。前に進めなくなった犯人が星里花を振り払おうと身を反転させる。

突き出された左肘が顔に迫ってきて、とっさに右手を放してあとずさる。急に自由を得た犯人が自らの勢いで蹈鞴《たたら》を踏んだ。サングラスが外れて犯人の顔が見えた。まだ年の若そうな男だ。星里花は身を低くして犯人の腰に向かってタックルした。衝突された犯人がアスファルトの上に尻餅をつく。すかさず身体をひっくり返し、腰の上に右足で体重をかけて押さえ込んだ。往生際の悪い犯人が、どうにか逃れようとじたばたと身体を動かす。ぐっと体重を掛け「警察です。諦めなさい」と厳しい声を出すと、観念したのか大人しくなった。

「確保！」

大きな声で宣言して、星里花は振り向く。潮崎と宇佐見の二人が立っていた。てっきり一人はひったくりの被害者の女性を助け起こしに行き、もう一人は自分の手助けに来ていると思いきや、歩道から呆然とこちらを見ている。

「ご婦人を！　それと通報！」

星里花の声に弾かれたように二人が動き出す。潮崎が被害者女性に向かって駆けて行く。けれど女性はすでに自力で立ち上がって、こちらに向かって歩いていた。女性と行き合った潮崎が「大丈夫ですか？」と声を掛ける。

「平気よ。どいて、邪魔よ」

不機嫌な声で潮崎を退けると、女性はこちらに向かって歩いてきて「ねぇ、あなた、怪我はない？」と訊ねた。

「はい、大丈夫です」

笑顔で答えてから、「警視、鞄を」と頼む。潮崎は今度もあわてて鞄を拾って女性の元へ持っていく。

「通報しました。現着は五分以内だそうです」

宇佐見が通報を終えたことを伝える。

「男が二人揃ってただ見ていただけなんて。それに比べて、あのお嬢さんの素晴らしいこと。あなたたち、もっとしっかりしなさい！」

「仰るとおりです。まったく面目がありません」

女性に説教を喰らった潮崎が、ぺこぺこと頭を下げる。

「私じゃなく、あのお嬢さんに謝りなさい。ちょっと、そっちのあなたもよ！」

潮崎と宇佐見はこちらを向くと、二人揃って「ごめんなさい」と言って、深々と頭を下げた。今まで見たことのない光景に胸がすっとする。星里花は晴れやかに「いいえ、お気になさらず」と返した。

「ええと、それでは。宇佐見君、本人のものかどうかの確認をお願いします。僕は正木さんの手伝いを」

休日を利用しての調査だから三人とも手錠は所持していない。だから地元警察が現着するまで、自力でひったくり犯を拘束しておかなくてはならない。技官採用者も逮捕術などの実務訓練はもちろんしている。だが宇佐見は小柄だ。自分の方がまだ戦力になると潮崎は判断したのだろう。けれど星里花からしたら、二人とも戦力外だ。

「これからあなたを起こして歩道に移動します。無駄な抵抗はせずに大人しく従って下さい。——分かりましたか？」

念押しする際、ぐっと体重を掛ける。犯人はふて腐れた声で「分かったよ」と言い返した。ひったくった鞄は左ハンドルに掛けられていた。それに肘打ちをするときも左だった。つまり犯人は左利きだ。潮崎に利き腕を任すのは心許ないと思い「警視、右腕をお願いします」と頼む。潮崎はしゃがむと腹ばい状態の犯人の腕をつかもうとした。

「そうではなく、腕を組んで下さい」

右腕を振り払われたところで、左腕は自分がホールドしているのだから犯人を逃がすことはない。けれど暴れて潮崎が怪我でもしたら面倒だ。犯人の左手を逆手に決めたまま、背中から右足を下ろして身体を起こす。

「そうでしたね。すみません」

気を悪くするでもなく、素直に従って潮崎は言うとおりにする。星里花も犯人の左腕に自分の右腕を組んだ。そして両側から二人で挟み込むようにして、歩道に移動し、そのまま被害者女性と顔を合わせないように離れた場所まで連れて行く。

「被害者の方の本人確認、とれました」

宇佐見の声に潮崎が振り返って「分かりました。自《じ》ら隊が到着するまでお願いします」と応える。

「コンビニに結束バンドって置いてないんですよね」

とつぜん潮崎に言われた。思い出そうとするが、見かけた記憶はない。けれど買おうとしたことがないから、置いてあるのを知らないだけなのかもしれない。

「そうでしたっけ?」

「ええ。コンビニには置いていないんですよ。別に防犯の見解から業界でそう決めたとかではないと思うのですが、なぜか置いていないんです」

「へぇ、そうなんですか」

犯人を挟んで三人列んだ形で、潮崎は暢気《のんき》に結束バンドの話を続ける。

「いや、今回のような非常時に備えて、結束バンドは常に持ち歩いた方がいいかもしれませんね。——うん、そうしよう」

勝手に決意していると、パトカーのサイレンの音が聞こえてきた。

「思った以上に早かったですね」

「警視の名前を出しましたから」

いつの間に近づいていたのか、背後から宇佐見が言った。

「ひったくりの現行犯逮捕をしたのが警視庁の人間で、しかも警視がいたとなったら、飛んできて当然です」

「え？　あんた、警視庁の警視なの？」

それまでふて腐れた顔で黙り込んでいた犯人が言った。

「そうですよ」

「刑事ドラマとかで出てくるヤツ？　エライ人？」

「偉いと言われて肯定するのもどうかとは思いますが、役職で言うのなら偉い方になりますね」

答える必要などないだろうに、潮崎はきちんと返事をする。

「へぇ～、俺、警視庁の警視に逮捕されたのか」

どこか嬉しそうに言う犯人に、ふざけるなと星里花は心の中で悪態を吐く。

「いや、君を実際に逮捕したのは僕ではなく彼女です。──ちなみに彼女は警視庁の刑事部捜査一課所属です」

さもすごいことを特別に教えてやるかのように、声を落として潮崎は犯人に言った。

「え？　警視庁捜査一課の女刑事？　マジで？」

言うなり、犯人は星里花に顔を向けてまじまじと見つめてきた。細い目の団子鼻の顔が興奮したのか次第に赤くなってきた。

「若いし、よく見りゃけっこう美人じゃん！　しかもめっちゃ強《つえ》えし！　うわっ、驚いた。本当にいるんだ、警視庁捜査一課の美人敏腕刑事！」

「レアですよ」

人の悪そうな笑みを浮かべて潮崎が言う。これにはさすがに腹が立ったが、「――とはいえ、一生出会わないほうが正しい人生ですけれどね」と潮崎が続けた。

どうやら気安い会話で気持ちを通い合わせてから、説教しようとしていたらしい。

「けどさ、あんたら男二人、なんもしないでつっ立ってただけじゃん。役立たねぇー。あんた、いらねーからどっか行けよ。俺、美人刑事と二人の方がいいや」

「そういう訳にはいきません」

潮崎がぴしゃりと言う。近づいてきたパトカーが目の前に止まり、中から制服警官が飛び出してきた。

「すみませーん、こっちでーす」

右腕を挙げて大きく振りながら潮崎が呼ぶ。

「被害者はあちらです。それと、ま、――ええと、こちらの巡査から逮捕時の状況説明を」

犯人の前で名前を出すのを控えて、潮崎は星里花のことを役職名で呼んだ。このあとは三人揃って署に行き、調書作成に協力することになるだろう。

「これで花栄町に警視と部下一名が来ていたことがバレてしまうんじゃないですか？」

犯人を引き渡してから、宇佐見が埼玉県警の警察官に聞こえないように前を向いたまま小声で言う。

「うーん、どうでしょう。問い合わせがなければ、バレないかと。ですから、完璧な調書を作成するべく、一致団結して頑張りましょう」

潮崎も宇佐見と同じようにして返す。

「とはいえ、僕たちは見ていただけで、今回の立役者は正木さんなんですけれどね。遅くなりましたが、正木さん、お手柄です。いや、素晴らしいものを見せていただきました」

褒められて悪い気はせず「ありがとうございます」と応える。けれど「実に美しいタックルでした」と続いて、星里花は口をへの字に曲げた。

「僕からもよろしいですか？」

今度は宇佐見が話しかけてきた。今回だけは、さすがに嫌ごとは言われないだろう。

「現行犯逮捕、お見事でした」

そう言うと、宇佐見はぺこりと頭を下げた。宇佐見の言動には嘘がない、そう潮崎が言っていたのを思い出して、誠実に対応することにした。「ありがとうございます」と返しながら星里花も頭を下げる。頭を戻すと、また宇佐見が話し出した。

「帰ったら、スーツをクリーニングに出すのを忘れないで下さい」

逮捕時に路上に転がった。コートはもちろん、下に来ているスーツも当然クリーニングに出す。わざわざ言われることではないので怪訝に思っていると、「放っておくとカビが生えたり虫が湧いたりしますから」と宇佐見が無表情で言う。

——カビ？　虫？

なんのことだと考えていると、宇佐見の視線が動いた。視線の先にあるのがポケットだと気づく。

——おせんべいだ。

安田ゆかりの家で貰った食べかけのせんべいをスーツのポケットにしまったことを失念していた。

「封を切ったビニール袋に入れてましたが、あれだけ動けばポケットの中は砕けたせんべいだらけになっていると思いますので」

言い終えると宇佐見はくるりと身体の向きを変えた。星里花は横を向くと、宇佐見に聞こえないように小声で「また、嫌ごと言う」と呟いた。

「クリーニング代、僕に出させて下さい」

いつの間にか傍に来ていた潮崎が、心底同情した顔でそう言った。

十二月二十三日

1

「そろそろ、いらっしゃるはずです」

午後五時半になり、腕時計を見ながらそわそわする潮崎の横で、星里花はあくびを嚙み殺す。新宿署の階段の二階と三階の踊り場に立っている二人の姿を見ても、通り過ぎる署員が奇異の目で見ることはもはやない。また、留置管理課の武本を待ち伏せているのだろうと知れ渡っているのだ。

「あ、来た！」

潮崎の嬉しそうな声に星里花は視線を上に向ける。だが武本の姿はない。

「いないじゃないで――」

言い終える前に、三階の下り口に武本が現れた。

第六感でもあるのだろうか？　と訝しむ星里花に「足音で分かります」と潮崎が誇

らしげに言った。武本に関して、犬並みの聴力を発揮する男に、星里花は引いてしまった。

相変わらずの無表情で武本が近づいて来た。

「お疲れ様です」

にこやかに言う潮崎に目をやった武本がわずかに顎を引く。これまでのような迷惑そうな感じではないと思うが、それでも喜んでいるようには見えない。踊り場に下り立つのを待って潮崎が口を開く。

「ご懸念の柏木ですが、やはり花栄町の住人でした」

武本の目がわずかに細くなった。それを見た潮崎は晴れやかに微笑み、続けて「昨日、僕と正木さんと宇佐見君の三人で花栄町に行ってきました。そこで住人の安田ゆかりさんと出会いまして。安田さんが実に協力的な良い方で」と、一気にまくし立てる。

「下りながらにしましょう」

武本が静かな声で口を挿んだ。

「あ、確かにそうですよね。お気遣いありがとうございます。となると、一階に下りるまでにすべてを話すには、ポイントをまとめないと。ちょっと待ってくださいね」

潮崎は腕を組んで、ぶつぶつと呟き始める。

「迷惑を掛けたな」

武本の言葉が自分に向けられていることに気づくのに、星里花は時間を要した。これまでも何度か武本には会ってはいる。けれど、潮崎が一方的に話すばかりで武本の言葉はほとんど聞いたことがない。前回、柏木についての懸念を伝えられたときに初めてまともに聞いた。けれど、あくまで潮崎に向かって話していた。そもそも星里花は直接、武本に話しかけられたことは一度もない。

「申し訳ない」

そう言うと、武本が星里花に一礼した。

警部補の武本に頭を下げられたことに「いえ、そんなことは」と、あわてて頭を下げ返す。姿勢を戻し終えても、潮崎はまだ考えをまとめているのか、宙を見上げてぶつぶつ呟いていた。武本は急《せ》かすでもなく、じっと待っている。

星里花は改めて考えた。迷惑を掛けたと武本は断定した。それは潮崎の人となりを知っているからに他ならない。かつて二人は上司と部下の関係にあった。武本はさぞかし振り回されたことだろう。ただ、これだけ潮崎が慕っているのならば、潮崎にとって武本は年上の理想の部下だったに違いない。

今回、自分は一人で潮崎に接しているわけではない。宇佐見という、相手が誰であろうと自分の意見を貫く変わり者も一緒だ。宇佐見がいることで、暴言とも取られかねない彼の発言を収めるために、潮崎は自らの言動に抑制を利かせるしかない。

捜査一課長はそれを見越して自分だけではなく、宇佐見を潮崎の下につけたのだと星里花は気づいた。さすがは一課長と感心する。同時に、今更ながら一人で潮崎の面倒を見ていた武本に尊敬の念を抱いた。

武本に目をやる。表情には焦りも苛立ちも浮かんでいない。もはや悟りを開き、無の境地に達しているようにも思えた。もとからなのか、それとも潮崎と接しているうちにこうなったのかは定かではない。けれど、潮崎を一人で相手にするためには、ここまでにならないといけないのだろう。とてもではないが自分には無理だと星里花は思う。ならば、潮崎と縁が切れる日が来るのを待つしかない。そのためには、一日も早く事件を解決するべきだ。

「潮崎警視」

苛立ちを隠して呼びかけた。腕をほどいた潮崎が、制するように星里花に向けて右腕をすっと伸ばす。実に美しい所作だが、それだけにかえって苛立つ。再び呼びかけようとしたそのとき、潮崎がにこりと微笑んだ。

「すみません、正木さん。ようやく頭の中の整理がつきました」

潮崎は姿勢を戻すと星里花に詫びた。続けて両手をぽんと打ち鳴らしてから、「お待たせしました、先輩」と満面の笑みで言った。

まるで芝居のような所作に星里花は呆気《あっけ》にとられた。

「さきほど柏木は花栄町の住人だったとお伝えしました。ですが、当時の苗字は柏木ではありませんでした。それはこちらを見ていただければ」

言いながら潮崎が背広の内ポケットから封筒を取り出した。

「これは昨日、久喜市役所で入手した柏木の住民票の除票です」

潮崎が差し出した。だが武本は手を伸ばそうとしない。

「ご心配なく。入手方法に問題はありません。埼玉県警幸手《さって》署の協力の下、正当に発行して貰いました。ね、正木さん」

潮崎がにこやかに同意を求める。星里花は笑顔を作って、なんとか「はい」と応えた。

潮崎が言ったことは事実だ。確かに柏木の住民票の除票は、埼玉県警幸手署の口利きにより、久喜市役所が発行した。とはいえ、その過程には若干の問題があった。ひったくり犯の現行犯逮捕の聴取を受けるために、星里花と潮崎と宇佐見の三人は所轄である幸手署に同行した。幸手署員は、星里花の逮捕術に感心するとともに、そもそも三人がなぜ花栄町にいたのかを訊ねた。そのとき潮崎は「私達は都内で起こった例の事件の捜査本部にいまして。今日は追加調査に来ました」と答えたのだ。

さらに「本来は、皆様にご一報を入れてから来るべきだったのでしょうけれど、恥ずかしながら取りこぼしの確認作業でしたので、報告なしに来てしまいました。申し訳ございません。そういう身勝手な調査の中でのひったくり犯の逮捕ですので、どうぞマスコミには伏せていただくようお願い致します。私達はたまたま居合わせただけです。皆さんがおられたら皆さんが逮捕されていただけの話ですから」と、丁重に頭を下げた。

捜査において他の都道府県で活動することはままある。裏取りや聞き込みなどの捜査に当たる場合や、令状を持って犯人逮捕に向かう際は、一応、管轄署に一報を入れることになっている。これは、余計な摩擦が生じるのを避けるためだ。すでに一度、花栄町に警視庁の捜査員が大々的に聞き込みに入っていた。その際に当然、仁義を切ったはずだ。ならば、以降の聞き込みでわざわざ連絡を入れなくても失礼ではないだろう。

なのに潮崎は非礼を詫びた。さらにマスコミには伏せて欲しいとも頼んだ。

管轄内で県警職員ではなく、警視庁の刑事がひったくり犯の現行犯逮捕をした。県警側としても今回の件は伏せて貰った方がありがたいのを見越してに違いない。けれどマスコミに伏せるということは、どこにも伝えないということだ。すべては捜査本部に今日の勝手な行動がバレないための方便だ。いたたまれない気持ちになって、星里花は足下を見つめるしかなかった。

警視という肩書きの潮崎がそこまでの低姿勢を見せたことで幸手署員は好感を持ったらしい。聴取の際も、お茶を何度も替えてくれただけでなく、昼食がまだでは？と気を遣って店屋物を取ってくれるなど手厚いもてなしを三人は受けた。地元で評判だという蕎麦《そば》は確かに美味しかった。

だが星里花は相変わらず蕎麦よりも居心地の悪さを味わっていた。

個別聴取に入ってからはなおさらだった。幸手署員は星里花の勇気ある行動を褒め讃えてくれた。もちろん、自分でも誇らしく思う。けれど、当然なことをしただけだし、何より来訪理由で真実を告げていないだけに、作り笑顔で曖昧に「はぁ」と応えるのがやっとだった。

聴取を終えた三人は、その足で久喜市役所に向かった。あとは旧姓・柏木の情報を入手するだけだ。市民課の窓口で交渉役を担ったのは潮崎だ。だが警察手帳やバッジを呈示したうえで捜査の一環だと言えば役所が協力した時代は終わった。個人情報保護法施行後は、捜査関係事項照会書がない限りは役所も協力は出来ない。もちろん潮崎もそれは重々承知していた。どうするのだろうと見ていると、潮崎は身分を呈示したうえで、後日照会書を送るので、転出者の情報を教えて欲しいと交渉した。

なるほど、これならば相手も同意するかもしれないと星里花は思った。けれど、窓口の男性職員は「規則は規則ですので」と頑としてはねつけた。こうなると、都内に戻って捜査関係事項照会書を取り、改めて出直すしか手はない。照会書を出して貰うには、手続きに則って書類を作成しなければならず、それには正当な理由が必要だ。そもそも柏木を調べている理由は、留置管理課の武本が留置人のひとりに引っかかりを感じた、さらには職務を逸脱して調べた結果、柏木がかつて芝浦の事件の被害者である鈴木と同じ花栄町の住人だったという情報を入手したというだけのものだ。これではとてもではないが、照会書請求は出来ない。

さすがの潮崎もお手上げだろうと思って見ていると、潮崎は「う〜ん」と唸ってから、スマートフォンを耳に当て、誰かに連絡を取り始めた。しばらく会話を続けたのちに、「本当にご面倒をお掛けして申し訳ございません。よろしくお願いします」と丁寧にお礼を述べてから通話を終えた。

「誰に掛けたんですかね？」

「幸手署の方でしょうね」

星里花の疑問に宇佐見が即答する。

「え？　でも」

「あの人のことです。上手く丸め込んで協力を得たんじゃないですか？」

宇佐見の言う通りだとすると、潮崎は幸手署に自分の代わりに捜査関係事項照会書を取って貰ったことになる。

「さすがにそれは無理なんじゃないですか？」

「捜査関係事項照会書自体を取って貰ったんじゃないでしょう。あと追っかけで送るから、今情報を教えて貰えるように保証の協力を頼んだんだと思います」

「だとしても、照会書請求が通らなかったらどうするんですか？」

「通せないと思います？　あの人が」

宇佐見がこちらを振り向いて言った。星里花は「いいえ」と即答した。理由はどうであれ潮崎のことだ、何かしら上手く立ち回って望みを叶えるに違いない。その何かしらについて星里花は考えるのを止めた。考えたところで正解は出てこないだろうし、何より関わり合いになりたくなかったからだ。

「幸手署の生活安全課長が来て下さるそうです」

嬉しそうに二人に報告する潮崎に「そうですか」とのみ、宇佐見と星里花は応えた。

そして、三十分後に現れた幸手署の生活安全課長の計らいで、二〇一二年以降に花栄町から転出した元住人の除票を三人は入手した。

「本当に申し訳ない」

星里花を見て、再び武本が詫びた。応えられずにいる星里花の横で潮崎が嬉しそうに話し始める。

「さすがは先輩。実に勘が良い。この除票を手に入れられたのは、ひとえに正木さんの活躍があったからなんですよ。実は、正木さんがひったくり犯を現行犯逮捕したんです。犯行後、僕たちの横を通り過ぎようとしたスクーターに迷わずタックルしたんです！　何がすごいって、犯人には怪我一つ負わせなかったんですよ。こう、巻き込むように受け身をとって」

身振りを交えて説明する潮崎をちらりと見た武本は、すぐに星里花に目を向けて「怪我は？」と訊ねた。気遣ってくれたことに驚きつつ、「ありません」と答える。

「そうか。実に立派だ。よくやったな」

率直な褒め言葉を武本が口にした。まさかそんな言葉を貰えるとは思っていなかっただけに、思わず顔が赤くなる。

「――よくやったな」

再びそう言ったのは潮崎だ。さらに何度も武本の口調を真似て繰り返す。潮崎のおかしな言動は何度も目にしているが、さすがにこれは気持ち悪い。思わず変な目つきで見てしまう。それにも気づかず、潮崎はぶつぶつと呟いている。

「やはり、上司たるもの、こういう格好いい一言で部下をねぎらわないと。僕も今後、使わせて貰おう」

気にして損したと星里花は思った。

「下りましょう」

武本にまだ返事をしていなかったことを思い出し、「ありがとうございます」と言って頭を下げた。顔を上げたとき、階段を下りながら除票に目を落としていた武本が口を開いた。

「柏木の旧姓は迫田《さこた》」

除票を元通り折りたたむと武本は「ありがとうございました」と言って、潮崎に差し出した。あっさりとした態度に星里花は拍子抜けする。

「そうなんです！　それでですね」

武本の素っ気ない態度を潮崎は一切気にしていないらしい。受け取ると、武本のあとを追いながら嬉しそうに語りかける。

「柏木、いや迫田は花栄町の住人でした。そしてなんと、鈴木と交流があったんです。それもただ同じ町の住人として、ではありません」

除票を入手し、柏木の旧姓が迫田と知った潮崎は、すぐに安田ゆかりに電話を掛けて、話を聞いた。そして、迫田が住宅ローンの返済に支障を来して転居していったこと、役所との液状化被害の援助金の交渉役の一人だったことが分かった。唯一謎だったのは、柏木の外見を伝えても、安田ゆかりに覚えがなかったことだ。だがその謎も解けた。花栄町に住んでいたとき、迫田の体重は今よりも二十キロ近く重かった。安田ゆかりが記憶していた迫田は、全体的にふくよかで、顔も福々しくにこやかな笑顔がよく似合う男だった。その記憶に今の柏木と重なるのは身長しかない。

「二人は液状化被害の交渉役として一緒だったので、かなり懇意だったんです」

早口でそう伝える潮崎の目が興奮で輝いている。この事実を知ったときには星里花も同様だった。星里花だけではない、宇佐見ですら「おぉ」と感心したらしき声を上げたほどだ。

さすがに今度は武本にも変化があるだろう。期待して待つが、やはり無言のまま階段を下りていく。やがて、武本の声が聞こえた。

「十一月二十六日」

芝浦で鈴木の遺体がみつかった日だ。

「そうです、ポイントはその日の柏木の行動です。幡ヶ谷の事件が起きた十二月四日は柏木には完璧なアリバイがある。何しろ留置されていたのですから」

星里花を置いて二人の間で話が進んでいく。

「さらに問題なのは十一月三十日の新宿の事件です。吉井さんの遺体に三人組の犯人が火をつけた時刻が午前三時七分。柏木の通報が三時二十三分でしたよね？　柏木が逮捕されたのは西新宿×丁目のパチンコ店の前。事件現場からは一キロありません。大人なら歩けば十分程度の距離です。当然、走ればもっと早く着く。——もちろん忘れていませんよ。柏木は泥酔していたんですよね？」

武本は一言も発していない。それどころか相変わらずの無表情でただ階段を下りて行く。すでに一階と二階の踊り場に差し掛かっていた。

「ですが」

「飲酒検査はしていません」

潮崎の言葉を遮るように武本が言う。

「留置初日、柏木からは確かに強くアルコールの臭いがした。それに態度も泥酔後のように見えました。けれど飲酒検査をしてはいない」

「その通りです。あの日、本当に柏木が泥酔するほど飲酒していたかどうかは分からないんです」

二人の会話の意味が分かって、星里花は背筋にぞくぞくするものを感じた。柏木から酒の臭いがしたのは武本が証言しているのだから事実だろう。けれど、口に含んだり体に浴びても臭いはする。

――泥酔が芝居だったら。

柏木の身長は犯人の一人と合致する。そして幡ヶ谷の事件ではその身長の男はおらず、犯行に及んだのは二人だ。

――柏木は犯人の一人。

その可能性はゼロではないように星里花には思えてきた。

武本はあと数段で一階に着く。星里花は先を行く二人の男の背中を見つめる。

留置課には、これから刑事課に配置される、あるいは刑事課にかつて在籍した元刑事が多いという話は星里花も知っている。犯人の言動をよく知る者だからこそ分かることがある。そしてこれから犯人を捕まえることになる者へとその知識を伝える。そのための配属だということもだ。

柏木という一人の留置人に武本は引っかかった。元刑事の観察力、それがすべてのきっかけだ。そしてその話を受けて潮崎が動いた。もちろん、ここに至る流れは正式なものではない。指揮系統どころか、職務倫理規程違反すら犯している。星里花としても諸手を挙げて二人の行動に賛同は出来ない。けれど柏木が犯人の一人かもしれないという予感が星里花を捉えて放さない。

「幸い、僕たちは防犯カメラの映像確認を任されています。藪長不動産から暴行事件のあった現場までの防犯カメラの映像を確認してみます」

星里花ははっとする。本来の業務の中で、柏木をみつけ出すことは可能だ。先に一階に着いた武本が立ち止まって振り返る。

「それは」

「ご心配は無用です。偽造ナンバーの白いハイエース捜しは、未だ継続中です。事件現場周辺の映像は何度見てもおかしくありません」

潮崎も一階に下り立った。

「それに、柏木をみつけることが出来たら」

潮崎がそこで口を閉じた。その目がきらきらと輝いている。その先は星里花にも分かった。間違いなく事件解決の糸口になる。

武本は無言で深く頭を下げて、その場を立ち去った。その背に向かって潮崎も深く頭を下げる。星里花もあわててそれに倣う。頭を上げたときには、自動ドアの向こうに武本の姿はすでになかった。

「いつも付き合わせてすみません」

頭に手を当てて申し訳なさそうに言う潮崎に、星里花は「いえ、映像確認頑張りましょう！」と、今までにないほど力強く言った。

気持ちも新たに捜査本部に戻って防犯カメラの映像確認を始めた。だが、午後九時が近づく頃にはさすがに集中力が落ちてきた。星里花は両腕を上げて大きく伸びをする。それが合図のように、隣の席の宇佐見も背もたれに深くもたれかかった。

「さすがに疲れました」

目頭を指で揉みながら宇佐見が言った。

捜査本部に内緒で防犯映像から柏木を捜そうという潮崎の提案に宇佐見は異を唱えることなく、すんなりと了承した。以前ならば、本来の職務以外のことはしないと頑として受け付けなかったはずだ。けれど、すでに花栄町への調査に同行し、事件解決に繋がるかも知れない情報を得たことで、考えを変えたらしい。

道路を走る白いハイエースを捜すのと、路上を移動する柏木を捜すのとではディスプレーに映し出される映像が違いすぎる。三人揃って似たような映像を見ていたら不審に思われると考えた潮崎は、三人のうちの一人だけが交代で柏木捜しをすると決めた。一時間前から星里花が担当しているが、通行の多い新宿の路上を行く人波から、柏木らしき男の影をみつけ出すのは至難の業だ。

そもそも藪長不動産本社前の映像では、犯人は三人全員が帽子とマスクを着用していて、服装は上下とも黒の長袖長ズボンと黒ずくめだ。逮捕時の柏木の服装はそれに近いが、犯人の一人ならば、途中でマスクと帽子を捨てたことになる。移動範囲内を捜せばそれらはみつかったかもしれない。だが事件発生からすでに二十日以上が過ぎている。ゴミ箱に捨てたのならば、すでに集積場に運ばれて処理されているだろう。もしくは残る二人の犯人が回収した線も考えられる。

「少し、休憩しましょうか」

潮崎の提案に、二人とも異論はなかった。

潮崎が手ずから淹れてくれたお茶を片手に、三人は一息入れる。

「それにしても、捜査自体にこうも進展がないとは」

潮崎が溜め息混じりに言う。

芝浦の事件は被害者の鈴木の生前の住まいの捜索をしたそうだ。だが室内にあったのは生活に必要な最低限のみで、これと言って事件解決に繋がるような物はみつからなかった。それでも三田署の捜査本部は室内の物をすべて持ち帰るだけでなく、ドアなど人の触れていそうな場所を中心に指紋を採取しようとしたが、入念に拭き取られていた。範囲を広げたところ部分指紋も含めると十二人の指紋が検出されたが、前科者として登録されているものは一つもなかった。遺体を冷凍保存していた倉庫も都内だけではなく近隣の県にも広げて捜索しているが、未だ発見には至っていない。

新宿署の捜査本部は事件当日の吉井の行動を洗い出すところまでは出来た。新宿七丁目×番地の飲食店で取引相手との会食を終えて午後十時十七分に解散となったそうだ。店を出て大久保通りへと向かう途中の細い路地に入ったところまでは路上の防犯カメラに吉井の姿が捉えられていた。だがその後、姿を消した。路地にも、路地と交わる裏通りにも防犯カメラは設置されておらず、そこで吉井の姿は完全に消えた。犯人は路地で接触したと考えられ、吉井が消えた午後十時二十分の前後三時間分の路地周辺の道路や店舗の防犯カメラの映像も確認しているが、これといった発見はない。偽造ナンバーの白いハイエースもまたじかりだ。数カ所で映像に映り込んでいるのがみつかったが、途中でナンバーを替えたらしく、どこから来て、どこに向かったのかは未だに特定できていない。そして三つ目の幡ヶ谷に至っては、まだ被害者の身元も判明していないのだ。

「身元って、こんなに分からないものなんですかねぇ」

ため息まじりに星里花は言った。

死因は肝臓癌による病死と判明したので、該当する患者を捜して貰うべく、代々木署の捜査本部は都内の病院に依頼した。だがみつけるには、性別や年齢、病状が該当し、診療したもののその後通院していない患者を捜し出すしかない。それにはカルテの連絡先に一軒ごとに電話をして、患者が存命かどうかの確認を取らねばならない。もとより診療時間内は、病院職員は本来の仕事で手一杯だ。合間を縫ったり、業務時間外に連絡をしてくれてはいるものの、どうしても時間は掛かる。加えて連絡先にすでにいない、あるいは連絡先自体が使われていないなど、追跡しようにも出来ない件もあるという。カルテを引き取って、直接捜査本部員が連絡を取った方が早いのは分かっている。けれど、病院としては患者の個人情報を簡単に渡すわけにはいかないのもまた事実だ。代々木署の捜査本部としては、ひたすら結果の報告を待つしかない。

だとしても、と星里花は思う。

人が一人亡くなったのだ。人は何かしらの関係の中で生きている。例えば親族や友人、仕事、地域などだ。そこから突然、消えたのだ。誰かしらが気づいて、行方を捜すのではないのだろうか？

そこまで考えて星里花はあることを思い出した。本庁に来る前にいた所轄署でのことだ。管区内で身元不明の白骨遺体がみつかった。発見当時は事件かと騒ぎになったが、検視の結果、事件性はないと判明した。身元不明なだけに引き取り手もなく、白骨遺体は一ヶ月以上、署内に安置されたままだった。

――あの白骨遺体はその後どうなったのだろう？

当時、交番勤務だった星里花は、本署内に一ヶ月以上も白骨遺体があるという話は聞いた。けれど、その後どうなったのかは知らない。

「まぁ、病院の結果が出るのを待つしかないでしょうね」

猫舌なのでお茶が冷めるのをじっと待っている宇佐見が言う。

「待つのもよいのですが、この際、考え方を変えてみたらどうだろうと僕は思うんですよ」

「変えるとは？」

用心しながら湯飲みを口に近づけていた宇佐見が手を止めて訊ねる。

「犯人は遺体をどうやって入手したのか。そこから考えてみたらどうかなと。——そもそも遺体って、どこで手に入るものですかね？」

潮崎に問われたものの、星里花は即答することは出来なかった。宇佐見も同じらしく、黙っている。

「まず人が亡くなる。多いのは病死とか老衰死とかですから、場所は病院や自宅になる。遺族は法的な手続きを踏んで葬儀社に依頼して火葬。これが一般的でしょう。この課程で遺体が失くなったら大騒ぎになりますよね」

「ですよね」

これにはすぐに頷ける。葬儀の準備中、あるいは最中、または火葬場で荼毘《だび》に付すまでの間に遺体が失くなったら、遺族が大騒ぎする。それこそ警察に通報するだろう。

「そうではない事件や事故の場合ですが、僕たちの専門分野なので流れの詳細ははしょりますが、検視の結果、事件性がない場合でも、事件だったとしてもデータを完全に取ったらご遺体は遺族に引き渡します。その後は同じ。やはり遺体が失くなったら大騒ぎになりますね」

そのとき星里花はさきほど思い出した身元不明の白骨遺体の話をしてみることにした。

「以前いた所轄本署の話なのですが——」

潮崎は興味深そうに頷きながら、宇佐見もそれなりに関心を持ったらしく、こちらを向いて話を聞いている。

星里花が話し終えると、潮崎は「いわゆる無縁仏、法的に言うのなら行旅死亡人《こうりょしぼうにん》ですね。その場合は」と言い、何かを思い出そうとするように眉を顰めた。すぐに思い出したのだろう、表情を明るくして話し始める。

「行旅死亡人が発見された場合、ご遺体は行旅病人及行旅死亡人取扱法のもと扱われるんですよ。死亡推定日時、発見された場所、所持品などを明記し、市町村長名義で官報で公告します。ですが官報はあくまで文字のみですし、そもそも人の目に触れづらい。それで警視庁は二〇一四年の九月に庁内に身元不明相談室を開設しました。ホームページ内に発見年別一覧で身元の分からない遺体の情報、着衣や所持品の写真だけでなく似顔絵も公開して、閲覧できるようになっているんです」

一度も言い淀むことなく潮崎は話し終えた。物知りだとは知っていたが、この人の頭の中には、一体何がどれだけ記憶されているのだろうと、星里花は呆気にとられた。

「行旅死亡人の葬儀遺留品中の現金・有価証券、足りなければ市町村のお金、つまり税金で遺体を埋葬または火葬する。ただし死者の相続人あるいは扶養義務を有する人が明らかになった場合には、それらの人が費用を弁償する。相続人がみつからなかった場合は、最終的に都道府県が負担する」

いつの間にかスマートフォンで検索していたらしい。宇佐見がディスプレーに目を落としながら表示された情報を読み上げる。

「自治体が火葬や管理を行う場合、多くは一定期間遺骨を保管し、その後合葬するそうです。無縁塚と呼ばれる合葬式の納骨所があって、そこにざざーっと骨壺からあけて埋葬するってありますね」

あくまでネット上に書かれていたことを宇佐見は読み上げただけだ。だが、ざざーっという擬音のせいか、星里花の頭の中に映像が浮かんでしまった。まるでバケツに入っていた不要な砂を捨てるようだ。そのあまりに無機的なイメージに思わず顔を顰める。

「福祉葬とは違うんでしたよね?」

そんな星里花をよそに、潮崎が訊ねる。

「福祉葬、ですか? ちょっと待って下さい」

宇佐見が素早く指を動かす。

「別物ですね。福祉葬は生活保護法に基づいて生活保護を受けている世帯の一員が亡くなって、その葬儀費用を出すことができない場合、自治体からの葬祭扶助の範囲内で執り行われる葬儀の総称とありますから」

「なるほど、ありがとう」

納得したのか、潮崎は礼を言うと「では肝心の遺体の入手方法について、改めて考えてみましょう」と続けた。

「身寄りがなく、気に掛けてくれる人もいなかったとしても、一度、遺体としてしかるべきところに届け出られていたら、失くなったら大騒ぎになる。だとすると考えられるのは、届け出がされていない場合です。それこそ殺人とかね。実際、鈴木さんの場合はその可能性がある」

芝浦の鈴木の死因は自死なのか他殺なのか、未だに特定出来ていない。なので三田署の捜査本部は二つの線で捜査を進めている。

「ですが幡ヶ谷の遺体は病死。なので今回は、幡ヶ谷のケース、つまり病死遺体を手に入れること限定で考えましょう。正木さんならどうします？」

死体を欲したことなど人生で一度もない。なので入手方法を問われても即答することなど出来ない。答えに詰まっている星里花に、潮崎が「まぁ、そう簡単には」と取りなそうとしてくれる。だが、その声を遮るように宇佐見が「これも殺人の可能性があると考えた方がいいと私は思いますが」と言った。

「でも死因は病死です」

これには星里花がすぐさま反論する。だが宇佐見はまるで聞こえていないかのように話を進めた。

「ポイントは、幡ヶ谷の遺体も鈴木と同じく誰からも捜されていない存在だったという点です。そういう人で病気で身体の弱った人に目を付けた誰かが、その人を監禁して死ぬのを待っていた。これならすんなり遺体が手に入ります」

宇佐見の説には可能性があった。だが検視報告書に記載されていた内容を思い出して星里花は反論する。

「でも、遺体には拘束されたり、暴行を受けた痕跡、さらには癌治療薬以外の残留薬物も発見されなかったとありました」

「被害者の衰弱度合いによっては拘束も暴行も投薬も不要だったのでは？」

即答されて星里花は言葉に詰まった。今度も宇佐見の言うことには一理ある。

「なるほど、宇佐見君は殺人で入手した説推しということですね。確かにそれならば成立します。ですが、異論を唱えます」

そう言って微笑む潮崎に、宇佐見は「どうぞ」と無表情で返した。

「死亡推定日は十一月十四日前後。幡ヶ谷で遺体が発見されたのは十二月四日。死亡してからは二十日くらい過ぎています。三件が同一犯という前提ならば、新宿の事件は十一月三十日。吉井さんは殺害直後に放火されています。すでに死体を入手していたのなら、なぜそちらを先に使わなかったのか？」

三件のうちの二件は死後時間が経っていて、身元もすぐには分からない状態だった。だが吉井は違う。そこに犯人の意図があるに違いないと捜査本部は考えている。だが未だ進展はなく、容疑者すら浮かんでいない。

「まあ、これに関しては、犯人でなければ分からないことでしょうから置いておくとして。遺体には乾燥収縮が見られた。つまり遺体は常温放置されて乾燥したことになります。しかし発見時は、ゼロから四度の間で二十四時間以上、冷蔵されていた。殺人ならば犯人は出来たて——いや、さすがに不謹慎か」

出来たてという言葉にぎょっとするが、やがてよい言葉がみつかったらしく潮崎は晴れやかな顔でまた口を開いた。

「謂わば、フレッシュな状態から遺体をキープしていたのなら、なぜ最初から冷蔵しなかったのでしょうか？」

遺体を表現する言葉として、それも適切ではないと星里花は思う。

「前提を確認します。幡ヶ谷の事件に特化して病死遺体を手に入れるには？という質問でしたよね」

問いかけ口調ではあったが、話の内容を微妙に変えた潮崎を非難しているように聞こえる。

「ああ、そうでした。すみません。一般論として訊ねました。ごめんなさい」

潮崎はあっさりと謝罪した。

「まぁ、いいでしょう。警視の脱線ぶりにはもう慣れました」

——だからまた嫌ごと言う。

わずかに眉を顰める星里花をよそに「では一般論の死体の手に入れ方に話を戻します」と、宇佐見が話し出した。

「殺人以外では、行旅死亡人、あるいは孤独死した遺体を最初にみつけるというのが考えられるのではないかと。ただし前者はかなりの運が必要でしょうね。幸いにも我が国では道ばたに死体が転がっているのは当たり前ではないですから。それと後者に関しては、遺体か住居と何らかの関係性がある人物に特定されますね」

潮崎が話を引きとる。

「赤の他人が室内で誰かが死んでいることに気づく可能性はある。それこそ臭いとかで。けれど室内に入って遺体を持ち出すとなると、鍵の問題もあるし人の目もあるから難易度が上がる。それよりも、もともと遺体の知り合い、あるいは住居の鍵を所有している、つまり遺体または住居との関係がある人物ではないか、ということですね」

なるほど、と星里花は合点する。潮崎が続ける。

「宇佐見君の意見に僕も同意します。タイミングよく行旅死亡人、あるいは孤独死した遺体をみつける。これが病死遺体の一般的な手に入れ方だと思います」

合意を得て、宇佐見が小さく頷いた。星里花も異論はなかった。だが、一般的な遺体の手に入れ方という一連の問答はやはりどこかおかしいと思う。

「では幡ヶ谷の遺体がタイミングよくみつけた遺体だとして。――ただ、どうしてもひっかかるんだよなぁ」

イスの背に寄りかかり、天井を見上げて潮崎が言う。

「二十四時間以上の冷蔵ですね」

問うのではなく、宇佐見が断言する。

「ええ。遺体は気候の賜《たまもの》か、常温で腐ることもなく保管できていた。なのになぜあえて最後の最後で冷蔵したのか」

「やはり腐敗を案じてではないでしょうか？」

ようやく星里花が口を挿む。だが宇佐見ににべもなく「この天候でですか？」と言い返された。その通りだとは思ったが、これまでずっと意見を言う度に否定され続けただけに、一矢報いたい。

「みつけたのが十二月四日の直前だったとか。それこそ二日にみつけたのならどうです？　よっぽど遺体に詳しい人でない限り、とりあえず冷やしません？」

「翌々日に使うのにですか？」

間髪を容れずに否定されたが、「いつ使うかは、まだ決めていなかった。それが急に四日に使うことに決めたとかでは？」と、なんとか切り返す。

「あくまで三件が同一犯という前提で伺いますが」

宇佐見の改まった口調に、さあくるぞと覚悟する。

「芝浦の遺体は冷凍保存されていました。なのに幡ヶ谷ではなぜ冷蔵したのでしょう？」

「それは」

「複数犯ですから、冷凍・冷蔵どちらの設備も所有していたと考えることは可能です。あるいは、すでに芝浦の事件の捜査は進んでいる。だからあえて冷凍設備は使わなかったという考え方も出来る」

星里花が思いついていなかった反論を宇佐見は自ら口にする。

「とはいえ、すでに芝浦と新宿の二つの事件の捜査で都内には警察官が溢れている。警察官だけではないですね。マスコミ、さらには一般人も異変に敏感になっている。そんな中、犯人達はあえて新宿の事件の四日後に幡ヶ谷に遺体を置いた」

「そこなんですよ」

宇佐見の言葉に潮崎が姿勢を戻して割って入る。

「芝浦と新宿との間隔も四日。中三日にこだわっての犯行だとして、これほどタイミングよく病死の孤独死体をみつけられる可能性ってどれくらいだと思います？　ええと」

潮崎がスマートフォンを取り出す前に、宇佐見が「東京二十三区内で二〇一五年に亡くなった方は二千八百九十一名とありますね」と、ディスプレーを見下ろして言う。

「一日換算すると八人弱。って、これは意味がないな。ゼロ人の日もあれば、たまたくさんお亡くなりになる日もあるだろうから。とにかく、かなりの運がなければみつけることは難しいでしょう。今回は運良くみつけたとして、四日に決行すると決めていたのなら、わざわざ冷蔵する必要があるとは僕にも思えなくて」

「他の場所に置いておくよりもみつかりづらかったから、とかはどうです？」

「都内だけでなく近隣の県まで冷凍・冷蔵施設に捜査の手が及んでいるのにですか

？」

星里花の思いつきは今度もまた宇佐見の正論であえなく潰された。ごもっともなだけに言い返すことが出来ない。

「そう考えると、犯人達はラッキーで病死の孤独死体を手に入れたというのは、ちょっと考えづらいと思うんですよね。何しろ、あれだけ劇場型の犯行なのですから、計画性はかなり高いと考えるべきでしょう」

だとしたら、犯人達はどうやって遺体を手に入れたのだろうか？　もしや、宇佐見の言った監禁殺人なのだろうか？

何か独自の意見を口にするかと思いきや、潮崎は口を噤んだまま黙っている。さすがの潮崎も考えが浮かばないらしい。

結局、話は元に戻ってしまった。この時間はなんだったのだろうと、星里花は徒労を感じた。だがいつまでも何もせずにいるわけにはいかない。確認作業に戻るよう促そうとしたそのとき、潮崎が「冷蔵されている遺体って、実はもっとも一般的と言うのか、普通なんですよね」と言った。

「普通って」

「日本国内の葬儀を考えて下さい。遺体って、火葬前は必ず冷えてますよね？」

「ええ、冷えてます」

遺体の腐敗を避けるため、死体冷蔵室の温度はゼロから四度くらいの設定にされているし、常温の場に遺体の入った棺《ひつぎ》がある場合はドライアイスを入れる。

「そう考えると、幡ヶ谷の遺体は火葬待ちだったんじゃないかな、なんて。——いや、もちろんこれはないと僕も思います。あの遺体が孤独死で相続人がみつからなかった、あるいは放棄されたとして、自治体から葬儀社に依頼して火葬を行う流れですからね。遺体が紛失したら、葬儀社が事件として届け出るでしょうし。——うん、ないない。これはない」

最後は重ねて自らの意見を潮崎は否定した。

「代々木署の本部は、その線は調べたんですかね？」

「葬儀社から遺体が紛失したか、をですか？」

星里花は驚きを隠さずにそれまでよりも大きな声で言ってしまった。あわてて周囲を見回す。幸いなことに本部内の捜査員達は皆、自分の作業に没頭していて、誰の耳にも届かなかったらしい。一人もこちらに顔を向けている者はいない。

「失礼ですよ、宇佐見君」

潮崎が窘める。

「代々木の本部では、身元特定のために身元不明人のリストの参照はもちろん、都内のみならず近県まで含めて、不審死の一一〇番通報に該当者がないか、捜査をしています。でも該当者はいなかった。それは聞き込みの結果として報告されています。ならば行政から葬儀社に依頼はないし、もちろん葬儀社に該当する遺体もないということです」

身元が特定されれば、本庁内の合同特別捜査本部にその情報は上げられ、三田署と新宿署の捜査本部にも共有される。だが未だに特定には至らず、今は病院からの返答をひたすら待っている状態だ。

「確かに。失礼な言い方をしました」

「謝罪は僕にではなく、代々木署の捜査本部の皆さんにして下さい。方角はあちらです」

潮崎が南西の方角に向けて手を差しのばす。宇佐見がイスから立ち上がり、「すみませんでした」と言いながら頭を下げ、またすぐに腰掛けた。そのぎこちない動きは相変わらず機械仕掛けというか、からくり人形のようだ。

「さあ、また作業に戻りましょうか」

素直に宇佐見が謝罪したことに気をよくしたのか、潮崎は朗らかな声で宣言すると、またディスプレーに向き直った。

偽造ナンバーの白いハイエースの行方を追うこと、加えて藪長不動産の本社ビルから暴行事件の現場まで移動する柏木の姿をみつけ出すこと。この二つが事件解決のための急務だ。星里花は深呼吸すると、気持ちを新たにしてディスプレーに顔を寄せた。

2

警視庁捜査一課第二強行犯捜査の藤原管理官は腕組みをして目の前のホワイトボードを見つめていた。マグネットで貼られた資料もマーカーで記入された文言も、一昨日から何一つ変わっていない。

十一月二十六日に起こった芝浦男性死体遺棄及び焼却事件で三田署内の講堂に設置された捜査本部に詰めて、今日で二十八日目になっていた。疲労は日々蓄積されていく。それに比例して捜査も進捗していればよいが、残念ながら膠着状態に入っていた。

事件が起きてから十七日目の十二月十二日に被害者の身元こそ鈴木隆史・四十三歳と判明したが、それ以外はさしたる進展はない。偽造ナンバーの白いハイエース、現場の残留物、遺体を冷凍保存していた冷蔵施設ともに捜査を続けているが、犯人に繋がる確たる証拠には辿り着いていない。これは三田署だけではない。新宿署と代々木署の捜査本部もまた、犯人逮捕に繋がる糸口すらつかめていない。

十一月二十六日・芝浦、十一月三十日・新宿、十二月四日・幡ヶ谷。犯人達は四日おきに犯行に至った。重ねたタイヤに遺体を入れて燃やすという特殊な演出も考慮して、犯人達には明確な意図があると各捜査本部は考えた。それは捜査本部だけではない。マスコミの報道も過熱の一途を辿り、十二月八日には新たな事件が起こるのではと大きく取り上げられ騒ぎにもなった。だが何も起こらなかった。幡ヶ谷での犯行を最後に、犯人達はなりを潜めている。

目に映るホワイトボードの文字がぼやけてきた。藤原は人差し指と親指で目頭をつまむようにして揉む。だがすぐさまその手を下ろした。捜査本部内にずっといる自分よりも、聞き込みに回り、映像を確認し続けている部下達の方が遥かに疲れているのは、かつての経験で身に染みている。それだけに上司である自分が疲れを見せるなど、士気に関わるような素振りはするべきではない。

「藤原管理官」

所轄の捜査員が電話の受話器の送信口を手で押さえてこちらを見ている。

「お見えになりました。今、一階受付にいらっしゃいます」

「分かった。行くからそこで待っていて貰うように言ってくれ」

指示を出すと藤原はドアへと向かった。

藤原が受付に向かうと、壁に沿って置かれたソファに腰掛けている女性が目に入った。おそらく彼女が鈴木隆史の元妻の相良幸子《さがらゆきこ》だろう。写真に収められた彼女はすでに目にしている。だが写真は七年前のもので、こうして今、本人を前にするとかなり印象が違った。鈴木と双子の娘とともに写真に収まっていた幸子は、華やかな服装で化粧をした顔に輝くような笑みを浮かべていた。写真から伝わってきたのは、溢れんばかりの幸せだ。だが今目の前にいる女性にはその影すら窺えない。薄い肩を丸めて膝の上のハンドバッグをじっと見つめている。

「相良幸子さんですか？」

声を掛けると、顔だけこちらに向けて「はい」と答えた。

「ご足労、ありがとうございます」

小さな声で「いえ」と言いながら幸子は立ち上がる。藤原は近づいて「警視庁捜査一課の藤原と申します」と挨拶しながら名刺を差し出した。

受け取ったものの、幸子は目を落としもせず、かといってハンドバッグの中にしまうでもなく、ただ持っている。

「ご案内します」

手を差し出して案内しようとすると、「あの、私」と声が聞こえた。

「会いたくないんです」

消え入りそうな声で続ける。

「すでに話は済んでいます。業者さんにお任せして、お骨を引き取るだけ。そういう約束になっています。だから来たんです」

声の大きさこそ変わらないが、口調は徐々に強くなっていく。

「相良さん」

落ち着かせようと声を掛ける。はっとした表情の幸子が、あわてて周囲を見回した。

その顔は動揺していた。

――このやりとりを周囲に聞かれたくないということか。

鈴木は被害者だ。一般的には被害者の遺族は同情される。だが遺体の発見状態もあってか、あれだけのことをされるには何か理由があるはずだという憶測がマスコミやネット上で飛び交ってもいる。そしてその疑いの眼差しは遺族にも向く。ことに幸子はその理由の片鱗を知っているからこそ離婚したのではと注目が集まった。事実、藤原も民放のワイドショウで何度も幸子の住まいのチャイムを押すインタビュアーの映像を目にした。彼女は一切応じることなく、無言を貫き通してきた。小学生の二人の娘がいる母親として、我が身と娘を守りたいという気持ちが働くのは当然だろう。幸子が俯く。まだ一度も藤原と目を合わせていない。それだけ心を閉ざしているということだ。

――難しいな。

相良幸子に関しては、捜査本部はすでに一度しくじっていた。被害者の身元が歯科記録から鈴木隆史と判明して、捜査本部はすぐさま鈴木の身辺調査をした。そして唯一の肉親である母親の佳恵《よしえ》と鈴木の元妻である幸子にたどり着いた。二人から話を聞こうとしたが、母親の佳恵は息子が五年前に暴行事件を起こしたことすら知らなかった。最近は電話でこそ数回話してはいたが、どこに住んで何をしているかなど一切教えて貰っておらず、会っていなかった。母親からはさしたる情報が得られなかっただけに、元妻の幸子への期待が高まった。

だが出だしをしくじった。被害者に近い関係者、ことに以前にトラブルがあった相手を被疑者とみなして調べるのは当然のことだ。離婚した妻はその筆頭に当たる。

捜査本部は任意で幸子を取調べた。けれど犯行時刻にはビルの深夜清掃をしていたと立証されてアリバイが成立したし、通話記録やメールやSNSなどからも疑うような記録は何一つ出なかった。被疑者の可能性はないと判断したのちに、事件に繋がる情報がないか話を聞こうとした。しかし幸子はにべもなく協力を拒んだ。

もう別れた人だから。別れてからは、完全に没交渉だから話すことなど何もない――。

その一点張りで、結局、事件解決の糸口になるような情報は何一つ得ることが出来なかった。

捜査は再び膠着状態に陥った。ひたすら聞き込みや映像確認を進める日々が続いている。そんな中、検視が完全に終了したという一報が届いたのは三日前のことだ。

鈴木の遺体の大部分は焼け焦げていて、犯人に繋がる証拠がみつかる可能性は薄かった。だが火が及ばなかった右足首の周辺から第三者の皮膚が採取できた。冷凍した遺体を素手で扱った際に付着したらしい。警視庁内のデーターベースと照らし合わせても該当者はいなかったが、それでも犯人の物証の発見を知らされた捜査員達は色めき立った。他にもまだあるのでは？　と更に詳細な検視を行ったが、何も出てこなかった。結局その皮膚の採取を最後に、鈴木の遺体からすべての情報を採取したと判断された。

殺人事件の被害者は司法解剖を終え、必要な情報をデータとして保管したのちは、速やかに遺族に返すことになっている。手順に則って母親の佳恵に連絡すると、七十六歳の佳恵は、二ヶ月前に転倒して大腿骨と骨盤の一部をともに骨折していた。その半年前に肺血栓塞栓症を患っていたため、全身麻酔による手術は危険性が高く断念するしかなかった。患部を固定し安静にして自然治癒を待つしかなく、地元福井《ふくい》で入院生活を続けている。自力で起き上がることすら困難な佳恵に、東京に来て鈴木の遺体を引き取り、葬儀を取り仕切ることなどとても無理だった。

とはいえ、三田署としてもいつまでも霊安室に鈴木の遺体を置いておくわけにはいかない。捜査本部は佳恵に、地元の葬儀社に依頼して遺体を福井まで運び、そちらで葬儀を執り行う、あるいは都内の業者に依頼し、遺骨を福井に送るという二つの提案をした。動きの取れない佳恵は後者を選び、三田署が紹介した都内の葬儀社が引き受けることになった。今日が鈴木の遺体が荼毘に付される日だった。そして葬儀社から、幸子が立ち会うことになったと連絡が来た。佳恵に泣きつかれて、渋々ではあるが、立ち会いを引き受けることになったのだ。

当初の予定では、幸子は火葬場に直接行き、そこで遺骨を引き取る算段になっていた。だが藤原は、この機を逃すつもりはなかった。話を聞くために、葬儀社に頼んで手順を変え、幸子に三田署に来てもらった。

「ここで立ち話も何ですから、応接室にご案内します」

極力平静な声で告げた。

安堵したのと、勘違いしたことに狼狽したのか、「すみません」と幸子が謝罪した。

「では、どうぞこちらに」

促して先に進む。今度は幸子も大人しくついてきた。

「鈴木佳恵さんとは？」

「年に数回ですけれど、やりとりさせていただいてます」

鈴木隆史の母親の名前を出すと、消え入りそうな声で返してきた。

「お孫さんを連れて会いに来てくれていると佳恵さんから伺いました」

「お義母《かあ》さんにはよくして貰いましたし、子ども達にとってはお祖母《ばあ》ちゃんですから」

幸子の声がそれまでよりは和らいだ。

――母親には悪感情は持っていない。

ならば、母親のためにという建前で話を進めるのがよさそうだと、藤原は考える。

「電話でお話しした限りですが、とても優しそうな方ですね」

「ええ。本当に優しい人です。だから私――」

そこで声が途絶えた。見ると、幸子の頬に涙が伝っている。

「こちらです」

背に手を当てて、そっと促す。応接室へと進みながら、その涙の意味を藤原は推測する。鈴木の母親に対する申し訳なさならば、話は進めやすくなる。だが決めつけはよくない。

「どうぞ」

応接室のドアを開けて中へと迎え入れる。席を勧めると、幸子は小さく頭を下げて腰掛けた。

「何か飲まれますか？　コーヒーかお茶ならすぐに準備できますよ」

「いいえ、結構です」

ハンドバッグからハンカチを取り出しながら、小さな声で返される。拒絶ではなく遠慮のように聞こえた。

藤原は口を閉ざした。室内から音が消える。幸子は涙をハンカチで拭っている。嗚咽はない。ただ涙が止まらないらしい。

「――すみません」

しばらくして、幸子が口を開いた。これにも藤原は何も応えなかった。顔の筋肉を和らげ、柔和な表情を作って見つめ続ける。

「あの人も優しい人でした。お義母さんと同じで、優しい人だったんです。なのに、こんなことになるなんて。お義母さんにとっては、たった一人の息子なのに」

吐き出すように早口で言うと、泣き崩れた。

気持ちが落ち着くのを藤原はひたすら待った。ここで間違った誘導をしたら、元の木阿弥だ。今は幸子が話すのに任せるしかない。だが気持ちは焦《じ》れていた。それでもひたすら柔和な表情を崩さずに堪える。ようやく幸子の口が動いた。

「全部、あの町のせいなのよ」

聞こえたのは予想もしていない内容だった。

「町というと、花栄町のことですか?」

捜査本部は以前に鈴木が住んでいた花栄町にも聞き込みに行った。震災による液状化の被災地であることや、それによって経済的に立ちゆかなくなった住人が少なからずいること、鈴木もその一人だという報告は受けていた。

「ええ。あの町に住んでさえいなければ」

鈴木も幸子も大手新聞社系の広告代理店に勤務していて、経済的にも羽振りの良い夫婦だったことは分かっている。だが、勤務先の倒産による失業、更に転職への失敗に、被災が重なった。そして家庭内が荒れ離婚に至ったはずだということも、住人の証言から分かっている。

「別れるしかなかった。だって」

絞り出すように言った。手の中のハンカチも強く握りしめられていた。

「暴力を振るわれていたようだと、町の住人の何名かから伺いました。それでは離婚も仕方ない。母親として、娘さん達にそんな父親を見せてはいけない、そう思ったのではないかと。娘さん達を守るためにするべきことをしただけだ。皆さん、そう仰ってましたよ」

幸子が顔を上げた。安堵と不安が入り混じった複雑な表情を浮かべている。

「そうなんです。私、あんな夫を娘達に見せたくなかったんです。あの子達には格好良くて優しい素敵なパパでいて欲しかったんです」

そこから堰を切ったように話し始めた。

鈴木は娘達には暴力は振るわなかった。けれど自分に振るう様は娘達も目にしていた。荒れた生活に暴力が続き、さらに日々暗くなっていく娘達の表情を見ていて、幸子はついに決心した。鈴木の不在時に最低限の荷物をまとめ、娘二人を連れて家を出た。行く当ては茨城県の実家しかなかった。予想通り、すぐに鈴木がやってきた。幸子の両親と弟の立ち会いの下、話し合いが行われた。鈴木はひたすら頭を下げて詫びた。それでも幸子の気持ちは変わらなかった。やがて鈴木は怒りを表し始めた。

「戸建てが良い。ここなら実家も近いからって言い張ってあの町に決めたのはお前じゃないか。俺は都内の賃貸でいいと言ったのに。お前の意思を優先してあの家を買ったんだ。あんな家に住まなければ、こんなことにはなっていなかった。今俺は生活を立て直すために、行政や売り元と闘っている。それもこれも家族のためだ。なのになぜお前は協力しない？　家族として当然のことをしていないのは俺じゃなくてお前だろう。何か間違っているか？」

最後は激高して怒鳴った。

「だからって、姉ちゃんを殴るのは話が別だろう！」

弟が言い返したそのとき、「パパ、怖い」と幼い声が聞こえた。双子の姉が妹に身を寄せて怯えた顔で見つめていた。

「こんなパパ嫌い。元のパパがいい」

妹は叫ぶと泣き出した。

「パパに会いたい。あたしたちのパパに会いたい。こんなのパパじゃない」

妹を抱きしめた姉も強く叫ぶと泣き出した。

二人の娘のその様を見た鈴木は言葉を失った。そして無言で去って行った。その後、離婚の手続きの連絡は幸子からではなく父親が行った。また揉めるかと思いきや、鈴木はすんなりと受け入れた。残った家のローンはすべて引き受けるし、慰謝料も養育費も可能な限り払うと申し出た。要望は、定期的に娘達に会わせてほしいということだけだった。幸子は慰謝料の請求はせず、月々の養育費だけ受け取ることにした。だが支払いはすぐに滞った。それでも約束だからと娘達には会わせていたが、鈴木のどんどん荒んでいく様と、時折娘達を見つめる思い詰めたような顔に、恐怖を感じだした。そして、面会を拒絶した──。

「もう少し、私があの人に手を差し伸べていてあげたら、こんなことにはならなかったのかもしれない。もう少しだけでも優しくしてあげていたら、連絡を取り続けていたら」

すでに聞き込みからおおよそのことは知っていたが、やはり本人の口から聞く離婚に至る経緯とその後の話は凄烈だった。

「お義母さんにとってはたった一人の息子なのに、こんな最期を迎えるなんて」

——罪の意識か。

涙の理由を藤原は確信した。

「あなたのせいではありません」

あえて力強く藤原は言った。幸子が顔を上げた。

「すべて犯人のせいです」

その目を見つめて藤原は重ねて断言した。

「もちろん犯人を捕まえたところで、鈴木さんは戻りません。佳恵さんの心に空いた穴も埋まることはないかもしれない。だからと言って、あなたの元夫であり二人の娘さんの父親で、そして佳恵さんの一人息子の命を奪っておきながら、犯人が何の咎《とが》めも受けず、のうのうと自由にしていることは許されません。ですからお願いします。犯人逮捕のために、改めてご協力下さい。どうか、お願いします」

そういうと藤原は立ち上がって深々と頭を下げた。

藤原を信頼したのだろう、幸子はそのあと態度を改めた。藤原は部下には任せず、そのまま自分で話を聞くことにした。

もっとも知りたいのは新宿の被害者の吉井とのことだ。吉井についてはすでに調べ尽くしていた。藪長不動産に勤務する前は埼玉県久喜市にある地元の不動産屋で働いていた。鈴木がかつて住んでいた花栄町の分譲販売を請け負っていたうちの一社だ。吉井が在籍していた時期と、鈴木が土地を購入した時期は重なっていたが、二人の間に直接大きなトラブルがあった話は出てきていない。これらはすべて町の住人や不動産屋の社員への聞き込みで得た情報だ。妻だった幸子からならば、これまで出てきていない話が聞けるかもしれない。藤原は期待していた。

だが幸子もまた、母親の佳恵と同じく、鈴木が吉井に対して暴行事件を起こしていたことを知らなかった。

「今回の事件で、鈴木が暴行事件を起こしていたことを初めて知ったんです。名前を聞いて、知っている人かもしれないと。でも会社の規模も場所も全然違ったので。吉井って珍しい苗字ではないですし、たまたま同じ苗字の人かもしれないと」

「そのご存知の吉井さんの勤め先は覚えてらっしゃいますか?」と訊ねる。

「ええ。宮峰《みやみね》不動産です。忘れられるはずがありません。だって、その人から家を買ったんですから」

強い口調で幸子は言った。

宮峰不動産は埼玉県久喜市を中心に業務を行っている地元の不動産屋だ。花栄町は、宅地開発を請け負った大手不動産会社二社と鉄道会社一社が優先的な販売権を持っていた。販売が開始されて区画内の道路事情や日当たりの良い場所から売却済みとなっていったが、すべての区画がすぐに完売とはならなかった。ことに不動産会社の所有分は、建築条件付きで販売したこともあり、北側に面した区画や、すでに周囲が売却済みの区画は売れ残った。

しばらく様子見をしていたが、買い手が現れないことで大手不動産会社は次の手に出た。地元の不動産屋に声を掛け、売却が決定した暁《あかつき》の成功報酬のパーセンテージを決めた上で協力を依頼したのだ。宮峰不動産も大手不動産会社の下請けとして販売協力をした一社だった。

「直接担当してくれたのは、牧原《まきはら》さんといって地元出身の真面目な方でした。花栄町が以前は沼地と田んぼと畑だったこととか、下水道が完備されていないときは水が出たことも、きちんと話して下さって。そのときに同席していたのが上司の吉井です」

大手不動産会社二社と鉄道会社一社による一大プロジェクトとして開発された町です。行政の許可も、もちろんすべて得られています。そうでなければ開発なんて出来ませんからね。これだけのビッグネームの会社が社名に傷がつくような不備など起こすわけがないじゃないですか――。

自信に満ちあふれた態度と言葉で吉井は言いきった。

「吉井は決して嘘は言っていません。行政の基準を満たして開発されたのは事実です。あの町に起こった被害は、誰も予想出来るものではなかったというのも。でも、被害を受けたんです。普通に暮らしていくことが出来なくなったんです。少しくらい、せめて申し訳ないという気持ちくらいは見せてくれても良かったんじゃないかと思います」

宮峰不動産から土地を購入した住人は鈴木家だけではなかった。他にも数軒いた。住人達は揃って宮峰不動産を訪問した。だが対応した吉井は、法に則って商売をしただけだ、皆さんも納得の上で購入したのだから、こちらとしては何も出来ないと、申し訳なさの欠片も感じさせない態度を貫いた。その木で鼻を括るような対応に、住人達は吉井への怒りを募らせた。

不動産会社の社員として吉井の言動は間違ってはいない。だとしても、住人の気持ちを慮った対応はするべきだったと藤原は思う。事件が吉井殺害のみならば、花栄町の住人が容疑者になっていたはずだ。中でも鈴木はその筆頭に挙げられていただろう。だが鈴木もまた被害者だ。しかも鈴木が焼かれたのは吉井よりも先だ。

――犯人の動機はなんだ？

考えていると、幸子の声が聞こえてきた。

「牧原さんは別でした。後日、一人でお詫びに来てくれたんです」

牧原は担当した家すべてを訪ね、平身低頭して謝罪した。牧原個人の誠意は伝わった。けれど現実的に何か補償されるには至らなかった。大手不動産会社二社、鉄道会社、宮峰不動産を含む下請けの不動産会社のすべてが法に触れた商いは何一つしていないからだ。

「牧原さんは謝罪はしてくれました。でも吉井はしてくれなかった。たまたま吉井と出会って、つれない態度でも取られようものなら、手を上げていてもおかしくないと思ったんです。何しろ、荒れていましたから――」

最後は力なく言うと、幸子は口を噤んだ。

「ありがとうございます」

藤原はお礼を言いながら、宮峰不動産についてさらに掘り下げて調べることを決めた。

十二月二十四日

1

――今日も映像チェックか。

階段を上りながら星里花は溜め息を吐く。

武本の依頼を受けて潮崎と宇佐見とともに埼玉県の花栄町に柏木という男のことを調べに行き、柏木が花栄町の元住人だと判明したときは気持ちが高揚した。新宿の犯行時刻後に、柏木が暴行事件を起こした場所まで移動する姿をみつけることが出来たら、事件解決の大きな一歩になるかもしれない。その期待で懸命に映像を見続けた。だが結局、昨日は何一つ成果を挙げることは出来なかった。

しかし諦めるわけにはいかない。任された職務を地道にこなす。それが事件解決に一番大切なことだ。

「今日こそ！」

ガッツポーズを作って自身を奮起させてから捜査本部に入った。珍しいことに、いつもは最後に現れる宇佐見が席に着いていた。しかも何やら分厚い紙の束を読みふけっている。

「おはようございます」

宇佐見は顔を上げることなく「おはようございます」と声だけ返してきた。何を読んでいるのだろうと覗き込む。書類の様式には見覚えがあった。捜査日報だ。記載されているのは、重要な情報が得られたときだけではなく、何時《いつ》誰に聞き込みをしたか、その内容がどうだったかなど、たとえ成果がなかったとしても、捜査に関してのすべてが記録されている。

宇佐見も捜査本部の一員だから、捜査日報を見ていたところで不思議はない。だが今まで積極的に捜査に参加していない宇佐見が、わざわざ捜査日報を読んでいることに疑問が湧いた。

「何か気になることでも？」

訊ねても返事はない。仕方なく書かれた文字を覗きこむ。

『十一月二十六日、荒川《あらかわ》区西日暮里《にしにっぽり》×丁目△―○　白井《しらい》荘×号にて発見された成人男性遺体の追跡調査報告』

一読して宇佐見の魂胆が分かった。代々木署の捜査本部による被害者の身元捜しを洗い直しているのだ。

――しつこい。

宇佐見の疑り深さに辟易したが、それでもやはり気になって日報の文字を目で追う。

『発見者は白井荘の所有者、白井浩介《こうすけ》・六十五歳。遺体の身元は同室入居者、浜田《はまだ》始《はじめ》・七十九歳と判明。白井氏から浜田氏長男、浜田登《のぼる》へ連絡するも引き取り拒否』

引き取り拒否の文字に衝撃を受けて、踏みだしかけた足が止まった。

『白井氏は荒川区役所福祉推進課地域福祉係へ連絡。十二月一日、荒川区役所福祉推進課地域福祉係の藤崎達夫《ふじさきたつお》から、想礼《そうれい》セレモニー（東京都荒川区西日暮里×丁目△―○　小幡《こばた》ビル一〇三）へ火葬依頼。十二月三日、荒川斎場にて火葬』

遺族が引き取りを拒否した場合は、行旅死亡人と同じ扱いになるようだ。それぞれの事情があるのだろうが、なんとも切ない気持ちになる。

「読みます？」

　立ったまま見下ろしている星里花に、宇佐見が日報を差し出した。代々木署はきちんと捜査を行い、この遺体を幡ヶ谷の被害者ではないと断定した。ならばあえて読む必要などない。だが気持ちとは裏腹に、「はい」と言いながら、受け取っていた。

『九時十二分、荒川区役所訪問。藤崎氏本人に面会のうえ事実関係を確認。十一時、想礼セレモニー訪問。板倉正宣《いたくらまさのぶ》代表取締役社長と、担当者・川瀬亮《かわせりよう》と面談。事実確認終了。午後一時、荒川斎場訪問。運営する株式会社トリオセレモニー、城北《じようほく》営業所長・井原隆也《いはらたかや》と担当者・牧原尚也《まきはらなおや》と面会。事実関係確認』

　紙をめくる。次に現れたのは各種契約書のコピーだった。荒川区役所から想礼セレモニーへの依頼書、想礼セレモニーから荒川斎場への依頼書、荒川区役所の発行した火葬許可証、最後に想礼セレモニーから荒川区役所への委託業務完了報告書が連なっている。つまりこの遺体、浜田始氏は正規の手順に則って、きちんと荼毘に付されたということだ。

　――疑うべき点なんて、何もないじゃない。

「ありがとうございました」

　お礼を言って日報を差し出したそのとき、「お早うございま～す」と潮崎の陽気な声が聞こえてきた。挨拶を返そうとする前に、

「二人とも早いですね、遅れを取ってしまいました。ところで、それ、何です？　よ

ろしいですか？」

言いながら潮崎は星里花の手から捜査日報を奪い「おや、捜査日報ですね。どれどれ」と、さっそく目を通し始める。

「おはようございます」

星里花がようやく挨拶をしたときには、潮崎は完全に日報に集中していた。

「十二月一日に区役所が依頼、三日に荒川斎場で火葬した、と。――ん、待てよ」

そう言うと、潮崎は日報をめくる。

「想礼セレモニーの引き取りは二日、荒川斎場の受付は二日。火葬が三日で、遺骨の引き取りが三日。――なるほど」

熟読し終えた潮崎が顔を上げた。

「確かにこの浜田始さんは、幡ヶ谷の被害者の条件に該当しますね」

「該当というより、限りなく一致ですね。身長、体重、死亡時期、何より病歴は完全に同じです」

淡々と宇佐見が告げる。

浜田始は肝臓癌患者だった。室内には調剤薬局の薬袋が残されていたので、死亡発見時に対応した荒川警察署が薬局へ、さらには調剤時に受領した処方箋から、浜田が通院していた南千住《みなみせんじゅ》病院に問い合わせた結果、ステージⅣの肝臓癌に罹《かか》っていたと判明した。医師からの意見を参考に、司法解剖することなく死因は肝臓癌とされた。

「でも、手続きのうえ、きちんとその」

「荼毘に付されてますよね」

言葉に詰まった星里花に助け船を出すように潮崎が言う。

「そうです。この通り、荒川区役所と葬儀社と火葬場の書類もあります。何より代々木の捜査本部が現地に行って、それぞれの担当者に会って、事実関係を確認して、該当しないと結論を出しているじゃないですか」

この結果を疑うということは、代々木の捜査本部を疑うことになる。宇佐見は昨日、潮崎に窘められて、代々木署の方角に謝罪した。さらに疑惑説を言い募るのであれば、さすがに叱られるはずだ。

「残骨灰《ざんこつばい》ってご存じですか？」

聞いたことのない言葉を宇佐見が口にした。

「ニュースで取り上げられていたので警視はご存じかと」

潮崎が一度大きく瞬きした。返事を待たずに宇佐見が続ける。

「あれは、火葬の工程で、いつどのように誰が処理しているか、ご存じですか？」

腕を組んだ潮崎は無言だった。だがその目だけは忙しなく動いている。恐らく答えを導き出そうと考えているに違いない。二人の間では話が進んでいるが、星里花は一人取り残されたままだった。

「残る骨の灰と書きます。火葬時に出る副葬品や棺の燃え殻、遺体内にあった金属製の医療機材などが含まれた灰のことをいうそうです」

宇佐見の説明でようやく話が見えてきた。けれど、それが日報の報告に疑いを持つことにどう繋がるかが分からない。

「正木さんは火葬に立ち会ったことはありますか?」

「ええ」

九十二歳でほぼ大往生とも言える死を迎えた曽祖母を送ったのは高校生のときのことだ。

「私も一昨年、叔父の葬儀に参列しました。あくまでその一例の記憶ですが、火葬が終わって火葬場の係員が呼びに来て、参列者全員で収骨——専門用語では骨上げというそうですが」

「お箸で遺骨を拾い上げて骨壺に入れる、あれですよね」

記憶を辿って星里花が応える。

「それです。大きな遺骨を参列者が箸で拾って骨壺に収めたのちに、係員が小型の箒《ほうき》とちり取りで残った灰を集めて骨壺にすべて入れて渡していました」

頭の中で、ブレザー姿の自分がステンレス製の台の上の白い骨をみつめている背中が浮かんだ。曽祖母は大柄な人だった。だが骨は、生前の面影を微塵も感じさせないほど、華奢《きゃしゃ》でもろく見えて驚いたことが甦る。

「当時の私は、あれで全てだと思っていました。ですが、今回どうしても気になって火葬について色々調べていたら、残骨灰のニュースが目にとまりまして」

宇佐見はスマートフォンを取り出すと、素早く操作して、そのまま星里花へと差し出した。ディスプレーに新聞社のサイトの記事が出されている。

『神奈川県横浜市は今年度から、市営斎場で火葬後に残る残骨灰の売却を開始した』

というリードに続く記事本文に目を通す。

「でもよく考えたら、木製の棺に衣服や靴など、それらすべての灰があったら、あの量で済むわけがありません。遺体の骨のみだからあの量で済んだ」

『年間約三万件の火葬が行われ、五十七トンの残骨灰が出る』『群馬《ぐんま》県前橋《まえばし》市は約二千八百体分の残骨灰を六百二十三万円で売却した』

記事の内容に驚きながらも、宇佐見の言葉を聞き逃さないように耳を凝らす。

「私は遺骨しか見ていません。ならばこの残骨灰は、火葬のどの段階で出て、誰がどのように処理しているのかに疑問が湧いたのです」

ようやく宇佐見の言わんとしていることが見えた。だが、異を唱えられる自信があった。スマートフォンを返してから話し出す。

「火葬場の人ならどうにか出来るということを言いたいのでしょうけれど、遺骨を引き取った人がいるじゃないですか。なんとかって葬儀社の」

「想礼セレモニーの川瀬亮さんですね」

ようやく潮崎が言葉を発した。

「正木さんの仰るとおり、遺骨を受領していますね」

捜査日報を手にした潮崎が、挟み込まれた書類のコピーを確認しながら言う。だが宇佐見は「ですが」となおも続ける。

「火葬について知らないことがあった。ならば、他にあってもおかしくはないと思います」

——もう、本当にしつこい！

「とにかく、私達の本来の仕事である映像チェックを」

「なるほど。一理ありますね」

ぎょっとして見ると、潮崎が真剣な顔で小さく何度も頷いている。

「遺体を一つ無傷で得るとするならば、一つ空の棺を焼かなくてはならない。でも、だとすると遺骨がゼロになる。これを誤魔化すには——」

立ち止まっていた潮崎が、その場を回るようにぐるぐると歩き出す。突然立ち止まり、天を仰いで声を上げる。

「もしかして、新本格の巨匠と呼ばれた作家の代表作のトリックを使ったとか！」

声の大きさと突飛な内容に、本部にいる捜査員達の目が集まる。

「それって」

言いかけた宇佐見に、潮崎は人差し指を突き出して「宇佐見君、ネタバレはいけません。それはミステリーの御法度です」と制した。

星里花は状況を見失っていた。宇佐見の意見を元に、潮崎は勝手に推理というよりもはや妄想を進めている。ミステリー小説のトリックを持ち出してきているところから、それは間違いない。

「いや、宇佐見君。素晴らしい着目です」

目を輝かせた潮崎は、そこで二人にだけ聞こえるくらいまでぐっと声を落とした。

「ここはやはり一度、浜田さんの火葬を行った荒川斎場に行きましょう。担当された牧原尚也さんと、さらに立ち会った想礼セレモニーの川瀬亮さんにも話を伺いましょう」

任務から外れたことならば、すでに花栄町に勝手に聞き込みに行っている。けれどあれはあくまで休日でのことだ。それに柏木という事件解決のきっかけになるかもしれない情報も得た。全てが上手くいけば、なんとか言い逃れは出来るかもしれない。だが今回に関しては、前回のような可能性があるとは星里花には思えなかった。

「ああ、行きましょうだなんて、僕はダメだな。僕は行きます。お二人の参加はご自由になさって下さい」

「ではアポイントを取りましょう。上手く予定が組めれば、今日の昼休みと仕事終わりで二軒回れるでしょう。場所は近いですから」

宇佐見はすでにスマートフォンを耳に当てていた。

「ナイスフットワークです、宇佐見君。それで、正木さんはどうなさいますか？」

にっこりと微笑んで訊ねる潮崎に、星里花は引きつった顔で「もちろん、ご一緒させていただきます」としか答えられなかった。

2

荒川斎場の外門に着いたのは約束の十分前、午後六時五十分だった。年の瀬も近いだけにすでにとっぷりと日が暮れていた。

「京成本線、東京メトロ千代田線、都電荒川線と三本も路線があるのに、どの路線の駅からも微妙に遠かったですね」

宇佐見が腕時計を見ながら言った。

「利用者は高齢の方も多いでしょうけれど、便利な場所には造りにくい施設ですからね。仕方のないことでしょう」

潮崎がゆったりと返す。

「立派な建物ですね」

潮崎の声に、星里花は改めて斎場を見る。街灯と自らから漏れ出る明かりに照らされたその建物は、ベージュ色の落ち着いた外壁で、入り口には円柱が列んでいる。一見するとホテルか病院のようだ。やがてガラスの自動ドアの横に、点々とライトで照らされた立て看板が見えてきた。お通夜の案内板だと気づく。

「八件ですか、多いですね」

相変わらずの目ざとさで宇佐見が言及する。

「それでも火葬場が足りないというニュースを見た覚えがあります。なんでも都内では、一週間近く待つこともあるらしいですよ。つまり、それだけお忙しいのに時間を取っていただいたのですから、失礼のないように効率よくお話を伺いましょう」

なにかと話を脱線させて無駄に時間を費やしている張本人がよく言うわと星里花は呆れる。

「でしたら、私達に質問内容を箇条書きにして先に渡して貰えませんか？」

同じように思ったのか宇佐見が言った。

なかなか良い提案だ。潮崎が何を考えてどう話を進めているのかは、正直、よく分からない。事前に話をどう進めるのか知らせて貰えれば、潮崎の思いつきで話が横道にそれたときに修正できる。

「あー、確かに。でも、それをやってしまうと、そのときに突然浮かんだひらめきとかが出づらくなっちゃうんですよね。そういうのって、意外と大事だったりするんですよ」

肯定しておきながら、すぐさま潮崎は却下する。

「質問する場合、訊かなくてはならないことを訊くのは当然ですが、それだと自分の知りたいことの答えのみしか得られないじゃないですか」

そのための質問だろう。何を言っているのだと星里花は呆れる。

「でも、知りたいことが果たして正しいかと言うのか、それのみで本当によいのかなって僕は思うんです。出来れば相手に自由に話して貰って、そのうえで訊きたい内容が入っていなかったら質問するという流れの方が、得られる物は多い気がするんですよ」

言われてみれば、確かに一理あるかもしれないと星里花も思う。

「つまりこれからまず牧原さんに話して貰い、そのあとに質問する流れにしたいということですか？」

「ええ、出来れば。火葬全般を教えていただきたいですね。それこそ詳細に。だって少なくとも僕は何も知りませんから。もしかして火葬についてお二人は詳しくご存じだとか？　おっと、宇佐見君、車内で見ていたネットの情報は今回はなしですよ」

移動中の車内で宇佐見は熱心にスマートフォンをいじっていた。

「いいえ、探し方が悪いのか、どんぴしゃりの情報はみつからなかったので、私も知りません」

「でも、何か事前情報は得ているということですね？」

「ええ、荒川斎場については。ウィキペディアで見た限りですが」

「では、いったん白紙にして下さい。何も知らない状態で、現職の方から話を伺いましょう。謂わば、社会科見学です」

二人は互いに目を合わせようともせずに前を向いたまま会話を続けている。宇佐見の言うどんぴしゃりの情報というのは、火葬の工程の詳細だろう。宇佐見でもみつけられなかったのかと思うと小気味がいい。

「私より先に放棄してましたよね？」

宇佐見が顔だけこちらに向けて言った。

痛いところを衝かれて星里花の顔が強《こわ》ばる。花栄町で事前調査をしていないことを宇佐見に注意されて、今回は自分なりに努力はしたのだ。宇佐見と潮崎の二人が疑っているのは、火葬作業中に遺体を盗み出すことは可能かどうかだ。ならば必要なのは火葬の工程だ。車中、スマートフォンで検索してみたものの、出てくるのは葬儀会社のHPばかりで、依頼者に向けた内容ばかりだった。次々にサイトを開けて内容を読んではみたものの、どれも似たり寄ったりで、星里花は最寄り駅に着く前に断念してスマートフォンをしまった。

珍しく小難しい顔をして自分の作業に熱中していたから、こちらのことは見ていないと思っていた。だか、しっかりと観察されていた。返す言葉もなく星里花は黙りこくる。

入り口に着いて自動ドアから中に入る。広いエントランスには喪服姿の人が行き交っている。

「さてと、斎場の担当者とはエントランスで待ち合わせでしたよね？」

通夜の弔問客に気を遣ったのだろう、潮崎が声を落として言う。

「ええ、そうです。あちらの方じゃないですかね？」

宇佐見の視線の先に、濃紺のジャケット姿の遠目にも白髪交じりの男がいた。

「え？　だって、日報には三十六歳ってありましたよ？」

思わず口に出していた。遠目に見ても、三十六歳にはとても見えない。少なくとも十歳は年上の印象を受ける。だが白髪交じりの男は、こちらに気づいたらしく近づいて来た。歩み寄る潮崎のあとに宇佐見と星里花も続く。

「牧原さんですか？」

潮崎の声に、牧原は小さな声で「はい」と言いながら頷いた。

牧原は色黒で驚くほど痩せていた。

「お忙しいところ、お時間を作っていただきありがとうございます」

「ここではなんですから、どうぞ」

潮崎の言葉を遮るように言うと、牧原は先に立って歩き始めた。弔問客の前で警察の名を出したくなかったのだろう。三人はすぐさま牧原について進む。

前を行く牧原の後ろ姿を星里花は見つめる。背丈は潮崎よりわずかに低いくらいだろう。エレベーターに乗って、ようやく牧原が「警察の方ですよね？」と、訊ねてきた。

「はい、何度もすみません。こちらがアポイントを取った宇佐見です。私は上司の潮崎といいます。こちらは正木です」

言いながら潮崎は名刺を取り出して牧原に差し出した。一気に紹介されて、あわてて宇佐見と星里花の二人が頭を下げる。牧原は会釈を返すと、すぐに受け取った名刺に見入った。牧原の顔を星里花は観察する。目は一重、いや奥二重だろうか。細い鼻筋に、唇も薄い。左の上唇の上に小さなホクロがある。それ以外はこれと言って特徴のない顔だ。むしろ気になるのは顔色だ。先ほどは黒いと思ったが、どちらかというと悪い。どこか良くないのだろうか。

「刑事総務課」

潮崎の所属部署を声に出して読んだ。明らかに不審そうだ。

「いつもは本庁内で事務方の仕事をしていますが、なにぶん今は例の事件で手が足りなくて。立っている者は親でも使えというのか、猫の手も借りたいというのか、借り出されてるんですよ」

「大変ですね」

納得したように牧原が言う。

その会話を聞きながら、星里花はひやひやしていた。

宇佐見は牧原にアポイントを取るにあたり、前回代々木署の捜査本部が行った聞き込みの際、聞き忘れたことがあると連絡したという。もちろん大嘘だ。

「それにしても、たった今、八件もお通夜をしているんですね。ということは、明日は八件、葬儀と告別式があるということですね」

「いえ、十五件です」

「え？　それは？」

「お通夜なしの直葬がございますので」

「チョクソウ？」

おそらく予想はついているだろうに、潮崎はあえてぴんと来ないといった調子で繰り返す。始まった、と星里花は心の中で呟いた。

「お通夜なしで直接ご火葬させていただく葬儀です」

「なるほど。葬儀にもバリエーションがあるのですね」

「ええ、ご遺族様のご要望に合わせて、今は葬儀にも様々な形式がございます」

仕事柄なのだろう、牧原の言葉遣いは丁寧で、話し方もゆっくりとしている。

「でも、そんな数をこなせ、――すみません。どう言ったらよいのか」

潮崎が乱暴な言葉遣いを恥じるように情けない顔をしてみせる。

「この斎場には火葬炉が十基ありますので」

「え、でも、十ってことは、二回転ってことですか？」

はい、と答えこそしたが牧原の顔には苦笑が浮かんでいた。

「ああ、すみません。二回転は失礼でした。でも、火葬に掛かる時間って、どれくらいなんですか？」

「火葬だけならば一時間くらいです」

「え？　そんなものでしたっけ？　なんか朝から一日がかりだったような記憶が」

「告別式から始まって、法要と精進落としまですべてなさったのでしょう。それだと通常、朝の九時にご来場いただき、解散は午後二時半頃になりますから」

「そうか、すみません、小学二年生の時の記憶なもので、やたら長かったなとしか覚えていなくて」

牧原はいいえいいえと言わんばかりに小さく顔を横に振る。

「あのぉ、すみません。こんな機会ってなかなかないので、色々と伺ってもいいですか？」

「どんなことでしょうか？」

あっさりと牧原は潮崎のペースに引き込まれた。相変わらずの手管に星里花は感心するしかなかった。

「実は、ここに来る前に、たまたま残骨灰の話をニュースで知りまして」

ああ、といった感じで牧原が小さく頷いた。

「あれって、棺とか着ていた服の灰でいいんですよね？」

頷く牧原に潮崎はさらに続ける。

「でも、私の記憶なんですけれど、お箸でこう骨を拾って」

「収骨ですね」

「シュウコツ？」

——白々しい。

思わず顔を顰めたくなったが、決してそんなことは出来ない。潮崎と行動を共にするようになって、本心を隠す機会が増えた。そのたびに今まで味わったことのない緊張を顔の筋肉に与えなくてはならない。花栄町から帰った夜には、頬に痛みを感じた。てっきり虫歯か、歯槽膿漏かと思い焦ったが、痛みの元は歯や歯茎ではなく頬だった。頬が筋肉痛になっていたのだ。嫁入り前の三十路前《みそじまえ》の娘に、なんてことを！　と怒りにまかせて、その夜は化粧水をいつもより入念に塗って、しないよりはましだろうと指で顔のマッサージをしてから眠りに就いた。今日は、コンビニに寄って、忘れずにパックを買って帰ろうと心に誓う。

「収める骨、または拾う骨と書くこともあります」

「なるほど」

エレベーターの到着音が鳴った。開ボタンを押して、牧原が三人に先に降りるよう促す。「すみません」と声を掛けてから先に降りる潮崎のあとに宇佐見と星里花も続く。

「収骨のときって、骨だけだったと思うんですよ、確か。だとすると、遺族に出す前に取ってるってことでいいんですよね？」

友達にでも話しかけるように気易い調子で潮崎が言う。

「ええ、その通りです」

「それって、いつどこでどうやって、――その」

上手い言葉が見当たらないのを伝えるように、潮崎が両手で、何かを別の場所に移すようなゼスチャーをする。

「火葬炉の前に前室という場所があるんです。そこに残骨を吸引する装置があって、担当者がそれを使って焼骨と分けさせていただいております」

「ショウコツ？」

「すみません、ご遺骨のことです。焼き上がった骨のことをそう呼んでいるものでつい」

「業界用語ですか？」

「そんなところです」

廊下を進みながら、牧原が説明する。

「掃除機みたいなものですか？」

「その類いと思っていただければ」

「でも、骨だけ綺麗に残るように焼くって難しくないですか？ご遺体だって、人それぞれじゃないですか。身体の大きさとか、太っているとか痩せているとか、個人差があるわけだし。なのに全員同じで、綺麗な骨に、――あっ、失礼！」

失敗したと言わんばかりにまたもや潮崎が大仰に顔を顰めた。

「いえいえ、よくお気づきで」

牧原は笑顔で応えた。

「だとすると、火葬している間は、ずっと誰かがついているということですか？」

「はい、炉が運転している間は職員が火葬状況を確認させていただいております。こちらへどうぞ」

ドアの前に到着した。牧原が引き開けて中に入るよう手で勧める。

「失礼します」

頭を下げながら入る潮崎に、宇佐見と星里花も続いた。ソファセットとテーブルの他には、電話が置かれたサイドテーブルのみのシンプルな部屋だ。

「どうぞ、お掛け下さい」

牧原に促されて、潮崎がソファに腰掛ける。その横に宇佐見、星里花と列んで座る。

「お茶でも」

「いえ、お構いなく。でも、かなりの温度ですよね？」

潮崎はそれまでの話を途切れさせないように続ける。

「工程中の炉内の温度は八百度になります」

「八百？　それって、金属が溶ける温度では？」

想像をはるかに超えた数値に驚いた星里花は、思わず声に出していた。

「鉄は無理ですが、アルミニウムならば十分に溶けますね」

牧原が穏やかに答える。

「こちらの火葬場では、火力を自動調整するコンピューター制御システムを導入しております。けれど、さきほど潮崎さんが仰ったように、故人の方はそれぞれ違います。ですので炉の裏側に付いている覗き窓から常に確認させていただいております」

「調整って、実際にはどういうことをされるんですか?」

食い下がる潮崎に、牧原が困った表情を浮かべる。

「すみません、決して面白がっているのではないのです。友人や知人や家族、もちろん私もいずれはお世話になります。きちんと送り出すためにご尽力下さっている職員の皆さんに敬意を持ったからこその質問なんです。というより、せっかくなので、教えて欲しいのです。最初から最後まで」

真剣な表情の潮崎に、牧原は苦笑してから説明を始めた。

「さきほどいらしたエントランスの左奥に炉がございます」

火葬予定が入っている場合、炉の電源は事前に入れておき、炉内の温度を三百度まであげておく。霊柩車で運ばれてきた棺を運搬台車に載せ替えて炉前まで運び、さらに炉内へ入る電動台車へと載せ替える。遺族との最後の別れを終えたのちに、電動台車ごと棺を前室——炉前ホールへと入れる。

「ここからが火葬になります。終わるまで、ご遺族には休憩室でお待ちいただきます」

体験したことがあるだけに、星里花は思わず頷く。

「主燃バーナーを点火し、炉内温度を六百度まで上げます。調整を行いつつ」

「調整というのは？」

すかさず潮崎が訊ねる。

「酸素や燃料ガスの噴霧の角度や量の調整をしています」と、牧原が答えた。

さらに潮崎が口を開こうとしたそのとき、宇佐見が「以前に」と割って入った。

「友人の飼っていた桜文鳥が亡くなって、ペット専門の火葬業者に依頼したんですけれど、綺麗な骨になって戻ってきたと聞きました」

文鳥はかなり小さな鳥だ。小枝のような足が星里花の頭の中に浮かぶ。それを綺麗に焼いて骨のみを残すには、かなりの熟練した技術が必要だろう。

「後発のペット火葬でそれだけのことをして下さるのですから、こちらでは言わずもがなでしょう」

潮崎を見て宇佐見は言った。気圧されたらしく「へぇ、文鳥ですか、それはすごい」と潮崎は言うと、口を閉ざした。だがすぐにまた口を開く。

「つまり、火葬の間は炉の外に担当している方が常駐して、綺麗なお骨に焼き上がるよう、窓から中の様子を見ているということですね」

同意を得るように潮崎が牧原に尋ねる。「ええ、そうです」と牧原が答えた。

潮崎が本当に訊きたかったのは、火葬の間、ずっと人の目があるかということだ。

潮崎は遺体を手に入れる方法をみつけようとしている。だからこそ火葬について事細かに質問している。だが今のところ、怪しげな点は何もない。

「続けさせていただきます」

断りを入れてから牧原が再び口を開く。

「火葬が終了したら消火し、冷却します。その後、前室にて残骨灰の処理をして、焼骨を収骨台へ移します」

「そのあと遺族が収骨ということですね」

潮崎があとを引き取るように言う。「そうです」と牧原も同意した。

送り出すときも、火葬中も、終了後も人の目が常にある。なにより、火葬後には骨が残る。一連の流れの中で、遺体を奪うのは不可能だ。さすがに潮崎も諦めたのか、質問の声はもう上がらない。室内に沈黙が下りた。

「それで、質問というのは？」

牧原に問われて、あわてて潮崎が「そうでした」と言う。牧原にアポイントを取った際、花栄町で安田ゆかりに話を聞いたときと同じく、前回聞き忘れたことがあるという言い訳を使った。

「こちらで火葬された浜田始さんについてなのですが」

「想礼セレモニーさんのご依頼の件ですね」

「はい。それです。ええと」

潮崎は床に置いた鞄から書類を取りだした。捜査日報のコピーだ。

「荒川区役所が想礼セレモニーに依頼したのが十二月一日、同社の引き取りが二日、そしてこちら荒川斎場の受付は二日。そして火葬は三日で同日に想礼セレモニーが引き取ったとあります。こちらで間違いないですか？」

紙を捲って確認しながら潮崎が訊ねる。

「はい。前回お話しした通りです」

牧原が落ち着いた声で答える。星里花も日報を読んだが、おかしな点は何一つなかった。

「ありがとうございます」

にっこり笑って潮崎はお礼を言うと、「ところで、一つお伺いしたいのですが」と続けた。いよいよだと星里花は思う。

「間違っていたらすみません。こういう役所の福祉課から葬儀社へ依頼したケースって、そのぉ、言い方は悪いのですが、一番安い簡略コースの葬儀ですよね？」

申し訳なさそうに言う潮崎に、牧原も困ったような表情で「そういうことになりますね」と返す。

「税金から捻出していますからね」

宇佐見がぼそりと言った。そのとおりなのだが、宇佐見が言ったせいか、妙に冷たく聞こえた。

「だとすると、さきほど仰っていた直葬になると思うのですが」

牧原はすぐには答えなかった。

「一泊、という言い方でよいのか分かりませんが、浜田さんはこちらに一泊されてますよね？　それだと宿泊費というのか、値段が上がるんじゃないですか？」

一泊と言っても、遺体ロッカーの中に一晩入れておくだけのことだろう。それで値段が跳ね上がるとも思えない。

「値段はさておき、想礼セレモニーの担当者も二日に亘ってこちらに来なければならなくなります」

牧原が一度瞬きをした。これまで牧原は質問に対して、わりとすぐに答えていた。だが躊躇《ちゅうちょ》している様子だ。

「あの日は、午後になって三番炉の調子が良くなくて、念のために使用を取り止めたんです。それでその日のうちに火葬することが出来なくなりまして。申し訳ないのですが、翌日に火葬させていただきました。その旨、想礼セレモニーの川瀬さんにお伝えして、ご了承いただきました。前回、お話ししていませんでしたか？」

牧原の声は落ち着いていて、表情も穏やかだ。返答の間が空いたのは、思い出していたからだろう。

「いえ、ないですね」

「そうですか。川瀬さんにもお問い合わせいただければ」

「はい、しました。同じ事を仰ってました」

捜査本部を出る直前、潮崎が電話をしていた。誰と何を話しているのだろうかと、星里花がさりげなく近づいて耳をそばだてたところ、「ですから、晩ご飯はいりません、お母様」と聞こえてきた。

「僕にも立場というものがあるのです。たまには二人の部下の労をねぎらわないと人望を失ってしまいます」

どうやら潮崎は、勤務終了後、直帰せずに荒川斎場に寄るためのアリバイ工作をしているらしかった。三十を過ぎた息子に、未だに弁当を持たせようとする母親だ。もはや驚きはしない。ならばこの際、言葉通りに夕食はごちそうして貰おう。それもうんと高いものだ。お寿司、ステーキ、いや、フレンチのコースだろうかと考え始めたものの、すぐさま気づいた。

潮崎と宇佐見と三人で食事など、たまったものではない。どれだけ豪勢な料理だろうと、あの二人と一緒よりも、一人官舎の部屋でコンビニの弁当、いやカップラーメンでもすすっていた方が気が楽だ。聞くだけ無駄だと立ち去ろうとする星里花をよそに、潮崎はなおも抗弁し続けた。

「二人をうちのお店に？　茶懐石で薄茶と濃茶まで付くあのコースですか？」

潮崎と目が合った。潮崎の実家が料亭の経営をしているという話は聞いたことがある。一見さんお断りのうえに、予約を入れられる立場の人でも一年以上先まで予約がとれないという評判の店だ。そこにいけるのなら話は別だ。

「ですが、それだと二時間越えになりますよね？」

とたんに回れ右をした。仕事終わりにさらに二時間も同席など、さすがにしたくない。

「そもそもまだ仕事が終わっておりません。残業を終えてからになりますから、何時になるか。店を開けておく？　それでは従業員の方に申し訳ないです」

必死に母親を説得する潮崎を残して、星里花はその場を立ち去った。それでも、少し離れた場所から潮崎の様子を窺っていた。途中何度かこちらに背を向けはしたが、ずっと電話をしていたので、てっきり母親と話し続けていたとばかり思っていた。いつの間に想礼セレモニーの川瀬に問い合わせていたのだろう。

「一日に荒川区役所から依頼を受けて、すぐに火葬場の空きを確かめるためにこちらに連絡を入れた。翌日の二日が空いているとのことで、当初は二日の午後四時の予定だった。ところが当日の午後になって一基炉の調子が悪くなったので、その日のうちには火葬できなくなったと電話連絡が入った。それで翌日の火葬引き取りになったそうですね」

潮崎は言い終えると口を閉じた。話しているときと同じくにこやかな表情で、まっすぐに牧原を見つめている。

すでに川瀬から話を聞いていたことを伏せていた。さらにそれをあえて伝えた。試されたと知って牧原が気を悪くしてもおかしくはない。

潮崎が再び話し出した。

「炉の調子が悪かったとのことですが、どのように悪かったのでしょうか？　故障して修理を呼ばなくてはならなかったとかですか？」

――本当に炉の調子が悪かったのかを疑っているのだろうか？

星里花は考える。

だとしても、翌日に浜田は火葬された。想礼セレモニーの川瀬が翌日引き取っているのだから、何も問題はないだろう。

さすがに不可解に感じたのか、牧原の眉間に軽く皺が寄る。だがすぐに消えた。

「いえ、右奥の燃料ガスノズルの角度が本来の位置からずれてしまっていたんです」

あくまでも質問に誠実に答える様子は好印象だ。

「詰まったとかではなく、角度がずれただけですか？　でしたら、すぐに直せるのでは？」

潮崎がなおも食い下がる。牧原の唇がわずかに上がった。微笑んでいた。

「すでに火葬をしていた炉です。スイッチを切っても内部温度は短時間では下がりません」

「そうでした」

潮崎が失敗したとばかりに、額をぴしゃりと手で叩く。

「八百度ですものね。中に入れるようになるには、だいぶ時間が掛かりますよね」

牧原は頷くと、「翌朝にノズルの角度を調整して、無事に再稼働しました」と続けた。

潮崎はさらに「でも、午前中の火葬では問題なかったんですよね？」と訊ねた。牧原の眉間にまた皺が寄った。今回は先ほどよりも深い。

「さきほど午後になって気づいたと仰っていたので」

屈託のない笑みを浮かべて潮崎が質問を重ねる。

「午前の火葬の段階で、異変には気づいていました。なので午後は停止したのです」

「でも、そうなると午前中の火葬は右奥だけ、――そのぉ」

言わんとしていることは分かった。同時に、一連の質問が、火葬そのものについての潮崎の個人的な興味からの質問だとも気づく。

「ご遺体を乗せている台車自体も動かすことが出来ますので」

答える牧原の眉間には皺が寄ったままだった。さすがに苛ついているのだろう。気持ちが分かるだけに星里花は牧原に同情する。

さらに質問を重ねようとしているらしく、潮崎がソファから身を乗り出した。だが、先に牧原が口を開いた。

「ならば、そのあとも同じようにして稼働できたのでは？と思われるかもしれませんが、何度も申し上げておりますが、炉は高温です。一つ間違えば大きな事故に繋がる恐れがあります。ですから、少しでも異変をみつけた場合は、稼働を停止する規則となっています」

「——なるほど。そういうことですか」

納得したらしく、潮崎が姿勢を戻した。さらに質問をするかと思いきや、潮崎は口を閉ざしたままだった。これで話は終わりだろう。あとはどうこの場をまとめて辞去するかだ。だが潮崎は何か考えているらしく黙り込んでいる。ここは自分が、きっかけを作るべきだと、星里花は思った。牧原を仕事中なのに引き留めてしまったことを詫びれば良いだろう。口を開こうとしたそのとき、「私からもよろしいですか?」と、宇佐見が言った。

——今度は何?

宇佐見は仕事に対して真面目で優秀な男だ。だが、それはあくまで自分が負うべき本来の仕事のみだ。自分の役割ではないことに対しては、相手が誰であろうと堂々と意見して拒絶する。あいつの辞書にはサービスという言葉がないと陰口すら叩かれている。だが昨日から宇佐見の様子がおかしい。潮崎に可能性を否定されたにも拘わらず、捜査日報を読み込み、さらには残骨灰の話を持ち出してきた。だからこそ三人で今、荒川斎場に来ている。

——なにがどうなったら、こんなに積極的になるの?

その疑問の答えはうっすらとだが出ていた。

――潮崎だ。

潮崎の自由奔放な言動は、警察という組織の中では異彩を放っている。けれど、その自由さが花栄町にたどり着き、柏木がかつて居住者だったということまで判明した。

――影響を受けたのかもしれない。

そう頭に浮かんで、星里花はちくりと胸に痛みを覚える。潮崎の影響を受けているのは自分もだという自覚があったからだ。

だがそのとき、違う考えが頭を過った。

警視庁の屁理屈大王と呼ばれる宇佐見は、今まで相手をすべて言い負かしてきた。けれど潮崎に関しては、そうとは言えない。これまで一緒にいて、逆に宇佐見が何度かやりこめられたのを星里花は目の当たりにしている。

――もしかして。

宇佐見が捜査に積極的になったのは、潮崎の影響を受けたのではなく、潮崎をやりこめるためかもしれない。

だとしても、宇佐見がするのは事件解決のための質問だ。ならば問題ない。さあ、どうぞ、と星里花は心の中で呟いた。

「なんでしょうか?」

牧原に応じられて宇佐見が口を開く。

「霊安――」

「ああもう、こんな時間になっていたんですね！」

宇佐見の声をかき消す大声で潮崎が言った。どう見ても様子がおかしい。

「今、私が質問を」

「すみません、お仕事中にお引き留めしてしまって。牧原さん、本日はどうもありがとうございました。さあ、二人とも失礼しますよ」

膝の上に載せていた日報のコピーを鷲づかみにして、潮崎がソファから立ち上がった。座っているわけにもいかず、星里花も立ち上がる。納得がいかないのだろう、宇佐見が剣呑な目つきで潮崎を見上げた。盛大な作り笑顔で見返す潮崎に、宇佐見はいつもと同じくつかみ所のない表情に戻すと、すんなりと応じて立ち上がった。

二人の間で何かが起こった。けれど、それが何なのか星里花には分からない。

「それでは、失礼します」と潮崎は言うと、宇佐見の背を押すようにして促した。手前の星里花が先に動かなければ、三人とも部屋から外には出られない。速やかに星里花は歩き出す。

「これでよろしかったのでしょうか？」

唐突に辞去を申し出た警察官三人に、中腰になった牧原が狐につままれたような顔をして訊ねる。「はい、確認がとれました。あ、出口は分かりますのでどうぞそのままで。それでは失礼しま～す」

潮崎が陽気に言いながらぐいぐいと後ろから押してくる。玉突き状態になりつつも、申し訳なさから何度も頭を下げながら星里花は部屋を出た。

「さあ、行きますよ！」

部屋を出たとたん、潮崎はエレベーターに向かって突き進む。

「どこに行くんですか？」

追い越された星里花と宇佐見の二人があわてて後を追いかける。

「霊安室です」

ぐっと声を落として潮崎が言った。

「さっき宇佐見さんが質問しようとしてましたよね？」

潮崎が声を被せて中断させたが、霊安室と宇佐見は言いかけていた。

「話はエレベーターに乗ってからにしましょう」

エレベーターの前まで着いた潮崎がボタンを押す。すぐさま到着したエレベーターに乗り込むと、ドアが閉まるのを待たずに潮崎はスマートフォンを取り出した。

「──荒川斎場。早く早く。よし、出た。ブックマークしておいてよかった。一階のエントランス炉前ホールの右奥か」

「警視、いったい」

訳が分からず星里花は訊ねる。

「霊安室です」

スマートフォンから顔を上げると潮崎が言う。

「さきほど宇佐見君が言いかけたのは、霊安室を見せて下さい。いや、違うな。霊安室に防犯カメラはありますか？　そう訊こうとしていたんじゃありませんか？」

むすっとした顔で宇佐見が頷く。

「それは少々やりすぎではないかと」

牧原に霊安室のことを訊ねてはいけないということだろうか。潮崎はどこかふくみのある笑顔を浮かべている。その表情を見て、星里花の頭の中で話がようやく繋がった。

「もしかして、牧原さんが遺体を盗み出したと」

「正木さん」

窘めるように呼ばれて、その先はどうにか飲み込む。

「だって、翌日に引き取ってるじゃないですか。それは潮崎警視が想礼セレモニーの川瀬さんに確認されたんですよね？　電話で直接」

「ええ、しましたよ。でも、収骨はしていないそうです」

宇佐見が天井を見上げて、大きく息を吐き出した。小さく左右に振ってから、頭を元に戻す。その顔は、わずかに苛立っているように見える。何かが二人の間で起こっているらしいが、星里花には相変わらずそれが何なのか分からない。

「収骨は分かりますよね？」

潮崎に優しく問われる。

「焼き上がった骨を遺族が箸で集めるのと、その前に職員の方で残骨灰を取り除く作業の二種類ですよね」と即答する。

「川瀬さんは荒川斎場の職員ではありませんから、当然この場合の収骨は前者になります」

だとしても、川瀬は骨を引き取っている。公的な書類も揃っている。

「川瀬さんが引き取ったのは骨壺です」

それが何だと言うのだろう。星里花は「その中に骨が収められてますよね」と言い返す。

「中の確認はしていないとのことでした」

潮崎の言葉に、すぐに返す言葉が出てこない。

「待って下さい。では、空の骨壺を渡したということですか？」

「残骨灰があるじゃないですか」

宇佐見がぼそりと言う。確かに骨壺に入れる灰はある。だとしても、何かがおかしい。牧原から聞いた火葬の工程を思い出す。

「でも、ずっと担当の人がついているって言っていたじゃないですか」

「ええ。でもそれが」

潮崎はそれ以上は言わず、首を傾げた。それに続くのが何か、星里花にも分かった。

牧原だったら？だ。

――牧原が一人で空の棺を焼き、その灰を骨壺に詰めた。

でもまだ星里花は納得出来なかった。

「骨壺、骨壺の中を確認すればよいんですよね？　中身が」

「それが残念なことに、六日に荒川区の合同葬が行われたそうなんです」

潮崎が深い溜め息を吐いた。

「すでに話しましたよね。無縁塚と呼ばれる」

宇佐見に言われて記憶が甦った。ざざーっと骨壺からあけて埋葬すると言っていた。ざざーっという擬音のせいでバケツに入った不要な砂を捨てるようだ、あまりに無機的だと思ったのを覚えている。

「大丈夫です。覚えてます」

「他の方達の遺骨と混じったとはいえ、浜田さんの遺骨、あるいは遺灰からＤＮＡがみつかれば確かに火葬した立証が出来るでしょうけれど、大量の中から捜し出すのはさすがに難しいかと」

科学捜査にかかる費用も予算がある。荒川区の無縁塚にどれだけの遺骨と遺灰があるかも分からない。

「それ以前に、誰にどう説明すればやって貰えるかという問題がありますしね」

宇佐見にさらりと言われて、星里花は思わず顔を顰めた。この先どう進めるか以前に根本的な問題があった。

「まぁ、出来ることをしましょう」

軽やかなチャイムが鳴って、エレベーターが一階に到着した。開き始めたドアの向こうに、乗り込もうと待っている人たちの姿が見えた。背広姿の男性二人だ。その襟に付いている赤いバッジが星里花の目に飛び込んできた。視線をバッジから男の顔に向ける。星里花の周りの音が途絶え、時も止まった。

「まずは霊安室に行って」

先に降りるよう潮崎が促してくるが、ただ立ち尽くすだけだった。息をすることすら出来ない。

「どうしました？　──あれ？」

「どうしてこちらに？」

訊ねてきたのは、星里花の捜査一課の上司と同僚で今は三田署の捜査本部にいるはずの鳩羽警部と遠藤巡査だった。

十二月二十五日

1

——終わった。

昨晩から今まで、何度も星里花の頭の中にこの言葉が過る。不祥事を起こした警察官の末路はすでに知っている。

この先は運転免許センターか、あるいはどこの署であろうと内勤。それも定年までずっとだ。

会議室の中で机を挟んだ正面には、下田捜査一課長を中心に、左に直属の上司の藤原管理官が、そして右には潮崎の上司の二杉《にすぎ》刑事総務課長が列んで腰掛けていた。てっきり、新宿署の捜査本部長を任された第四強行犯捜査の友原《ともはら》管理官と、宇佐見の上司の河田《かわた》捜査二課長もいると思っていたが、なぜかその姿はない。

下田捜査一課長と直接話すのは二回目だった。前回は十二月三日、三田署の捜査本部から新宿署の捜査本部に異動しろと命じられた。それだけではない。潮崎と宇佐見の二人の行動を監視し、報告しろという特別な指令も出された。報告は毎日メールでしていた。だが花栄町へ行ったことは伏せていた。今日は二十五日。あれから二十二日しか経っていない。

身から出た錆《さび》なのは分かっていた。けれど、そもそも自分にこんな大役を押しつけたこと自体、どうだったのだろうか？　悪いのは自分だけではない。頼んだ下田一課長も悪いのだと心の中で責任転嫁をしてみるものの、結末が変わらないのは明白だ。溜め息を吐きたいが、この状況ではとてもではないがそんなことは出来ない。代わりに膝の上で握りしめていた拳に力を込めた。短く切りそろえた爪が掌に食い込む。

そっと前に座る三名を盗み見る。二杉刑事総務課長は苦虫を嚙みつぶしたような顔で顎に力を込めている。何かをぐっと堪えているかのようだ。藤原管理官は腕を組み、視線を落としていて、表情は窺えない。下田一課長は潮崎を見つめている。その顔から強い感情は読み取れない。

「ということで、これは花栄町に行って柏木研吾が住人だったのかを確かめねばならないと思いまして。それで勝手ながら訪ねることにしたんです」

重く沈んだ気持ちの星里花の二つ隣の席から、潮崎の声が聞こえる。いつもよりは真面目だが、それでも話し方からは明るさは損なわれていない。

部屋に入る前に潮崎が言っていたことを思い出す。命令外の勝手な行動がみつかったのだ。まずい状況にさすがにしおらしくしているだろうと思いきや、さほど応えている様子もなく、「本当に申し訳ないことをしました。ごめんなさい」と謝罪し、「責任は僕が取りますから。二人は僕に命じられて同行せざるを得なかったとだけ言って下さい」と言ってきた。

「この状況なのに、至って通常運転ですね」

そう言う宇佐見もまたいつも通りだ。緊張した様子が微塵もない。

「あ〜、僕は初めてではないので」

潮崎が照れたように笑って応えた。

「でしたね。何回目ですか？」

「三回目ですね。ああ、プラスもう一回ありました。ただ、あのときは民間人でしたので」

世間話をするような潮崎と宇佐見を見て、やはり自由人と変人だと、もはや星里花は感心するしかない。

「行ったのは十二月二十日、休日を利用しました。ですので、あくまで個人としてのプライベートな時間でのことです」

花栄町、荒川斎場のどちらも勤務時間外に訪れた。謂わばグレーゾーンだ。けれど、どちらも警察官という肩書を行使した。この段階で真っ黒だ。

「もちろん、本来の任務外のことをしたのは赦されるとは思ってはいません」

潮崎が申し訳なさそうに付け加えた。このあたりの押し引きは相変わらずすごいと思う。

「現地で安田ゆかりさんという住人に出会いまして、この方が実に親切な方で」

潮崎はコピーさせて貰った花栄町の町内地図を机の上で広げながら、安田ゆかりから聞いた話を順序立てて説明していく。花栄町が被災地であること、住人達のその後のこと。改めて聞いても胸が痛む内容だ。だが下田捜査一課長の硬い表情は変わらない。

「ですが転居した中に柏木という名の男はいなくて。安田ゆかりさんも記憶にないと仰っていて。手詰まりだと思ったのですが、ここで閃きまして。苗字の変更があったのではないかと。そこで」

続けて久喜市役所で発行して貰った柏木の住民票の除票を潮崎が差し出した。下田一課長は無言で受け取ると紙面に目を落とす。左右の藤原管理官と二杉刑事総務課長が身を乗り出す。

「柏木の旧姓は迫田でした。安田さんに改めて電話でお話を伺ったところ、三田の被害者の鈴木と懇意だったことが分かりました。鈴木と柏木には接点があったんです」

下田一課長は何も言葉を発しないまま、除票を机の上に戻した。顔を上げ、潮崎をじっと見つめている。

「除票の入手に関しては、そのぉ、埼玉県警幸手署にご協力いただきました」

その話を避けるわけにはいかないのは分かっていた。ついに来たぞと星里花は覚悟を決める。

「本来、捜査関係事項照会書がなければ役所は情報公開はしません。いったん戻って、捜査本部で報告した上で照会書を発行して貰うのが筋なのは分かっておりました。ですが、その直前にたまたまひったくり犯と出くわしまして、正木さんが現行犯逮捕したんです」

前に座る三人の視線が自分に向けられたことに気づく。だが目を合わせることが出来ない。

「犯人はスクーターで高齢の女性に背後から近寄ってバッグをひったくりました。そしてそのまま逃走したのですが、正木さんは走行するスクーターに臆することなく飛びかかったんです。それはもう、実に見事なタックルでした。何がすごいって、犯人に怪我一つさせなかったんです。正木さんのあの勇姿、ぜひとも皆様にも見ていただきたかった」

心底感心した声で潮崎が話す。三人の視線は未だ自分に注がれたままだ。やはりどうしても目を合わせることが出来ない。ひたすら斜め下に視線を落としてやりすごす。

「埼玉県警に通報して、その後を引き継いでくれたのが幸手署の皆さんです。警視庁と埼玉県警と所属は違えど、やはり同じ警察官として志は同じ方向を向いているものですね。色々と話しているうちに意気投合しまして、それで後追っかけで照会書を提出するので先に情報公開をして貰うよう取りはからってくれまして」

微妙に順番が違っている。さらに言うのなら、武本に関しても肝心な部分が間違っている。武本は勤務時間外に柏木の現住所を訪ねた。そこで同じアパートに住む住人から柏木が以前に花栄町に住んでいたと聞かされた。けれど潮崎は、武本が運動時間中に留置人たちの雑談の中で聞いたと改ざんして話した。もちろん武本を庇ってのことだ。気持ちは分からないでもない。だがすべての発端は武本にある。独りだけ咎められないというのは、さすがに納得がいかない。ここはすべてを正直に話すべきだと思うが、視線すら上げられない星里花には、とてもではないが声を上げることなど無理だった。誰よりも理を通す宇佐見が何か言ってくれるだろうと期待するが、なぜかまったく口を挿もうとしない。

「ここまでが花栄町の話です。続いて昨日、荒川斎場にいた件です」

花栄町を訪れた事に関しては、スタートが武本から聞いた話という信憑性のないものではあるが、最終的に柏木が花栄町の住人で、鈴木と関係があったという情報が得られた。もちろん事件に関係があるかは定かではないが、確かに接点はあった。けれど、荒川斎場を訪ねたことに関しては、辿り着くに至った発想自体が突拍子もない。

こうして呼び出されている以上、説明するしかないが、死体をどこで手に入れられるかから始まる一連の話、謂わばただの憶測から訪問に至ったことまでのすべてをこれから説明するのかと思うと、気が遠くなる。

さらに続く潮崎の長話を覚悟したのか、二杉刑事総務課長がイスの背もたれに身体を預けるように座り直した。

「荒川斎場にいた件は」

そこで潮崎は言葉を切った。どう切り出すのかと星里花は待った。

「実は、単なる思いつきからなんですよね、これが」

悪びれる様子など微塵もなく、堂々と潮崎が言う。

「言っては何ですがけっこう手詰まりじゃないですか、三つの事件とも。残念ながら未だに容疑者すら挙がっていない。それどころか、幡ヶ谷の事件に至っては被害者の特定すら出来ていない」

捜査が上手く進んでいないことを平然と指摘する。さすがに激怒するのではないかと、ちらりと前に座る三人の表情を星里花は盗み見る。だが、誰一人表情を変えていない。

「偽装ナンバーの白いハイエースを防犯映像から捜し出す。それが僕たちに課せられた仕事です。もちろん懸命にしています。でも、なんかこう、煮詰まってしまって。そこで気分転換も兼ねて考えてみたんです。遺体が誰なのかではなく、そもそもどうやったら遺体が手に入るのかを。謂わば逆転の発想ですね。どうせならば、幡ヶ谷の遺体を手に入れる方法について考えてみたんです。三名であぁでもないこうでもないと検討した結果、あのご遺体は行旅死亡人、あるいは孤独死された方ではないのかなー、なんて思いまして。ならば条件に該当する遺体を捜してみようかと。――もちろん、代々木の皆さんが捜査済みだということは存じ上げています」

潮崎の左手が上がって、胸に当てられる。横列びに座っているので、潮崎の表情は見えない。だがその仕草から、さぞや申し訳ないという顔をつくっているだろうことは想像がついた。

「それで一度は諦めたんです。――ですが」

しれっと嘘を吐いた潮崎は言葉を止めたのち、左手を膝に戻してからぐっと身を乗り出した。

「たまたま捜査日報に目を通していて、みつけてしまったんですよ。もちろんすでに代々木の捜査本部が除外したものですが、でも条件が本当にぴったりで。身長、体重はもとより、病状も一緒なんです。こうなるとですよ、もしかして遺体取り替えトリックとかあったんじゃないかなーと、思ってしまいまして」

細かい部分ははしょっているし、きっかけは宇佐見だ。けれど、それ以外はほぼ事実だ。

突拍子もないことを言い続ける潮崎を、上司三人がどう見ているのか気になって、星里花はまた上目遣いで探る。けれど依然として三人の表情からは何も読み取れない。

「それでさらに推理を進めていたのですが、そこで気づいてしまったんです。そういえば、火葬についてほとんど知らないな、と。いや、知識不足で実にお恥ずかしい。

ならば一度、どういうものなのかをきちんと学んでみようと思い立ったんです。そこでどうせ専門家に伺うのなら、条件にぴったりの遺体を火葬された荒川斎場にしようと。牧原さんにアポイントを取ったのも同じ理由です。担当者でしたので。今回も、あくまで個人的な興味でのことですから就業時間外にしました。もっとも、アポイントを取る段階で職場と役職名を出してしまってますから、この部分は明らかに越権行為と自覚しております。宇佐見君と正木さんの両名を伴ったのも、パワハラ以外のなにものでもありません」

潮崎が席を立ち、深々と頭を下げた。姿勢を正してさらに続けた。

「すべて、あくまで僕の失態です。この二人は僕に従うしかなくて同行したまでです。そこはどうかご配慮下さい」

再び頭を下げた。今度は姿勢を戻さずに、頭を下げ続けている。確かにすべては潮崎が先導したことだ。けれど、自分も宇佐見も同行しない選択肢があった。本来の上司に伝えることも出来た。ことに自分は下田捜査一課長に報告すべきなのに怠った。潮崎は今、すべての責任を一人でとろうとしている。

――どうしよう。

星里花は困り果てていた。せっかく守ろうとしてくれているのだから、その好意に甘えてもいいのではないか。いや、さすがにそれは酷すぎる。自分も率先して同行したのは否めない。そもそも下田一課長直々に下された使命を果たしていないのだ。それについて叱責され、処分が下るのは確実だろう。ならば潮崎一人に罪を被せるのは申し訳ない。

──もう、いいや。

覚悟を決めて自分も立ち上がろうとしたそのとき、宇佐見の声が聞こえた。

「花栄町の件はさておき、荒川斎場に行ったのは、そもそも私が残骨灰の存在を知ったのが発端ですよね」

星里花だけではなく潮崎もぎょっとしたのだろう。首だけ宇佐見の方に向けている。

「残骨灰とは、火葬の際に出る棺や着衣の灰です。遺族に引き渡すのは骨のみなので、遺体の本体に残っていた医療器具、それこそ歯の治療に使った金属なども含まれます。その処理についての新聞記事をみつけたことから、可能性があると思いつきました」

「可能性？」

藤原管理官が訊ねる。

「幡ヶ谷の被害者が、荒川斎場で火葬されたとされる人物である浜田始だということです」

「──ええと、その。宇佐見君」

困った声で潮崎が話し掛けるが、無視して宇佐見は続ける。

「遺族が収骨、箸で骨を拾い集める作業のことですが、それをしているのなら、話は別です。人一人分の骨が存在しなければならないので。けれど、浜田始は行政による火葬で収骨が行われていない」

「骨壺の中は空。――違うか。他の遺体から出た残骨灰を入れて渡した」

呟くように藤原管理官が言う。詳細な説明を受けることもなく、すんなりとそこに考えが及んだことに、星里花はさすがは管理官と感じ入る。

「残骨灰というのは、あくまで灰だろう」

それまで黙していた下田一課長が口を開いた。

「骨がまったくないということはないから、さすがに気づくんじゃないのか？　密閉された骨壺でも、持ち運びした際に」

「それって、骨壺に形の残った骨がぶつかって音がするということですよね？　それについては」

姿勢を戻した潮崎が立ったまま話し出した。

「座りなさい」

下田一課長の声に、「失礼します」と言ってから腰を下ろした。

「皆さん、収骨をされたことは？　ならば、思い出していただきたいのですが」

三人が頷いたのを確認してから、潮崎は先を続ける。

「骨はかなり細かく砕けてますよね？」

自分の記憶も呼び起こして、星里花も胸の中で頷く。頭蓋骨や大腿骨、肋骨と完全な形で残っていた記憶はない。

「箸でつまめる大きな骨から骨壺に収めて、参列者全員が収骨を終えたあと、台の上に残った骨や灰を小さな箒とちり取りみたいなもので集めて一緒に入れていたのでは？」

「そうだな」

下田一課長の同意に「骨壺って、決して大きくはないじゃないですか。そこに形のある骨と灰を全部入れたら、けっこう一杯一杯になるそうです。それこそ、入りきらない場合もあるとか」と、潮崎は早口で言う。

「つまり、振ったところで音は鳴らないということか？」

藤原管理官が指摘する。

音が鳴るためには空間が必要だ。骨壺のふちまで骨と灰が詰まっていたら、音がするとしても大きな塊がぶつかるようなはっきりした音にはならないだろう。

「ええ、そうです。それに、そもそも振ったりします？　それこそ音がするほど激しく」

「そんなことはしない」

藤原管理官が答える。さすがにムッとした表情になっている。

「そうなんです。多くの人が骨壺を激しく振ったりなんて、まずしないでしょう。不謹慎ですからね。もちろん、遺族で個人に対して何らかの感情があるとか、興味本位で、ということはあるかもしれません。けれど葬儀社の社員がするとは、いえ、いないとは限りませんが、毎回はさすがにしないでしょうし。何より、担当された想礼セレモニーの川瀬さんに電話で問い合わせたところ、していないとおっしゃってました」

さらりと潮崎は越権行為の結果を織り交ぜた。

「そもそも骨壺の中の遺骨と遺灰が浜田始さんのものと確認が取れれば、改めて荒川斎場に伺ったりしなかったんです。ですが残念ながら、すでに合同葬が行われてました。あ、この場合の合同葬というのは、区が火葬にした遺骨や遺灰を取りまとめて行う葬儀のことをいいます。葬儀と聞くと通常の場合とおなじく、お墓に骨壺ごと収めると思われるかもしれませんが、実際は骨壺の中身だけをこう」

何かを持ち上げて中のものを流し落とす動作をすることで、潮崎はあえて言葉にはせずに、さらに先を続ける。

「当然そこには大量の遺骨と遺灰があるわけで、さすがにその中から浜田さんがいらっしゃるかをみつけ出すのは難しいかと。ということで、幡ヶ谷の遺体と浜田さんが別人だとはまだ立証出来ていないんです。——これで、よいのかな? でも立証は出来ていないのだからよいのか」

上司三人に向けて言い終えたあとに、まだぶつぶつと呟いている。話が成立したのかを確認しているらしい。

「よくないです」

ぼそりと宇佐見が言った。

「荒川斎場を訪ねるきっかけになるアイディアを出したのは私だという話をしていません」

——そこ？

呆れかえって、さすがに顔を宇佐見の方へと向けてしまった。そのむこうに座る潮崎は、正面を向いているが、その横顔は引きつっている。

「訪ねた理由を詳細に説明出来ましたし、少しはご理解いただけたようですのでそれに関してはよかったのでしょうが、話自体はずれています。すべてが潮崎警視の責任ではありません。私にも責任はあります。なので私も罰を受けます」

潮崎が身体を捻って宇佐見を向いた。

「ええと、あの、宇佐見君。僕としては」

「私のアイディアを、他人に自分の物とされるのは不愉快です」

「それって、良いアイディアを盗用されたとかのときじゃないのかな？ 今回に関しては」

捜査一課長をはじめとする幹部三人を前にして、二人が言い合いを始めた。

「良いときだけなんてフェアではないです。私はそういうのは嫌いです」

「宇佐見君のぶれないところは賞讃に値すると常々感じ入っています。ですが、もう少し上手く立ち回ってもよいのではないかと。というより、今回は僕の話に乗って下さいよ」

一応、声を落としてひそひそと話してはいるが、沈黙の支配する室内では意味がない。

「それは、水中で生きている魚にとつぜん肺呼吸して陸で暮らせと言っているのと同じです。そんなことを平然と要求するなんて傲慢です」

宇佐見が毅然として言った。返す言葉を失ったらしく、潮崎が黙り込む。

「ご納得いただけましたか？」

「──そこまで言うのなら」

渋々、潮崎が了承する。

それでは、とばかり宇佐見がきっぱりと言う。

「私も責任の一端を担っていますので、どうぞ罰を」

もはや自分だけ知らぬ顔は出来ない。星里花も口を開こうとした。けれど声を発しようとしたそのとき、また宇佐見が話しだした。

「ただし、相応の罰に限ります。納得出来ない場合は、抗議させていただきます」

自ら非を認めつつも、納得出来ない点については争う構えがあると宇佐見は堂々と言ってのけた。

──さすが変人。

あまりのことに呆気にとられた。再び宇佐見が話し出す。

「警察は縦系列を重視する組織であり、自分もその一員だという自覚はあります。ですので、多くの職員が携わっている今回のような状況で、周囲に報告し、了解を取らずに行動した。つまり規律を乱した。これについては明らかに非を認めます。さらに本来の職分外で警察と名乗ったことにもです。警察に大切なのは信頼です。その信頼が揺らぐようなことを個人の都合でするのは間違いです。これに対しても非は認めます」

宇佐見はもともと警察官になりたかったわけではない。財務捜査官になった理由は、いわゆる一般的な会計士の仕事に飽きたからと聞いている。自分の知識を活かし、犯罪者を捕まえるという面白さのためになったと言っても過言ではない。けれど、宇佐見なりに警察という組織やそこで働く一員になるということを真摯に捉えていたらしい。

「こんなことを言われてしまうと、ますます君が罰を受けるのを阻止したくなりました。全部僕のせいにして貰えませんか？」

感動したらしく、潮崎が懇願するように言う。

「少し黙っていて下さい。まだ話し終えていません」

にべもなく宇佐見は言う。二人の言い合いに、幹部三人とも何も口を挿まない。一体どうなっているのだろうと星里花は正面を窺う。潮崎の上司の二杉刑事総務課長は、もはや無の境地に入っているのかもしれないというくらい、表情からは何も窺えない。

下田捜査一課長は腕を組み目を瞑っていた。やはり呆れているのだろう。続けて星里花の直属の上司である藤原管理官に目を移す。太腿に手を突き、若干前のめりになっていて、視線は机に落とされている。その視線の先には何もない。ただの机の一角に向けられている。そのとき肘がわずかに動いているのに星里花は気づいた。リズムを刻むように、小さく前後に揺れている。それは藤原管理官が何かを考えているときの癖だ。

——何を考えているのだろう。

自分たちに対する罰に違いない、と星里花は気づき、一気に気持ちが沈む。

「私は自分のアイディア自体を悪いとは思っていません」

この期に及んでなおも言い募る。もはや星里花には宇佐見という男、いや生き物が理解できなくなってきた。何を言い出すのかを考えることも放棄した。

宇佐見が話し終えたら、直ちに自分も非を認める。そして罰を受ける。途中で何があろうが、するべきことはそれだけだ。

——さあ、どうぞ、何でも仰い。

腹をくくって時がくるのを待つことにする。

「今のところ何の証拠もないので、机上の空論に過ぎません。ですが、可能性はゼロではないと思っています。そう確信したのは、三田の捜査本部の方と鉢合わせしたからです。三田署の本部は芝浦の事件を担当していて、幡ヶ谷の事件はノータッチのはずです。まして芝浦の事件と荒川斎場の牧原さんとは今まで何のつながりもない。なのに来た。当然理由がある。その理由を教えて下さい」

そう言って、宇佐見がようやく口を噤んだ。まさか捜査一課長を前に堂々と意見し、さらには質問を繰り出すとは思ってもいなかった。

当然のことだが、三人は何も答えない。部屋の中に空調の音だけが響く。おそらくこのまま何も教えてはくれないだろう。ならばこの機を逃してはならない。星里花は今度こそと息を吸い込んだ。けれど、またそこで潮崎が口を開いた。

「今回、こうして呼ばれたのは牧原を容疑者としてマークしていたのに、僕達が勝手に訪ねて捜査の妨害をしたからではないですよね」

言われて初めて星里花は気づいた。潮崎の言う通りだ。もしも牧原が容疑者だとしたら、鳩羽と遠藤の二人は烈火の如く怒ったはずだ。予期せぬ出会いに訝しげだったが、決して怒ってはいなかった。

勝手な行動をしていたことがみつかって、叱られることばかりが頭を占めていた。事件についてまったく考えていなかった自分を恥ずかしく思う。

「そういうときは、まず文書にまとめろと言われますし、それこそこの場にもっと関係各位がたくさんいらっしゃるはずですし」

「さすがだな」

下田捜査一課長が言う。

「いやぁ、恥ずかしながらけっこう叱られているもので」

照れたように言う潮崎に「褒めてはいない」と二杉刑事総務課長が冷静な声で叱責する。

「すみません」としおらしく潮崎は謝罪した。だがすぐさま顔を上げ、「それで、三田署の本部の方がいらした理由は？」と、改めて訊ねた。

きっちりと前を向き、ドアを閉める前に再度「失礼しました」と挨拶し、何度目かもはや分からないが頭を下げてから、ドアを閉めた。完全に閉まっているが、ドアノブから手を放すことが出来ない。

「正木さん、大丈夫ですか？」

潮崎だ。心底労《いたわ》ってくれているのが伝わってくる。こういうときに嘘を吐く人ではない。本心から案じて言っているのだ。

下田捜査一課長、藤原管理官、二杉刑事総務課長の三名は、宇佐見や潮崎の質問にはまったく答えず、とりあえず今回はここまでと解放になった。だが、退出時に藤原管理官から「正木は残るように」と告げられた。

ついにそのときが来たと星里花は覚悟した。自分も残ると言い張る潮崎に、捜査一課、そして第二強行犯捜査内の話だからと藤原管理官は言った。なおも食い下がろうとすると、潮崎の直属の上司である二杉刑事総務課長が腕をつかんで引きずるように部屋の外に連れ出した。残された星里花はその場から消えてなくなりたいと思った。

「報告しなかった理由を聞こう」

下田捜査一課長が淡々と言った。

「申し訳ございません」

まず星里花は立ち上がって謝罪しながら頭を下げた。言い訳をするつもりはなかった。姿勢を正して話し出す。

「ずっと映像確認を続けていて、何の成果も挙げられていなかったこともあって、何かのきっかけになるのではと思ってしまいました。報告しなかったのは、したら止められると思ったからです」

立ったまま、イスに腰掛けている二人を見下ろす。こちらを見つめる下田一課長と目が合った。

「罰は受けます」

言い終えると、また深く頭を下げた。

おそらくこれで自分は潮崎の監視役から外されるだろう。それどころか事件の担当からもだ。事件の捜査まっただ中ということもあり、一気にとはならないだろうが、本庁でしばらく内勤ののちに、時期が来たら所轄署のどこかに異動になるだろう。もちろん刑事課ではない。そこでも内勤のはずだ。

これでよいとは思っていなかった。けれど捜査には何も進展がなく、膠着状態がずっと続いていたこともあり、欲に負けた。実際に潮崎と行動を共にして、わずかだが事件解決の糸口になりそうな事実をみつけてわくわくすらしていた。だが本来自分は潮崎の行動を監視して報告するために組まされた。使命を怠ったのは、ただの職務不履行だ。

「頭を上げなさい」

下田一課長にそう言われて従う。姿勢を正して次の言葉だけを待つ。

「──想像以上だな」

「ですね」

漏らすように言う下田一課長に藤原管理官がすぐさま同意する。潮崎のことだろうが、今このタイミングで切り出した理由が分からない。

「ただ、捜査の糸口になったのは事実ではある」

「不幸中の幸いとも言えますが」

このまま自分には触れられず、二人は潮崎の話を続けるのだろうか？　訊ねたいが、さすがにそれは出来ない。

「とはいえ、あえて彼を捜査本部に入れたのは、こういうことを期待したからですよね？」

藤原管理官が下田捜査一課長に問いかけた。

「あれだけの曰く付きは、まず外すでしょう。なのに捜査本部に加えた。しかも組ませたら最悪の武本がいる新宿署に」

下田捜査一課長の答えを待たずに、藤原管理官が重ねて言う。

——確かに。

芝浦、新宿と立て続けに事件が起こって人手が足りなかったとはいえ、刑事部の捜査部門に在籍する総人数から考えたら、わざわざ総務課の、それも悪評だらけの潮崎を捜査本部に入れる必要はない。まして、その悪評のすべてに登場する武本のいる新宿署に送り込むことなど絶対に避けるべきだ。

「——まあな」

あっさりと下田一課長が同意したことに星里花は驚く。

「だが新宿署に回したのは、ただ事件にだけ当たらせていたら、無駄な推理を重ねて暴走するだろうから、鼻先に興味のあるものがあった方がいいだろうと思っただけだ」

そう言って下田一課長が顔を顰めた。

「まさかこんなことになるとは思わなかった」

「ですね。——しかし、強運というのか、悪運というのか。まあ、運も実力のうちとも言いますが」

藤原管理官が同意したあとに呆れた声をだす。

「柏木に気づいたのは運ではない」

下田一課長が冷静に指摘する。

武本のことを話そうとしていると、星里花は気づく。

留置担当官の武本が留置人の柏木に違和感を持った。それがすべてのきっかけだ。下田一課長の言う通り、それは運などではない。武本の観察眼によるものだ。

「いずれ時が来たら呼び寄せたい」

「あの厄介なオマケさえついてこなければ、喜んで引き受けます」

目の前で、武本を本庁の捜査一課に入れたいという会話が行われている。

二人は武本が休日に柏木の住居を訪ねて、住人から話を聞いたことは知らない。警察官だと名乗りはしなかったものの、これは職務を逸脱した行為だ。だが星里花はもはや二人に知らせるつもりはなかった。潮崎が全てを引き受けるのを覚悟して庇ったということもある。けれど、おそらく武本は自ら全てを話すだろう。まだわずかな時間しか武本と接していないが、きっとそうするだろうと星里花は確信していた。

「ああ、すまなかった。正木君は、引き続き、このあともあの二人と行動を共にしてくれ」

飛び込んできた言葉に、星里花は耳を疑った。

潮崎と宇佐見の二人を部屋から先に出す前に、確かに下田捜査一課長は「当面は今までと同じく映像確認を行うように」と命じた。けれどそれは他から人手を得られるまでのことで、工面がついたら三人とも捜査から外すだろう。一人だけ部屋に残されたのは、報告の義務を怠った叱責はもちろんだが、それについても事前に伝えるためだとばかり思っていた。

「あの自由人と変人相手では、荷が重いのは分かっていた。自分の立場や出世に重きを置かず、積極的に事件を解決したいと望む警察官ならば、どうしたって気持ちが動くのは仕方ない」

下田一課長が星里花と目を合わせて言う。思い込みかもしれないが、その目にわずかだが優しさが感じられて、星里花は混乱した。

「まったく、うちの可愛い部下をえらい目に遭わせてくれて。この貸しは大きいですよ」

藤原管理官の声も、どこか冗談めいて聞こえる。

「とはいえ、変人の方も引っ張られるとは。これは課長も想定外ですよね？」

「まあな。だが、犯人を捕まえることへの執念は人一倍強いのは周知の事実だから、起こるべくして起こったこととも言えるが」

「確かに」

星里花をよそに、二人は今度は宇佐見について話し出した。

「あの」

申し訳ないが、まずは自分のこれからについてもっと詳しく説明して貰いたい。だが藤原管理官の「正木はもう行かせても構いませんよね？」に続けて、「ああ、だが今後は報告を怠らないように」と下田一課長に言われてしまった。こうなると、話は終わりだ。星里花は再度謝罪してから部屋を辞去するしかなかった。

そして今、部屋を出たはよいものの、ドアノブから手を放すことすら出来ずにいる。昨晩から続く緊張の疲れはもちろん、自分にこれから何が起こるのか想像が全くつかない混乱に、身体が言うことを聞かなくなっていた。

「担当換えはなし。この先の話も出なかったんですね」

潮崎に答える前に宇佐見の声が降ってくる。ただ部屋から出てきただけなのに言い当てられたことにぎょっとする。

「正木さんだけあえて残したのは、そうですね、警視の暴走を止められなかった、いやそこまでの期待もしていないでしょうから、報告を怠った叱責と、今後の処遇について事前に伝えたかったからでしょう。数日、警視と一緒に映像確認をしたのちに異動というのが一般的な予想です。ただ、それくらいは正木さんも覚悟はしていたはず。けれど、部屋を出て、ドアノブをつかんだまま動けないということは、想定外のことが起こった」

一緒に室内にいたどころか、星里花の頭の中まで見ていたかのように宇佐見がすらすらと言う。

「だとすると、担当換えなしの現状維持。この先の状況をまったく教えて貰えてない。だから混乱して動けない。正木さんはスポーツで結果を残せていただけあって、いつもならば脳で考えてから行動に移すまでが人と比べて早い。けれど、考えることが出来なくなると、このように動けなくなる」

まるで動物の観察をしている学者のような言い方だ。

「あー、確かに言われてみれば。宇佐見君は人の特徴を捉える能力に長けてますね」

感心した声で潮崎も同意する。

ものの数分前まで二人とも自分と同じく呼び出しを喰らっていたのに、今となってはどこ吹く風だ。あまりの変わらなさにいつもならば腹が立つが、今はその気力すら残っていない。

「疲れましたし、新宿署に戻る前にどこかで甘いものでも食べていきませんか？　それくらいではお詫びにならないのは分かっていますが、せめてもの僕の気持ちです」

心底申し訳なさそうに潮崎が言った。星里花はただ「ご一緒させていただきます」とだけ答えた。


徒歩圏内の喫茶店にでも入るのだろうと星里花は思っていた。だが潮崎はタクシーを呼び止め、銀座《ぎんざ》へと向かわせた。到着したのは高級ブランドショップのような店だった。店内に入ると、美術品か宝飾品のようにケーキがディスプレーされていた。潮崎を見るなり、店長らしき人物が足早に近寄って来て、すぐさま廊下の奥の個室へと案内される。にこやかに話しながら店内を進む潮崎を見て、星里花にとっては特別なことが、潮崎の日常なのだと改めて思い知った。

映画のセットのような豪華な部屋に通され、席を勧められた。イスの座り心地は素晴らしいが、慣れない環境に居心地は悪い。潮崎はさておき、宇佐見は自分と同じく庶民の出だ。さぞかし落ち着かないことだろうと、視線をやると、やはりきょろきょろと周囲を見回している。その様に少しだけ安堵する。

「ここの名物と言えば、クレープシュゼット、そしてドームニュイです。クレープとチョコレート、どちらにします？」

メニューを手渡されて、開いてみると、球体のチョコレートから青い炎が上がっている写真が目に飛び込んできた。何これ？　と思いつつ値段を見て仰天する。

——二千三百七十六円！

大学時代の女友達と気取ったランチをするのとさほど変わらない値段に、思っていたよりもすごいことになっていると動揺する。

「ああでも、せっかくですから、いろいろなものを食べてみたいですよね。すみません、ケーキもお願いしてもよろしいですか？」

「もちろんです。サンプルをお持ちします」

一礼して下がった店員が、すぐさま銀のトレイにケーキを載せて戻ってきた。いちごの載った何段もの層になっている四角いチョコレートケーキと、オーナメントを模したボール形のオレンジのケーキに目を奪われる。

「こちらはクリスマスの本日までの限定となっております」

限定と聞くとやはり食指が動く。けれど青い炎の上がるドームニュイも捨てがたい。ケーキとメニューに交互に視線を送る。なかなか決断出来ない。そんな星里花をよそに宇佐見が注文をし始める。

「私はクレープシュゼット、季節のフルーツとアイスのせで。それと紅茶を」

「僕はドームニュイとクレープシュゼット。それと珈琲を。宇佐見君は紅茶派でしたっけ?」

オーダーを終えた潮崎がメニューを店員に戻しながら話しかけた。

「珈琲も飲みますが、実は紅茶の方が好きですね」

「ポットでサーブされたら、是非、こうポットを高く上げてカップに注いで下さいよ」

言いながらそれらしい動作を潮崎がする。

「刑事ドラマのキャラクターの真似を私にしろと?」

宇佐見の話し方は抑揚がない。だがなんとなく怒っているように思えた。それに気づいていないのか、潮崎はなおも続ける。

「いや、あながち遠くはないと思ったもので。残骨灰に気づいてからの推理は、まさに名探偵です」

「私は財務捜査官で刑事ではないので違いますね」

さらりと宇佐見が拒否した。話には乗ってきているので、怒ってはいないらしい。

「財務捜査官が主人公となると、二時間サスペンスでシリーズがありましたが、あれは主人公が女性でしたからね」

「ちなみに、私が杉下右京《すぎしたうきよう》だとすると」

「僕は肉体派ではないので、亀山《かめやま》は無理ですね。神戸尊《かんべたける》ってところかな？」

「亀山なら正木さんでしょう。神戸は警視のイメージとかなり合っていると思いますが、立場や年齢が合いません。小野田《おのだ》官房長官じゃないですか？」

「いいですねぇ」

予想外に宇佐見が潮崎の刑事ドラマの話に乗っていることに驚いてしまう。そっちに気を取られて自分だけオーダーがまだだと気づいて、あわててメニューに目を戻した。そのとき、潮崎が言った。

「いいですよ、好きなだけ頼んで下さい。せめてものお詫びです」

申し訳なさそうな顔で言われ、ならば遠慮はしないと星里花は心を決めた。そしてさきほど目をつけたいちごの載った四角いチョコレートケーキと、オーナメントを模したボール形のオレンジのケーキ、ドームニュイを注文した。星里花はその全てを平らげ、さらに潮崎に「少しいかがですか？」と勧められて、クレープまで味見した。

新宿署を目の前にして、星里花の心は重かった。規模の大きい新宿署は署員の数が多く、すべての話題を共有など出来はしない。けれど例外はある。署員の起こした事件はもとより、失敗の情報は驚くほど早く伝わる。潮崎と宇佐見とともに合同特別捜査本部に呼び出されたことは、当然、皆、知っているだろう。極力目を合わさないように足下を見ながら進む。だが前を行く潮崎と宇佐見は何事もなかったように、堂々と署内に入って行く。

二人とも好奇の視線には慣れているのだろう。けれど、今回はいつもと勝手が違う。捜査一課長に呼び出されて叱責されたのだ。少しは何か感じることがあるのでは？と思うが、まったくその様子はない。さすがは自由人と変人だと今更ながら感心していると、潮崎が声をかけてきた。

「やはりデザート三つは重たかったのでは？　胃薬、飲みますか？」

確かにお腹いっぱいにはなったが、決して具合は悪くない。これくらいで胃もたれすると思われては困る。

「いいえ、大丈夫です」と断る。

二人がエレベーターホールに進む。宇佐見も一緒だし、この期に及んでどこかに行くとも思えないので「私は階段で行きます」と断ってから向かう。運動不足解消と体力低下の防止のためだが、理由は他にもあった。エレベーターは密室だ。乗り合わせた他の署員から奇異の目を浴びせられ続けるのはたまらない。階段ならば動いている分、まだマシだと思ったからだ。

捜査本部のある七階の会議室へと階段を急ぐ。ほぼ確実に年齢が下なだけに、基本的に全員に挨拶をすることにしている。特に捜査本部員と覚しき相手にはいったん立ち止まって一礼する。その見分け方は足下を見れば瞭然だ。革靴やスニーカーでも草臥《くたび》れて汚れたものを履いている者は、まず捜査本部員とみなして間違いない。

途中、何人かとすれ違うが、幸いなことに捜査本部の人間ではなかった。けれど、数名にすれ違ったあとも目で追われた。話題の人をみつけたという視線を感じていたたまれない気持ちになる。新宿署に来て以来、今までも似たような目で見られてはいたが、視線の中にどこか同情めいたものを感じることが出来た。だが今日は違う。完全に面白がっているか、あるいは馬鹿にしたようなよくないものしか感じられない。ようやく七階に着き、会議室のドアの前に立ったときには、もはや早く中に入りたくて仕方なかった。さっきまでと同じ、いや、それ以上の視線を浴びるだろうが、少なくとも星里花一人ではない。それに本部の人間は、こちらにいつまでも興味本位の目を向け続けられるほど暇ではない。ドアを開けて挨拶をしながら進む。予想通り視線が集中したが、すぐに皆、それぞれの作業に戻った。

パソコンの前には先に着いた潮崎と宇佐見がすでに座っていた。あとはひたすらまた偽造ナンバーの白いハイエースを捜す作業だ。

「では、がんばりましょう」

朗らかに潮崎に言われて「はい」と応えて星里花も作業を開始した。

一時間ほど画面を見続けてから、凝った肩と首をほぐそうとイスに腰掛けたまま身体を捻った。

「今は何をしているんでしょうね」

そこでぼそりと宇佐見が呟いた。三田や他の捜査本部のことだろう。

「推測でしかありませんが、僕らのお蔭で多少とも何かが動いたとは思うんですよ」

「それは」

ちらりと宇佐見が周囲に目を向ける。

「見れば分かります」

宇佐見の言うとおり、昨日と今日では捜査本部の状況は変わっていた。本部内に残っている人数が少ない。人手不足で何名か三田に回されたか、あるいは新たに訪ねる場所や相手が増えたに違いない。

「言ってくれれば、いくらでも協力するのに」

悔しそうに言う潮崎に、「そりゃ、無理でしょう」と宇佐見がにべもなく返した。

「結局、三田の人達が荒川斎場に牧原を訪ねて来た理由も教えて貰えなかったんですから。完全に蚊帳《かや》の外ですね」

珍しく少し不満げに宇佐見が言う。

「そうでもないですよ」と潮崎が否定した。

「日報を見るのは禁止されていないですから。それで分かりますよ」

「捜査本部にいながら、リアルタイムじゃないってだけで、十分蚊帳の外だと思いますが」

食い気味に反論する宇佐見を「まぁまぁ、昨日の分がもうじき上がってきますから、それを待ちましょう」と潮崎が宥める。

「まずは僕らが成果を挙げないと。さあ、また頑張りましょう」

気を取り直すように潮崎が言う。星里花には、一つ気になっていたことがあった。内容が内容なだけに、声を潜めて話しかける。

「あの、柏木捜しはどうすれば？」

偽造ナンバーの白いハイエースを捜すのはもちろんだが、藪長不動産から西新宿×丁目×番地のパチンコ店までの間で柏木の姿をみつけ出す作業も、今朝本庁に呼び出されるまでは並行して行っていた。

「止めろと言われはしませんでしたが」

下田捜査一課長も藤原管理官も、それに関しては何も言わなかった。職務は車輛捜しだから、それに専念すべきなのは分かっている。けれど、止めろと言われなかった以上、続けても構わないのではとも思う。

「それなんですけれどね」

キーボードに置いていた手を膝の上に戻して潮崎が話し出す。

「止めろと言われていない以上、もちろん続けます。ですが、手に入った映像はもう捜し尽くしましたよね」

藪長不動産を中心に周辺の道路や建物の防犯カメラの映像は、事件の前後三時間分集められた。潮崎班の三名は、その中から犯人らしき人物や偽造ナンバーの白いハイエースを捜している。柏木が写っているとしたら、この中にいるはずだ。実際に、柏木の姿はパチンコ店が提出した防犯カメラの映像で確認できた。店の横の路地をふらふらと歩いてきた柏木は、店の前を通りかかった青年二人のうちの一人にすれ違いざまにつかみかかった。そして引き剝がそうとしたもう一人を殴った。それから新宿西口交番の警察官が到着して、柏木が逮捕されるまでの全てが映像として残されていた。問題は、柏木がどこから現れたかだ。集められた防犯カメラの映像を、藪長不動産からパチンコ店までのルートは三人でしらみつぶしに捜した。だが柏木の姿はどこにもない。

「ですね」と星里花は同意した。

「みつからないのなら、柏木は事件には関係ないとみなされた。だから止めなかった」

またぼそりと宇佐見が呟いた。

一理あると星里花は思う。けれど、納得は出来ない。

「でも」

「それに関して、一つ僕にアイディアがあるんですよねぇ。——でもまずは白いハイエース捜しです。さあ、がんばりましょう！」

困ったような笑みが浮かべた潮崎は、すぐさま切り替えて明るく言った。

2

午前十時二十分、第二当番を終えた武本は一階正面ドアに向かう。捜査本部設立後の数日は昼夜問わず騒がしかった一階も、すでに落ち着きを取り戻していて、各種届出の場所を問いあわせる来客が受付の前に数名いるだけだ。

自動ドアが開き、吹き込んできた冷たい突風が直撃した。思わず立ち止まって顔を背ける。その横を入ってきた三人の男が通り過ぎてエレベーターホールへと進む。手にコートを持った背広姿が二人、もう一人は紺色のダウンジャケットを着ている。背広姿の二人は明らかに捜査官だ。正面玄関から捜査官に伴われて入ってきたのならば、ダウンジャケットの男はおそらく事情聴取を受けに来た参考人だろう。

三人の男がエレベーターの前で立ち止まる。男達の横顔が見えた。手前は新宿署の刑事だ。奥の男は知らない。ならば本庁から来た刑事だ。間に挟まるダウンジャケットの男は奥の男に顔を向けて何かを話している。男に緊張した様子はない。別段、おかしな点はないが、武本は目が離せなかった。

警察署に用がある区民はいくらでもいる。各種届出や運転免許証の更新など、犯罪とは無縁で署を訪れる数の方が、実は圧倒的に多い。だとしても、多くの区民は署内に入ると周囲を見回す。警察署内は日常ではなく、非日常の場所だからだ。今回のように、参考人として来訪する者もいる。自発的に来る者もいれば、捜査官に伴われてくる者もいるが、どちらにしても、どこか緊張して落ち着きがないのが一般的だ。例外があるとすれば、複数回足を運んでいる場合のみだ。

藪長不動産ビルの前で殺人及び死体遺棄放火事件が起きて以来、何名もの参考人が署内を訪れた。中には複数回来ている者がいたとしてもおかしくはない。

そういうことかと武本は納得した。向き直って歩き出そうとすると、エレベーターの到着音が鳴った。エレベーターから一人乗客が降りて来た。それを待ってから三人が乗り込んでいく。そのとき、ダウンジャケットの男がこちらを見た。

──柏木。

目が合った。

武本は確信した。だが柏木は何事もなかったかのように前を向くとエレベーターに乗り込んで行った。

3

「それにしても。いや、もう、まったく、なんなんだ」

車のハンドルを握る遠藤が、もはや何度目か分からないぼやきを漏らした。気持ちは分かる。けれどすでに一度話した内容なので鳩羽は応えずに聞き流す。

前日、荒川斎場に牧原尚也を訪ねたのは、藤原管理官からの命を受けてだった。芝浦の事件の被害者・鈴木隆史の元妻の話に出て来た牧原は、新宿の事件の被害者・吉井文規が以前に勤務していた宮峰不動産で部下だった男だ。話を聞こうと問い合わせると、すでに退職しているだけでなく、引っ越しもしていた。職員の誰とも現在付き合いはなく、所在不明の状態だった。そこで住民票から現在は都内在住であること、さらに荒川斎場に勤務していると分かり訪ねた。そして、潮崎たち三名と出くわした。鳩羽と遠藤は面食らった。三人は新宿署の捜査本部で映像確認をしているはずだ。捜査に於いて重要な役割なのは確かだが、人手が足りないからこその苦肉の策で、間違っても自由に活動させない、それこそ外には出さないためだと聞いている。なのに藤原管理官が仕入れたばかりの情報である牧原の職場になぜいるのか。

同行している正木を詰問したかった。だが役職が上の潮崎が一緒だ。理由を尋ねたら当然こちらが来た理由も問われる。余計な情報を与えたことで、潮崎達が勝手な行動を取り、その責任を負わされるのは避けたい。

どう切り抜けるか鳩羽は悩んだ。にこやかに話しかけようとする潮崎を前に、鳩羽はスマートフォンを取り出して、三田の捜査本部の番号を押した。背を向けてその場から数歩下がると、藤原管理官に事情を説明する。

「替わってくれ」と言われ、スマートフォンを渡したときは、思わず安堵の息が漏れた。藤原管理官に抗弁する潮崎の声を聞きながら正木を見る。俯いていて、その顔色は悪い。

捜査一課への正木の配属は、警視庁による世間に向けてのパフォーマンス、謂わば特例だと捜査本部の男性捜査官の誰しもが思っている。鳩羽もその一人だ。なので、当初は正木に厳しい目を向けていた。だが心の中では理解していた。正木は駆け引きを弄して配属されたのではない。あくまで白羽の矢が立っただけだ。だがその結果、正木は同僚達からの奇異の目にさらされ、一線を引かれた扱いを受けている。当人にしてみたら、白羽の矢どころか、貧乏くじを引かされたも同然だろう。実際に同僚になってみて正木が努力家で誠実な人間だと分かった。

警察という組織の中で、部下の立場で上役の行動を止めるのは難しい。今回もまた貧乏くじを、それも特大のものを引かされた正木に鳩羽は心底同情した。

通話を終えた潮崎が「ありがとうございました。藤原管理官からお話があるそうです」と言ってスマートフォンを返してきた。受け取ると、潮崎は「それではお先に失礼します。宇佐見君、正木さん、帰りましょう」とだけ言って、二人を引き連れて去って行った。鳩羽は狐につままれた気分で、スマートフォンを耳に当てた。

「悪いが、戻って来てくれ。事情は本部で説明する」

藤原管理官にそう言われて、鳩羽は「はい」とだけ応えて通話を切った。説明を求める遠藤を納得させてやりたいが、鳩羽も状況がつかめない。藤原管理官に戻れと言われた以上、そうするしかない。何一つ納得がいかないまま、鳩羽と遠藤の二人は三田署の捜査本部に戻るしかなかった。

本部室内に入ると、すぐさま藤原管理官の元へと向かった。だが、「明日、下田捜査一課長とともに潮崎たちから話を聞いてから説明する」とだけ告げられ、その場は引き下がるしかなかった。もとより、牧原への事情聴取は前日に急遽、言われたことだ。するべきことは他にも山ほどある。その場は気を取り直して、それまで続けてきた鈴木の身辺捜査に戻った。

明けて今日の午前十一時過ぎのことだ。戻れる者は一旦、捜査本部に戻れと一斉連絡が入った。ちょうど移動の最中で、次に回るところの約束も取り付けてはいなかったので、鳩羽と遠藤の二人は出先から三田の本部に帰った。そこで新たに、鈴木が以前に住んでいた花栄町から転居した住人への調査を優先すると発表された。担当の再分担後、鳩羽と遠藤の二人は藤原管理官の元へと向かった。そこでようやく昨日の顚末を知った。

「きっかけが留置管理官の違和感って。まぁ、ないとは言わないけれど。でも、ありえないだろう。本部に報告なしで勝手に動くなんて」

言わずにはいられないのだろう。遠藤のぼやきは止まらない。気持ちは同じなので「だよな」と返す。

「ですよね」

同意を得たことで遠藤がさらに勢いづく。

「俺たちが牧原から話を聞かずに帰らされたのだって、納得いかないですよ」

藤原管理官から牧原の事情聴取に行けと命じられたときは、吉井の部下だったから話を聞こうとしただけで、何の先入観もなかった。だが潮崎たちは勝手に独自の判断で牧原に疑いの目を向けたうえで話を聞きに行った。その直後に、さらに鳩羽達が来れば、牧原が事件の関係者だった場合、逃亡される恐れがある。改めて牧原に話を聞くにしても、まずは情報のすりあわせをしなければならない。だからいったん戻れと命じられたのだ。

「あの場で出くわしてなかったら、どうなっていたことか」

安堵したような、けれど納得のいかない声で遠藤が言う。

潮崎達の独自の調査の結果を知った今は、あの場で鉢合わせたことは運が良かったと鳩羽も思う。

「って言うか、新宿署の本部は何してたんだか。吉井の身辺調査をしていたのに、なんで気づかなかったんだ」

吉井が以前に宮峰不動産に勤務していて、花栄町の分譲に携わっていたことは、捜査をしていれば当然出て来る。鈴木が過去に同じ町の住人だったという情報は共有しているはずだ。ならば類似性の高い事件の被害者の吉井と鈴木の関係性を掘り下げて捜査するべきだろう。

「そりゃ、藪長不動産は大企業だし、転職後、吉井は大きな仕事をいくつもしていて、トラブルもけっこう抱えていたけれど」

吉井が藪長不動産に転職して七年が過ぎている。都市リノベーション事業部に配属され、ビルのリノベーション開発に成功し、その成果で事業部長に上り詰めるまでには、かなり強硬な手段もとっていて、こじれた人間関係はいくつもあった。それを遡《さかのぼ》るだけで時間と労力を取られて、まだ宮峰不動産時代にまで到達していなかったのだ。

「それもだけれど、とにかく何か腹が立つんですよ。こっちが、それこそ新宿の本部の連中が、言われたことをこつこつやっていたのに、勝手なことをした連中から得た情報で、行き詰まっていた捜査が動き出そうとしているっていうのが」

遠藤の言う通りだ。正直、三田署、新宿署、代々木署の三つの捜査本部は行き詰まっていた。地道に被害者の身辺や現場から出た情報を追い続けていたが、犯人と疑える人物すらでていなかった。それどころか、幡ヶ谷の事件は被害者の特定も、まだ出来ていない。

「だいたい、代々木の本部に失礼でしょう」

「確かにな」

「そりゃ、あんな発想、俺にはないですよ。そもそもザンコツなんとかなんて、まっ

「たく知りませんでしたし」

「俺もだ」

火葬の際に遺骨や遺灰以外の灰が出ることを鳩羽も知らなかった。それ以前に、遺体を手に入れるには？　という発想自体、浮かびもしなかった。

「俺もだ」

「推理小説じゃあるまいし、そんなこと、普通考えませんよ」

普通という概念では、もはや太刀打ち出来ない事件が増えている。そういう事件の犯人を逮捕するには、今までの考え方では足りないのではと、鳩羽も危惧しだしていたところだった。その話をしようかと思ったが、しゃべり終えた遠藤が鼻から強い息を出して不満を表すのを見て、思いとどまる。

発想はさておき、事件には証拠が残る。その証拠を一つ一つ追いかけて行けば、必ず犯人逮捕に繋がる。それが事実だ。

——情報過多の今、知識を持って証拠を残さずに犯行を遂げる者も少なからずいる。ちらりと頭の中に過った。だが鳩羽はあえてそれを捨て去った。新しい発想があれば、より早く事件の解決に至れるかもしれない。だが時間が掛かり、労力を費やすことになろうとも、証拠を誠実に追いかければ、必ず犯人は逮捕出来る。それを信じられるからこそ、刑事をやれているのだと思っている。

「——まぁ、経緯はどうであれ、犯人が早く逮捕されるのが一番ですからね」

悔しそうに言って遠藤が締めくくった。どれだけ潮崎達に腹が立とうと、犯人逮捕が最優先であることは遠藤も見失っていない。

会話が途切れて車中が静かになった。しばらく車窓の景色を眺めてから鳩羽は呟いた。

「聞いてはいたが、こんなことになっていたとは知らなかった」

「来たことないんですか？」

「いや、俺はない。家内と娘は、ららぽーとの中の職業体験が出来る施設に」

「ああ、キッザニア東京ですね」

「詳しいな」

「寮が月島《つきしま》ですから、休みの日に何度か行きました。レストランフロアにあるので名前と場所は知ってます。——ああ、あのビルですね。問い合わせ済みなので、駐車場に直接入ります」

言いながら遠藤はハンドルを切った。そのまま進んで目的地のアーバンドック・プラザ豊洲《とよす》の駐車場へと入って行く。

「ホテルか商業施設なみだな」

「開発が進んで大きなタワーマンションがいくつも出来ましたけれど、ここは特別すごいですよ」

第二強行犯捜査三係の中でも一、二を争うほど遠藤は運転が上手い。車は目当ての来客用駐車場に滑らかにバックで止まった。

「引退後、一度、家と土地を買って、売ったと言っても三分の一以下でしょう？　それでもここに住めるって、やっぱり医者って儲かるんだな」

車から降りて駐車場内を見回して遠藤が言う。

「三〇七号室だな？」

これから訊ねる部屋番号を鳩羽は確認する。

「はい、三階の三〇七号室です。磯山喜行《よしゆき》、七十九歳です」

鳩羽は頷くと、マンションのエントランスへと歩き出した。

エントランス間近まで来て、やはり自分の知っているマンションとはまったく別物だと鳩羽は思った。一階部分は床から天井までガラス張りになっており、テーブルとソファが優雅に配置され、大きな鉢植も飾られて、まるでカフェのようだ。実際に、利用している人達の数名がコーヒーカップを手にしていた。もしかしたら本当にカフェなのかもしれない。だとしたら、マンションの住人のみ利用可能なカフェということだろうか。

二重構造の自動ドアを通り抜けて入る。エントランスホールは二層分吹き抜けになっていて広々としていた。

右手にカウンターがあり中には制服姿の女性がいた。カウンターの横に目隠しのような木の柱が立ち列んでいて、その前に各部屋と直接やりとり可能なインターフォンが置かれている。それも柱ごとに一台ずつ、全部で六台だ。

「いや、すごいな。まるでホテルですね」

周りをきょろきょろと見回して、遠藤が感嘆の声を上げる。それには何も応えずに、鳩羽はインターフォンに向かう。

「あ、俺が」

遠藤があわてておいかけてきて、三〇七に続けて通話ボタンを押した。磯山が在宅しているのは電話で確認済みだ。少しして「はい、どちら様で」と男の声が聞こえた。

「さきほどご連絡差し上げた警視庁の者です」

カメラに顔を向けて遠藤が言う。

「ああ、ご苦労様です。エレベーターホール左側のエレベーターで三階に上がってください。降りたら廊下の突き当たりから左に三番目の部屋です」

そう言うと磯山はインターフォンを切った。

言われたとおりに鳩羽と遠藤の二人は柱の間を通り抜けてエレベーターホールへと進む。

「左って言ってましたね。そうか、左が低層階用で右が高層階用なんだ」

壁に書かれた階数表示を見て遠藤が言う。

「これだけ大きなマンションだと、すべての住人が一緒くたにエレベーターを使うのは非効率的だから当然のことなのでしょうけれど、なんか、右と左のエレベーターの間に見えない壁みたいなのがありそうですね」

高層階の方が低層階の部屋よりも値段が高い。そこから同じマンションの住人でも格差が生じて、ときには事件に発展することもある。

「三人寄れば派閥が出来るって言いますけど、こうなっちゃうと、明確な分断だな」

遠藤が話し続ける。別段、返事をしなければならない内容ではないので、鳩羽はぼんやりと聞き流しながら、エレベーターの到着を待つ。

「とはいえ、低層階でもかなりの値段だろうから、磯山はかなりの資産家ってことですね」

遠藤の声がそれまでとは一変した。

「磯山喜行、七十九歳。元医師。二〇一二年、妻小百合《さゆり》死亡。翌年、花栄町から移転」

磯山についての情報を再確認するように遠藤が声に出す。

捜査とまったく関係ない話を遠藤はよくする。だが、決して捜査のことを失念して雑談をしているのではない。切り替えが早いのだ。

三田署の捜査本部員で分担して花栄町から転居した住人に話を聞きに行くことになったとき、鳩羽と遠藤の二人は藤原管理官から最初に磯山を訪ねろと命じられた。指示を受けたとき、なぜ磯山なのかと鳩羽は首を捻った。だが磯山についての情報をまとめた資料を渡されて納得した。

「磯山は吉井が分譲した土地を買った」

エレベーターが到着して二人は乗り込む。ボタンを押してから、遠藤が続ける。

「だから吉井に対して恨みを持っていてもおかしくない。加えて芝浦の被害者の鈴木や、新宿署に留置されていた柏木との関係も良くない」

資産家の磯山は自費で被災改修を行おうとした。だが鈴木と柏木の二人を中心とした町民に反対されて、結局出来なかった。医学的見地からは、傾斜した家での生活と町人達の仕打ちは、磯山夫人の直接の死因とは言えない。だがまったく無関係とも言えないだろうと鳩羽は思う。

捜査の結果分かったことだが、吉井に恨みを持つ者は多い。強硬な手段を用いることを辞さなかったからこそ、藪長不動産に転職して七年で都市リノベーション事業部長の地位まで上り詰めただけに敵は多かった。吉井の殺害事件のみならば、その線で捜査を進めただろう。それこそ鈴木は被疑者として捜査線上に浮かんでいたはずだ。だが鈴木は一連の事件の最初の被害者だ。

鈴木と吉井との関係は、乱暴に言うのなら被害者と加害者だ。双方に対して蛮行に至るほどの憎しみを持つ者などいるのだろうか？　その疑問は捜査本部内にずっと上がり続けていた。

だがここに来て、双方に恨みを持つ者が急に浮かび上がってきた。それが磯山だ。吉井の死因であるインシュリンの過剰投与というのも、元医師という経歴ならば可能だ。

とは言え、まだ何の証拠も無い。それだけに藤原管理官は直属の部下の鳩羽と遠藤の二人に磯山の聴取を任せたのだ。

「磯山が犯人だとして」

「やめろ」

遠藤の推測を鳩羽は打ち消す。疑惑を持つのは仕方ない。けれど、それに囚われていては真実を見落としかねない。

「すみません」

遠藤がすぐさま謝罪して口を噤んだ。ちょうどそのときエレベーターが三階に到着した。

降りて磯山に教えて貰ったとおりに進み、三〇七号室の前に着く。インターフォンを押すと、チャイムが鳴り終わる前にドアが開いた。

「年末のお忙しいところ、すみません。警視庁捜査一課の鳩羽と、こちらは遠藤です」

挨拶しながら目の前の磯山を観察する。

――総白髪で細身、眼鏡。

下はグレーのスラックスで、上には白いポロシャツに紺色のカーディガンを羽織った品の良い服装と、理知的な顔立ちは、世間が想像する引退した医師のイメージそのままの男だった。

「いえ、これといって予定もないですから。どうぞ、お上がり下さい」

言いながら、磯山は先に立って案内した。

――百七十センチに足りないくらいか。

防犯カメラの映像に写っていた三人は、一番背の低い男が百六十五～百七十センチで、あとの二名はそれぞれ五センチくらいずつ大きかった。

――身長は該当する。

「あの、鍵は？」

「オートロックなので」

遠藤の質問に磯山が立ち止まり振り向いて答えた。身体をひねったことで、磯山の体格がよりはっきりと分かる。グレーのスラックスはぶかぶかで、中で脚が泳ぐほどだった。

――ここまで細くはなかった。

映像の男と同じく、磯山が黒いスラックスとダウンジャケットを着用した様を想像する。下半身が細すぎるが、重ね着していれば話は別だ。

そこまで考えて、鳩羽は自分が磯山を被疑者と決めつけて、先入観ありきで見てしまっていることに気づいた。さきほど遠藤に注意をしたばかりなのにと自省し、「失礼します」と言いながら靴を脱いで室内に上がった。

先を行く磯山に続いて廊下を進み、リビングへと入る。入ってすぐの左側に二人掛けのダイニングテーブルとイスが二脚あり、その奥にキッチンが見える。右側のスペースにはこたつとテレビが置かれていた。

「綺麗で、広いですね」

遠藤が部屋の感想を言う。

「引っ越してまださほど年数が経っていないもので。1LDKで決して広くはないですが、年寄りの一人暮らしには十分です。ところでこの通りなものですから、こたつでもよろしいですか？」

イスが二つしかないのだから、そうならざるを得ない。

「いいえ、お気を遣わせてしまってすみません。失礼します」

一礼してから鳩羽と遠藤はこたつに近づく。テレビの横に小さな仏壇が置かれていた。左右に置かれた花立には白いバラが一輪ずつ挿されている。

「奥からどうぞ。お荷物は適当に床に置いて下さい」

言いながら磯山が電気ポットを持ち上げた。どうやら飲み物を出してくれるらしい。

「どうぞ、お構いなく」と鳩羽が遠慮する。けれど「私が飲みたいので。一人だけというのも飲みづらいですし。日本茶ですが構いませんか？」と返されて、「いえ、本当に結構です」と断った。

「そうですか。それではすみませんが私だけ。便利な世の中になったもので、日本茶のティーバッグがあるんですよ。そりゃ、急須に茶葉で淹れたものに比べたら味は劣りますが、一人暮らしではこれで十分です」

磯山は湯飲みを手づかみで運ぶと、こたつの天板の上に置き、座布団に腰を下ろした。鳩羽と遠藤の二人も「それでは」と一礼してから座布団に正座する。

「どうぞ足はお楽に」と言われ、「いえ大丈夫です」と遠藤が遠慮する。その声は緊張をはらんでいて硬い。鳩羽は「警察官は皆、剣道か柔道をしているもので、正座には慣れているんですよ」と付け加えた。

「そうなんですか」

磯山が感心した声を上げた。空気が和らいだところで、鳩羽は話を切り出す。

「電話でご説明を差し上げましたが、芝浦で起こった事件の被害者が以前に花栄町に住んでいたことで、過去にあの町にお住まいだった方全員にお話を伺っています」

鳩羽はそこで一度言葉を止めた。ここから先は威圧感を与えないように言葉を選ばなくてはならない。

「磯山さんは」

「正直、彼のことは思い出したくないですね」

磯山は軽蔑を露わにして、はっきりとそう言った。

「私のところに来たのなら、事情はすでにご存じですよね」

湯飲みを持ち上げて磯山は一口お茶を飲む。遠藤が指示を仰ぐような視線を寄越した。鳩羽は即座に心を決めて「はい」と同意する。

「でしたら、容疑者と思われても仕方ないですね。鈴木はもちろん、新宿の吉井さんについても」

あっさりと磯山は自分が犯人だと疑われても仕方ないと認めた。しかも鈴木だけではなく吉井についてもだ。予想していなかった話の展開に鳩羽もさすがに面食らう。

「ですが、思い違いしないで下さい」

湯飲みを天板の上に置いて、磯山は話し始めた。

「あの町の開発と売買は法に則ったものでした。ただ、国が想定した基準を超えた天災に見舞われた。不動産会社や国や県には責任はありません。私達は騙されたのではない。自分で選び、納得してあの土地を買って住んだのです。吉井さんは、当時たまたま売買の担当をしただけです。彼を恨むなど、筋違いです」

言葉を選ぶ様子もなく、言いよどみもせずに磯山は語った。

――すでに答えを用意していたのか？

鳩羽の頭に疑問が過る。

そもそも磯山の態度に、引っかかりを感じていた。警察官、それも刑事二人が自宅を訪ねることは日常ではない。事件にまったく関係なく、ただの情報収集のための聞き込みだとしても、多くの人がどこかしらに不安や興奮を滲ませる。だが磯山はまったく動じていない。日々新しい患者と接する医師という職に就いていたからなのかもしれないが、それにしても、落ち着き払いすぎているように思う。

「――と、今まで何度も、それこそ数えきれないくらい自分にこう言い聞かせて、ようやくそう思えるようになりました」

磯山の声には明らかに自嘲が含まれていた。

「医師なんて職業に就いていただけあって、どうしても理性、いや理論が勝ってしまうんですよ」

今度は両手で湯飲みをつかむ。だが口には運ばずに話を続けた。

「法の下に責任の追及が出来るのならば、していました。然るべきところに相談もしました。その結果、あちらに非はないと分かりました。だとしたら、もう諦めるしかない」

完全に割りきってはいない。なんとか折り合いをつけたのだと察せられた。

「鈴木に関しては」

磯山の声に厳しさが戻った。

「まだ年も若く、双子のお子さんも幼い。それでローンを抱えていたのですから、大変だったでしょう。彼が必死なのは理解出来ました。だとしても――」

そこで言葉を止めて、一口お茶を飲んだ。

「私の家内は脳梗塞を患って、右腕と記憶に障害がありました。だから家の中は常に同じ状態にする必要があったんです。新聞の置き場所が違っただけで、家内は混乱していましたから」

湯飲みに注がれる磯山の視線が和らいだ。

「混乱というと？」

それまで口を噤んでいた遠藤が訊ねる。

「また忘れてしまったと、記憶をどんどん失っているのだと、悲しんで泣くんです」

磯山が淡々と答えた。遠藤はばつが悪そうに肩をすくめて視線を落とす。

「七度の傾斜が、どの程度のものかご存じですか？」

不意に磯山に訊ねられて、鳩羽は答えることが出来ない。

「七度というと、これくらいですか？」

遠藤が天板の上に手を置き、指先をわずかに上げた。

「いえ、もう少し上ですね。垂直が九十度、その半分のさらに半分の三分の一ですから」

磯山は湯飲みから手を放すと、天板の縁に左手を置き、垂直に立ててから言葉に合わせて指先を倒していき、ぴたりと止めた。指先は天板から一センチくらいは上がっている。

「これくらいと思われるかもしれません。ですが、机の上に置いた物でも、大きさと重さによっては、滑って移動するんです」

言い終えた磯山が指先を天板に下ろした。

「数分前に置いた物の場所が変わる、ときには実際に動いているところを目にする。家内は被災したことすら、忘れているときがありました。その状態で物が独りでに動くのを見たら、どう感じると思います?」

磯山が目を上げた。正面から鳩羽と視線が絡む。

「それは、怖いでしょうね」

先に答えたのは遠藤だった。

「一度ならまだしも、何度も続くとなったら、もう、これはオカルト的な何かと思うかもしれないですね、私なら」

鳩羽も調子を合わせる。

「家内もそう思いました」

視線を湯飲みに落として磯山が話す。

「もともと家内は怖がりで。夜は電気を点けないと廊下すら歩けないほどでした。

──だから、それは怖がった」

懐かしむような声が、後半一変した。

「怖がらせないためには、机や棚の上に物を置かないようにするしかなかった。でもそうすると、今度は今までと配置が違うと混乱する。その日の朝に一緒に物を移動させても、ときには二時間後にはそれを忘れてしまう。そして混乱して泣く。だからといって、物を置くと、運悪く何かが動くところを見てしまうと、怖がってショック状態に陥る」

磯山が天板の上で両手を組み合わせた。

「私には、一刻も早く家を元の状態に戻す必要があった。それは家内を守るため、家内が安心して暮らすために、どうしてもしなければならないことだった」

鳩羽の目が磯山の組み合わされた手に留まる。力が込められているのだろう、関節の部分だけ色が白く変わっている。

「それを鈴木が先頭に立って反対した。公的な支援金を得ることには私も賛成でした。協力できる方法がないか考えました。例えば長期の旅行だとか」

経済力があってこそではあるが、頭ごなしに自分の計画を進めずに、協調の方法を探った磯山は理知的というだけでなく、誠実な男なのだと鳩羽は思う。

「でも、結果が出るまでにはどれくらい時間が掛かるかは分からない。ならば一時的に引っ越すことも考えた。実際に、物件を見に行きもした。でも、家内が」

磯山の声が途切れ、深く一つ呼吸をしてから口を開く。

「被災して家が傾いた、だから引っ越すのだと説明して、そのときは分かったと言っても、しばらくするとなぜ新居を探しているのか分からなくなる。そのたびに」

今度も磯山は言葉を濁した。妻の小百合は混乱し、症状の悪化に悲嘆したのだと言われなくても分かる。

「引っ越しは出来なかったんですね」

鳩羽の言葉に磯山が頷いた。

「そうです。でも、あのままではいられなかった。早急に地盤の改良工事をしなければならなかった。けれど、鈴木は何度も我が家にやってきた。家に上げるのを断ると、電話を掛けてきた。それだけじゃない、私や家内が外出する先に現れて、面と向かって文句を言った。鈴木だけじゃない、町民のかなりの人数が、私達を見かけると陰口を叩くようになった。そのせいで家内は家から出るのが怖くなって引きこもるようになった」

磯山の指の関節は色を失っていた。

「二〇一二年三月七日の朝、家内が頭が痛いと言った。また脳梗塞だと私には分かった。すぐに救急車を呼んで病院に搬送して貰った。だが間に合わなかった」

磯山の声が途切れて、室内は音を失った。静寂の中、どう話しかけようか鳩羽は考える。そのとき、磯山が指をほどいた。両手を下ろしてこたつ布団の中へと入れてから背中を丸める。一度目を閉じ、再び開けた磯山は、鳩羽と遠藤に目をやった。

「こんな話を聞いたら、私が鈴木を恨んでいる。それも殺したいほどにと思われて当然ですよね」

その顔にはわずかだが笑みが浮かんでいる。

「ですが、私は医者です。家内の脳梗塞が鈴木や町民のせいではないと分かっています。影響はあったのかもしれない。だとしても、直接的な原因とは言えない」

磯山ははっきりと言った。その顔は妻を失って嘆き悲しみ怒りを募らせている愛妻家ではなく、医学の道を追究した医師のものだった。

「それに鈴木を殺してどうなります？　家内が生き返りはしません。鈴木には妻と幼い娘が二人いる。被災して傾いた家に住み、ローンを払って暮らしていくしかない。そんな状態の家族から、夫や父親を奪ってどうするんです？」

訊ねるというより、怒りをぶつけるような強い口調だ。

「私も鈴木も、花栄町の全員が震災の被害者だ。被害者の間で、さらなる憎しみや不幸の連鎖を繋げていくなんて、そんなことは、絶対にあってはならない」

磯山はきっぱりと言いきった。その迫力に鳩羽と遠藤は呑まれていた。

「すみません、この話になると、どうしても穏やかではいられなくて」

詫びる磯山からは、さきほどの迫力は消えていた。

「一方的に話をしてしまいました。申し訳ない」

こたつ布団から手を出すと、磯山は湯飲みをつかんだ。

「すっかり冷めてしまった。すみませんが、新しいのを淹れます。年のせいか、身体が冷えると調子が良くないので」

こたつの天板に両手を突いて磯山が立ち上がる。膝も腰も悪くなさそうな滑らかな動きではあるが、全体的に弱々しい。流しに飲み残しのお茶をこぼす水音が聞こえる。

新しいティーバッグを出し、電気ポットから湯を注ぐ様子もきびきびとしているとは言いがたい。

遠藤が視線を寄越した。目だけで、磯山が戻ってきたら本題を切り出すと伝える。理解したのか小さく頷いた。そのとき、磯山が声をかけてきた。

「お二人が訊きたいのは、鈴木と吉井さんの事件があった日時に、私が何をしていたのか、刑事ドラマなどで出てくるアリバイですよね？」

アリバイという言葉を出されて鳩羽は面食らった。その表情を見た磯山は愉快そうな顔をした。

「推理小説はけっこう読むんですよ。刑事ドラマとかもわりと観ますし。もちろん、実際と違うのは分かっています。テレビの医療ドラマなんて、誇張が激しいですからね」

笑みを浮かべて湯飲みを手に磯山が戻ってきた。

「それで、いつでしたっけ？」

「十一月二十六日と三十日、それと十二月四日です」

遠藤がすぐさま答える。

「三日分ということは、三つの事件の全ての容疑が掛かっているということですか？でもまぁ、そうなりますよね。報道で観た限りですが、手口が一緒ですから」

驚いたように磯山が言う。ただ芝居じみた様子は感じられない。天板の上に湯飲みを置いた磯山は、よっこらしょ、と言いながら座布団に腰を下ろした。

「と言われても、申し訳ないですが覚えてないんですよ。基本的に夜外出することはありません。ことに寒くなってからは、用事は昼間に済ませて夜はここにいるようにしていますので。ただ、この通りの一人暮らしですから証明のしようがない」

申し訳なさそうに磯山が言う。

「私としては、やってませんと言うしかないです。でも、言葉だけでは容疑者から私を外すことは出来ないですものね。どうしたものだか」

「レシートなど、お持ちではないですか？」

「ああ、それがありましたね」

再び席を立つと、引き戸を開けて隣の部屋へ磯山が行く。すぐにA4サイズのクリアファイルを手に戻ってきた。

「月ごとに投げ込んでいるんですよ。ええと」

天板の上に置かれたクリアファイルには、十一月と十二月と書かれた付箋が貼り付けられていた。磯山が中身を取り出そうとする。

「お借りしてもよろしければ、こちらで」

「もちろんです、すみません。お手数お掛けして」

頼んだ遠藤に、磯山は快く承諾した。受け取った遠藤が鞄の中へとすぐさましまう。

「記録で思い出しました。エントランスの防犯カメラはどうですかね？　出入りしている映像があるかを捜して貰えれば。ただ、これもまたお手間をお掛けしますが」

帰りにマンションの管理会社に防犯カメラの映像の提出依頼をするのは決めていたが、「そちらも捜してみます」と鳩羽は一礼して応えた。

「それと、もう一つ伺いたいことが。柏木研吾さんについてです」

柏木の名前を出したとき、磯山をしっかりと見つめた。だが表情には特別な変化は窺えない。磯山がわずかに眉を顰めた。唇が動く。柏木研吾と復唱しているようだ。やがて表情を戻すと「すみません、思い出せません」と言った。

「すみません、迫田研吾でした」

花栄町に住んでいたときの姓で言い直す。とたんに、「ああ」と磯山が声を上げた。

「迫田さんなら覚えてますよ。鈴木と一緒に町内会の代表者として、何度もうちに来ましたから。でも柏木というのは?」

「旧姓です」

「ということは奥さんのほうの姓だったのか。もとよりあまり近所づきあいはしていなかったところに、あんなことがあったのですから、出来るだけ避けていたもので。旧姓に戻ったということは離婚したんですね」

柏木について話す磯山に、不自然な様子は見受けられない。

ええと肯定してから「迫田と会ったことは?」と訊ねる。

「ないですよ。会う必要なんて何もないし、会いたくもない。鈴木や迫田はもちろんですが、花栄町の住人とは誰一人会う気はありませんし、この先も会いません。もう関係ない人達です」

拒絶を露わに強い口調で磯山が言いきった。

一連の磯山の言動に鳩羽は納得しつつあった。吉井や鈴木や柏木に対する怒りを隠しはせず、だがその一方で、その怒りは殺人を犯すほどではないと、きちんと説明した。何より全体的に協力的だ。唯一、まだ引っかかっているとすれば、訪問して以来の磯山の落ち着き払った態度だ。だが接している間に、これは磯山の性格というか人となりなのではと思うようになり始めてもいた。ともあれ、防犯カメラの映像と預かったレシートから磯山のアリバイを確認する。成立すれば容疑者から外せばよい。

「そうですか。今日はご協力ありがとうございました」

一礼して鳩羽は立ち上がる。それに遠藤も続く。

「これでよろしかったですか？」

座ったまま磯山が訊ねてくる。

「はい。レシートはいずれお返ししますので」

「いえいえ、お構いもせずに。レシートは納税前に返していただければ構いません。色々と、お手数お掛けしてすみません」

詫びの言葉を言いながら、磯山が天板に手を突いて立ち上がる。そのとき遠藤が言った。

「一つ伺ってもいいですか？」

「はい、何か？」

「何度か、申し訳ないと言って下さってますよね。それはどういうことなのでしょうか？」

鳩羽も覚えていた違和感を、遠藤がずばりと訊ねた。

「ああ、それは」

姿勢を正した磯山が笑顔で話し出す。

「救急救命室を持つ都内の病院で内科医をしていると、警察の方達と接する機会があるんですよ」

磯山が言おうとしていることに予想が付いた。薬物使用者だ。

「それこそ刑事ドラマのようには物事が進まないのは見てきましたから。一つ一つこつこつとやっていかなくてはならないのも。世間が誤解している職業というのがいくつかあって、医者もその一つですけれど。高給取りで、製薬会社の接待でゴルフばかりしているとか、『白い巨塔』みたいな権力闘争に明け暮れている医者もいないとは言いませんが。でも臨床医は言ってしまえば肉体労働です。しかも人の命を預かるだけに責任も重い。けれど、楽して得をしていると色眼鏡で見る人もいる。方向性は違うかもしれませんが、警察も同じなんじゃないかと私は思っているもので」

経験か、と鳩羽は納得する。

薬物使用者らしき患者を診《み》た際、病院は警察に連絡をすることになっている。薬物は所持、使用ともに現行犯逮捕が基本だ。通報を受けてすぐさま警察は病院に急行する。だがそのときは、薬物の影響がもっとも出ているときでもある。警察と薬物使用者、さらには同行者とのやりとりをつぶさに見てきたのならば、警察に対して共感を持ち、協力的なのも理解出来る。

「なのに、今回は私事でご迷惑をお掛けしていますから。お尋ねの日時に、どこで何をしていたかをきちんと立証出来れば、お手間を取らせることもなかったでしょう」

「迷惑なんてとんでもない。十分協力していただいています」

磯山の言葉に感じ入ったらしく、遠藤が深々と頭を下げた。

「ご協力、ありがとうございました。それでは」

改めて一礼してから鳩羽と遠藤は磯山宅をあとにした。

エレベーターに乗ってから、遠藤が「いやぁ、やっぱり医者って頭がいいんだなぁ」と、感想を漏らした。磯山に対する容疑はかなり薄れているらしい。

「あれだけ物事が見えていて、しかも歳で身体も弱ってきているようですし、犯人とは考えづらいですね。これでアリバイが証明出来れば、容疑者から外すしかないか」

「人を雇った可能性も考慮に入れないと」

鳩羽は考えていたことを声に出す。和らいでいた遠藤の表情が引き締まった。

車に乗ると、鳩羽は帰署報告の電話を掛けた。三度目の呼び出し音が鳴る前に通話が繋がる。

鳩羽ですと名乗ると、「藤原管理官に替わります。お待ち下さい」と電話に出た担当者に言われた。藤原管理官は三田署で任意で来てもらった牧原と会っているはずだ。呼び出しの電話を入れるほどの緊急事態ではないにしろ、帰署連絡の電話が入ったら替われと言っていたのなら、何か早急に伝えたいことがあるのだ。

「どうだった？」

挨拶抜きで訊かれて、鳩羽は磯山との聴取内容をかいつまんで話し出す。藤原管理官には相づちを打つ習慣がない。何の反応も得られないまま、鳩羽はひたすら報告する。すべてを話し終えて口を閉じると、ようやく「そうか」とだけ言われた。

「牧原はどうでしたか？」

「同じだ。吉井、鈴木、柏木の三名とは会っていないと言っている」

「鈴木と柏木はさておき、吉井に対しては何か悪い感情を持っていたのでは？」

「認めた。吉井は上司として最悪だった、大嫌いだったとはっきり言った。けれど、当時の不動産業界では珍しくもない人だった。そもそも自分は業界に向いていなかった、と。吉井が先に転職して縁が切れて、そのあとに自分も転職して、それっきりだそうだ」

はっきりと嫌悪を認め、そのあとに殺害するほどの理由はないとする。

——似ている。

鳩羽の頭に、さきほど別れたばかりの磯山の顔が浮かんだ。

「新宿の柏木だが」

藤原管理官の声に意識を引き戻される。

「柏木の所有しているトラックは冷凍車だった」

鳩羽の緊張を察した運転席の遠藤の視線を感じる。

「捜査には協力的で冷凍車の調査を許可した。冷凍庫内を鑑識が調べたが、鈴木、吉井ともに被害者の物証は何も出なかった」

――まただ。

柏木も捜査には協力的だった。事件に関係ないからこそ、冷凍車の捜索を許可したと考えるべきだろう。だが鳩羽は何かが引っかかっていた。

「だがDNAの採取は許可しなかった。何もしていないのならば構わないだろう。違うと分かれば容疑者から外れるのだしと、取調官が説得しても嫌ですの一点張りだ」

頑なに協力を拒めば容疑は濃くなる。冷凍車の捜索は許可したのに、DNA採取を拒絶する理由が分からない。違う車を使ったのかもしれないと、鳩羽の頭に疑惑が浮かんだ。

「何もしていないのにこれ以上、個人情報を握られるのは嫌だという理由だ」

藤原の声に鳩羽は意識を集中させる。

「鈴木に関しては、吉井に暴行事件を起こしたときに連絡が来て面会に行ったのが最後だそうだ。気持ちは分かるから面会にこそ行ったが、離婚して自分も生活を立て直さなければならないときだから、もう二度と連絡しないでくれと、その場で関係を絶ったと言っている。吉井に対しては、憎しみを露わにしていた」

柏木もまた、はっきりと悪意を認めていた。

――これで、それでも殺すほどの憎しみではないと続けば。

「吉井が殺されたと聞いて、すっとした、罰が当たったんだ。犯人には感謝していると言ったそうだ」

続いた藤原管理官の言葉は予想と反したものだった。

「アリバイだが、鈴木の時は自宅に一人でいたから、これは証明が難しい。吉井の時は、犯人たちが遺体に火をつけたのが午前三時七分で、柏木の暴行事件の通報が三時二十三分だ。走って移動すれば可能だという見解もあるが、その証拠はみつかっていない。ただ幡ヶ谷の事件時は」

「新宿署に留置されていた」

藤原管理官が言う前に、鳩羽が先を言う。これ以上のアリバイはない。

「幡ヶ谷の事件でみつかった防犯カメラには犯人は二名しか写っていない。だとしても、柏木の冷凍車から何の証拠も出なかった以上、容疑は掛けられない。今回はあくまで任意同行だから柏木は帰らせた。あと、幡ヶ谷の遺体はまだ不明。以上だ」

言い終えると藤原管理官が通話を切った。

「何かありましたか？」

運転しながら遠藤が訊ねる。鳩羽はたったいま得た情報を伝えだした。

十二月二十六日

星里花はイスから立ち上がると、机の上に広げられた地図に近づいた。赤い水性ペンを拾い、新奥多摩《しんおくたま》街道沿いの永山《ながやま》公園をみつけ出して、公園横の道路に×印を書き込んだ。

「いよいよ青梅市突入ですね」

潮崎が大きく伸びをしながら近寄ってきた。

新宿署の捜査本部に合流し、三つの事件現場で目撃された白いハイエース捜しを始めてからすでに二十日以上過ぎていた。芝浦、新宿、幡ヶ谷の三カ所の事件現場それぞれから放射線状に延びる道路に取り付けられている防犯カメラの映像をしらみつぶしにチェックしている。だが予想以上に都内は広く、道路も多い。さらに外回り班は個人宅に取り付けられている防犯カメラをみつけては協力を依頼し、新たな映像を送ってくる。一つ映像を見終えるごとに該当する道路に×印を付けている。結果、地図上にはかなりの数の赤い×印が列んでいる。それでもまだ、該当する白いハイエースはみつからない。星里花は地図に両手を突いて見下ろすと、溜め息を吐いた。

「今更こんなことを言うのもどうかと思うのですが」

顔を上げると、潮崎は胴に巻き付けた右腕を土台にして、頬杖を突いていた。当初は、芝居掛かったポーズを次々に繰り出す潮崎に驚いたが、今となってはもう慣れた。

「なんですか?」と訊ねると、「車を隠すと言うのか、処分するとしたら、正木さんならどうします?」と質問で返された。

「それは」

思案し始めたところに「発想の転換ですね」と宇佐見が口を挿む。

「ええ、地道に続けるのが一番なのは分かっているのですが、こうもみつからないとなると、死体の手に入れ方と同じように考えてみようかと。つまり、白いハイエースが現場からどこに行ったのか、あとを追うのではなく、行きそうな場所を先回りして考えてみるというのは」

確かに一理あると星里花は思った。

「このハイエースは偽装ナンバーを付けていただけです。ですからナンバープレートを替えて、普通に使用している可能性もある。これに関しては同車種の所有者をしらみつぶしに外回り班が当たって調べてくれています」

自動車会社の協力の下、同車種の所有者をすべて調べてはいるが、人気車種というないこともあり、去年の国内の販売台数だけで五万台を超えるために、成果はまだ出ていない。

「とは言え、遺体を運んだ車です。犯人がそのまま日常で使っているとしたら、かなりの神経の持ち主になります」

「あんな事件を起こしたのですから、普通の概念で考えるのは無駄な気がしますけれど」

にべもなく宇佐見が言った。そうかもしれないと星里花は思う。同時にそういう相手を追っていることにも気づいて、思わず顔を顰めた。

「まぁ、その可能性はありますよね。でも、ここはあえて普通の発想で考えてみるとして。僕ならば、みつからないように隠します。で、この隠すですが、例えば商用施設や高速のサービスエリアなどの駐車場に置きっ放しにするのでも可能です。謂わば、木を隠すのなら森の中ですね」

「そのまま置き捨てられて問題になっていると聞いたことがあります」

ニュースで話題になっていたことを星里花は思い出した。星里花が見たのは、有料駐車場に代金を支払わずに車を駐め続けたケースで、駐車場の所有者から依頼を受けた代行業者が車の所有者に代金請求をしにいくというものだった。

「夕方のニュースショーで取り上げられてましたよね。僕も見ました。料金が発生する駐車場でも一ヶ月くらいそのままというのも珍しくないのなら、料金が発生しない駐車場となったら、よっぽどまめな管理をしていない限り、誰も気にしないと思います」

その通りだ。駐車料金なしの駐車場を保有する商用施設はいくらでもある。一日で分かるような傷でもついていれば話は別だが、そうでない限り、ただ駐車しているだけだ。夜間は営業していないところも多いだろうが、どこまで管理を徹底しているかは分からない。

「それこそ、定期的に立ち寄って駐める場所を変えていたら、誰も気づかないかもしれないですよね」

特別な発見をした風でもなく、淡々と宇佐見が言う。

確かにそうだ。すぐさま外回り班にこの話をして、駐車場も捜索するべきだと星里花は思った。

「それなら」

勢いこんで言いかける。けれど潮崎に片手で制された。

「次に、処分した場合も考えてみたんです。一般的に考えれば、業者に売却する。あるいは廃車にするの二通りです。廃車にするのなら、運輸支局に届け出なくてはならない。なので運輸支局に該当する届け出がないかと、業者に事件後に同車種の車を売りに来た人がいないかを併せて確認してみてはとアドバイスしてみました。駐車場に関しては地域課の協力を得て、残る二つも人員を再編成して、すでに当たっているようです」

すでに話が進んでいるのなら、そう言ってくれればよいのにと星里花は思う。

「今までのことを踏まえたうえで、改めて伺います。正木さんが車を隠すのならば、どうしますか？」

駐車場に置く、業者に売る、廃車にする。この三つ以外で車を隠す方法はなんだろうか。潮崎が答えを促すようにこちらを見つめている。妙に緊張して頭が働かないが、ようやく一つ答えが浮かんだ。

「人目のつかないところに乗り捨てる？」

自信がないせいで語尾が上がってしまった。潮崎は頷くでもなく、さらに「人目につかないところですか。例えば？」と訊ねてきた。

「人の来ないところですから、そうですね、山の中とか」

口に出したことで、イメージが湧いてきた。さらに「港でも海水浴場でもない海の近くとか」と続けると、潮崎が微笑んで頷いた。

「僕もそう考えました。そこで発想の転換です。犯人はそういう場所に行きたい。となると」

言いながら潮崎は地図上の第三の事件現場の幡ヶ谷に人差し指を置いた。

「現場からそういう場所に至るルートで、よりゴールに近いというのか、例えば脇道に繋がる分岐などに焦点を絞って捜すというのもありなんじゃないかな、と。現状、現場から外に向かって放射線状に防犯カメラの映像を追っています。このままじわじわとさらに三百六十度、全方向に広げて追っていくより、そういう場所に近いところの映像を取り寄せて捜す方が、少しは効率的ではないかと思うんですよ」

だが、「そうですか？」と宇佐見が異を唱えた。

「例えば、都内の駐車場に駐めておいて、ほとぼりが冷めた頃に移動する可能性もありますよね？」

宇佐見の言う通り、犯人がいつ車を移動させるかは誰にも分からない。

「その可能性を除外するわけではありません。ですが、ポイントを決めて、その部分は定期的に確認してみたら？という提案です」

白いハイエースが映っていなければ、そのルートに犯人が車を進めていないとなる。

「それなら一理ありますね」

今度は宇佐見も同意する。

「正木さんはどう思われますか？」

あわてて星里花も「私もそう思います」と答えた。

「良かった！」と言うと、潮崎は地図から指を離して、胸の前でぽんと一つ、手を合わせた。

「実はすでに昨晩、いくつかポイントを決めて防犯映像を集めて欲しいと頼んでました。そろそろ届く頃なんですよ」

今回もまた、潮崎は一人で話を進めていたのだ。

新しい映像が届き、ひたすら見て白いハイエースを捜す。三人はずっとそれを繰り返している。潮崎の発案で新たに大量の映像が持ち込まれることになるが、そうだとしてもそれが何だと言うのだ。粛々と職務をこなすだけだ。わざわざクイズ形式にして話す必要などない。

そのとき、「ご依頼の映像です」と声が掛かった。

「待ってました！　ありがとうございます」

輝くような笑みを浮かべて潮崎が声の方へと向かった。

「ポイントとして選択したのは国道です。東京に隣接している神奈川、埼玉、千葉方面で、すでにチェック済みのところから外に向かって進めて、より人目のつかない山間部などへの分岐点を選びました」

地図上に届いたＤＶＤを場所ごとに置く。

「神奈川から静岡を」

言いながら宇佐見がＤＶＤを手に取った。残るのは埼玉から群馬と栃木《とちぎ》と、千葉と茨城だ。

「埼玉方面にします」

深く考えずに星里花は選択した。

「あの～、千葉方面のほうがよろしいのでは？」

恐る恐るという体で潮崎が訊ねてきた。理由が分からず首を傾げる。

「千葉の方が海辺があるし、景色も変わるので、少しは楽しく作業できるのではないかと」

長時間に亘る映像確認の作業は、座り続けて腰も痛くなるし、目の疲労も激しくて確かに苦痛だ。だが今しているのは捜査だ。作業に楽しいも楽しくないもない。潮崎なりの配慮なのだろうが、このやりとり自体に徒労を感じる。星里花は大きく鼻から息を吐き出すと、無言で埼玉方面のDVDを手に取った。席に戻り、ハードディスクにDVDを入れていると、「苛立ちには共感しますが、さすがにどうかと思います」と宇佐見に言われた。

上役である潮崎を無視したのは部下としてありえない態度とは思う。だがそれを言うのならば、宇佐見の方が潮崎に対する態度は良くない。

「潮崎警視への態度ではないです。もとより正木さんはせっかちで行動が荒い。何か動作をするごとにかなりの音を立てている。それに潮崎警視に対する苛立ちが加わって、日々、行動の荒さが増しています。今もDVDをセットするだけなのに、何度も乱暴にボタンを押す必要はないし、まして強い力で無理矢理押し込む必要もありません。機械が傷むだけです」

立て板に水のように態度の悪さを指摘された。自分ががさつだという自覚はあるだけに言い返せない。

「何より鼻息が問題です」

――鼻息？

あまり出てこない単語に、思わず星里花は宇佐見の顔を見つめた。

「まぁ、警視と離れれば収まるとは思いますが、一応、お伝えしておきます」

宇佐見が画面に目をやった。

「女性だからおしとやかにしろとか、男性だから逞《たくま》しくあれとか、そんなことはナンセンスだと私は思っています。ですが、何かしら周囲に対する効果を狙って意識してやっているのならさておき、無意識で周囲にはっきり聞こえるほどの鼻息を吐くのはどうかと思います」

そんなことになっていたとは知らなかった。思わず両手で鼻を押さえる。そのときようやく宇佐見がこちらに顔を向けた。

「地図上の付箋が動いてました」

言いながら、右手を上げると指先をひらひらと動かしてみせる。星里花は顔が熱くなっていくのを感じた。きっと真っ赤になっているに違いない。

宇佐見は言い終えると姿勢を戻した。何事もなかったかのように、画面に見入っている。

指摘自体には感謝するべきなのは分かっている。けれど言い方と適した場所とタイミングを選ぶべき内容だ。お礼を言わなければというのと、文句をつけたい気持ちがない混ぜになる。どうしていいのか分からない。何よりすでに宇佐見は作業に戻っている。今更話を蒸し返しても仕方ない。星里花も画面に向き直る。気持ちを落ち着かせるために、一つ鼻から息を吐いた。そのとき宇佐見がこちらを向いた。

「鼻の穴に豆を詰めて飛ばしたら、さぞかし遠くまで飛ぶと思います。特技があっていいですね。私は無芸なものでうらやましいです」

しれっとそう言うと、宇佐見は向き直ってまた作業に戻った。

――また、嫌ごとを言う！

憤懣《ふんまん》やるかたない気持ちが体中に溢れる。大声で叫びたいが、捜査本部内ではもちろんできない。かといって、このままではまた盛大に鼻息が出そうだ。星里花は口をわずかに開き、細く長く息を吐き出した。

――やはり、千葉にすれば良かった。

星里花が後悔しだしたのは午後六時、新たに潮崎が定めた場所の映像確認を始めて五時間が過ぎようとする頃だった。

埼玉県から群馬県や栃木県に続くポイントは、基本的に内陸地で風景が似通っている。捜しているのは白いハイエースであり、背景は基本的に関係ない。とはいえ、一カ所のＤＶＤを、それも十二月三日から二十日までの十八日分、見終えて新たな物をセットしてもさして代わり映えしないとなると、さすがにうんざりしてくる。

隣の席の潮崎の画面には、背後に海が映り込んでいた。その前の背景は山だった。神奈川から静岡を担当している宇佐見も、潮崎と同じくポイントごとに背景が変わっているはずだ。

——こんなことなら、あのとき勧めに従っておけば。

今からでも、交換を願い出てみようかと考える。潮崎は二つ返事で応じてくれるだろう。けれど自ら選択したのだし、途中で換えて欲しいと言い出すのは負けた気がする。気合いを入れ直して、画面を見つめる。

今見ているのは、国道二五四号線の市野萱《いちのかや》大橋の道路カメラだ。中央線のない道の右側は上り車線、左側が下りの車線になっている。手前から緩やかなカーブが続く最奥は、右に大きくカーブしていて、その先が見えない。観光シーズンの日中ならばともかく、十二月の夜となると車はほとんど通らない。あまりに車の姿がないために、さながら静止画を見ているような錯覚にすら陥りかける。

画面の中で十二月四日が始まった。朝日が出て来て、徐々に画面全体が明るくなっていく。早送りで見ているのであっという間に日の出が終わる。このあとは太陽の動きに合わせて影の位置が変わり、やがて日暮れになって暗くなっていくだけだ。ふと、道路を何かが横切った。犬か猫かタヌキか、とにかく何か小動物だろう。他のポイントで動物の姿をみつけたときは、それなりにテンションが上がった。再生を止めて巻き戻して見たりもした。だが、もはやそんな気にはならない。ときおり宇佐見と潮崎の様子を窺うが、二人とも顔には何の表情も浮かんでいない。能面のような顔で、ただ画面を見続けているだけだ。

——あと、十七日分か。

市野萱大橋を見終えても終わりではない。まだ群馬県道四八号線の下仁田安中倉渕《しもにたあんなかくらぶち》線磯部《せんいそべ》アンダーと、四〇六号線の道の駅「くらぶち小栗《おぐり》の里」付近をはじめ、群馬県内だけで十カ所以上残っている。

——とにかく、みつけなくちゃ。

一つ深呼吸して、また画面に目を向ける。そのとき、手前から奥に向かって白い物が走り抜けていった。

——今のって。

停止ボタンを押す。またもや力が入ってしまい、大きな音が鳴った。だが、そんなことはどうでもいい。巻き戻して、今度は普通に再生する。画面の中を白いハイエースが進んで行く。星里花は停止ボタンを今度も強く押した。左右から潮崎と宇佐見の二人の視線を感じるが、気にしている場合ではない。画面にぐっと顔を近づけて、車のナンバープレートを注視する。なんとかぎりぎり読み取れそうだ。

——品川599、あ23—××。

三カ所で目撃された白いハイエースのナンバープレートは全て違う物で、実在していない偽造ナンバープレートだった。そのどれとも合致はしていない。

「品川599、あ23—××」

姿勢を戻しながら、星里花はナンバーを声に出して読み上げた。それがどうしたとばかりに訝しげな顔で潮崎が見つめてくる。星里花も潮崎を見つめる。

「品川599、あ23—××。品川599、あ23—××」

伝えるべき事があるのに、ナンバーを連呼することしか出来ない。首を傾げた潮崎がちらりと画面へ目を向ける。次の瞬間、音を立ててイスから立ち上がると、画面をつかんで顔を寄せていた。

「——宇佐見君」

気の抜けたような声で潮崎は宇佐見の名前を呼んだ。それに対して、宇佐見は至って冷静な声で「東京都運輸支局に確認します」と返してきた。

十二月二十七日

「おっはよーございまーす！」

やたらと明るい声で挨拶しながら潮崎が現れた。星里花も「お早うございます」と挨拶を返す。

昨日、星里花は国道二五四号線の市野萱大橋の道路カメラの映像から白いハイエースをみつけ、ナンバーを確認したところ、偽造ナンバーだと判明した。もちろんこれが犯人の車だと断定は出来ない。けれど、疑わしい車をみつけたことには変わりない。

その後、三人で手分けしてその先の二五四号線新小屋場《しんこやば》橋と七号橋の映像も確認した。どちらにも偽造ナンバーの白いハイエースは写っていなかった。ならばその周辺のどこかで国道から外れたことになる。潮崎は外回り班に偽造ナンバーの白いハイエースをみつけたことを報告し、最後に目撃した場所の周辺を重点的に捜索するように伝えた。

外回り班が車をみつけたところで、その車が犯行に使われたかどうかは調査しなければ分からない。だが、たとえ違ったとしても、疑わしい車を一つ除外出来るし、偽造ナンバーの違反者を逮捕出来る。何にせよ、それまでよりは動きがあったと考えていい。

「今日は昨日とは違います。新しい日って素晴らしい」

昨日の成果ですっかり潮崎は上機嫌だ。もちろん星里花も機嫌は良い。けれど潮崎が言うような新しい日とは思えない。何しろ、今日もまたひたすら映像から白いハイエースを捜すことに変わりはないからだ。もちろん、それが役割だし不満はない。

「さあ、今日も頑張りましょう!」

潮崎の励ましの声に後押しされて、星里花はディスプレーの前にまた陣取る。

一枚DVDを見終えて、また新しいDVDに換える。三倍速でただひたすら映像の中に白いハイエースがいないかを捜す。時間はどんどん過ぎていって、気づけば十一時になろうとしていた。不意に潮崎がイスごと近寄ってきた。驚いてキャスターを転がして距離を取る。

「相変わらず素晴らしい反射神経で」

感心したように言ってから、それまでよりぐっと声を落として「今日のお昼御飯、僕にごちそうさせて下さい。何がよいですか？」と訊ねてきた。どうやら昨日のご褒美のつもりらしい。

昼食をごちそうしてくれるとなると、新宿署御用達の店屋物か署内の食堂になるだろう。一食分浮くのは単純にありがたい。申し訳ないが、新宿署内の食堂のメニューは量こそ多いがさして美味しいとは思えない。当然、店屋物の一択だ。すでにお馴染みになった配達可能なメニューを頭に思い浮かべる。

「食堂や店屋物ではないですよ。一時間、――プラスもうちょっとの昼休み内で食べてこられる場所なら、どちらへでも。例えば、赤羽橋《あかばねばし》で鰻《うなぎ》なんていかがです？　今、電話を入れておけば、着いたと同時に頂けるようにしてくれます。あとはそうですね、銀座でしたら、中華、イタリアン、フレンチ」

スマートフォンを操作しながら潮崎が続ける。前回、甘い物でもと言われて連れて行かれた店のすごさを星里花は思い出して、また、とんでもないところに連れて行かれるのだろうなと思う。

「鰻がいいです」

「選択権は昨日の功労者の正木さんにあります。宇佐見君にはないですよ」

しれっと口を挿んだ宇佐見に、潮崎がぴしゃりと言い返した。鰻と聞いて、すでに頭の中に香ばしいたれの味が甦りはじめていた。口の中にも唾が湧いてくる。

「鰻で」

「分かりました。では鰻で」

潮崎は登録した中から店の番号を捜し始める。豪華な昼食に期待を大にして、星里花はまた映像確認の作業に戻った。潮崎がスマートフォンの画面をタップしてから耳に当てたそのとき、捜査本部の前方から声が聞こえた。

「車がみつかったぞ!」

その言葉に星里花は弾かれたように立ち上がると、声の上がった方へと向かう。

「群馬県道三三号線沿いの廃業した飲食店の駐車場」

受話器を耳に当てた連絡員は、報告を聞いてはその内容を大声で伝える。

「おい、群馬県の地図は?」

都内の詳細地図はあったが、周辺の県の地図はなかったらしく、捜査員が声を荒らげる。自分たちは持っている。それを取りに行こうと戻り掛けたとき、「こっちにありますよ！」と潮崎が大きな声で言った。

「こちらでマークします。場所の詳細を教えて下さい」

「群馬県甘楽郡《かんらぐん》下仁田町西野牧《にしのまき》――」

読み上げた番地を潮崎が地図上で捜す。

「さすがにどんぴしゃな場所とはいかないでしょうが、誤差があっても百メートル以内でしょうから、これで勘弁していただきましょう」

地図上の一カ所を赤いマジックで丸く印を付けてから、「あ、しまった。これだと分かりづらいか。ええと違う色のマジックってありましたっけ？」と周囲に訊ねる。いつもなら顔を顰めたり、中には露骨に舌打ちをする者もいただろうが、捜査員達は興奮しているのか意に介さない。それどころか地図を見るために集まってきて、逆に一番近くにいたはずの潮崎は輪の外に追いやられてしまった。その様子に星里花は苛立ちを感じた。車をみつけられたのは潮崎のアイディアだし、みつけたのは自分だ。なのに、一番の功労者である潮崎も自分も蚊帳の外だ。

「ナンバープレートなし。車内に持ち主に繋がる物なし」

連絡員が報告されたことを復唱する。

「となると、こっちに運んで車台番号かエンジン番号で車の特定をして、それから最終登録者を捜すことになりますね。道のりは長いな。――それにしても皆さんすごい。僕、弾き出されちゃいましたよ」

地図を置いた机を取りまく人の輪の背後から、背伸びして中を覗き込みながら潮崎が言う。なぜかどこか嬉しそうだ。その顔を見ているうちに怪訝な表情を浮かべてしまっていたらしい。

「どうしました？」と、潮崎にそっと問われる。

「なんで嬉しそうなのかなと思って」

周囲に聞こえないように密やかに答えると、「事件解決に繋がるかもしれないんですよ。それに皆さんの士気が上がっています。どちらも嬉しいに決まっているじゃないですか」と満面の笑みで返された。

――変わった人だ。

今更ながら星里花は思った。

車をみつけた賞讃を得るのは潮崎であり、自分であってよいはずだ。けれど潮崎はまったく気にしていないらしい。

「変わっているのではなく、競争心が薄いんでしょう。何しろあのご実家ですから。与えられた物も多いし、持っている物も多い。だから多少失ったところでなんともない」

人の輪の中心部にいたはずの宇佐見が、いつの間にか横に来ていた。宇佐見の見解は間違っていないと星里花も思うが、あまりにシニカルだ。

「人としての器が大きいでいいんじゃないですか？」

こそっと伝える。

「いや、器は小さいですよ」

「さすがにそれは」

珍しく潮崎の肩を持とうとしたそのとき、「それに、――もう一つあるんですよね」と潮崎が密やかに言った。その顔には明らかに何か含みを持った笑みが浮かんでいた。


目顔で外に出るように指示されて、星里花と宇佐見の二人はそれに従う。会議室を出て、四階と三階の階段の踊り場に着いて、ようやく潮崎は話し出した。

「車捜しが重要なのはもちろん分かっています。ですが、僕としては柏――。おっとAにしておきましょう」

柏木と名前を出して、誰かに聞かれたらまずいということだろう。

「移動中のAを捜し出すことを最優先にしたいんですよ」

これはこれで納得は出来る。今、容疑者として浮かんでいるのは柏木一人だと言っても過言ではない。所有しているトラックが冷凍車で、DNA採集を拒否したことから容疑は一気に深まった。だが調査の結果、被害者の物証は何も出なかった。幡ヶ谷の事件に関して言えば、柏木には留置されていたという鉄壁のアリバイがある。二番目の新宿についても事件の数分後に暴行事件を起こして逮捕されている。だが藪長不動産本社とパチンコ店の距離と、事件の起こった時間を考えると、絶対に不可能というわけではない。藪長不動産本社からパチンコ店まで移動している柏木の姿をみつけ出すことが出来れば、アリバイは崩れる。

「現場の周辺の映像は最優先で見ましたが、その中からはみつかりませんでしたよね」

「ええ。でも集められたのは白いハイエースが写っている可能性がある映像、つまり車道が写っている映像だけです」

「その後、A捜しに関して暗黙の了解が得られたので、それ以外のルートの映像も集めて確認しましたが、そちらも空振りでしたよね？」

宇佐見は淡々と潮崎を追い詰める。潮崎が「ええ、残念ながら」と答えた。だが、本当に残念に思っているようには星里花には感じられない。

「防犯カメラは、瞬きしない目と呼ばれています。だから写っていれば決定的な証拠となる」

「逆に写っていなければ無罪の立証になります」

すぐさま宇佐見が言い返す。

「ただ、防犯カメラ以外にも、カメラってあるじゃないですか」

それならば星里花にも想像がついた。個人が持っている携帯ツールだろう。

「個人所有のスマホとかですね」

星里花の答えに潮崎が頷く。

「今や、個人発信の時代ですからね。ツールに撮影機能が付いていて、しかも簡単にネット上にデータをあげられますから、多くの人が画像や映像を撮っては所有したり公開したりしています」

潮崎が言わんとしていることが分かった。さすがにぞっとして恐る恐る訊ねる。

「もしかして、個人のデータを集めてその中から捜すんですか？」

まず、事件当日にその場にいた人を捜し、その一人一人に捜査協力を依頼し、了解を得る。そしてデータの中に柏木の姿がないか捜す。これは、藁《わら》の中から針を探すどころではない。

「いや、今のところは集めてはいません。それは最終手段です」

宇佐見がぼそりと言った。

「公開された中から捜す」

「そうです。場所と時間で画像検索をしています。今のところ、個人的に自分の時間内でしてきましたが、そろそろ本格的に捜査としてしたいんですよね。だから、車の方に動きがあって良かったと思っているんです。これで外回り班はさらにやることが増える」

「車がみつかった周辺の聞き込み、車の最終所有者捜し」

宇佐見が例を挙げる。

「そうです。また人員が必要になる。そうなれば、本部内の人数が減り、僕らに注目する人も減る。あとはやりたい放題です」

嬉々として潮崎が言う。その顔からは人としての器の大きさはまったく感じられなかった。一瞬だが、潮崎の肩を持ったことを星里花は後悔した。

星里花はうつむいた姿勢のまま両手を後頭部で組み、下に向かって力を込めた。固まっていた首筋が伸びていく。手を離し、頭を上げると圧迫から解放されて頭に血が上っていくのを感じる。直前よりは楽になったが、だからなんだと言うくらい肩も首も凝っていたし、腰にも重い疲労が溜まっていた。途中、何度も眠気覚ましも兼ねてスクワットをしているが、焼け石に水状態だ。目薬も新たな一つを使いきった。両腕をだらりと垂らし、両足を投げ出した姿勢の宇佐見は、顔を天上に向けている。目には熱冷まし用の白いシートが載っている。

場所と時間を区切ってSNSの画像検索をすると潮崎は言った。検索、つまり絞り込めるのだ。まして該当する時間も短い。藪長不動産ビル前に三人組の犯人が遺体を運んで火をつけた十一月三十日の午前三時七分から柏木の暴行事件の通報が入った午前三時二十三分の十六分間だ。その中から柏木をみつけ出すのは、偽造ナンバーの白いハイエースを膨大な量の防犯カメラの映像から捜し出したときよりはるかに楽だ。何よりすでに潮崎が独自に作業を進めてもいた。ならば、楽勝だと正直、たかをくくっていた。

　薮長不動産ビルから柏木が暴行事件を起こした西新宿のパチンコ店までのルートにある店や建物の名前をすべて調べ上げ、それらを時刻ごとに一つ一つ入力して検索し、出て来た画像や動画の中に柏木が映り込んでいないかを調べた。薮長不動産ビルの周辺はオフィス街だからもとより人通りは少ない。これといった写真撮影スポットになる場所もないために、画像も動画もほとんど引っかかってこないと予想していた。案の定、みつかったのは、静まりかえった高層ビル群の写真に残業の大変さを嘆く会社員の写真や、忘年会から社に戻らなければならずにぼやきを吐き出す新入社員の動画、あとはライブ終わりで徒歩で帰宅する若手芸人の動画くらいだった。そのどれにも柏木らしき男の姿は映り込んでいなかった。パチンコ店の近くは繁華街だ。そちらに近づけば、人の数も増え、写真や動画の数も増えるはずだ。星里花と宇佐見は二人とも薮長不動産ビル周辺は早々に切り上げて、よりパチンコ店に近い場所へと対象を移した。だがそこに待ったが掛かった。

「写っていなかったら終わりではないですよ」

　不思議なことを言うものだと潮崎を見上げた。

「ツイッター、インスタグラムともにその写真や動画にコメントがあるかを確認して下さい。やりとりの中でそれまでアップした人と一緒に居たと分かる書き込みがあれば、その人のツイートやインスタグラムも見て下さい。検索は便利な機能ですが、引っかかる文言が入っていなければ引っかからないですから。あ、『いいね！』も開いて、押した人のも忘れずに確認して下さい」

宇佐見が顔を顰めて天を仰いだ。そんな大変なことだろうか？　と星里花はその時はまだ思っていた。だがいざ始めて気づいた。

コメントをした人のツイッターやインスタグラムに飛んだはよいが、日付けはリアルタイムとなる。そこから十一月三十日まで遡らなくてはならない。時期も良くなかった。十二月はイベントが多く、SNS活動も活発になり、記事も多い。コメントや「いいね！」の数も多い。しかも十一月三十日に辿り着いたところで記事を上げているかどうかは分からない。みつけたとして柏木らしき姿がない、そしてこれで終わりとはならない。今度はその記事へのコメントや「いいね！」を押した人へと飛んで、また柏木捜しをしなくてはならない。一人から数名に枝分かれし、その一人一人からさらに広がっていく。やってもやっても終わりが見えない。

「理論としては間違っていませんが、よくこんな方法に気づきましたね」

うんざりしている風でもなく、さりとて感心もしていない、淡々と宇佐見が潮崎に告げた。

「これはですね、ファン活動をしている人が情報収集するためにする手法なんです」

得意げに潮崎が答える。

「アイドルとかのファンですか？」

「アイドルに限りません。俳優やスポーツ選手、声優、お笑い芸人、作家や漫画家、最近ではユーチューバーまでと幅広く、すべてのファン活動に該当します。強いて言うのなら、知名度の高い人よりも、低い人のファンの方がよくされているようです」

潮崎はディスプレーに目を向けたまま説明を続ける。

心を寄せる相手の全ての情報を得たいファンは、ネット上で対象人物の名前でパブリックサーチを頻繁に行うのだと潮崎は言う。

「知名度が高ければ情報量はもとから多いですからね、簡単に手に入る。でも低いとなかなか見つからない。だからファンは頻繁にパブリックサーチをする。検索に引っかかるようにハッシュタグや名称を入れている人はさておき、あえて検索に引っかからないように名前やキーワードを伏せてファン活動をしている人もたくさんいる。それこそツーショットの写真だとかの場合、たとえ自分の顔をスタンプなどで隠したとしても、拡散したくないという人は多い。それらをSNS上から探し出す方法が、これというわけです。いやぁ、好きなものへの情熱ってすごいです。やっていることは我々警察官の捜査と一緒ですものね。地道にこつこつ、一つ一つ調べていくのですから」

感心した声で締めくくった潮崎は、「そうだ！」とあわてて付け足す。

「肝心なことを伝え忘れてました！　鍵を掛けている人がいたら教えて下さい。僕が自分のアカウントから連絡を取りますので」

目の下にくまが刻まれた顔で潮崎がにっこりと微笑む。星里花もなんとか笑顔を作ってそれに返した。

そうして三人でネットの海を掘り下げる作業を始めて、八時間が経とうとしていた。イスの背もたれのきしむ音が聞こえる。見ると宇佐見がディスプレーに向かって姿勢を正していた。

星里花も姿勢を戻す。作業再開だ。パチンコ店にほど近い商用ビルの名前を入れて検索を開始したそのとき、「金脈をみつけたかも知れません」と、潮崎の押し殺してはいるものの興奮した声が聞こえた。すぐさま立ち上がってその背後に回る。

「カラオケ店で検索したら、けっこうな数が引っかかりまして」

画面の中にはかなりの量の画像が列んでいる。

「女性ばかりですね」

画像に写っているのはほとんどが女性だった。そのうちの一つを潮崎が開く。

「――ルディア様聖誕祭?」

書かれたコメントを星里花が声に出して読み上げた。

「ちょっと待って下さい」

潮崎が自分の携帯電話を取りだそうとすると、すでに検索をし終えた宇佐見が「十五年前から四年間放映されていたアニメのキャラクターです。十一月三十日がキャラクターの誕生日という設定だそうです」と手にしたスマホを見ながら読み上げた。

「この人達は、アニメのキャラの誕生日を祝っているってことですか？」

星里花は思わず声に出していた。

「珍しいことではないですよ。漫画やアニメのキャラの誕生日をファン同士で祝うのは」

平然と潮崎が答える。

「でも、十年以上前に放送が終わっているんですよね？」

「ずっと好きでいつづけているからこそでしょう」

言いたいことは分かる。だがファン活動なるもの自体をほとんどしたことがない星里花には、やはりこの熱意は理解できない。

「どうやらファンの一人がSNSで声がけして集まったらしいです」

画像の一つにつけられたコメントを読みながら潮崎が言う。

「こういう集まりだと、『いいね！』やコメントも多いですから、もしかしたら」

潮崎の手の動きが速くなった。一つのアカウントを開けては十一月三十日まで遡る。

「おっと、このエアリプは見逃せません」

「エアリプ？」

「エアーリプライ。ふつうは誰かの書き込みについて何かを伝えたい場合、直接リプライします」

「それくらい知っています」

アカウントこそ作っていないがツイッターの知識くらいは星里花も持っている。

「ですが直接リプライしなくても、呟きさえすればフォロワーのタイムラインに上がるから読むことは出来る。それでフォロワーは察するわけです。その呟きが自分に向けられたものかどうかを。それがエアーリプライ。空に放つ呟きという意味です。略してエアリプ」

それなりに知っているつもりだったが、これは初めて知った。「知りませんでした。ありがとうございます」と、素直に星里花はお礼を言った。

「正木さんのそういうところ、素敵だなぁ」

手を止めずに潮崎が言う。

「そういうところとは？」

「見栄を張らないところです。分からないことは素直に分からないと言う。そして教えて貰ったらお礼を言う」

とつぜん褒められてどう返してよいのか困っていると、「普通のことじゃないですか？」と宇佐見が口を挿んだ。

「宇佐見君も自分を大きく見せない人でしたね。うん、宇佐見君には普通でも、世間一般的にはけっこうそうでもないんですよ。そういう意味で言ったら、僕は幸せ者です。二人とも、実に良い人で、良い部下です。本当に僕は恵まれています」

嬉しそうに言いながら、潮崎は着目した『お疲れ～、気をつけて帰ってね！』という短い書き込みにつけられた「いいね！」を開く。七名のアカウントが列んでいた。

「つまり、この中の誰かに向けて呟かれたということですね」

「そういうことです。その人が何か呟いていてくれたりすると、もしかするともしかするかも、ということです」

潮崎はアカウントを開けては日付けを遡る。三人目までは空振りが続いた。これ以上横で見ていても仕方ない。自分も再開しようと星里花が席に戻ろうとしたそのとき、

「——あった」と潮崎が呟いた。すぐさまその後ろに戻る。あったのは、画像の右端にわずかに写る男の後ろ姿だった。ジャンパーとズボンを着用していることくらいは分かるが、とてもではないが柏木だと断定は出来ない。

「これが何で」

潮崎が無言でディスプレーを指さした。

「オヤジがウィスキーの瓶をラッパ飲みしながら全力疾走してる。何、怖っと思って見たら、今度は頭から浴びながら走っている。何のビクトリーラン？」

星里花が黙読していると、機械のように感情のこもらない声で宇佐見が声に出して読む。

「これって、可能性ありますよね？」

潮崎の声は震えていた。

十二月二十八日

十二月二十八日の午後二時四十分、武本は第二当番の交代時刻の二十分前に留置事務室のドアを開いた。

「絶対に大金星じゃないですか?」

「だよな! 表彰確定だよ! うっわ、本部にいたかった!」

事務官の増田の興奮した声に続けて、留置担当官の福山の悔しそうな大声が耳に飛び込んできた。

「武本さん、聞いて下さいよ!」

珍しく増田が話しかけてきた。

「と言うか、もう知ってます?」

「何をで——」

「ウチに留置してた柏木、どうも一連の事件のホンボシらしいんですよ」

武本が最後まで言い終える前に増田は話し始めた。

「犯人達が使っていた偽造ナンバーの白いハイエースの所有者がみつかったのは知っ

てますか？」

二十六日に潮崎たちが国道二五四号の道路カメラから偽造ナンバーの白いハイエースをみつけ、さらに昨日、それらしき車を発見したことまでは知っている。だが面倒事を避けるために「いえ」と答えた。

「昨日、車がみつかって、車台番号から最終登録者を割り出したんです。所在は突き止めたものの、埼玉県の介護老人施設に住んでいる八十五歳の老人で」

それだけ聞くと、車の最終所有者が一連の事件の犯人とは思えない。車にはナンバープレートはなく、さらに犯行に繋がる証拠も何一つ出てこなかった。唯一発見できたのは二本の白髪のみと聞いている。ならばその車は犯行に使用されたものではなく、ただ不法投棄されただけなのだろう。

「でも話を聞いたら、柏木に売ったって言うんです！」

増田の言葉は武本に衝撃を与えた。

「車の所有者は九月まで高速のサービスエリアで車上生活をしていたんです」

男は家族を捨てて、すでに五年以上車上生活をしていた。だが今年の九月の頭に体調を崩し、これ以上は同じ生活を維持できない状態になった。そこで家族に連絡したものの受け入れては貰えなかった。途方に暮れた男に救いの手を差し伸べたのは、同じサービスエリアを利用していたトラック運転手の柏木だった。介護老人施設に男が入れたのは、柏木が役所に連絡してくれたからだ。介護老人施設に入ったあとも、柏木は面会に訪れた。そして十一月半ばに、柏木から車を売って貰えないかと頼まれた。もはや運転も出来ないし廃車にするだけだったこともあるし、何よりも恩を感じていた柏木の頼みだ。男は二つ返事で車を柏木に売った——。

増田の声は聞こえていた。内容も理解できた。だがどこか現実味が感じられない。

「名前を言っても分からないだろ。新宿の事件の同日に暴行事件で来た男です。俺と武本さんの二人で調書を取った」

福山も興奮した声で話している。だがこちらもまた実感がない。武本が思い出せないと思ったらしく福山がさらに続ける。

「暴行事件自体取り下げになって釈放されたあとに、芝浦の事件の被害者が前に住んでいた町の住人で、ウチの事件の被害者とも接点があったと分かって、しかも冷凍車を持っていて、もう一度呼んだ柏木ですよ」

増田が情報を追加する。

「あれだけ騒ぎになったのに、覚えてないってあります？」

増田の呆れた声に「いえ、覚えています」と武本は返した。そして話の続きを待ったが、なぜか福山、増田ともに口を噤んでしまった。しばし沈黙が続いた。仕方なく、武本から「それで？」と続きを促す。

「え、ああ、柏木に逮捕令状が出るそうですよ」

——柏木が逮捕される。

そう聞いても達成感は湧かず、浮かんだのは疑問だった。

幡ヶ谷の事件で使われた偽造ナンバーの車が走行していた付近で、不法投棄された同車種同色のナンバープレートのない車が発見された。だが事件に繋がる証拠は出てこなかった。つまり、事件に使われたかどうか分からない。柏木は車を所有していただけだ。数日前の冷凍車のときと状況は一緒だ。まして柏木の冷凍車からは何の証拠も出なかった。ならば今回も任意の取調べになるはずだ。だが増田は逮捕状が出たと言った。

「なぜ逮捕状が？」

そんな質問をされるとは思っていなかったのだろう、増田は戸惑って答えられないでいる。

「出たのはおかしいって言うんですか？」

武本が否定的だと勘違いした福山が尖った声で言ってきた。

「状況は冷凍車のときと同じです。ならば逮捕状にまでは至らないのでは？」

「藪長不動産ビル前の事件発生時から暴行事件現場のパチンコ店まで、移動している柏木らしき男をSNSに上げられていた写真と動画の中から本部がみつけたんですよ。その二つが重なって、ついに踏みきったんです」

まるで自分の手柄のように増田は得意げだ。

SNS上の写真と動画から柏木らしき男をみつけたのは潮崎だろう。偽造ナンバーの白いハイエースをみつけたのに続いてのお手柄だ。賞讃されてしかるべきことを潮崎は二度も成し遂げた。だが武本は、ここに至るまでの本当の経緯を知っているだけに複雑な心境に陥っていた。

「今、向かっているので、今日中に逮捕して、ウチに連れて来るって話です」

福山の声に我に返った。

「そうですか、ありがとうございました」

武本はそういうと一礼した。

武本から離れた福山と増田の二人が、こそこそと話し出した。

「なんであんなに冷静なんですかね」

「自分が携わっていない事件には、興味ないとかなんじゃないの?」

二人の否定的な言葉は聞こえていた。けれど武本にはどうでもよかった。頭を占めていたのは柏木だった。

――犯人なのだろうか?

武本はそこで考えるのを止めた。

――真実はいずれ明らかになる。

数分後には勤務が始まる。武本は準備に取りかかった。

十二月二十九日

1

二十九日の午前十時二十二分、第二当番を終えた武本は階段を下りて行く。建物の中に緊張感とも興奮ともつかない空気が満ちているのを感じる。理由は分かっている。今朝八時四十五分に一連の事件の被疑者として柏木が逮捕され、新宿署に連行されたからだ。

四階を過ぎたところで、踊り場に人が居るのが見えた。潮崎警視と正木巡査だ。見下ろす潮崎の顔にははっきりと疲労が刻まれている。何よりどこか浮かない表情だ。踊り場まであと二段となったところで、武本は「口を開きませんか」と言った。潮崎は一つ息を吐き出すと、「ええ、残念ながら」と答える。つづけて横の正木に「僕の顔を見て察して下さったんです。刑事たるもの、こうでなくては」と伝えた。踊り場に辿り着いて武本は立ち止まる。潮崎が再び話しだす。

「柏木のＤＮＡは採取して鑑定に回しました。あとは待つだけです」

ＤＮＡ鑑定結果が出るまでには最速でも二十四時間以上は掛かる。それにこれだけの事件だ。慎重を期して何度も確認をするだろう。さらに鑑定書を書くのにも時間を要する。

「柏木所有の冷凍車からは事件に繋がる証拠は出て来ていません。犯行に使われたと目される白いハイエースもまたしかりです。柏木が乗っていたという物証は皆無でした。吉井殺害及び放火事件の直後に暴行事件を起こした現場まで移動している柏木らしき人物の画像や動画はみつけたものの、犯行の証明にはならない。ましてみつけた人物が柏木だという立証もまだ出来ていません」

潮崎の眉間には深い皺が刻まれている。

みつけた移動中の男が柏木だと判明した、だから逮捕令状が出たのだと武本は思っていた。

「よく令状が出ましたね」

「ここまで来ると、さすがに偶然が重なったとはならないでしょう」

右手で潮崎は顔をさすると、先を続ける。

「柏木は完全黙秘しています。このままでは、また証拠不十分で帰すしかありません」

密やかな声で言い終えると、潮崎は肩を落とした。

「動画や画像の男が柏木だという立証のための捜査は進めているじゃないですか」

潮崎を励ますように言った正木の顔にも疲れが色濃く浮かんでいる。

「ウィスキーの瓶を煽りながら走って来て、さらには頭からウィスキーを浴びる男を見たというコメントと、男の後ろ姿の写真がＳＮＳにあがっていたのをみつけたんです」

――確かに、酒臭さかった。

留置されたときの柏木を武本は思い出していた。

走りながらウィスキーを生のまま飲み、さらに頭から浴びたのならば、よっぽどアルコールに耐性がない限り、急激に酔うだろう。浴びていたのならあの酒臭さも納得だ。

「あれが柏木ならば」

「ウィスキーの瓶ですね」

柏木は逮捕時にウィスキーの瓶を持っていなかった。その男が柏木ならば、どこかで瓶を捨てたことになる。

「その通りです。ですが時間が経っています。路上だろうと、移動ルート中のゴミ捨て場だろうと、すでに収拾されてしまっています」

事件発生からじきに一月経とうとしている。さすがに瓶が残っているとは思えない。失望した武本はわずかに眉間に皺を寄せる。

「でも警視がみつかる可能性があると提案されて」

すかさず言葉を発した正木に、「先輩の表情を見抜いたんですね。先輩で出来れば、他の人なんて楽勝です。刑事として一つ向上しましたね。うん、実に素晴らしい」と、嬉しそうに潮崎が讃えた。

武本の外見、ことに顔や表情について、潮崎は往々にして礼を欠く。悪意がないのは分かっているが、未だに納得はしていない。

「資源ゴミ、特にアルコールの瓶となると、一つ可能性があるんじゃないかと気づいたんです」

「路上生活者ですね」

正木が目を丸くして武本を見つめている。

「驚くのは失礼ですよ、正木さん。気づいて当然です」

窘められた正木が「すみません」と謝罪する。

「今、外回り班に当たって貰っています。運がよければ瓶がみつかるかもしれない。さらに運がよければ柏木の指紋もついているかもしれない。ですが」

「だとしても、柏木が犯人だという証拠にはならない」

武本は潮崎が言おうとしていたであろうことを先回りして言う。

「そうです」

頷いて言うと、潮崎は口を噤んだ。

柏木の指紋がついた瓶がみつかり、拾得者が事件当日に拾ったという証言があったとしても、ただ酒を飲みながら走っていたというだけだ。柏木の犯行の証拠にはならない。

「勇み足だったのかもなぁ」

ごしごしと顔を手でこすりながら潮崎が言う。潮崎には珍しい弱気な発言だ。だがそう言いたい気持ちは分かる。このままでは柏木は証拠不十分で釈放される。捜査の積み重ねで、納得したからこそ逮捕令状を請求するに至ったし、裁判所も納得したからこそ出した。けれど、実際に犯人逮捕に至らなかった場合、その非の責任は問われる。新宿署の捜査本部のトップはもちろんだが、原因となった潮崎の経歴にも残される。

武本はいたたまれなくなった。

「申し訳ございません」

潮崎に深く頭を下げる。

「やめて下さい。謝罪していただく理由がありません。それに、人目があります」

最後の言葉に、武本はようやく姿勢を戻した。潮崎達は勤務中だ。いつまでも引き留めてはおけない。

「それでは」と挨拶して武本は階段を下り始めた。

「よろしくお願いします」

振り向いて見下ろすと、潮崎が深々と頭を下げていた。隣で正木も同じくしている。武本は何も答えずに先に進んだ。言葉に出しこそしていないが、潮崎の言いたい内容の想像はつく。柏木を見て何か気づいたら知らせて欲しい、だ。

言われなくても柏木には留意している。柏木に限らず留置人全員だ。それが留置管理官の仕事だからだ。留置人の異変に気づいた場合は、台帳に記載し、取調べを担当している刑事に話を回すことになっている。前回はそれを守らなかった。その結果が今の状況だ。だからもしも何かに気づいたら、今度は必ず筋を通す。そう武本は心に決めた。

——申し訳ない。

心の中で武本は潮崎に再び詫びた。潮崎の期待を裏切ることになるが仕方ない。

2

いよいよ年の瀬だな、と鳩羽は壁に掛けられた時計の日付けを見て思った。今年は正月はないと考えるしかない。大掃除や正月の準備、さらには親戚づきあいまで、すべての行事を妻が一人でしなければならないことに、申し訳なさを感じる。

「どうかしましたか？」

鳩羽のぼんやりした様子が気になったのだろう。遠藤が訊ねてきた。

「いや、別に」と応えたのに、「それでは捜査会議を始める」という藤原管理官の声が重なった。

長机に等間隔で置かれたパイプイスに捜査員が列んでいる。もはや見慣れた光景だ。いつもと同じく藤原管理官の司会の下、それぞれが知り得た情報が報告されていく。だが新宿署の捜査本部が柏木を容疑者として逮捕したという一報が入って以来、以前のような熱気は会議室内からは感じられない。

芝浦、新宿、幡ヶ谷の三つの事件は共通点が多い。だから犯人も同一だという見解で捜査方針が決められ、情報は三つの本部で共有されている。犯人が逮捕されて三つの事件が解決することを、捜査員の誰もが願っている。だが他の本部ではなく、自分たちでという気持ちはやはり強い。

遅れを取った。その悔しさが捜査員の一人一人から重苦しく立ち上り、室内の空気はどんよりしている。藤原管理官に指名された捜査員達が順次、報告をする。空気の重さは悔しさだけではないだろうと鳩羽は思う。三田署は花栄町の住人の聞き込みを続けていた。被災者である住人から出て来た話は、どれも胸が痛むものばかりだ。だが直接、犯人に結びつきそうな話は結局一つもない。元医師という職業に就いていた磯山には、他の住人たちよりも深い嫌疑を内心に秘めて会った。だがそれも空振りだった。エントランスの防犯カメラも確認してみたものの、事件が起きた三日とも、磯山が出入りしている映像はみつからなかった。捜査員の報告は続いている。だが捜査本部が立てられて日が経つと、本部内での捜査の進展は、ほぼリアルタイムで捜査員の耳に入る。目新しいものは何もないと分かっているだけに、鳩羽はぼんやりと報告を聞いていた。

「新宿と代々木の進展報告に移る」

藤原管理官の声に、ようやく鳩羽は気を引き締める。立ち上がった捜査員が手に紙を持って話し始めた。

「幡ヶ谷の被害者の身柄は未だ不明」

幡ヶ谷の事件が起こったのは十二月四日のことだ。二十日以上過ぎてもまだ身元不明のままだ。自分の知り合いではないかという問い合わせが事件発覚当初は幾つも代々木署の捜査本部に入っていたが、今となっては一つもない日も増えてきたという。

世知辛いなと、鳩羽は思う。だが同時に心のどこかで、未だ身柄が判明しないことにうらやましさも感じていた。被害者が誰か分かれば、代々木署の本部はそこから新たに捜査を開始できる。だが三田署の本部には、新たな情報はもはや出て来ない。被害者鈴木の人間関係は調べ上げた。唯一残っているのは、鈴木の死因だ。首吊りによる自死なのか、絞殺――他殺なのかが、遺体の表層部が焼失してしまったために、未だ判断がついていない。防犯カメラに写っている犯人達が遺体損壊罪しか犯していないのなら、殺人犯は別にいることになる。だがそこに関しては、現状は捜査を進めようもない。

「継続して、犯人二名を捜査中です」

報告が終わり、イスが床をこする音が聞こえる。次の連絡員がイスを乱暴に引いて大きな音を立てた。

「新宿署です」

室内の空気が一気に変わった。捜査員全員が連絡員に注目する。

「被疑者柏木は黙秘中。弁護士も依頼していません」

犯人でないのなら、嫌疑を晴らすために何か話すはずだ。なのに柏木は新宿署に連行されて以来、一言も話していないという。

——舐めた野郎だ。

胸の中で吐き捨てる。

所有している冷凍車、そして新たにみつかった柏木が購入して不法投棄されていた白いハイエースのどちらからも、犯行に繋がる証拠は何一つ出てこなかった。

「柏木が捨てた瓶を路上生活者が拾っていないかという線で、今当たっています」

もう一つ逮捕の要因となった、新宿署の本部がみつけた犯行時刻近くに酒を飲みながら移動する柏木らしき人物の画像や動画についても、たとえ柏木の指紋がついた瓶がみつかったとしても、その時刻にその場にいたというだけだ。犯行自体には直接繋がらない。

柏木はそれが分かっている。だから黙秘を続けている。残るは鈴木の遺体から採取された皮膚片だ。ＤＮＡが一致すれば、鈴木の死体遺棄及び放火事件に柏木が関与したのは立証される。一致しなければこの件の容疑は薄まるだろうが、どちらにしても吉井の事件については何の証拠もないことには変わりはない。

「逮捕は本日午前八時四十五分。本部は送検を決定しています。以上です」

送検してから検察官が裁判官に勾留請求をするまで二十四時間、その日のうちに勾留決定となるだろう。そこから十日間、さらに勾留延長して十日間。今日も含めて二十二日しかない。ＤＮＡが一致しなかった場合、それまでに証拠を捜し出さないと起訴は出来ない。

――時間がない。

体内が焦りともどかしさで満たされていくのを感じる。そのとき、ぎりぎりっと耳障りな音が聞こえた。見ると左隣に座っている遠藤から鳴っている。歯ぎしりだ。無言で遠藤の右足を軽く蹴る。遠藤がはっとすると同時に歯ぎしりが止んだ。

「それでは本日もよろしく頼む」

藤原管理官の会議終了の掛け声とともに、捜査員達がイスを鳴らして一斉に立ち上がった。

「今からだと、首都高混んでますよね。一時間半なら御の字かな」

腕時計を見ながら遠藤がぼやいた。時刻は四時になろうとしていた。

平日だとしても夕方以降の首都高は混んでいる。まして十二月二十九日、年末だ。神奈川県を横断し、都内の三田署まで車で帰るのだ。遠藤の言う通り、一時間半ならば早いほうだ。

捜査会議が終わってすぐに、鳩羽と遠藤の二人は今は静岡県に越した花栄町の元住人を訪ねに向かった。

「けっきょく、今回も空振りでしたね」

元住人の小石川《こいしかわ》は、住宅ローン返済に苦しんでいたところに、静岡県熱海《あたみ》市でみかん農園を営む八十歳を過ぎた父親に介護の必要性が生じたこともあり、実家に戻って同居することにした。小石川も吉井を恨んではいた。だが犯行日はみかん農家としてのかき入れ時で、収穫と出荷に追われていた。どの日も実家を離れていないのは、やりとりした農協職員を始め、自宅に来訪した介護ヘルパーからも証言が取れた。

「じゃぁ、戻りますか」

言いながら、遠藤が運転席のドアに手を掛ける。そのとき、鳩羽の背広の胸ポケットに入れていたスマートフォンが振動し始めた。取り出してディスプレーを見る。藤原管理官だ。着信ボタンを押して耳に当てる。鳩羽が言葉を発する前に「今すぐ戻って来い」と藤原管理官が言った。

何か動きがあったのだ。助手席に乗り込みながら「何が」と鳩羽は訊ねる。

「磯山と牧原の二人が自首して来た。ウチにだ。とにかくすぐに戻れ」

そう言うと藤原管理官は一方的に通話を切った。

鳩羽は耳からスマートフォンを離すと、そのままディスプレーを凝視した。頭の中で今聞いたばかりの藤原管理官の声が繰り返される。

「どうしました?」

遠藤の声に、鳩羽は我に返る。

「今すぐ車を出せ!」

思わず怒鳴っていた。その剣幕にただならぬものを感じたらしい。遠藤は何も言わずすぐさま車を発進させた。

3

「鈴木さんとの再会は偶然でした」

イスの背にもたれることなく、かといって背筋を伸ばすでもない。力の抜けた自然体で磯山は話し始めた。藤原はマジックミラー越しにその姿をじっと見詰める。

「今年の春、四月下旬のことです。正確な日付けが必要だとは思いますが、すみません、さすがに覚えていません」

磯山の元を訪れた鳩羽と遠藤の調書に改めて目を落とした藤原は、現役時代に医師として職業柄、警察と付き合いがあったからこその言い回しだなと思う。

「退職したものの暇ですし、お金も貰えるのならと企業の健康診断のアルバイトをしていました。江東区の企業に伺ったときに、道で鈴木さんから声を掛けられました。正直、すぐには分かりませんでした。以前の面影はまったくなく、痩せていて雰囲気も荒んでいましたし、髪も伸びていて、何より服装が。以前は、いつも全身素敵な服を着ていたんですよ。それが首周りがこう、だらっと伸びて」

磯山が身振りを交えて説明する。対面に座る三田署刑事組織犯罪対策課の中橋《なかはし》巡査部長は、それに対して何か言うでもなく、頷いて示した。磯山の声が途絶えると、記録者の平沢《ひらさわ》巡査部長がノートパソコンに供述内容を打ち込む音だけが響いた。

取調べに当たらせる前に、聞きたいことを質問するのではなく、とにかくまず磯山の話をすべて聞けと藤原は指示を出した。中橋はそれを守っている。

知りたいことはいくらでもある。鈴木の死は殺人なのか否か。幡ヶ谷の遺体は誰なのか、殺人なのか否か。何より三つの事件の動機だ。なぜ三人それぞれ別の場所で火を放ったのか。

藤原はもちろん、捜査に当たっている誰しもがその答えが欲しい。だが、急いては事をし損じる。自首をしてきた者に自らが語りたいことを語らせる。こちらの思惑で邪魔をして、気が変わって口を閉ざされては意味がない。話に矛盾があった場合は、のちに改めて追及すればいい。

だが今回は通常とは違った。矛盾点の事実確認は、聴取終了後ではなく、その都度、捜査員に指示を出して向かわせている。

藤原がそう決めたのには理由があった。一つは物証だ。磯山は自分が犯人だと立証するために、吉井殺害時に使用した注射器を持参し、「針から吉井さんのDNAが検出できますので、ご確認下さい。シリンダーの中からインシュリンが検出できます。死因となった過剰投与されたインシュリンと成分は完全に一致します」と言って提出したのだ。

一般的に犯罪者は事件の物証を処分する。殺人ともなればなおさらだ。だが磯山は自ら犯人と立証可能な証拠を保管していた。

藤原の頭に浮かんだ理由は、最初から自首すると決めていた、だった。だがそこで疑問が浮かんだ。だとしたら最後の幡ヶ谷の事件のあと、すぐにでもよかったはずだ。今日は十二月二十九日。事件発生から三週間以上経っている。

ともかくも、注射器はすぐに鑑定に回した。だがDNAの検出はどれだけ急がせても二十四時間以上は掛かる。磯山が犯人かどうかは、その結果を待たなくてはならない。

藤原が特例とみなした二つ目の理由は、磯山一人ではなく、牧原と二名で現れたことだ。通常、嘘をついて自首してきた者はすべての犯行を一人でやったと主張するケースが多い。一人ならば自分がコントロールしているのだから話に矛盾点は生まれづらい。けれど二人となると、話を完全に合わせ、何一つ間違わないようにしない限り、整合性がつかなくなる。

そして三つ目は、磯山と牧原の両名が、嘘を吐いているようにはどうしても見えなかった点だ。表情も態度も穏やかな二人から、藤原は覚悟のようなものを感じとった。

それらから今回は、リアルタイムで矛盾点を当たらせると決めた。

だが自首を受理し、所持品の確認や写真撮影、指紋押捺《おうなつ》などに三十分強掛かり、さらに弁護士の同席の有無などを確認していたので、取調べ開始からはまだ十五分ほどしか経っていない。今のところ矛盾点はなにもない。

中橋に伝わったことに安堵したのか、磯山はわずかに微笑んだ。

「身頃には虫食いなのか穴も開いていて。足下もサンダル履きで。つま先から覗く靴下にも穴が開いてました。何より臭いが。何日も風呂に入っていないようなすえた臭いがしましてね。そんな風貌の知り合いはいないと、無視してその場から去ろうとしたのですが、磯山さんと名前を呼ばれまして」

さらに名乗られて、ようやく磯山は目の前の男が鈴木だと理解した。

「一体、何の用だ？　と思いました」

磯山の声が冷たくなった。

「妻の死後、私はあの町を離れました。だからその後、町の住民がどうなったのかなんて知る由もありません。私が折れたことで交渉が始まったものの、補助金額が確定したのは去年のことだというのは新聞記事で知りました。どうにかあの町で暮らし続けて、補助金で改修工事をして、直した今では、何事もなく暮らしているのだと思っていました。それこそ、私達の存在などなかったかのように忘れ去って」

言葉を重ねるごとに、磯山の語気が荒くなっていく。

「鈴木は奥さんと二人の娘と、きっと楽しく暮らしているのだろうと思っていました。でも目の前にいるのはその予想とはかけ離れた姿だったので驚きました」

唇だけで磯山が笑う。嘲《あざけ》っているとしか形容できない表情だ。

「まぁ、それはともかく。直接ではありませんが、鈴木は妻を死に追いやったといっても仕方のないことをした男です。まさかすり寄って来る気かと身構えたのですが」

鈴木はその場に土下座して謝罪を始めた。自分が追い込まれていたからとはいえ、磯山夫妻には酷いことをした。本当に申し訳なかったと泣きながら謝りだした。路上でのことで注目が集まり、困った磯山はとりあえず場所を変えようと提案した。ただ鈴木の風体が、どこかの店に入るのは憚られるものだったので、近くの公園のベンチを選んだ。

「そこで鈴木の話を聞きました。離婚して家を出た。今は妻はもちろん、娘さん二人に会うことすら許されていない。同情はしませんでした。あの町の住民の境遇は、皆一緒です。全員が家族に暴力を振るったりはしていませんから」

冷たいトーンのまま、磯山は鈴木について語る。

「都内に越したが再就職が上手くいかない、酒におぼれた。どれにもまったく同情など。きっかけは震災被害ですが、自分の選択で回避できたことですから。だから何なんだ？　と訊ねました。謝罪して許しを得れば罪悪感は解消出来ます。それを求めているのなら、お門違いです。私が鈴木を許すことは一生ありません」

――殺人か？

にべもない磯山の言葉に、藤原の頭の中に殺人の二文字が過る。鈴木がしつこく許しを請おうとして、磯山の怒りに火が点いた。動機としてはありえる。

「そのとき、鈴木は言ったんです。あの当時、あなたたち夫婦に腹を立てていた、と」

一軒が自費で改修工事をすることで、公的な補助金の額が減る。それどころか出ない可能性もあるかもしれないと思ったからだ。そして夫妻にとっては恫喝でしかない行為を繰り返した結果、磯山は折れた。

「その後、家内が亡くなったことについては、以前に私のところに来て下さった二人の刑事さんに話を聞いていただきましたが、改めてもう一度お話しした方がよろしいですか？」

中橋が「お願いします」と答える。

取調べはあえて同じ事を何度も繰り返し訊ねて答えさせる。だが繰り返すことで、被疑者が面倒臭くなったり、やけになったりして供述を変えることもある。そうなると、また事実関係を最初から洗い直さねばならず、無駄に時間が掛かるが、矛盾点を洗い出すためには必要なことだった。

妻が死に至るまでを磯山が語る。藤原は手にした鳩羽と遠藤の調書と比較しながら話を聞く。矛盾点は一つもなかった。

「ええと、どこまでお話ししましたっけ?」

「あなたたち夫妻が鈴木の恫喝に折れたところまでです」

すぐさま中橋が答える。

「そうでしたね。鈴木は私に言ったんです。一人になって自分が何をしたかを考えた。そして追い詰められていたとはいえ、私たち夫婦に自分がいかに酷いことをしたかに気づいた。何をどうしたところで、自分は許されないことをした、と。鈴木はベンチから下りて再び地べたで土下座し始めました。また、大げさなと困りました。ですがその状態で鈴木が言ったんです」

これだけは、どうしても知って貰いたい。悪いことをした。申し訳ないことをした、酷いことをしたと思っている。これからもずっとそう思い続ける——。

「そう私に繰り返しましてね」

磯山は一つ、ふっと息を吐いてから、わずかに顔を上げた。さきほどよりも表情が和らいでいる。

「見ているうちに、なんだか哀れになってしまいましてね。本人のせいとはいえ、鈴木は家族に会うことすら出来ないのですから。生きているのに会えないなんて」

意識して口に出したのではないだろう。だが、生きているのにという言葉に、磯山が亡き妻を今もなお、深く思っているのだと藤原は感じた。

「言いたいことは分かった。あなたは自分の人生を立て直しなさい。すぐには難しいかもしれないが、あなたがまっとうな生活をしていけるようになれば、いずれご家族もあなたを許してくれるかもしれませんよ、と言いました。あと、アドバイスついでに、鈴木の顔や首に黄疸《おうだん》が出ているように見えたので、それについても話しまして。医者に診て貰えと言ったのですが、国民健康保険が未払いで切れていると言われて。正直、面倒みきれないと思いました。手をこまねいて状況を改善しない人に私は怒りを覚えるたちなので。役所に相談に行くことを勧めました。そのときはそこで別れました。お互いの連絡先の交換もしていません。再び再会したのは八月のことです」

磯山も鈴木もともに江東区在住だった。同じエリアに住んでいれば、駅や商業施設などで出くわすこともあるだろう。その偶然が、またしても二人を交わらせた。

「声を掛けられましてね。前回会ったときよりも、かなり状態がよくなっていました。清潔感もあったし、職安の紹介でアルバイトではあるけれど、産廃業の仕事も始めたそうで。黄疸だけはあまりよくなってはいませんでしたが、通院はしていると言っていて」

鈴木は磯山に感謝を伝えた。あのときにアドバイスを貰えていなかったら、自分はあのままの生活を続けていただろう。すべてはあなたのお蔭だと頭を下げた。

「まぁ、そう言われると悪い気はしませんよ」

目を細め、目尻に皺を寄せて磯山が笑った。

「別れ際に鈴木に言われたんです。携帯電話の番号だけでいいので、教えて貰えないかって。いったいなんだ？　と思いましたよ。でもその理由が、いずれ家族に会えるようになったら、あなたにだけは報告したいからと言われては」

困ったように首を傾げた磯山は姿勢を戻してから、「けっきょく、ほだされて番号だけ交換してしまいました」と言った。

「その後、鈴木からの電話が入ったのは、十一月二日のことです。携帯電話に着信と留守番電話にメッセージが残っているのでご確認下さい」

藤原が顔を向けるより先に、室内にいた三田署の刑事が携帯電話会社から通話記録を取る指示を出しにドアへと向かった。取調室内の中橋が、記録を取っている平沢の方を向くと、平沢が卓上の電話を取り上げた。数秒後にドアがノックされ、立ち上がった平沢が携帯電話を受け取り、中橋と磯山が向かい合っている机の上に置く。

「こちらで間違いないですね？」

携帯電話が磯山のものかどうか、中橋が確認する。

「はい。私のものです。私が操作してもよろしいですか？」

逮捕された被疑者は、携帯電話の本人による操作は禁止となっている。磯山は自首した際に権利を放棄しているので扱いは同じだ。

「いえ、こちらでしますので教えていただけますか?」

中橋が丁重に頼むと、磯山は手際よく指示を出す。

「一緒に確認したいので、スピーカーにさせていただいてもよろしいですか?」

許可を取る中橋に「ええ、どうぞ」と磯山が許可を出す。電子音の再生案内に続けて、男の低い声が聞こえる。

『磯山さん、俺、もうダメだ。何をしたって、もうダメなんだよ』

そこで録音は終わった。

「とつぜん、こんなことを留守電に残されたら、そりゃ、心配しますよ。それでかけ直しました。発信履歴も残っているはずです」

中橋は携帯電話を確認してから「十一月二日、午後九時三十二分」と読み上げる。平沢が即座にノートパソコンに打ち込んだ。

「電話に出た鈴木は、明らかに酔っていました。せっかく酒を断っていたのに。怒鳴りたい気持ちを抑えて、まずは事情を聞きました」

その二日前、鈴木は久しぶりに別れた妻に連絡を入れた。アルバイトではあるが今は働き始めていることや、アルコールを断って生活も立て直していることを伝えて、そのうえで改めて謝罪し、わずかでしかないが養育費を払いたいこと、その上で今すぐではなくてよいから、いずれ娘達に会いたいと頼もうと思ってだ。だが妻は、電話の相手が鈴木だと分かったとたんに「二度と連絡しないで」とだけ言って通話を切った。鈴木はすぐさまかけ直した。だが、妻は鈴木の番号を着信拒否にしていた。

落ち込んだものの、仕方ないと鈴木は諦めた。だが翌日になって、やはり話をしたくなり、職場の電話を使って妻に電話を掛けた。だが妻は鈴木だと知ると、前日と同様にした。簡単に許して貰えないことは鈴木も覚悟していた。けれど、話すら出来ないとなると、何一つ先へは進めない。その焦りもあって、さらに翌日、職場の昨日とは違う番号の電話から掛けた。だが今度は呼び出し音すら鳴らなかった。聞こえたのは、『この番号は現在使われておりません。番号をご確認の上、お掛け直し下さい』という電子音のアナウンスだった。

自分との関係を絶つために、妻は電話番号を変えたのだ。その事実に鈴木は打ちのめされた。

「気の毒にとは思いましたよ。でも、それだけの怒りと恐怖を買ってしまったことは変えられない。ここでダメだと元の生活に戻るのか。それとも何時《いつ》の日かと未来を求めて歯を食いしばって堪えるのか。私からしたら後者しかありません。なんとか気持ちを抑えて、慰めたり励ましたりしてはみましたが、泣き言を繰り返すばかりで。それで嫌になって、好きにしろと言って電話を切りました。その日はそれで終わりです。次に鈴木に電話を掛けたのが十一月九日。一週間後のことです。発信履歴が」

「ありがとうございます。確認します」

中橋が再び携帯電話を操作する。

「十一月九日、午後八時五十七分。発信有り」

中橋が言い終えるのを待ってから、磯山が口を開く。

「前回、頭にきて電話を切ってしまいましたが、やはり心配になりましてね。一週間経ったし、どんな状態か確認しようと電話したんです。立ち直っていればそれでよいし、前回と変わらないようでしたら、番号を削除してやろうと思いましてね。ですが、電話に出たのは鈴木ではなかった。迫田でした」

迫田は現在、新宿署に被疑者として逮捕されている柏木の以前の姓だ。飛び出してきた名前に藤原はぐっと引き込まれるのを感じた。

「新宿署で身柄を預かっている柏木研吾のことですね？」

間髪を容れずに中橋が確認する。「はい。今はそうでした」と磯山が頷いた。

——やるな。

藤原は中橋を見ながら思った。

取調べには技術がいる。一方的に質問ばかりをぶつけるのはもちろん、せっかく相手が答えようとしているときに言葉を重ねて会話の流れを止めてはならない。滞りなく会話を進められれば、それだけ正しい供述を短時間で引き出すことが出来る。今回、磯山を取調べるに当たり、三田署から推挙されたのが中橋だ。期待に違わぬ話術で今のところ順調に磯山から話を引き出している。

「驚きました。何しろ鈴木と同様、柏木も私にとっては思い出したくない相手でしたから」

「鈴木とともに花栄町の住民の代表をしていたのが柏木ですね」

今度も磯山は「はい」と頷いた。

「柏木と分かって不快になりまして、電話を切ろうと思ったんです。ですが、柏木が言ったんです。鈴木が死にました、と。理解出来なかったもので、聞き返そうとしました。ですがその前に柏木が再び言ったんです。鈴木が死にました。首をくって死にました、と」

――首をくって死んだ。ならば自殺か？

頭に過った考えを藤原は一瞬で消した。確証を得ない限り余計な考えは持つべきではない。

「たった一人で死にました。言葉を換えて、柏木は何度も、鈴木が亡くなったことを繰り返し私に伝えようとしました」

淡々と言葉を重ねていた磯山がそこで口を噤んだ。平沢のノートパソコンを打つ音だけが聞こえる。

「聞いたときは驚きました。とはいえ、まぁ、これも職業病でしょうな。言われたから、はいそうですかと信じられるわけでもなく。いつ亡くなったんだ？と聞いたんです。そうしたら、いつかは分からない。でも、今、目の前にいると言いだしましてね。あわてて、今まだ首をくった状態なのか訊ねたんです。そうしたら、違うと。

鈴木の様子が心配になって訪ねてきたら、部屋の鍵が開いたままだったので入った。部屋の中にぶら下がっている鈴木をみつけてあわててロープを切って下ろした。でももう、死んでいたと。――すみません、あくまで私の記憶ですので、正確ではないかもしれません」

丁寧に断りを入れる磯山に、中橋はただ頷いて返した。

「まずは警察を呼べと柏木に言いました。何も触るなとも。検視で自殺とされれば、あとは法に則って処理されるだけですから」

突き放した言い方なだけに冷たさを感じるが、磯山が言っているのは当然のことだ。

「ですが、柏木が分かったそうすると言わないんですよ。ずっと、鈴木が死んだことと、許せないとか、意味不明なことを繰り返していましてね。ならばこちらで通報しようとも考えたのですが、あいにく住所が分かりません。それで柏木に訊ねたんです。そうしたら、来てくれと。いいから、とにかく来てくれの一点張りで。正直、柏木になんて会いたくはありませんでした。でも、人が一人死んでいる。それも知らない相手ではない。さらにその場にいる男の様子がおかしいとなったら。仕方ない、腹をくくるしかないと決めて、行きました。その際はタクシーを使いました。マンションに面した通りで拾ったんですが、会社名はすいません、覚えてなくて」

再び捜査員がドアへと向かう。磯山が乗ったタクシーを捜す指示を出しに行ったのだ。

「鈴木の住まいは江東区の……。すみません、こちらも正確な住所までは」

「構いません」

中橋はわずかに笑みを浮かべて磯山に言った。作り笑顔までいかない絶妙な表情だ。

「それで鈴木の住まいに到着して。柏木との再会はしばらくぶりで、以前に比べてずいぶんと痩せていたから、最初は分かりませんでした。まぁ、とにかく鈴木です。床の上に寝かされていました。呼吸と脈ともになかったので、死亡確認をしました。まぁ、そこまでしなくても見た段階で死亡していたのは分かりましたが」

「というと？」

「肌の色です。人間の体は心臓停止から全機能が死に至る迄に四十八時間ほど掛かります。死亡後、二十四時間以降に白っぽい肌色に変色して、最終的に土気色になる。鈴木の顔はすでに土気色でした。つまり亡くなったのは四十八時間以上前、十一月七日より前でしょう」

医師らしい冷静な見解だと藤原は思う。だがこれに関しても、事実確認をしないことには意味を成さない。小さなノックの音とともにドアが開いた。室内に入ってきたのは静岡に引っ越した花栄町の元住民に会いに行っていた鳩羽と遠藤の二人だった。

「ご苦労」と藤原が声を掛けると、鳩羽は一礼したのちに「牧原の自供が一通り終わったそうです。これを預かってきました」と言いながら、手にした紙の束を差し出した。けっこうな量がある。はじめからじっくり目を通さなくてはならないのは分かった。

ていた。だが磯山の供述を聞いた今、幡ヶ谷の遺体を牧原がどうやって入手したのか、遺体が誰で死因は何なのかをまず最初に知りたい。恐らく後半だろうと紙を捲りだした藤原を見て、鳩羽は察したのだろう。「幡ヶ谷の遺体は浜田始でした」と告げた。

潮崎の目の付け所は悪くなかった。それどころか、正解を導き出していた。その事実に藤原は認めたくはないが感心した。

「牧原は？」

「休んでいます」

「そうか。本人の許可を取ってから、二人でもう一度最初から話を聞いてくれ」と鳩羽と遠藤の二人に藤原は命じた。

すぐさま鳩羽と遠藤の二人が部屋を出て行った。

「鈴木が亡くなっているのは確認できましたし、あとは警察を呼ぶだけです。私は通報しようとしました。でも柏木がこれを読んでくれと紙を押しつけてきて。その場で読んでくれと言われたら、まぁ、遺書ですよね」

——その遺書はどこだ？

鈴木の遺書は部屋からはみつかっていない。

「良い気分になれるはずもないので断ろうとしました。そもそも柏木宛でしたしね。ですが、磯山さん、あなたもまったく関係ないわけじゃない、読んでくれと再度押しつけられまして、読みました。すみません、遺書の実物は柏木が保管していますので、ここからはまた私の記憶になります」

「新宿署には」

「供述が終わってからだ」

背後からの声に、藤原は答えた。

磯山と牧原が自首してきたことは新宿署の捜査本部にもすでに伝達済みだ。その際、柏木の取調べでそのことを伝えるかどうかについての協議が行われた。

逮捕されて以来ずっと、柏木は黙秘を続けている。そして犯人と確定する物証は今のところ何一つない。あるのは新宿の吉井殺人及び放火事件の犯行時刻後に、現場近くを移動していたという写真と動画——状況証拠のみだ。鈴木の遺体から採取した皮膚片と柏木のDNAの比較鑑定結果はまだ出ていない。ならば磯山、牧原両名の自供をすべて得たうえで柏木の取調べを行った方が効率が良い。

時刻は午後六時半になろうとしていた。被疑者であれ、自首してきた者であれ、時刻や寝食を問わずに、取調べを続けてよいわけではない。そろそろ磯山に夕食の提案をしなければならない頃だ。その後、一～二時間はまた取調べを続行出来るかもしれないが、それも磯山が疲れた、休みたいと言い出せば終わりだ。

——時間稼ぎか？

藤原はマジックミラーの向こうの磯山を見つめる。

磯山は吉井殺害に使った注射器を証拠として持ってきた。牧原もまたしかりだった。

吉井を拉致した際に口に貼ったガムテープを証拠として提出した。これも鑑定に回し、結果が出るのを待っている。だが柏木については物証はない。鈴木から採取した皮膚片と柏木のDNAが一致しなかった場合、このまま磯山と牧原の両名がだらだらと連日に亘って供述を続ければ、期限切れで柏木は不起訴釈放になる可能性は高い。

取調べを急かしたい。強烈な思いが体内を駆け巡る。だがここで急いて、磯山が口を閉ざしたら事態はより悪くなる。中橋に出した指示を思い出して藤原は自分を戒める。

「正確な文章は覚えていないので、大意として覚えている限りをお話しします」断りを入れて、磯山が話し出した。

妻が電話番号を変え、連絡を取る手段が失われたことに鈴木は絶望し、また酒を飲み始めて仕事も休んだ。夜に酒が切れたので買いに出掛け、帰りにゴミ捨て場にあった雑誌を何の気なしに拾った。そこには成功したビジネスマンとして吉井のインタビュー記事が載っていた——。

磯山の口から雑誌名が出た直後、捜査員が部屋を出て行く。

「記事を私も読みました。転職した吉井は藪長不動産で大した肩書まで上り詰めてましてね」

ビルのリノベーションを手がけて成功を収めた吉井は高そうなスーツを着て笑顔で写っていた。

「花栄町の土地の売買は国の規定に則った売買です。吉井は詐欺を働いてはいないし、私達は騙された被害者ではない。吉井がその後、成功を収めたのは、彼の努力の賜です。もちろん喜ばしいとは思えませんけれど。そんな気持ちを抱えながら私は記事を読み進めました。そして、許せない発言を目にしたんです」

磯山がそこで言葉を止めた。

「磯山さん、お疲れのようでしたら休憩を挿みますか？　夕食の手配もしたいので」

労るように中橋が話しかける。だが磯山は「いいえ、大丈夫です。続けます」と断った。

「成功の秘訣を訊ねられた吉井はこう答えていたんです。『リノベーションするにあたっては、ビルの来歴はもちろん、建設前の地盤まで調査します。たとえ国の基準を満たしていた土地だとしても、以前が田畑や沼地などの場合、思わぬ被災被害に遭う可能性がありますから。そのことをお伝えしてお客様にはきちんとご納得いただきます。ただ、残念ながらそこまでしない同業者もいます』」

ただの一度も言いよどむことなく磯山が記事の内容を伝えた。恐らく完全に記憶しているに違いない。

「『ですからお客様にも賢くあって貰いたい。土地建物は多くのお客様にとって一生ものの大きな買い物です』」

磯山の語気が尻上がりに強まっていく。

「『だからこそ、自らを守るために自分で調べる努力は惜しんではなりません』」

叩きつけるように言うと、磯山はそこで口を噤んだ。一つ深く息を吐いてから、また話し始めた。

「花栄町の経験を受けての言葉じゃないですか。あの町でのことが吉井を不動産業での成功に導いた。でも、だったら私達は何なんです？　吉井が成功するための踏み台ですか？」

静かな口調だが、強い怒りが伝わってくる。

「鈴木も同じようなことを書いていました。力尽きたとも。家族との再会だけを希望に、何とかがんばってきたけれど、もうダメだ。終わりにする。首を吊る、と」

鈴木が絶望して自死に至った流れとしては違和感はない。遺書の実物がみつかり、内容が確認出来れば、鈴木の自殺は確定となるだろう。

「鈴木はこうも書いていました。自分が招いてしまったことだが、自分の人生はあまりに惨めだ。それに比べて吉井の人生は順風満帆だ。一点の曇りもなく、光り輝いている」

そこで磯山は、記事に吉井が名門大学に通う一男一女の父であることや、大学時代はヨット部に所属していて、今でも週末は当時の仲間や家族と一緒に乗りに行くこと、さらにはそのときの写真も載っていたと付け足した。

「そんな吉井に、ほんのわずかでも泥をつけたい。もうじき吉井が手がけた芝浦のマンションが公開される。そのマンションの前に俺の遺体を捨ててくれ」

――そういうことか。

吉井の職歴に少しでも影を落としたい。それが鈴木の遺志だったのだ。いわゆる行旅死亡人だとしても、マンションの購入者からしたら良い気分にはなれないだろう。まして、あのように事件性を疑う状態となれば、マンションの関係者は事件との関係を疑われ、捜査の対象となる。

――だとしても。

やりすぎだと藤原は思った。何より、吉井殺害や幡ヶ谷の事件は、鈴木の遺志にはない。何がどうなって残る二つの事件に至ったのだろうか。

「イスを」

捜査員が気を利かせてイスを勧めてくれた。長丁場になると覚悟した藤原は、礼を言って腰掛ける。

「柏木はすっかりその気でした。ですが私は止めました。立派な犯罪ですからね」

磯山は冷静に柏木に警告した。だが柏木は聞かなかった。

「だったら、一人でやってくれ、ですよ。この歳になって刑務所に入るなんてごめんですからね。ですが柏木の話を聞いているうちに、なんとかしなくてはと思い直しまして」

柏木は決行する理由として、自分も離婚して家族はもういないことを挙げた。再会するまで磯山は柏木の今に至るまでの話を知らなかった。それこそ苗字は迫田のままだと思っていた。

「ネットが発展して便利になりましたが、一度情報が出てしまったら、ずっとついて回る恐ろしいものでもありますからね。離婚したところで、家族は家族ですよ。元夫が、元父親が犯罪者だと世間に知れたら、何かしら生きづらくなる可能性はある。そう説得したのですが、いきり立った柏木は聞かなくて。そこで提案したんです。吉井に会いに行こうと。吉井に鈴木の話をしてみよう。鈴木だけじゃない、花栄町の住民達の話を聞かせよう」

磯山は一つ息を吐くと「すみません、私は大丈夫なのですが、刑事さんたちはお腹が空《す》いたのでは？」と訊ねてきた。

「いえ、大丈夫ですよ。私たち二人とも今日は遅番なので、二時過ぎに食事をしましたので」

淀みなく中橋が答えた。もちろん嘘だ。ただ大丈夫と言うより、納得する説明を付け加えると信憑性が増す。

「そうですか。それでは、すみません。続けます」

取調室の中で起こっていることとしては不思議なやりとりののちに、磯山が再開した。

「それでどうにか柏木も納得してくれまして。ですが、果たして吉井が会ってくれるかどうか。さらに鈴木をこのままにしておくのも」

正攻法で藪長不動産に連絡を入れたところで、花栄町の元住民だとなったら、吉井は面会を断る可能性が高い。なにより目の前に横たわる鈴木の問題がある。

「どちらも柏木がすぐに答えを出しました」

鈴木が吉井に暴行事件を起こした際に柏木も吉井の住所を知った。

「職場でなく自宅、それも帰宅時を狙えば確実に話が出来る。鈴木は自分の冷凍車に載せる。数日はそれで問題はないはずだ。そう言われましてね。倫理や法律では問題だらけですが、物理的には可能となってしまった。ならば、早急に吉井に会おう。そのときの態度で気持ちが収まれば、それでよしとしようと思ったんです。吉井の住所は鈴木から聞いた柏木が知っていたので、退職して暇な私が翌日、吉井の生活パターンを調べに下見に行きました。大きな綺麗な家でした。庭にはブリティッシュガーデン風の花壇もあって。それを見たら家内のことを思い出しました。家内はバラが好きだった。大好きなバラを育てるために私たちは」

磯山が声を詰まらせた。

「休みますか?」

「いえ、大丈夫です。すみません、続けます」

中橋の提案を磯山はきっぱりと断ると、また話し始める。

「吉井の暮らしぶりを見た私は、どうせ吉井と話すのならと牧原に声を掛けることにしました」

牧原は、鈴木の別れた妻、相良幸子が三田署を訪れた際に初めて名前がでてきた宮峰不動産時代の吉井の部下だった男だ。その勤務地である荒川斎場を鳩羽と遠藤が訪れた際に、潮崎たちと鉢合わせしている。

「牧原とも花栄町を出て以降、完全に疎遠でした。ですが今年の夏、八月に元同僚の古川栄介《ふるかわえいすけ》という男の葬儀と告別式が荒川斎場で行われて、そこで再会したんです」

人物名が出ると同時に捜査員がドアへと向かった。

「牧原と気づいたわけではないんです」

磯山は牧原だとすぐに気づいたわけではなかった。ただ元医師として、目に入った斎場職員が大病を患っているように見えたので注目しただけだった。だが翌日の告別式に訪れた際、名札で牧原という苗字だと知り、さらに面影を感じて、もしやと思い声を掛けた。

思ったとおり、男は磯山の知る宮峰不動産の牧原だった。磯山だと気づいた牧原は、未だに責任を感じていると、深く頭を下げた。そもそも土地の売買自体、法に触れることは何もなかった。それに牧原はただ一人、一軒一軒、住人宅を詫びて回った。これ以上、謝罪の必要はないと伝えた磯山は、それよりも牧原の体調を案じた。

「私の前職を覚えていた牧原は、誤魔化しても無駄だと思ったのでしょう。膵臓癌《すいぞうがん》のステージⅢだと教えてくれました。すでに長くて半年だと余命の宣告もされているとも。まだ三十六歳だというのに」

隣の取調室にいる牧原を藤原は思い出す。髪は白髪交じりで身体は痩せ、顔色も悪く、実年齢より十歳以上年長に見えた。

「誰かに話したかったのでしょう。訊ねてもいないのに、牧原は今に至るまでを語りだしたんです。私が話すより、本人から聞いた方が確実ですよね？　ならばここは」

「いえ、ぜひお願いします」

中橋がすぐさま頼んだ。

のちに牧原の自供内容とすりあわせるためにも、磯山の口から牧原の話は聞かなくてはならない。

「牧原も、実は被害者だったんです」

宮峰不動産は地元の建築会社と共同名義で花栄町の区画をいくつか購入し、建て売り販売も行っていた。その中でいつまでも買い手がつかない住宅があった。なんとか売りさばきたいと思った吉井は部下の牧原に購入するよう執拗に迫った。当時二十七歳の牧原に一戸建ては荷の重すぎる買い物で、当然無理だと断った。だが吉井はしつこく圧力を掛けつづけた。地元出身でずっとこの近辺に住み続けるんだろう？　お前は次男で、長男が実家を継ぐんだろう？　いずれ自分の家を持つのなら、今だっていいじゃないか。特別に割引もしてやる。ローンの返済が心配だ？　賃貸として貸し出して家賃収入をローンにあてればいい——。

一理はあるし、さらに甘言も重ねられて牧原の気持ちは動いた。けれどやはり住宅ローンは当時の牧原には荷が重すぎた。やはり無理だと断ったら、吉井は態度を翻した。お前はどれだけ家土地を売ったんだ？　俺と一緒に売った分は俺の実績だ。お前のじゃない。お前はただの一軒も自力で売っていない。来る日も来る日も職場内で責め立てられ続けて牧原はすっかり参ってしまった。そしてついに折れた。

——住民に牧原尚也の名はあったか？

思い返しても藤原の記憶にはない。

「購入はしたものの、同級生の夫婦に貸していました。滝上《たきがみ》さんといって一歳と零歳の年子の男の子がいた若い夫婦でした」

滝上の名は記憶にあった。

「被災して、滝上さんは引っ越して行った。残ったのは住宅ローンと評価額の下がった家土地です。住人に自分が売ったという負い目もあって仕事を続けることが出来なくなって牧原は退職した。収入が途絶えてはローンの払いようもない。両親に負担を掛けたくない牧原は自己破産したそうです」

居づらくなって町を離れた牧原はその後、荒川区に移り住み、職安の紹介で現職に就いていた。

「これで生活を立て直せる。そう思ったところに両親が立て続けに脳溢血と肺がんで亡くなりました。さらに赴任先のイタリアで兄が交通事故で亡くなった。自分は天涯孤独になり、そのうえに、この有様です。やはり神様は自分を許してはくれなかった。そう話された私は、それは違うと言ってやりました」

罰などという立証出来ないもので癌は発症しない。外的要因や遺伝子の問題だ。親族を調べれば、おそらく膵臓癌患者がいるはずだ。磯山は医師らしく説得した。だが言葉を重ねている最中に、言うべきことが違うと気づいた。

「君は悪くない。誰一人悪くない。被害を受けたと言うのなら、君も同じだ。だから罰だなんて思うんじゃない。余命の宣告を受けたのなら、残された時間を後悔のないように生きろ。私はそう牧原に言いました」

磯山という男は揺らぐことのない理性の持ち主だと藤原は思った。だが、その男は殺人を犯して自首してきた。だからこそ、今ミラーの向こうの取調室にいる。

「牧原こそ、吉井に言いたいことがあるだろうと思ったんです。なので柏木の同意を得て、一緒に吉井に会いに行きました」

磯山はまた一つ大きく息を吐いた。

「すみません、ここからは口に出すのがちょっとつらい内容なので。いえ、大丈夫です。最後まで話させて下さい」

口を開き掛けた中橋巡査部長を制して、磯山はまた話し始める。

「十一月十五日の午後六時頃に、帰宅するのを待ち伏せて吉井に会いました」

吉井は三人を見ても誰なのか思い出せなかった。知らない男三人に待ち伏せされ、取り囲まれた者として当然の行動――警察に通報しようとした。その手からスマートフォンをとりあげ、花栄町の元住民だった鈴木隆史が自殺したことを伝えた。暴行を受けただけに記憶に残っていたのだろう。話を聞く気になった吉井に、柏木が経緯を伝えた。

話を聞いていくうちに、吉井の表情は沈痛な面持ちに変わった。

「それはお気の毒でした、吉井はそう言いました。そしてそのまま口を閉ざしました」

気持ちが収まらない柏木は、吉井に「それだけか?」と詰め寄った。

「これ以上、何を言えと? 吉井はそう言いました。そんな言い方をされてはね。怒った牧原がつかみかかろうとするのを私は懸命に止めました」

その時点で牧原と磯山はまだ吉井に名乗っていなかった。吉井は牧原だと気づかず
「あんた誰だ? 関係ないだろう」と言い返した。そこで初めて牧原は正体を明かし、自身の状況を吉井に伝えた。

「驚いてましたよ。そしてこう続けたんです。余命が幾ばくもないのなら時間を大切にするべきだ。俺に手をあげて犯罪者として刑務所で亡くなるなんて惨めな最期をお前に迎えて欲しくない。そもそも鈴木のことは気の毒だけれど、恨まれるようなことは何一つしていない。自殺した原因は私にはない。本人にある。あいつに暴行されたとき、俺は告訴を取り下げてやった。感謝されて当然のことをしたのに、勝手に死ん

だのを恨まれても。俺には関係ない。考えてもみろ。あの町の住民の多くが今も無事に生きて暮らしている。自分の弱さで自滅して死んだ奴なんて、哀れで惨めな奴だと鼻で嗤われるだけだ」

吉井の言葉を磯山は感情を込めずに淡々と語った。

「さらに、こうも言いました。あのインタビューを読んで力尽きただと？　あそこに書いてあることは本心だ。人生を左右する大きな買い物をするのだから、自分を守るために自力で調べるのは当然のことだ。買うも買わないも本人が決めたことだ。何一つしなかった奴のことなんて知るものか。俺のせいにするなんて負け犬の八つ当たりだろうが、と。──許せない。私はそう思いました。柏木も牧原も私も、三人とも誰一人何も吉井に言い返しませんでした。喜怒哀楽、どの感情も振りきれるほどになると、言葉なんて出てこないものです。妻が亡くなったときに経験しましたから、自分の状態は分かっていました。でも柏木と牧原はどうなのか分からない。自分を見失いかけて、何をするかもしれない。だから、黙って二人の背中に手を当てました。私に触れられて我に返った二人は吉井に詰め寄ろうとした。あわててこう言いました。とにかく、この場を離れましょう。このままいても警察に通報されるだけです。そうなったら鈴木さんの遺志を果たすことは出来ません、と。それで柏木は私も計画に賛同したと思ったのでしょう。私は改めて計画を実行する相談をしたいと二人に伝えて、その日は解散しました。そして一人になって考えたんです。吉井を、あの男を許せるか、と。どれだけ考えても無理でした。吉井を殺す。私は決めたんです」

磯山ははっきりと吉井への殺意を口にした。

「吉井を殺したところで鈴木は生き返らないし、花栄町の住人の生活も何も変わりはしない。それは分かっていました。けれど私達は傷を負った」

磯山が目を閉じた。再び目を開けて、また話し出す。

「家族や友人と新しい記憶を積み重ねていく。そうして傷を癒やしていくしかない。ですが私と牧原には、もう時間はない。残されたのは癒えることのない傷を負ったまま死ぬだけの余生です。なのに吉井は幸せに生き続けていく。思ったんです。せめて一矢報いたいと。――まぁ、吉井が言った八つ当たりでしかありませんが」

自嘲を滲ませた笑みを磯山が浮かべる。

「インタビュー記事に吉井が糖尿病患者で、今は健康のために食事制限と運動に励んでいるとありました。ならばインシュリンの過剰投与で殺すことが可能です」

淡々と磯山は殺害方法を明かした。

「ですが、どうやって注射するかが問題です。通りすがりに射すことは出来るかもしれませんが、それでは吉井に恨みを持つ者を調べていけば、いずれは私が犯人だと分かり、捕まってしまうかもしれない。吉井と刺し違えるつもりなんて私にはありません」

殺人を犯して逃げきろうとしていたことを磯山は堂々と告げた。だが、だとしたらなぜ注射器などの物証を処分せずに所持していたのだろうと、藤原は疑問に思う。

「けれど気づいたんです。鈴木がいると。吉井を恨んでいる鈴木、鈴木に恨まれている吉井と事件が続けば犯人の動機の予想はつきづらくなる」

磯山は唇の端を上げて笑う。

「ただ、私一人ではさすがに難しい。なので一か八か、まずは天涯孤独で余命の短い牧原に持ちかけてみたんです」

牧原はすんなりと同意した。

「問題は柏木です。健康だし別れたとはいえ妻子もいる。絶対に捕まらないという保証はありません。警察が優秀なのは職業柄、知っていましたからね。鈴木の遺志であるマンション前への遺棄には同意するでしょうが、殺人はさすがに断るでしょう。でも牧原もあのとおりですし、私達二人だけではさすがに難しい。どうしても柏木の協力は必要です。そこで私と牧原とで計画を立てました」

——ここからが、犯行計画と実行内容だ。

藤原はぐっと身を乗り出した。

「必要なのは吉井を確実に殺害するための計画、同時に柏木の協力を得るための嘘、何よりいざというとき柏木の罪を軽くするための彼のアリバイです」

アリバイという言葉に、藤原は思わず膝頭を強くつかんだ。

吉井の事件発生直後、柏木は暴行事件の現行犯として逮捕され、新宿署に留置された。そのため第三の事件である幡ヶ谷の事件に関しては鉄壁のアリバイがあった。そして柏木に伝えました」

「私と牧原は考え抜きました。そしてこれならという案が出来上がった。

鈴木の遺体をただ置くのでは行き倒れ扱いでさほどの効果はない。やるのならば、殺人事件だと警察に思わせないとだめだ。それに、より耳目を集める事件にした方が吉井のダメージが大きい。

「以前に訪れた刑事さんたちにも言いましたが、私は推理小説や刑事ドラマが好きで、そこからヒントを得ようと考えたんです。でも日本の作品では簡単に出典に気づかれるかもしれない。そこで海外のドラマをいくつか観ましてね。その中にメキシコのマフィアがタイヤを重ねて中に遺体を入れて焼くというのがあったんです。すでに亡くなっているとはいえ、他殺に見せるために鈴木の身体を刺したり切ったり殴ったりして傷つけるのには抵抗もありましたので。それに特異な事件となれば犯人像もまた特殊になるでしょうから、私達が疑われる可能性は低くなる。ただ鈴木は吉井に暴行事件を起こして警察に指紋を採取されていた。遺体が鈴木だとすぐに分かってしまったら、そのあとの計画に支障を来す恐れがある。だから指紋は消さなくてはならなかった。あれは辛かった」

磯山は三田署を訪れて以来、一貫して落ち着いている。時折、感情が乱れて声を荒らげることはあったが、いざ殺人の計画や実行内容に差し掛かっても、声にも態度にも乱れは見られない。いくら理性的だと言っても、人を殺し、遺体、それも知り合いを損壊した話だ。なのに落ち着いた様子で話し続けている。藤原は違和感を持った。

「やりすぎでは？　と、柏木は躊躇しました。そこで私はこう言ったんです」

吉井にもお仕置きをしたい。鈴木の遺志を叶えた後日、吉井を拉致して薬で眠らせて、鈴木のときと同じように重ねたタイヤの中に入れて放置する。目覚めた吉井は前の事件を知っているから、さぞかし怖い思いをするだろう。

「柏木はまだ躊躇《ためら》っていました。そりゃそうですよね。人を拉致するのですから、捕まれば重罪です。なので柏木のためのアリバイを説明しました。吉井を西新宿の本社ビル前に置いたら、全速力で新宿署の近くまで移動しろ。途中、度数の強いアルコールを飲んで身体にも浴びせて、そのうえで暴れて逮捕されろ。そのあとにさらに一つ、同じ状況の事件を私と牧原で起こすと。どういうことだ？　と柏木に問われました。同じ事件を起こすためには、もう一つ遺体が必要ですからね。これについては斎場勤務の牧原が解決法を出してくれました。仕事柄、当てがあると。この部分の詳しいことは、牧原に聞いて下さい。知らないほうがいい、自分一人でやると言って、詳細は私と柏木には知らされませんでした」

肝心な部分を知らないと言われて、藤原は一瞬、その真偽を問いただそうか悩んだ。だが磯山が知らないと言っているのに、それを疑って尋問すればリズムが崩れる。

そのとき中橋が「ご存じのことを続けて下さい」と言った。

「ありがとうございます」

礼を言って、磯山が話を再開する。中橋もリズムを崩すことを恐れたのだろう。

「留置場の中にいるのですから、事件を起こせるはずもない。柏木のアリバイは鉄壁です。そう説明しても、それでもまだうんとは言わなかった。そもそも鈴木の遺志を叶えたいと言ったのは柏木です。私は止めた。なのに言い出した本人がここにきて怖じ気づいている。そんな柏木を見ているうちに憎しみが甦ってきたんです。こいつは私達夫婦を追い込み、妻を苦しめた奴だと。何もしないなんて許さない。お前にも罪を背負わせてやる。そう決めたんです」

磯山がそこで息を吐いた。感情の変化は次第に速くなった言葉と紅潮した頬に現れていた。

「私は柏木を追い込みました」

また穏やかな口調に戻して磯山が話し出す。

鈴木の遺体は柏木の冷凍庫内にある。現時点ですでに柏木は犯罪者だ。自分も共犯になる可能性はあるが、実行犯の柏木よりは罪は軽いはずだ。それに自分には犯罪者になって迷惑を掛ける者はいない。

「協力したら、私が警察に捕まった場合、鈴木についても柏木はあくまで私に脅されてやったと供述すると約束しました。それでようやく柏木は承諾したんです。まさか私と牧原が吉井を殺すとは知らずに」

磯山の唇が上がった。微笑んでいるのだ。芝居じみた様子は感じられない。ごく自然な表情に藤原には見えた。

「決行すると決まり、完全犯罪のために実行計画を入念に練り直しました。まずは車とタイヤの入手です。これは仕事柄、柏木が詳しいだろうと押しつけました。道路のどこに防犯カメラがあるかは柏木の知識に加えて、私が足で調べました。その他に必要なものは私が入手しました。預かっていただいている財布の中に、犯行時に使ったガムテープなどを購入したときのレシートが入っています。お渡しした注射器をはじめ、レシートなどの物証を保管していたのは、いざ捜査の手が及んだときの備えです。いくら憎んでいるにしても、私達に脅されて協力せざるをえず、さらに騙されてやってもいない殺人の罪を柏木に負わせるわけにはいきませんからね」

証拠を保管していた謎が解けた。そういうことかと藤原は納得する。

「準備は整いました。十一月二十六日、鈴木の遺体を芝浦のマンションの前に置き、火を放ちました」

——まずは芝浦の自白だ。

背後の捜査員が、ふぅと息を吐いた。

「それから吉井のあとをつけました。機会は思ったよりも早くきた。十一月三十日、会食後の吉井が一人で防犯カメラのない路地に入った。私と柏木が背後から近づき、背中にインシュリンの注射を打ちました。通常、吉井の体格ならば皮下注射で四単位、〇・〇四ミリリットルが投与量です。私はその百倍以上、五十ミリリットルを投与しました。動きが鈍くなった吉井を柏木が酔っ払いを介抱している風を装って車に運び、そのまま移動しました。車中で、私は柏木に真実を告げました。吉井を殺した、と。柏木はパニックを起こしかけました。当然ですよね。その場で車を止めて逃げようともしました。私は柏木を脅しました。今逃げたら、牧原と二人でお前が主犯だと警察に言う。二対一だ、勝ち目はないと。結局、柏木は従った。吉井の遺体に火を放ったあとは、当初の計画通り、柏木はアリバイ作りを決行しました」

そこで磯山は一度口を噤んだ。

「最後が幡ヶ谷の事件です。十二月三日に牧原から遺体が手に入ったと連絡が入りました。翌日の四日、鈴木と吉井と同じように幡ヶ谷の藪長不動産の関係するビルの前に遺体を置き、火を放ちました。事件が四日おきになったのはたまたま──ただの偶然です。でもそのお蔭で容疑が私達に向くことはなかった」

──ただの偶然。

犯行の間隔は意図したものではなく、単なる偶然が重なっただけだったことに藤原は愕然とした。

「マンションの出入りはどうされたのですか？」

間を空けずに中橋が訊ねた。

犯行日の前後三日間のマンションのエントランスとエレベーターの防犯カメラの映像を取り寄せて磯山の出入りを確認した。だが事件当日には姿はみつからなかった。前日や翌日には外出していたが、必ずその日のうちに帰宅していた。それを受けて捜査本部は磯山を容疑者から外した。

「写っていたのに気づかなかったんですね」

少し嬉しそうに磯山が返した。

「三日とも午後六時半過ぎと翌日の昼前に、ニット帽に白髪で黒いロングのダウンコート姿で杖を突いた老婦人が写っているはずです。それが私です」

藤原が目を向けるまでもなく、捜査員が確認のために部屋から出て行く。

「同じフロアの三〇九号室に一人でお住まいの桑原《くわはら》てるみさんに扮していました。桑原さんは私よりも高齢で、夏から秋口にかけて両膝の関節を人工関節に置換する手術を受けて以来、よっぽどのことがない限りは外出を控えるようになって。買い物もほとんどは宅配で済ませていましたが、ちょっとしたものならば私が代わりに引き受けていましてね。だから、来客がないことも、宅配を受け取るのは午後三時までで、通院などどうしても外出しなければならないときは午前中にして、夕食を済ませた午後六時半以降は、まず出掛けないのも知っていたので」

犯行日の三日間ともに、老婦人が夕方出掛けて翌日の昼に戻ってきたことに誰も疑問は持たなかったのだろうか？　と藤原は苛立つ。

「エントランスの職員さんには事前に私が桑原さんから聞いた体で、知り合いのお嬢さんが看護師さんで、どうしても夜間にお子さんをみる人がいなくて困っているので泊まりに行くことになったという話をしておきました。もともと桑原さんは人見知りでエントランスの職員に挨拶こそすれ、会話はまったくしない人でしたので。だから会釈だけで行きも帰りもやり過ごしました」

ノックの音につづけてドアが開いた。戻ってきた捜査員が開いたファイルを差し出しながら話し出す。

「三日間とも、捜査員が当日の夜間担当のマンション職員に問いあわせて、三〇九号室の桑原てるみだと証言しています」

確かにそう記述されている。疑問には思い確認はした。しかしマンション職員の証言を信じて、桑原てるみ本人には確認を取っていなかった。そもそも今回のような場合、映像の中から捜す順番は、磯山本人、住人以外となる。マンション職員から住人で外出理由の証言を得て、まして相手が老婦人となったら除外したくなる気持ちは分からないでもない。だとしても、これは明らかなる失態だ。藤原の眉間に深く皺が刻まれる。

「ですが、出掛ける可能性が完全にないとはいえないですよね?」

「ええ。運が良かったと言うしかないですね。そもそも桑原さんと私の背格好が似ていなかったら、桑原さんが外出を控えている人でなかったら無理でした。すべてが巡り合わせというのか運が良かった」

すんなりと磯山は同意する。

「これで全部お話したと思います。すべては私が計画しました。殺人の実行犯も私です。申し訳ございませんでした」

言い終えた磯山は、深々と頭を下げた。

4

「吉井を殺す。手伝って欲しい。磯山さんに、そう頼まれました」

牧原は落ち着いた様子で、淡々と話を進める。

鳩羽は既に目を通した牧原の一度目の供述調書の内容を思い出す。言い回しこそ違う部分はあるが、内容はまったく同じだった。

「私はすぐさま引き受けました。何一つしなかった奴のことなんか知るものか——。あの言葉だけは、どうしても許せなかった。花栄町の住人たちの不幸を踏み台にして、このまま吉井がのうのうと良い暮らしをして生きていくのかと思ったら、どうしても許せなかったんです。とは言え、もしも私が健康で、この先も生きていけるのならば断ったと思います。捕まれば殺人罪ですから、長い刑期が科されるでしょう。でも、余命は長くて半年と宣告されていましたので」

牧原の目は正面に座る鳩羽に向いている。けれど、目が合うことはなかった。焦点のぼやけた目は、鳩羽ではなくどこか遠くを見つめている。

「獄中で死を迎えるのも良いかもなとも思いました。近しい家族はすでに亡くなって誰もいない。他の親族とは疎遠ですし、友人もいない。私を荼毘に付してくれる人は誰もいません。このままならばいずれ入院先の病院か自宅のどちらかで死ぬ。病院ならば規則に則って手続きをしてくれるでしょうが、自宅の場合は誰かが気づいてくれなかったら、それこそ目も当てられない。物件を貸して下さっている大家さんにもご迷惑をお掛けすることになる。でも刑務所ならばすぐに気づく。あとは手続き通りに私を送ってくれる」

言い終えた牧原の口元が動いた。微笑している。自嘲ではなく、喜んでいるように鳩羽には見えた。

「賛同して二人で計画を練り始めました。実際は、ミステリー好きで、仕事柄、警察の内情を知っていた磯山さんが考えてくれたのですが。けれど何をどうしても二人だけでは無理だとなって。なんとか柏木さんを引き込まなくてはならない。でも柏木さんにはこの先の人生があるし、家族もいる。簡単には同意するはずがない。どうすればと悩んでいたら、磯山さんが柏木さんにアリバイを作れば良いと言い出して」

捕まった場合、ダメージが一番大きいのは柏木だ。その柏木に協力させるためには、捕まったときに罪が軽くなるようにすればよい。磯山はそう考えたのだ。

「吉井で終わらせず、もう一つ同じ事件を起こす。犯行時刻に柏木さんにアリバイがあれば、容疑者から外される。そう磯山さんが言い出したんです。でもすぐに、もう一つ同じ事件を起こすなんて、俺は何を馬鹿なことを言っているんだと磯山さんは笑い出して。そのとき私は不可能じゃない、仕事柄、当てがあると言いました。私の職場の荒川斎場は行旅死亡人や遺族に引き取り拒否をされた遺体の行政からの委託火葬も数多く引き受けてましたから」

幡ヶ谷の被害者が行政からの委託火葬者・浜田始だというのは、一度目の牧原の事情聴取ですでに判明していた。

鳩羽の頭の中に潮崎と宇佐見と正木の顔が過った。自分と遠藤が荒川斎場に牧原を訪ねたのは、鈴木の元妻から名前が出てきたせいだ。だが潮崎達は独自の考えで、牧原に会いに行った。方法は日茶苦茶だ。警察という組織の中で許される行動ではない。けれど自力で正解に辿り着いた。まったく自分にはなかった発想と行動力を見せつけられて、敗北感と悔しさが湧き上がってくる。だが鳩羽はすぐさま牧原へと集中しなおした。

「一般的な火葬の際は遺族が収骨をします。ですが行政委託の場合、立ち会って収骨をするのは葬儀社の担当者だけです。それなら可能だと思いました」

「それならとは？」

「遺体を盗み出すことです」

牧原は即座に答えた。

「行政からの火葬依頼はほぼ週に一件はあります。だからいずれ機会が来るのは分かっていました。私は大型の旅行用トランクを職場に持ち込みました。友人から借りた物で返したいのだけれど先方と予定が合わないと言って。そして委託火葬の依頼がくるのを待った。やがて十二月一日に想礼セレモニーから依頼の電話が入りました。受けたのは私です。内容確認の中で世間話を装って、ご遺体の話を聞きました。小柄な男性と知って、これだと決めました」

牧原が一度目を瞑った。再び開いた目は、またどこか遠くを見ていた。

「行政から葬儀社への委託火葬の場合、ご遺体持ち込みから火葬、ご遺骨の引き渡しまで同日中に終わらせます。公費から賄われるだけに安価で済ませなくてはならないし、そもそも通夜や葬儀を行う人がいないのだから、する必要もないですしね。浜田始さんの火葬は十二月二日に行う予定でした。二日、出勤してすぐに私は三番炉のガスノズルの角度を一カ所ずらしました。遺骨は綺麗に焼き上がらなくてはならない。ノズルの一カ所でも正しくガス噴射が出来ないとスムーズにはいかないんです。何より安全性が危ぶまれる。炉の使用を止めて内部の温度が冷えるのを待ってノズルの位置修正をしないと使えません。斎場の予定は詰まっています。炉の一つを数時間使えなくするだけで、その日の予定通りにすべての火葬を終わらせることが出来なくなるんです。そうなると、優先されるのは当然参列者のいる火葬で、行政委託は後回しになる」

牧原が滑らかに話を進める。

「午後になって三番炉を停止して、すぐに想礼セレモニーに電話を入れました。明日の予定もあるので、可能ならば今日中に火葬はするけれど何時になるかは分からない。最悪、明日になるかもしれない。なので火葬はこちらで済ませるので、明日骨壺を引き取りに来て欲しいと。想礼セレモニーさんとはすでに何度も仕事を一緒にさせて貰っていましたので、怪しまれることもなく承諾してくれました」

電話の有無および内容はすでに想礼セレモニーに確認済みだ。

「二日の夕方は六件の通夜の予定が入っていて、職員は皆、対応に追われて忙しかった。浜田さんの火葬を一人ですると申し出たら、すぐさま了承されました」

「それは珍しいことなんですか？」

過去に列席した際、斎場の職員が二人くらい同席していたのを思い出して鳩羽は訊ねる。

ぼんやりとした牧原の目の焦点が、突然すっと定まった。

「お訊ねになりたいのは、最初から一人で火葬できると分かっていたか？ ですね。ええ、分かってました。行政委託火葬は一人で対応することは珍しくないですし、そもそもすべての火葬で炉に棺を入れてからはオペレーターは一人です。焼却後に前室で残骨灰の処理をしたり、焼骨を収骨台に移すときも一人で出来ます」

鳩羽と目を合わせたまま、牧原は断言した。

「安置所に防犯カメラはありません。六件の通夜が行われている最中に、私は安置所のボックスから浜田始の遺体を取り出してスーツケースに入れました。そのあと空の棺を火葬した。当然、台車の上に遺骨は残らない。職員の誰かに見られたら終わりです。これもどうすればいいのか私には分かっていました。収骨は本来ならば収骨室に移動して行います。でも一人で執り行うのだから、省いて前室でしても別に問題はない。他のご遺体から出た残骨灰を詰めた骨壺を持ち込んで、時間をおいて前室から出れば誰にも分からない。火葬を終えた私は、定時まで働いて、スーツケースを持って退勤しました」

遺体の入手方法は、牧原の口からあっけなく明かされた。

「遺体は手に入れた。あとは三つ目の事件を起こすだけです。場所もすでに決めていました。渋谷区幡ヶ谷×丁目×番地のカーサカメリア、吉井が手がけた物件です。十二月四日に磯山さんと二人で遺体を運び、芝浦と新宿の二カ所と同じく、タイヤを積み重ねた中に遺体を入れて、ガソリンを掛けて火をつけました」

二回目の供述は、細かい言葉遣いこそ異なる部分はあるが一回目とほぼ同じだった。

「三件とも計画は完璧でした。証拠も何一つ残さないよう細心の注意を払いました。捕まるつもりなど毛頭ありませんでしたから。ですが私と磯山さんは決めていたんです。もしも柏木さんが罪に問われそうになったら、そのときは二人で自首する。そのために私たちが犯人だと立証出来る証拠のいくつかを保管しておくと。今日、ＴＶのニュースで、柏木さんが逮捕されたと知りました。それで約束通り、磯山さんと二人で自首しに来ました。ご迷惑をお掛けして申し訳ございません」

言い終えると牧原は深々と頭を下げた。

警視庁の捜査一課に籍を置く以前も含めると、鳩羽は刑事になって二十年近くになる。取調べは何度もしてきたし、殺人犯を扱ったこともある。だが、今まで対峙してきた犯人と牧原は何かが違うと感じた。だがその何かが分からない。唯一分かっているのは、牧原が謝罪の言葉を述べ、頭を下げもしたが、吉井の殺害に罪悪感は持っていないということだけだった。

十二月三十一日

午後四時四十二分、ブザーが鳴った。五分前の午後四時三十七分に刑事課から、取調べを終えた柏木を留置場に移動させると伝達が入っていたこともあり、我先にと福山が扉へと向かう。武本もそのあとに続いた。福山が扉の中央部分にあるスライド式の小窓を開ける。見覚えのない男——本庁の捜査一課の刑事と柏木が見えた。柏木は私服ではなく、留置場が貸し出したトメ服を着ている。

「百十七番一名、お願いします」

「百十七番一名ですね。了解しました」

小窓を閉めたのちに解錠して扉を開ける。監視席の留置担当官の「解錠」と復唱する声が聞こえた。すでに慣れたのだろう、福山が声を掛ける前に柏木は自ら留置場内に入ってきた。

グレーのスウェットの上下にサンダル姿の柏木は足下に視線を落としたまま顔を上げない。動揺しているようには見えない。かといって開き直っているようにも見えない。ただぼんやりとその場に立ち尽くしている。

「それでは」

いつもより大声で福山が言うと、そこで一度咳払いをした。

「移動します」

つづいた声は前よりは多少小さくなっていたが、硬くぎこちない言い方だった。鈴木の遺体から採取された皮膚片と柏木のDNAは鑑定の結果一致した。これによって、柏木が鈴木の遺体遺棄および放火事件に関与していることが確定した。大きな事件の犯人と目される柏木を前に、緊張と興奮が入り混じっているらしい。歩き出した福山のうしろを柏木が大人しくついていく。武本の前を通り過ぎるとき、柏木が初めて顔を上げた。視線が胸から上がっていき、武本の顔で止まる。二人の視線がぶつかった。

表情を見逃さまいと武本は注視する。わずかに柏木の瞳孔が広がったように見えた。さらに観察していると、柏木が頭を下げた。無言で一礼してから歩いていく。視線はまた足下に落とされていた。

——俺だと認識した。

前回、留置されたときにも担当していたのだから、知った顔だと気づいた、それだけだったのかもしれない。だがそれだけとは思えなかった。気づいただけでない。驚いたように武本には見えた。そして、一礼することで視線を外した。

前を進む柏木を武本は見つめる。

——目を合わせることを避けた。

それは犯人ならば当然のことだ。留置担当官と目を合わせないようにする者は多い。だとしても武本は引っかかっていた。

武本の頭の中で、目が合ってから一礼して視線を外すまでの柏木の一連の動作が甦る。違和感のない自然な動きだった。だが自然すぎて、だからこそかえって不自然だとも思う。計算してしたのなら、相当な芝居上手だ。

——芝居ならば、相当な知能犯だ。

頭の中に、暴行事件を起こして逮捕されたときの柏木の姿が浮かんだ。暴行事件の現行犯として逮捕された柏木は、今と同じく超然としていた。だがその目だけは黒々と光っていた。飲酒によるものだろうと武本は思ったが、身体測定と諸々の説明を終えて一人居室に案内したのちも、その目は変わらなかった。一夜明けた朝食の時に確認したら、正常な状態に戻っていた。やはり酔いのせいだとそのときは納得した。それでも勾留が続き、当番ごとに柏木を見るにつけ、武本は何かが引っかかりつづけていた。

一人居室の前に着き、改めて留置人の身体検査を行う。居室に出入りする際、必ず行う通常の行程だが、今回は重大事件の犯人の可能性が高いだけに念入りに行う。何もないことを確認しおえると福山が武本に目をやった。頷くと、「OKです。サンダルを脱いで上がって下さい」と福山が柏木に告げる。「はい」と応えた柏木が、四畳に満たない畳敷きの部屋の中に入っていく。柏木はそのまま中央で腰を下ろし、胡座をかいた。こちらに背を向けているので表情は見えない。

柏木に問いたいことはいくらでもある。だがそれは刑事の仕事だ。留置人の身の安全を確認し維持する、それが留置担当官の職務だ。そこで武本は我に返った。いつもと同じように五時に留置人に夕食を提供しなくてはならない。その場を立ち去ろうとした。だが福山は柏木の後ろ姿を見つめて立ち尽くしていた。

「食事の時間だ」

カウンターへと歩き出しながら声を掛ける。福山があわてて「すみません」と言いながらあとについてきた。

午後四時三十分になり、第一当番を終えて事務室に入ると、人待ち顔の事務官の増田と目が合った。増田はさっと目をそらして、武本の背後を窺う。おしゃべり仲間の福山を捜しているらしい。最後に事務室内に入ってきた福山の姿を認めて増田が駆け寄る。邪魔にならないように道を譲った武本の横をすり抜け、福山の腕をつかんだ。仲が良いと言っても、さすがにそれは珍しかったのだろう、福山が「え、なんですか?」と驚いた声を上げる。

「三件とも、三田に自首した二人が本ボシで確定だって」

増田の怒鳴るような声が響いた。武本は増田を見つめる。武本だけでなく、事務室内の全員が見ていた。

「え、だって。ウチにいる柏木が」

「柏木は共犯。それも無理矢理従わせただけだって。本ボシは自分たちだって、その二人が供述した」

福山のもごもごとした反論を増田がかき消すように言った。

各人がそれぞれの意見を繰り出し、事務室内がざわつく。声に出しこそしないが、武本の頭の中でもさまざまな考えが飛び交っていた。

防犯カメラに写っていたのは芝浦の犯行前後ともに三人。新宿は前が三人で後が二人。幡ヶ谷は前後ともに二人。幡ヶ谷の事件時、柏木は留置場にいた。事件を起こしたと、二人が自首した。人数的にはつじつまが合う——。

注目を浴びていることに興奮した増田が、なおもまくしたてる。

「元医師が証拠として提出した吉井殺害に使った注射器の針から吉井のＤＮＡが出たって。それと白いハイエースから出た白髪もそいつのだって確定したって」

「やっぱり医療関係者か。だと思ってたんだよ」

悔しそうな福山の声を聞きながら、武本は考える。

――なぜ幡ヶ谷だけ、柏木を外した？

増田の言うように無理矢理従わせたのなら、幡ヶ谷も手伝わせてよかったはずだ。なにより柏木が暴行事件を起こして逮捕されたあとのタイミングだ。

――容疑者から外すために、わざと起こした？

だが柏木の口から、一連の事件に関しては語られていない。暴行事件の時も、その後、冷凍車の保有者として任意で取調べを受けたときもだ。

――ひた隠しにする理由はなんだ？

無理矢理従わせられたのなら、従わざるを得ない理由があるはずだ。

――脅されている？

ならば二人が自首した理由が分からない。

――自首のメリットは？

脅されて口を噤んでいた柏木が持ちこたえられずに白状すれば、捜査の手がおよび、いずれ逮捕される。その前に自首すれば、少しは罪が軽くなる。

間違ってはいないと武本は思う。だが、そのとき、頭の中に柏木の黒々とした目が浮かんだ。

――共犯。それも、無理矢理従わされていた？

何かがおかしい。柏木のあの目がどうしてもひっかかる。

そこで武本は考えるのを止めた。増田からの伝聞だけで判断できることではない。いずれ供述調書の全文を読めば分かる話だ。

事務室内は、まだ増田の報告を中心に、話が盛り上がっている。そんな中、武本は一人、退勤のための片付けを始める。

「もう一人は、以前に吉井の部下だったそうです」

福山一人ではなく、室内全員に聞かせるために増田の口調は丁寧なものに変わっている。

「そいつが荒川斎場に勤めていて、幡ヶ谷の遺体はそこから盗んだものだそうです」

荒川斎場という言葉を聞いた武本の頭の中に、潮崎の明るい声が聞こえる。

――遺体はどうやったら手に入るかを考えてみたんですよ。けど手詰まりで。でも宇佐見君がすごいことに気づいて。それで荒川斎場に行くことにしたんです。そうしたら三田署の捜査本部の人達と鉢合わせしてしまって。これはもう、確実にお説教コースですよ。僕はいいんですが、宇佐見君と正木さんには気の毒なことをしちゃいました。

潮崎は独自の方法で犯人に辿り着いていたのだと武本は気づいた。やり方には問題がある。だが、確実に正解に辿り着く。すごい人だと武本は改めて思った。外に出たら確実に当の本人が待ち構えているだろう。それも、間違いなく増田よりも詳細な情報を携えてだ。

「じゃあ、殺人じゃなかったのか」

「簡単に盗み出せるものなのか？」

事務室内は話が尽きない。片付けを終えた武本は「お先に失礼します」と挨拶して、辞去した。

階段に着くと、三階と二階のあいだの踊り場に潮崎と正木が待っていた。二人とも寝ていないのだろう、色濃い疲労が顔から見てとれる。三田署に犯人が自首してきたからには、三田署だけでなく新宿署も代々木署も本庁も、すべての捜査本部は蜂の巣をつついたような状態になったはずだから当然だろう。

潮崎は武本の姿を見るなり階段を上がってきた。

「お疲れ様でした」

潮崎が頭を下げる。一呼吸遅れて正木もそれに倣う。すぐさま事件の話をしたいだろうに、それでも挨拶や気遣いを怠らない。潮崎のそういうところは賞讃に値すると武本は思う。だが、挨拶を返す前に潮崎が「すでにお聞き及びでしょうが、二十九日の午後三時五十三分、三田署に磯山喜行七十九歳と牧原尚也三十六歳の二名が芝浦・新宿・幡ヶ谷三件の事件の犯人だと自首してきました。両名ともに自分たちが主犯で、柏木は脅して従わせただけの従犯だと主張しています」と、一息で言い、続けて磯山と牧原それぞれの供述内容を改めて説明した。

「――と、いうことで、ここまでが供述の内容です」

延々と話した潮崎がようやく口を閉じた。

潮崎から聞いた磯山と牧原の供述にはおかしなところはない。柏木にアリバイを作ったことも、柏木が逮捕された直後に二人が自首したのも納得できた。

――だが。

武本の頭の中にまた黒々とした柏木の目が浮かぶ。何度も甦るその目がどうしてもひっかかる。

「柏木は」

潮崎が再び声を上げる。

「連行されて以降、黙秘を続けています。磯山と牧原が自首したことはいずれ柏木にも伝えるでしょう。でも詳細までは話さない。二人の供述内容を伏せることで疑心暗鬼に駆られた柏木が口を開くのを待つ」

取調べの常套手段だ。

「それで柏木が吉井殺害及び放火について自供するのがベストです。ですが」

潮崎が武本の目を見て続ける。

「柏木が黙秘を貫いたら？」

「鈴木の事件では関与が確定しているのですから起訴するでしょう」

正木が憤慨した声を上げた。諭すような目で正木を見つめて潮崎が言う。

「ええ、でも冷凍車、白いハイエースともに柏木が関わったことを示す物証はない。このままでは吉井の事件では起訴出来ないかもしれない」

正木は潮崎の言葉にぐっと詰まった。だがすぐに「でも二人から名前が挙がっているじゃないですか」と言い返した。

——なぜ二人は柏木の名を共犯として挙げた？

潮崎の言うとおり、二台の車からは犯罪の物証は何も出ていない。白いハイエースは前の所有者が譲ったと証言しているから柏木が最後の所有者となっている。だが車輛登録はされていない。盗まれたと言われれば、それも覆ってしまう。

「あくまで僕の考えですが」

前置きしてから潮崎が続ける。

「自首したところでそれで終わりにはならない。裏を取ります。そこで柏木に関わるものが何か一つでも出て来たら、おかしなことになる。実際に鈴木の遺体からは出ましたし。だから二人は名前を出したんじゃないかと思うんです」

それならばと武本は納得する。正木も同じく思ったのだろう。「確かに」と小さく言った。

「裏付け調査で柏木も関わっていたという物証が出て起訴したとします。それでも柏木が黙秘を続けたら？　今のところ二人の供述内容は柏木の耳には届いていません。でもずっとは続かない」

潮崎が再び武本を見つめて言う。

「このまま時間が経てば、いつかは柏木に伝えざるをえない。知れば、磯山と牧原に脅されて吉井殺害に協力してしまったと言うでしょう。磯山と牧原の供述には食い違いは一つもない。二人は殺人と死体の窃盗と三件の死体遺棄及び損壊の罪に問われます。柏木は鈴木の死体遺棄及び損壊と吉井に関しては幇助罪、これで事件は解決となります」

事件解決は何よりも喜ばしい。だが伝える潮崎の眉間には深い皺が刻まれている。

「でも、僕は納得できないんです」

「え、そうなんですか？」

正木が驚いた声を上げた。

「磯山と牧原の供述書のコピーを三人で何度も照らし合わせて矛盾は何一つないってなったじゃないですか」

「いや、他に犯人がいると思っているわけではありません。犯人は磯山、牧原、柏木の三人だと思っています。ですが、役割というのかバランスというのか、柏木は本当に二人に脅されて従っただけの共犯なのか。このまま二人の供述に沿ったことを柏木が答えれば、それが事実となる」

「事実も何も」

「だから伺いたいんです。最初に柏木に何かおかしいと思われた先輩に」

腑に落ちなさそうな正木の声をかき消すように潮崎が言った。

武本は考えてからゆっくりと口を開いた。

「分かりません」

潮崎の表情が明らかに失望したものへと変わっていく。

「そりゃそうでしょうけれど、さすがにその言い方は」

正木が武本に喰ってかかった。

それまでの正木からは、本人は隠そうとしているのだろうが、潮崎という困った相手の面倒を見させられていますといった体がにじみ出ていた。だが今は明らかに潮崎側に立っていた。

「いや、いいです。こういう率直なところが先輩の良いところなので」

「率直にもほどがありますよ。率直キングの宇佐見さんだって、もう少し何か言うんじゃないですか。はいかいいえでずばっと答えて、そのあとに理由を説明してくれる。それこそこちらがぐうの音も出ないほど論理がきっちりした説明を。でも武本巡査部長は分かりませんだけじゃないですか。それでだんまりって、あんまりです」

潮崎に向けて話していた正木が、最後は武本を睨めつけるようにして言う。

「率直キングって、いいですね。僕もこれから宇佐見君をそう呼びます」

「今、そんなことはどうだって」

武本を無視して二人が話している。このままでは埒《らち》があかない。武本は口を開いた。

「ですが、私はまだ柏木に何かひっかかりを感じています」

二人の目がこちらに向けられた。潮崎の表情が明るく変わっていった。

一月十五日

捜査本部として使われている七階の会議室のドアを前にして武本は立ち止まった。

留置管理課長から電話が掛かってきたのは、昨日の夜九時を回ってからのことだった。非番日の夜に職場から電話が掛かってくることはたまにある。そのほとんどが翌日の担当官の誰かが体調不良になって、代わりに担当が出来ないか？　という打診だ。職務内容上、留置担当官は欠員状態での勤務は行われない。だが徹夜明けの第二当番に連続勤務させることは流石に出来ない。結果、翌日が休みの担当官から選出される。

休みがなくなるし、第一当番が二日続き体力的にも辛いので、交替でとはされているが、家族のいる者は考慮するという暗黙の了解もあり、武本に声が掛かることが多い。今回もまたそれだろうと思って着信を受けた。

「武本か？」と問われた声に聞き覚えはあったが、誰なのかすぐには思い出せない。

「鮎川《あゆかわ》だ」

掛けてきたのは課長の鮎川だった。代行依頼は係長から入るのが通常で、課長直々ということはない。

「合同特別捜査本部の下田警視正がお前と話したいそうだ。明日の九時にウチの捜査本部に来て欲しいそうだが、来られるか？」

明日は休日だが取り立てて予定はない。「はい」と即答する。

「では、よろしく」と言って鮎川が電話を切った。

下田は本庁の捜査一課長だ。その下田が話したいと言うのならば、柏木の件だろう。それくらいしか武本には心当たりはない。制服か、それとも私服で行くべきか悩んだ。とりあえず失礼がないようにスーツ一式を準備してから眠りについた。

一夜が明けて武本は粛々と身支度を調えて自室を出た。いずれ来るだろうと予想していた日が来ただけだ。いつも通りに新宿署に出署する。到着して三階の留置管理課ではなく七階の会議室へと階段を上った。

内部の情報が外に漏れないように会議室のドアは閉められている。ノックをして許可を得てから入るのが通常だ。だが捜査本部に携わる者はその例に漏れる。人の出入りが多いだけに、いちいちそのやりとりをするのは時間の無駄だからだ。今まで武本は捜査本部に入るのにドアをノックしたことがなかった。本部に入るときは、常に捜査員の一員だったからだ。だが今回は違う。厚いドアを強めに三回ノックして、「留置管理課の武本です」と名乗る。わずかに間が空いてから「どうぞ」と応えられ、武本は入室する。室内の人数は少なかった。いるのは新宿署の刑事ばかりで、見知らぬ者――本庁の刑事はほとんどいない。十二月二十八日に三田署に芝浦、新宿、幡ヶ谷の三件の真犯人と称する男性二名が証拠持参で自首し、今日は年が明けた一月十五日、すでに十九日が経とうとしている。裏取りが中心になってすでに捜査本部は縮小しているだろう。室内の視線が集中するのを感じながら、武本はドアを閉めてその場に立つ。

「先輩、どうぞこちらに」

すぐさま潮崎が近寄って来た。その表情は明るい。柏木について話を聞かれるのならば、職務外での捜査について叱責を受けるのだろうと武本は覚悟していた。ならば潮崎も神妙にしているはずだ。予想外のことが起きているのを察しながら、潮崎に導かれてホワイトボードの前へと進む。

「下田だ。休みのところ、すまないな」

最初に口を開いたのは、武本を呼び出した下田捜査一課長その人だった。

「いえ」と言って武本は一礼する。

名前は知っていたが面識はなかった。捜査一課長の役職に就く者には二通りあると言われている。見るからに隙がない鋭そうなタイプか、あるいは一見、警察官だとは誰も思わないような穏やかなタイプかだ。どうやら後者のようだ。

「柏木の事情聴取をして貰いたい」

要点を下田一課長はずばりと告げた。戸惑う武本に「了解はすでに得ている」と重ねる。新宿署長を筆頭に、武本の上司にあたる全員にすでに了解を得ているということだ。ならば、断る理由はない。それでも武本は逡巡していた。捜査一課長自ら命じているのだ、留置担当官である自分が取調べを行う正当な理由はつけられるのだろう。迷っている理由はそこではない。問題は発端だった。職場で得た情報を基に休日に柏木の現住所を訪ねた。警察官の身分は明かさなかったが、アパートの住人から話を聞いた。そして柏木が花栄町の元住人だと知り潮崎に伝えた。潮崎は許可なく現地に行き、住人から話を聞いた。そこから捜査は進み、柏木の逮捕に至った。その後、鈴木から出た第三者のDNAが柏木と合致し、柏木の事件への関与は確定した。とはいえ起点は職務を逸脱した自分の越権行為だ。捜査一課長直々の指令だとしても、自分が柏木の取調べを行うべきではない。

「報告させていただきたいことがあります」

察したのだろう、潮崎が落ち着きを失った。視線を泳がせ、頭や身体を微妙に動かしている。無視して武本は一気に説明した。

「ということで、柏木の取調べに、私は適任ではありません」

最後にそう締め括り、武本は口を噤んだ。

潮崎が右手で両目を覆うようにして天を仰いでいる。窮地に潮崎を追い込んだのは間違いない。だが武本はこれ以上、隠しておくつもりはなかった。下田一課長の顔を見つめる。話している最中も話し終えた今も、表情の変化は窺えない。やがて下田一課長が口を開いた。

「聞いていた話とは違うな」

「申し訳ございません、すべては僕の責任です」

潮崎が深々と頭を下げた。「だろうな」と、下田一課長はあっさりと同意した。

「いずれ正式に処分が下ることになるだろう」

武本は一礼した。潮崎を見ると、がっくりと肩を落としている。お詫びのしようもないと心底から思う。もはや自分に任が下ることはない。辞去しようとすると、下田一課長の声が聞こえる。

「だが君からの話がなくても、犯行に使われたと見なされる白いハイエースを所有者が譲った相手であること、吉井殺害時刻直後に現場から移動している写真や動画がみつかったことから逮捕に至るまでは、正規の手続きを踏んでいるので何も問題はない」

柏木の逮捕自体が不当だとされることはないのは武本もすでに潮崎から聞いて知っていた。だが下田一課長本人の口から伝えられると、やはり安堵する。

「言わなければそのままで済んだことを自発的に報告する。そんな誠実な君には申し訳ないが」

まっすぐに武本を見つめながら下田一課長が言う。

「柏木の取調べをしてくれ」

改めて命じられた武本は再び逡巡する。

留置担当官として柏木のことを他の留置人と分け隔てなく見守ってきたつもりだ。だが実際は暴行事件の留置初日から、ずっと引っかかり続けていた。その理由を知りたいという欲求は日を追うごとに大きくなっていき、今や強烈な渇望へと変わっていた。そして今、自ら柏木と向かい合う機会を、これまでの経緯を知ったうえで捜査一課長本人が提示している。自分が取調べれば柏木は自供するなどとは思っていない。ただ、きっかけを作った以上は結末まで見届け、そのうえで責任を果たすべきだ。

武本は決意した。

「分かりました」と承諾して一礼した。

事情聴取はこれまで何度もしている。だがすでに聴取が始まっているところに、途中から、それもまったく捜査に携わっていない立場で加わるのは初めてだ。まずは柏木取調べを始める前に、しておかなくてはならないことがいくつもある。

の調書に目を通す。真犯人だと自首してきた磯山と牧原の二名のもだ。すべてを頭に入れてからでないと、矛盾点に気づくことは出来ない。他にもある。柏木の聴取はすでに捜査本部の捜査員がしている。本庁の捜査一課と新宿署の刑事は、皆優秀だ。彼らがすでに聞き出したことの確認作業をすればいいだけなのか、それとも他に意図があるのか。それを理解したうえで、その目的、言い換えれば先入観を白紙に戻して柏木に対峙しなくてはならない。

「読んで貰えば分かることだが、逮捕後、柏木は黙秘を続けている」

改めて聞くまでもなく、話はすでに潮崎から聞いていた。磯山と牧原の自首を伝えてもなお、柏木は黙秘し続けているという。

「二人の自首は十二月三十一日の午後に柏木に伝えた。二人の提出した証拠がすべて犯行に使用したものだと確認できたこと。幡ヶ谷の遺体と、浜田始の長男・登《のぼる》の受け取り拒否により同人が居住していた白井荘のオーナー白井浩介が保管していた遺品から採取したDNAが一致したこと。これらから二人を一件の殺人と三件の遺体遺棄及び放火の罪で逮捕したのもだ。手を替え品を替え、水を向けているが柏木はだんまりだ。このままではずるずると勾留延長期限になってしまう。すでに聞いてはいるだろうが、起訴は可能だ」

ちらりと下田が潮崎を見る。気づいた潮崎がすぐさま表情を神妙なものに変える。

鈴木の遺体に付着していた第三者の皮膚から検出されたＤＮＡは、鑑定の結果、柏木だと判明した。これで鈴木の事件に関しては柏木の関与が確定した。だから現段階では鈴木の死体遺棄及び損壊については柏木を起訴できる。

「問題は残る二件だ。三件目の浜田に関して柏木は留置されていたから物証は出ようもない。だが二件目の吉井殺害については拉致から死体を遺棄して火をつけるまでは柏木もその場にいた。磯山、牧原ともにそう供述している。犯行前の防犯カメラの映像に写っていたのも三名だ」

藪長不動産ビルの防犯カメラには三人の男がタイヤと遺体を運び込み、火を放って立ち去るまでの映像が録画されていた。

「だが吉井の遺体、遺留品、使用した白いハイエースの全てから、柏木の物証が出てこない」

証拠が出てこない限り、磯山と牧原の供述を中心に裁きは下されることになる。つまり、二人の証言通り、主犯は磯山と牧原の二人で、柏木は従犯、それも二人に脅されたとして判決内容は情状酌量も加わって軽くなるだろう。

「こうなると、二人の供述通り柏木は従犯ということになる。だとするのなら、柏木も事実を話してもいいはずだ。だがなぜか黙秘を続けている。それで協議のうえ、二人の自供内容を柏木に伝えることにした。それが一月五日だ」

——だが柏木は未だに黙秘を続けている。

その理由を武本は考える。

「あなたは騙されたあげく脅されて従っただけの共犯なのだろう？　二人は主犯だと認めているから、もうすべてを話しても大丈夫だと何度も伝えているが、それでも黙秘を続けている。さすがに万策尽きた。それで」

下田捜査一課長が再び潮崎にちらりと目を向けた。どういう表情をして良いのか迷っているらしく、潮崎は口の辺りをむずむずと動かしている。

「ずっと提案されていたものの、却下してきた手を使ってみようという気になった。それで君を呼んだ」

「と言っても、先輩は二人目なんですけれどね。最初は宇佐見君に任せては？　と提言しようとしたんです」

横からするりと潮崎が口を挟んだ。

「取調室での犯人の落とし率がすごいと聞いたもので」

それについては武本は身を以て知っていた。宇佐見に数字で損得を突きつけられた容疑者は、ただ罪を認めるだけでなく、すっかり意気消沈してしまうので、留置担当官の間でぴょん注という隠語が出来たほどだ。何より捜査本部の人間だ。確かに宇佐見が適任だと武本は思う。

「けれど本人に断られてしまって。私のやり方が効果を発揮するのは、経済的な利益のために罪を犯した人の場合です。今回はそのケースではありません。人の感情を数字に置き換えようとしても、価値観は人ごとに違います。生涯を刑務所で終えたとしても釣り合いが取れるどころか、利益だと思う人もいる。そういう人に損得を持ち出したところで、何の効果もありませんので。——で、よろしいでしょうか？」

潮崎が部屋の右隅奥に向かって訊ねた。見ると、こちらを向いた宇佐見が頭の上まで上げた両手で丸を作っている。

「確かにそうだなと。そこで次の手として武本先輩を」

潮崎が下田捜査一課長に提案し続けたのだ。最初に柏木の存在に気づいたのは武本だ。だから武本に柏木と話させて欲しいと。

相変わらず無茶苦茶だと武本は思う。留置担当官が被疑者の取調べを行うなど本来ならばありえない。一笑に付されて終わる。それが普通だ。だが潮崎は諦めなかった。しつこく粘ったに違いない。それは「ずっと提案されていたものの」の部分を、より強調して下田一課長が言ったことでも分かる。

「武本君、君に柏木を取調べて貰いたい」

改めて下田一課長に言われた。それも命令ではなく丁寧に頼まれた。

「分かりました」

武本もまた、改めて承諾した。

「いよいよですね」

緊張と期待のせいか、潮崎の声が裏返っている。狭い取調室内には武本と潮崎の二人のみだ。だか何も返さずに武本は供述調書を読み続けた。

柏木の取調べを武本が行うことになり、潮崎は自分も同席したいと下田捜査一課長に願い出た。当然却下されると武本は思っていた。そうして欲しいとも願っていた。一度しゃべり出したら潮崎は止まらない。特に今回のような黙秘し続ける被疑者の場合、取調べる側の言葉数が多ければそれだけで時間が過ぎてしまう。今回のような場合、潮崎は取調官には向いていない。だが下田一課長は「そうだな、君が言い出したことだからな」と、すんなり許可を出した。困惑する武本をよそに潮崎は嬉しさのあまりその場で飛び跳ねていた。「ただし、取調べは武本で、潮崎は記録係だ」と下田一課長が付け足したときも「はい、全く問題ないです。ありがとうございます」と嬉しそうに言いながら、何度もお辞儀をしていた。

「あのぉ～、大変恐縮なのですが。一つだけお伺いしたいことが」

「話しません」

潮崎の質問の予想はついていた。柏木に越権行為の話をするのか？　だ。だが下田がさきほど言っていたように、柏木の逮捕には何も問題はない。ならばあえて話す必要はない。そう決意したからこそ、先んじて潮崎に答えた。だが口に出してみて胸の奥にじくりと痛みを感じる。罪悪感だ。その痛みを抱えたまま取調べに臨まなければならない。

「よかった。いやぁ、先輩のことだから、まず最初に全部話して謝罪してから始めるんじゃないかと思って。何しろ、誠実や堅実を実体化したような方なので」

安堵したらしく潮崎の口がいつものように軽くなる。

「二人で柏木を落としましょう。やはりここは良い警官、悪い警官でいきますか？見た目だと僕が良い警官でしょうけれど、ここはあえての逆転、その方が効果もありますものね。いや、僕に悪徳警官が出来るかなぁ」

一方的に話を進めると潮崎は低い声で「ふざけんな、こら」「いい加減白状したらどうだ」などと、脅す言葉の練習を始めた。

武本は「警視は記録をお願いします」とだけ告げて、供述書を読み込むことに集中した。果たして分かってくれたのか不安はあった。だが何かあれば、隣の部屋からマジックミラー越しに見ている下田一課長が止めに入るだろう。

時刻は午後二時を回っていた。下田一課長から柏木を取調べるように言われてから、柏木と磯山と牧原の三名の供述書や捜査資料を読み終え、頭の中で整理するのに四時間半を費やした。もちろん取調べは今回の一度きりではない。最低でも数回行い、その中で矛盾点がないか追及する。だが、やはり最初が肝心だ。それまでと取調官が替わった。それも刑事ではなく留置担当官の自分になったことで、柏木は動揺するだろう。その動揺があるうちに、少しでも切り崩すことが出来ればと武本は期待する。しかし不安も過る。柏木は留置されて二十二日になる。その間、当番ごとに武本は柏木と会っている。

武本は当番になる度に、さりげなく柏木を観察していた。至って大人しくまったく問題を起こさない模範的な留置人、それが今の柏木だ。

——どうすれば？　と、考えていたそのとき、ノックの音が聞こえた。

「柏木、入ります」

連行してきた刑事の声に「どうぞ」と武本は応える。背後の記録係用の机に陣取る潮崎が、ごくりと唾を飲み下した。

ドアが開き、トメ服に手錠と腰縄姿の柏木が入ってきた。手前に座る武本の横を通り過ぎて、奥に進む。イスに腰掛けようとして、柏木がようやくこちらを見た。その目が大きく開いていく。

着席させてのちに、腰縄、手錠の順に刑事が取り去る。その間、柏木は武本から目を離さなかった。

「それでは、お願いします」

一礼して刑事が退室する。ドアが完全に閉まるのを待ってから、「武本です。お話を伺わせていただきます」と、柏木に告げた。

「担当さんですよね？　留置場の」

「はい」

不審そうな声で柏木が訊ねた。

「なぜあなたが」

特例で取調べを行うことになったが、明日からはまた留置担当官の職に戻る。明日には留置場で会うのだから嘘をついても仕方ない。

「取調べをするよう指示を受けたので」とだけ応えると、すぐさま「ずっと黙秘されているそうですが、その理由は何ですか？」と訊ねた。

そんな質問をされると思っていなかったのか、柏木が武本を改めて見つめる。わずかに唇が開いた。だが話し出すかと思いきや、閉じた。

「示談になってよかったですね」

まずは三件の事件についての話ではないところから武本は話を始めた。気を取られたのだろう、口をわずかに開いたまま柏木が武本を見つめる。

「現行犯で罪を認めた。だがその後、自分がなぜ事件を起こしたのか、その理由が思い出せない。それでは納得出来ないと態度を翻した。思い直して罪を認めたのはずいぶんと日が経ってからです。弁護士を頼んだのも事件から日にちが経っていました。本来ならば、謝罪が遅いと被害者が怒って示談が成立しなくても仕方ない状況でした。良い弁護士を紹介して貰えてよかったですね」

「——ええ、まぁ」

あいまいだが無視はせずに返答した。これは良い兆しだと思い武本はさらに続けた。

「でも気をつけて下さい。ただの良い奴ではないので。その後、連絡が来たりしていませんか？」

「いや、ないです」

「それはよかった。実は同じく同房だった」

そこで武本は身を乗り出した。柏木にわざと聞こえないくらいの小声で「××大学の留学生の」と言う。仕方なく柏木も身を乗り出した。そこでまたもう一度小声で「××大学の留学生」と言ってから姿勢を戻す。

「ああ、彼か。どうかしましたか？」

「実は相談の電話が入ったんです。それで他の方達も大丈夫かと思いまして」

「いや、私のところにはないです。でも、いやぁ、やはりというのか、なんというのか」

共通の話題に柏木が乗ってきた。

「納得がいかないから認めない。ならば今回も納得できないから認めないんですか？」

武本は一気に話を変えた。柏木の表情が硬くなる。

「鈴木さんの遺体からあなたのＤＮＡが出た。これは事実です」

柏木の固く結ばれた唇から、もう何も話さないという意志が伝わってくる。しくじった。そう武本が思ったとき、潮崎が割って入った。

「磯山さんと牧原さんは、自分たちが主犯で、あなたを脅して協力させたと言っています。あなたの、――すみません。あなたらしき人物が藪長不動産本社の防犯カメラに写ってはいますが、あなただという物証は何一つ出ていません。浜田さんの件はあなたに関与は無理だ。だって留置されていたのですから。だから現状、あなたの罪は鈴木さんの遺体遺棄及び損壊だけです」

このまま一気にまくしたてられては、柏木が黙秘の意志を固めるだけだ。堪らず「警視」と声を掛ける。潮崎がしまったという顔をして口を噤んだ。

「柏木さん、あなたにお願いしたいことがあります」

改めて武本が話しかけるが、柏木は伏せた目を上げようとしない。

「鈴木さんの遺書のありかだけでも教えていただけないですか？ 鈴木さんのお母さんの佳恵さんが、どうしても読みたいと仰っているんです」

伏せられているが柏木の目が動いた。

「あなたの部屋を捜索しました。けれど鈴木さんの遺書はどこを捜してもみつからなかった。佳恵さんは高齢です。先立たれた息子さんの最後の言葉を知りたいと仰っている。その願いを叶えて差し上げたいんです」

鈴木の遺書がみつかっていないのは事実だ。だが鈴木の母親からそんな依頼は受けていない。

沈黙が続いた。やがて一つ息を吐き出してから柏木が口を開いた。

「ずるいですよ、そんなことを言われたら答えるしかないじゃないですか」

柏木が顔を上げた。

「私の部屋の押し入れの下段側の天井全体にベニヤ板を貼りました。それを剝がして下さい。鈴木の遺書と吉井のインタビュー記事が掲載された雑誌のページを同封した封筒が出てきます」

家宅捜索では部屋の中の物が隠せそうな場所はすべて、さらには天井裏はもちろん、畳を持ち上げ、床板が剝がされていないかまで確認した。もちろん押し入れも念入りに調べたはずだ。見落としたのだとしたら、よっぽど違和感なく柏木が手を加えたのだろう。

「ありがとうございます」

武本は一礼した。

「当然みつけられると思っていたんですが、警察も大したことがないんですね」

嫌みを言われたが、話してくれただけありがたい。武本は「努力はしているのですが、完璧にとはなかなかいきません」と素直に非を認めた。

「私からも、一つ伺っていいですか？」

上手く進んでいることに沸き立つ心を静めながら「もちろん」と答える。

「初日から、私のことを見てましたよね。何度も目が合ったんで気になって」

「初犯で初めて留置された被疑者には注意することになっているだけです。泥酔されていたし。薬物使用者だったら、あの比ではありません」

「へぇ、そうなんですか。でも初日以降も、ずっと私を見ていませんでしたか？」

探るような視線を受けながら武本は答える。

「あなただけではなく、留置人全員をまんべんなく見ています。そちらからは一対一だから自分だけと思われるのは当然です。でもこちらからだと一対多数です。誰かを特別にということはないです。もちろん例外はありますが」

嘘は言っていない。だが、やはり武本は胸に痛みを感じる。

「例外？　ああ、今の私のような大きな事件の被疑者ですね」

自嘲した柏木の声に意識を戻して「ええ。でも他にもあります」と武本は続けた。

「他にもとは」

「何かが引っかかる被疑者です」

「疑わしいってことですよね？　警察って勝手に決めつけて、それを認めさせようとしますよね。こちらが何を言ったところで聞かずに、それが冤罪を生むんじゃないですか？」

「違います。留置担当官にとって引っかかるというのは、留置中に何かを起こしそうなという意味です」

気色ばんでいた柏木が武本の言葉を聞いて、すこし怒りを収めた。

「留置担当官の仕事は、留置人の処遇が決まるまで身柄を預かることにあります。留置人に何かが起こってはならない。だから様子を窺い、見守る」

「それにしては威圧的ですよね。まだ犯人だと決まっていない人もいるのに」

「確かに。私もそう思います。ですが、長きに亘ってこういうものだとシステム化されてしまっていて、改善されていないというのが現実です。定期的に異動もあるので、次の職務に就いたらそれで手一杯になってしまう。そうなると」

「改善しない。お役所仕事ってやつですね」

「ええ、申し訳ございません」

武本はまた頭を下げた。

「武本さんって、変わってますね。見た目は威圧的なのに、今まであった警察官の中で、一番腰が低いんじゃないかな。いやでも、そう見せておいて人に話させているのかも。だとしたら成功してますよ。ずいぶんと喋っちゃいましたから」

柏木の口が滑らかになってきた。ここで畳みかけるか、武本は迷う。

──口を噤んだら、噤んだままでだ。

これまで柏木は黙秘を続けてきた。そもそも自分が担当したら話すだろうなどと、大それたことは思っていない。ダメでもともとだと、武本は話を進めることとした。

「物事の筋道を通したい、そして人に誠実でいようと努力しつづけている人、でしょうか」

「誰が？　私ですか？　今度は褒め殺しですか？　勘弁して下さいよ」

「暴行事件では、被害者には一貫して申し訳ないと丁重に詫びていた。でも罪については、理由が納得出来ないうちは認めなかった」

「しょせんは酔って八つ当たりで人を殴るような男です」

言い終えた柏木はあははと乾いた笑い声を上げた。

「学生、社会人を通して、あなたを悪く言う人はいませんでした。皆、真面目で誠実で良い人だと言っています。ご家族もです」

家族に触れたことで柏木の表情が一変する。顔を伏せて表情を隠してしまった。

「離婚はあなたから言い出したそうですね」

柏木の別れた元妻、迫田友香《ゆうか》に話を聞きに行ったのは、三田の捜査本部の鳩羽と遠藤だった。花栄町在住時、柏木は電子機器メーカーに勤務していて、平行して個人投資もしていた。大きく儲けようとしてではなく、最悪マイナスにならなければ良い程度の運用だった。だが被災後、持っていた投資信託が暴落した。投資信託に組み入れていた株式と債券の価格が下落したのだ。なんとかマイナスを取り戻そうと焦った柏木は妻に無断で夫婦共有の貯金の一部で新たに株式投資を始めた。だが、こちらもまた米国債ショックの影響を受けて暴落した。

被災による生活への支障に助成金を得るための町内トラブル、さらに投資の失敗と心労が積み重ねられて追い詰められた柏木は勤務先で注文の受け間違いや発送忘れなどのミスをし始めた。それまでそんなミスはしたことがなかったこともあり、当初は被災で大変なのだから仕方ないと社内でも大目に見られていたが、その後もミスを繰り返し続けた。これ以上は、庇いきれないと判断した社長自らに頼み込まれて、本人も納得の上で自主退職となった。退職した当初、柏木は家族にそのことを伏せていた。再就職先をみつけてから伝えようと思っていたというのが理由だ。

だが翌月にはすべて妻の知るところとなった。銀行から残高不足の連絡が入ったのだ。混乱した妻は、帰宅した夫に詰め寄った。そして自分に何一つ相談もせずに勝手なことをし、さらに無職になったことを隠していたと知って、夫に失望した。だが感情論でやりあっている猶予はすでになかった。友香は経済的に立て直すための相談を銀行とすることを夫に提案した。承諾して向かった二人が達した結論は自宅を手放す、だった。そうしたところで売却額は購入額より大幅に落ちていて、しかもまだローンが残っていた。それでもこのまま負債が嵩むよりはましだった。二人の息子の通学もあり、とりあえず同県内にある友香の実家に身を寄せることにした。それから友香は夫と改めて話し合おうと思っていた。

話を聞きに来た新宿署の捜査本部の刑事に友香は「すべては震災のせいです」と言った。だが直後に、「ピンチのときに初めて人間性が分かるものですね」と続けた。それまで夫に不満を感じたことはなかった。だが今回、友香の中で夫は、一人で勝手に決断する身勝手な男となったのだ。だから判を押した離婚届を夫が持ってきたときも驚きはしなかった。ただ、また一人で決めたのだと思った。疲れ果てていた友香は承諾して判を突き、離婚届を提出した。それでも鈴木のように絶縁となったわけではなかった。友香は夫に腹を立てていた。だが申し訳ないとも思っていたのだ。

愛情が消え失せたのではない。でも、あの人を思いやる余裕がなかった。あのとき即決せずにとりあえず保留にしていたらと今でも考えると言うだけあって、友香は夫が息子達と会うことに制限はつけなかった。会いたければいつでも会いに来るようにとも言っていた。だが柏木からの連絡はほぼ月に一度だけだと言う。

「毎月、養育費を滞りなく支払っている」

「それで私を誠実でいようと努力し続けている人って思ったんですか？　当然のことでしょう？　家族への責任すら果たさないようなクズと比較してマシだって持ち上げられても──」

「違います」

怒りを募らせていく柏木を遮って続ける。

「家族と幸せな人生を送るために、あなたは新居に花栄町を選んだ。貯金のかなりをローンの頭金にしたこともあって、庭の部分にはお金が回らなかった。あなたはご家族と週末になると自力で庭を整えた。よく荒川の上流にピクニックに行ったそうですね」

柏木の肩がわずかに揺れた。

「そのときのお昼御飯は奥さんが手作りしたお弁当だった。おかずは玉子焼きとウインナー。あとはおにぎり。具は梅干しとおかかと鮭だった」

調書に記載された内容を思い出して武本はゆっくりと言葉を重ねていく。

「河原で石を拾って持ち帰り、それを花壇の縁に列べた」

柏木の肩がわずかに動いている。肩だけではなく腕もだ。力を込めて拳を握っているのだろう。

「あなたもご家族も、真面目で誠実でみんなで幸せになろうと努力する人達だと私は思っています。その幸せを震災が壊してしまった。あなただけではない。あの町に住む全員の幸せを震災がいとも簡単に奪い去ってしまった」

柏木はまだ顔を上げない。

「誰もがあんな被災をするとは思っていなかった。国ですらです。誰のせいでもない。ただ不運だった。不運でしかなかった」

柏木が顔を上げた。武本が何度も引っかかっていた黒々とした目をしていた。

「不運だ？　ああそうだ。ただの不運だよ。被災していない連中は、みんな言うよ。ローンも残っているのに家を失ったのも離婚になったのも、すべて不運だった、気の毒だって！」

柏木の語気は荒い。

「しょせんは他人事だからなっ！　さも可哀想にって顔で、大変ですねとか抜かしてくる」

「被災はともかく、投資失敗の責任はご自身にありますよね」

それまで口を閉ざしていた潮崎が話し出した。

「離婚もです。相談もせずに共有のお金で勝手に投資をした。その失敗の責任を認めたから自ら切り出した。あなたの決断です。全部、あなたが決めてしたことです。不運じゃない」

柏木が潮崎を睨みつける。怒りで唇が戦慄《わなな》いている。止めなくてはと武本は思う。だが声を発する間もなく潮崎が続ける。

「もしかして離婚にはならないって思っていたんじゃないですか？　奥さんはきっと止めてくれると期待していた。でも離婚は成立してしまった。投資も離婚も、どちらもあなたの読みが外れただけです。なのにすべては不運、自分ではない何かのせいにしていますよね」

「黙れっ！」

柏木が怒鳴った。

反論でなく、ただ黙らせようとしたのは、痛いところを突かれたからだと武本は思った。

「実際に被災していない奴に、何が分かるって言うんだ！」

「分かりません」

武本は一言で応えた。そんな返事をされるとは思っていなかったのか、柏木は言葉を失って武本を見つめる。

「分かりはしません。ですが、真面目に生きてきた人達の幸せがとつぜん理由もなく奪われた。しかも誰かに補ってもらえもしない。それに対して気の毒だと思います」

柏木はまだ何も発しない。

「とりわけ柏木さん、私はあなたを気の毒だと思っています」

「どういうことだ？」

絞り出すような声で柏木が訊ねる。

「花栄町の全員が震災で苦しい思いをされている。家が傾いて住めなくなって住まいを借りるしかなく、ローンのうえにさらに家賃を払ってと、経済的に大変な思いをされているご家庭が何軒もある。ローンを払いきれずに手放すしかなく、けれど震災のせいで評価額が下がってしまって、やはり大変な思いをしている家族がいくつもいる。それがきっかけで家族がばらばらになってしまった人もいる。あなたや鈴木さんだけではありません。竹原《たけはら》さんと綿貫《わたぬき》さんを覚えていらっしゃいますか？」

思い出そうとしているのか、柏木の目が泳いだ。

「竹原さんは南側の道路に面した左から三番目のお宅で、家族構成は竹原正平《しょうへい》さんご夫妻と長男長女、正平さんのご両親の六人で」

「覚えてる。息子と同じ小学校だった。だが竹原さんは家族全員で町を出て行ったはずだ」

「出て行ったときはそうでした。でも、その一年後に離婚しました」

捜査本部が花栄町の元住人全員に話を聞きに行って分かったことだ。竹原家は妻の実家がある栃木県に引っ越したが、双方の片親が同時に介護が必要になったことから、さらに経済的に困窮し、夫妻の間に喧嘩が絶えなくなり、ついには離婚した。綿貫もまたそうだった。町を出たときはまだ家族だったが、引っ越した先で経済的な苦しさから家の中が揉めて、離婚に至っていた。

武本による二つの家の説明を柏木は口を挿むことなく、ただ黙って聞いている。

「この二つの家庭も破綻してしまった。今もまだ花栄町で暮らしている中にも、ぎりぎりの状態の家もある。けれど、誰一人として家族が世間から後ろ指をさされるような罪を犯してはいない。不仲になってしまったとしても、子どもに堂々と親として会いに行ける。でも柏木さん、あなたは道を踏み外した。鈴木の死をどれだけ気の毒だと思ったとしても、あなたは家族のことを考えて踏みとどまらなくてはならなかった」

柏木の目がこれまでと違っていた。黒々とした目は深い穴のように武本には見えていた。だが今は、明確に怒りが浮かんでいる。

「最初にお会いしたとき、あなたという人がまったく見えなかった。個人を感じさせるような物をほとんど持っていなかったからだ。けれど、一つだけあった。キーホルダーに付いていたマスコットです」

福山にマスコットの名前を訊ねられた柏木は「モリゾーとキッコロです」と即答し、

さらに愛知万博のキャラクターだと説明もした。

「愛知万博にご家族で一緒に行かれたときに、お揃いで購入されたものだそうですね」

息子の雅《まさる》が二歳の時に家族で愛知万博に行き、三人お揃いで買った物だと友香から証言を得ていた。

「あなたがキーホルダーに未だに付けていると友香さんに伝えました。友香さんも雅君もすでに別なものを使っているけれど、二人とも今も持っているそうです」

柏木が目を瞑った。瞼に力を込めている。溢れ出しそうな何かを堪えているように武本には見えた。

「離婚はしても、思い出にまつわる同じ物を大切に持ち続けている家族があなたにはいる。なのに、道を踏み外して自らの未来を棒に振ってしまった。そんなあなたが気の毒だ」

何かくぐもった音が聞こえる。柏木の唸り声だ。何かを嚙み殺すように喉だけで唸り声を上げている。

「吉井の殺害にどのように関与しているかは、私には分からない。知っているのはあなたと磯山と牧原の三人だけだ。そのうちの二人、磯山と牧原が自首した。自分たちが主犯であなたは脅されて従っただけの従犯だと言っている。天涯孤独で余命の短い自分たちが勝手に吉井殺害を決めて、家族のいるあなたを騙したうえに脅して従わせたと」

武本は柏木を見据える。

「鈴木の遺体からDNAが出た以上、無罪にはならない」

目を開けた柏木もそらすことなく、まっすぐに見つめ返してくる。

「本来ならば捨てるはずの証拠を持って自首したことで、二人は犯人だと確定した。それが事実だと言えばいい。それであなたの罪は軽くなる。なのに黙秘を続けている。

――あなたは知らなかったのでは？」

柏木が目を見開いた。潮崎が息を吸い込む音が聞こえる。

「知っていたのは三つ目の事件を起こす、そしてアリバイが成立したら釈放に向けて行動するまでだった。そして十二月四日、それまで弁護士を呼ばなかったあなたが、急に気持ちを変えた」

あのときは柏木の心境の変化の理由が分からなかった。だが今ならば分かる。事件当日の昼前には面会を終えた留置人からの口伝で、事件のニュースは留置場内に広まっていた。だから柏木は弁護士を呼んだのだ。

「二人の自首も最初から折り込み済みならば、幡ヶ谷の事件後と同じく、すぐに二人の話は事実だと供述したはずだ。なのにしていない」

「二人が証拠を捨てずに保管していたのも、柏木さんが捕まったら自首すると決めていたのも、知らなかったってことですか？」

潮崎がまくしたてる。なおも続けようと口を開く。ペースを乱されたくない武本はちらりと視線を送った。気づいた潮崎があわてて口を噤む。

「二人は殺人を含めて複数の罪を償うのだから刑期は長い。牧原は確実に、磯山も恐らく獄中で生涯を終えることになるでしょう。だがあなたは二人の供述を認めれば、情状酌量も加わって二人よりも刑期はかなり短くなる。務めを果たせば自由の身だ。家族にも会える」

柏木が視線を落とした。

「二人ともこう言っている。家族もいない、余命も短い自分たちはともかく、あなたにはこの先の人生がある。別れたとはいえ、家族もいる。それでも二人だけでは実行が難しいからあなたを騙したのだと」

首を折るようにして柏木が顔を伏せた。

「藪長不動産から暴行事件を起こしたパチンコ店まで走るあなたの動画や写真を見ました。アルコール度数の高いウィスキーを飲み、身体にも浴びせて走るあなたを見て私はこう思った。――死に物狂いだ」

柏木が顔を上げた。敵意を込めた目を武本に向けている。

「磯山さんと牧原さんは二人とも自首して以来、ずっと穏やかな表情で供述をしているそうです。ですが二人に対しても私はあなたと同じ印象を受けました。二人とも死に物狂いだ。あなたの罪を軽くしようと、二人は死に物狂いで平静を装っていると」

柏木が目を瞑る。だがすぐさま開けて武本を睨みつけた。その視線を受け止めて武本は話し始める。

「あとは供述するだけだ。二人の言う通りだと。あくまで二人に騙されて従っただけだと。なのにあなたはこうして黙秘を続けている。それで良いとは思っていないからだ」

室内に聞こえるのは必死に何かを堪えようとする柏木の喉が鳴る音だけだった。柏木は目をそらさない。そらしたら負けだと言うように、まっすぐに武本を見つめている。

「二人の厚意を受ければ良い。そして世に戻って妻や子どもに会えば良い。そうしてこの先の長い人生を、獄中で生涯を終える二人に感謝しながらあなたは生きていけば良い」

柏木の目に迷いが窺える。葛藤しているらしい。

武本は取調べで一つだけ必ずすると決めた質問を心に秘めていた。柏木が全てを話したあとにしようと思っていたものだ。だがこの柏木の目を見て考えを変えた。息を深く吸ってから、心を落ち着けて口を開く。

「柏木さん、どうしても教えて貰いたいことが一つある」

柏木は何も言わなかった。武本は先を続けた。

「これで、気は晴れたのか？」

柏木は微動だにしなかった。

「亡くなった鈴木は生き返らない。妻を亡くし、それでも新たな場所で静かに余生を送っていた磯山と、天涯孤独の身になり、病に冒されながらも残る日々を暮らしていた牧原の両名は恐らく獄中で死を迎えることになる。これで、あなたの気は晴れたのか？」

柏木の唇が戦慄きだした。だがすぐに顔を伏せてしまった。室内の音が完全に途絶えた。いつしか柏木の唸り声が止まっていた。

——しくじったか。

また黙秘に戻ってしまった。己のふがいなさに武本が歯噛みしたそのとき、「私が主犯です」と柏木が呟いた。

「騙されて脅された従犯などではありません。私こそが主犯です」

今度は顔を上げて柏木ははっきりとそう言った。

武本は柏木を見つめる。柏木が不意に顔を歪めた。肩を震わせると同時に、嗚咽し始めた。

「なぜ私はこんなことを」

嗚咽の合間に切れ切れに柏木が呟く。

「磯山さんと牧原さんを巻き込んでしまった。二人の余生を」

大きく息を吸うと柏木は武本を見つめて続けた。

「二人の残りの人生を目茶苦茶にしてしまった。贖罪に費やすだけの日々に変えてしまった」

柏木は泣いていた。歪められた顔の上を涙が筋になって伝わり落ちている。

「私が言ったんだ。このままでは惨めすぎる。復讐しようと。二人を巻き込んだんだ。なのに二人は私の罪を被ってくれようとしている。私のために。私なんかのために——」

言い終えた柏木が机の上に泣き崩れた。

——自供した。

柏木は罪を認めた。武本はただ黙って柏木を見つめていた。

柏木の自供を聴き終えて取調室から出た武本が腕時計を見ると、午後五時を回っていた。とつぜんずしりと身体が重く感じた。疲れだろう。頸を左右に倒すとぼきぼきと音が鳴った。

取調室の隣の部屋のドアが開く。出てきたのは下田捜査一課長だった。武本は立ち止まって一礼する。下田一課長は無言で頷くと近づいて来た。立ち止まることなく武本の横を通り過ぎる。だがすれ違いざまに「二度とするな」と武本にだけ聞こえる小声で呟いた。越権行為のことだと武本は察する。自分の報告を聞いた上で取調べを任せてくれたことに深く感謝して、武本は立ち去る下田一課長の背に深く頭を下げた。

「武本先輩」

聞こえた潮崎の声がうわずっている。見ると半泣き状態だった。泣く理由などどこにもないだけに、武本は困惑する。

「いや、もう、本当にすごかった。さすがは先輩です」

ずずっと鼻をすすると、潮崎はポケットから水色のハンカチを取り出した。

「なんか、すみません。でも僕、感動しちゃって。やりましたね！」

泣きながら微笑むという不思議な顔で潮崎が手を差し出す。握手を求めているのだろう。とりあえずその手を握る。潮崎は強く握って上下に動かしてからようやく手を離した。

「もしかして、やった！　って、思ってません？」

黙秘を続けていた柏木に自供させたという意味ならば、確かに達成感はある。だが潮崎が言うほどではない。それを説明しようとする前に潮崎が口を開いた。

「やっぱり先輩は素晴らしい警察官です。いや、僕にとって誰より尊敬する素晴らしい人だ。それに比べて、僕はなんて器の小さい人間なんだろう。ほんとうに嫌になっちゃうな。でも考えるまでもなく、僕は間違っていなかったってことです。──僕はこれからも先輩についていきます！　よろしくお願いします！」

一人で勝手にまくしたてると、最後は大声で言って潮崎が深く頭を下げた。あいかわらず武本にとって潮崎は謎だ。

「さて、もう一度調書を読み直さないと。それを提出して今日は終わりかな。でも、本当の意味で事件解決まで、ここからが長いですよね」

短時間で話題を、それも益体《やくたい》もない話から仕事の話に変えるのも潮崎の特徴だ。さすがにこれは流して済ませるわけにはいくまいと思って「ですね」とだけ応える。

「よっし、まだまだがんばらないと。明日は九時から捜査会議です」

今日は下田捜査一課長から命じられて特例として取調べを行った。だが明日は留置管理課の第一当番日だ。何も言われていないということは、通常勤務に戻っていいのだろう。

「それでは」と頭を下げて武本は立ち去ろうとする。

「はい、いずれまた。って言っても、この件があるから、明日の勤務明けにはまた先輩も本部に呼ばれると思いますけれど。それでは、また明日」

潮崎がようやく別れの言葉を口にした。武本は一礼してその場を辞去した。

一月十六日

1

第一勤務の日は午前七時五十分には事務室に武本は着くようにしている。今日も定時にドアをノックしてから室内に入った。とたんに視線を感じる。すでに出勤していた事務官の増田と留置担当官の福山だ。今までもこういうことはあった。二人揃って目をそらし、何事もなかったように話を続ける。それが常だった。だが今日は違った。目をそらしたのは福山のみで、増田は席を立って近づいてきた。

「武本さん、大手柄ですね！」

満面の笑みを浮かべて増田が話しかけてきた。「いえ」とだけ応えて武本は席に着く。

「またまた謙遜しちゃって。黙秘しつづけていた柏木を完落ちさせたんですから、間違いなく大手柄じゃないですか」

隣に立った増田がなおも続ける。

「本庁の捜査一課とウチの刑事では落とせなかったのを、三時間ちょっとで完落ちさせたって、もう署内中駆け巡ってますよ。いや署内どころじゃないですよ。三田署と代々木署はもちろん、本庁内でも知れ渡っているんじゃないですか？」

柏木が罪を認めたのはマスコミに発表済みなので知れ渡っていたとしても不思議はない。だが取調べを武本が行ったことやどれくらい時間が掛かったかは捜査本部しか知らないはずだ。だが増田はこれまでもどこかしらから部外秘の話を仕入れてきていた。今回も例外ではないのだろう。

「いったい、何を言ったんですか？」

目を輝かせた増田が覗き込んでくる。だが武本は答えるつもりはなかった。

「すみません、引き継ぎの準備をしたいので」とだけ言って、準備に取りかかる。

「えー、いいじゃないですか、ここだけの話なんですから、教えて下さいよお」と、さらに食い下がる増田に「言えるわけないだろ」と、冷たく福山が言う。

「他の部署ならまだしも、留置担当官が自分のところの留置人の取調べをしたなんて話が万が一でも外部に漏れようものなら、越権行為だって騒がれて、圧力による自供だって全部白紙になるかもしれないだろうが。それだけじゃない、武本さんはもちろん、へたしたら本部トップの捜査一課長、ウチの課長も降格処分になるかもしれないんだから」

その通りだ。いや、それ以上に外部に漏れてはならない秘密がある。武本は顎に力を込めて口を固く閉ざす。

「そりゃそうですけど。でも――」

福山に応えたあとに、また武本の顔を覗き込んで話しかけてきた増田が言葉を止めた。そのまま静かに立ち去っていく。武本の表情から、どれだけ尋ねても答えは得られないだろうと察したらしい。

「やっぱダメだったわ」

「あの秘密主義が話すわけがない」

増田の声はかなり落とした小声だった。だが応えた福山の声ははっきりと聞こえた。

福山が自分に好感を持っていないという意図が感じられる。日頃の言動の節々から察していた。だが今までは直接武本の耳に入らないよう本人のいる前は避けたり、あるいは聞こえないくらいの小声で話すなどの配慮はしていた。だがそれすらもう、どうでもいいとしたらしい。

福山に疎まれたところで武本には別に何の問題もない。人の好き嫌いは誰にでもある。ただ警察官として職務を全うするだけだ。だが留置担当官という仕事は、限られた空間の中で決められた時間の間、常に五十人以上の留置人を、一係五人で見守り管理しなければならない。担当官同士の連携は必須だ。

福山は気分の良し悪しを簡単に表に出す子どもじみた性格の男だ。この様子だと、この先係替えやどちらかが異動にでもならない限り、当面やりづらい勤務状況になるだろう。気が重くなった武本は溜め息を吐く。

「けどさ、そもそもなんで武本さんが取調べることになったんだろ？」

「あの変わり者の警視が売り込んだんだろう。お気に入りの武本さんを」

増田の抑えた声につづけてまた福山がはっきりと言う。今度も間違っていないだけに、武本は居心地の悪さを感じる。

「おはようさん」

挨拶しながら入ってきたのは豊本だった。室内の三名はそれぞれ挨拶を返す。

「豊本さん、もうご存じですよね？」

「何をだ？」

痛む腰を庇うためにすり足で歩く豊本に増田が駆け寄る。

「昨日、武本さんが柏木を落としたって」

「武本が？」

豊本の驚いた声に、知っていることを教えるチャンスを逃すまいとするように、増田が早口で説明し始める。

「そうなんですよ。捜査一課長直々の指名で武本さんが取調べをしたんです。それで柏木が落ちたんです」

「へぇ、それはそれは」

感心したように言う豊本に、さらに驚かせようとばかりに「それも、ものの三時間ちょっとで。それまで本庁の刑事がどれだけやっても完全黙秘していたのに」と増田がオーバーに抑揚をつけて言う。

「ほう、そりゃぁ、大したもんだ」

自分の机に着いた豊本が腰を痛めないように慎重にイスに腰を下ろし始める。慣れたもので、増田は豊本が完全にイスに座るまで待ってからまた話し始める。

「それで今後のためにも武本さんから取調べの話を教えて貰おうとしたんです。でも何も答えてくれないんですよ。豊本さんからも聞いて下さいよ」

年長者の豊本が尋ねれば武本も答えざるを得ない、そう増田は計算したらしい。だがたとえ豊本であろうと、何も答えられないことには変わりはない。だがそうした場合、ますます職場は居心地の悪いものになる。武本の気持ちがさらに沈む。

「それは出来ないな」

聞こえたのは豊本のきっぱりとした断りの言葉だった。武本は顔を上げて豊本を見る。

「福山、お前だったらどうする？」

自分が問われるとは思っていなかったのだろう、豊本に尋ねられて福山が戸惑っている。福山の答えを待たずに豊本が話し出した。

「取調内容を聞かれて、べらべら話す刑事なんていない」

「え、でも」

不満そうに増田が言い返した。

「自供後にはプレス発表もするが、それはあくまで必要最低限だけだ。詳細は明かさない」

表情や言い方こそいつもと変わらず穏やかだが、豊本の目は鋭かった。その眼差しを今度は福山に向ける。

「捜査にしろ取調べにしろ、べらべら話すような口の軽い奴は刑事にはなれない」

気圧された福山がぐっと詰まる。だがそれでも言い返した。

「取調内容を言わないのはともかく、なんで武本さんがしたかってことですよ。おかしいでしょう?」

言い終えた福山が武本に視線を移した。その目には明らかな憎しみが浮かんでいる。

「正しくはないな。けれど捜査一課長が覚悟をした上で決めたことだ。俺たちがとやかく言うことじゃない」

「でも、これが外に漏れたら」

「それは大事になるだろうな。関係者全体に何かしらの累が及ぶ。それこそお前の刑事課への異動の希望も危うくなるだろうな。何しろ警察ってのは連帯責任だし、何かあったら君子危うきに近寄らずだからな」

福山の顔色が蒼白に変わる。

「あとちょっとで定年だし、なんとか穏やかに終わりたいから、そこのところは俺からもよろしく頼むよ」

福山と増田それぞれに、片手で拝みながら豊本が言った。その目はまだ鋭い。

「嫌だなぁ、外部になんて言うわけないじゃないですか。そんなことしませんよ」

さすがにそこまでは考えてはいなかったのだろう、あわてて増田が否定した。これで話が終わるとばかり武本は思っていた。しかし福山がなおも続ける。

「でも、なんで武本さんだったんですかね？」

「何でも何も、柏木が何か変だって気づいたのが武本だったからだろう」

不思議なことなど何もないと言わんばかりに豊本が即答する。

「それですよ。そこなんです。豊本さんは柏木が何かおかしいって武本さんから聞いてましたか？」

納得がいかないとばかりに福山が声を荒らげて尋ねた。「いや」と豊本の否定を得ると、そのままの勢いで続ける。

「誰にも言わなかった。言ったのは捜査本部の以前から懇意の警視にだけ。そこから繋がっての話じゃないですか」

言い終えた福山の顔は憤りで紅潮していた。豊本はすぐには答えなかった。少し間を空けてようやく口を開いた。

「すまんが、何を怒っているのかが分からんよ」

のんびりとした口調で困ったように豊本が言う。呆気にとられたように福山が口を開けたまま静止した。

「おかしいと感じた留置人がいたら、そいつを担当している刑事に俺は話をしている。お前だってそうしてるだろ？」

「そりゃしてますけど。でも柏木は酔っ払って人を殴っただけの」

「柏木は俺も引っかかっていた。だから担当刑事には俺も話していた」

まったく知らなかっただけに武本は驚く。同じく知らなかったのだろう、増田は目を丸くし、福山は口をぽかんと開けていた。

「お前の眼力が足りていなかったってだけってことだ。おっと、急に真似して誰彼かまわず気になった留置人の話を刑事課に持ち込んだりするなよ。俺の場合は経験から話を聞いて貰えるだけだ。刑事になりたい鼻息の荒い若い留置担当官のコイツが怪しいアイツが怪しいなんて、全部取り合っている暇は刑事にはないからな」

しっかりと釘を刺してから豊本が続ける。

「ウチに本部が出来てあのお坊ちゃん警視が来て以来、武本はずっとつきまとわれていた。相手は警視様だ。まったく無視も出来ないのは仕方ない。一方的に話されてばかりってわけにもいかないだろう。それで気になる留置人がいるって口を滑らせたってとこだろう」

ちらりと豊本が武本を見る。表情としては笑っているように見えるが、その目は鋭い。全てを悟られていると武本は感じる。

「それをあのお坊ちゃまは覚えていた。だから最初からマークしていた留置担当官がいるって捜査一課長に進言したんだろうよ。何の気まぐれか、物は試しでやってみるかってなっただけの話だろう」

口を閉じた福山の顔の色が徐々に冷めてきた。

「言っていたのがお前だったら、お前に声が掛かったのかもな。けれど奴がウチに留置されてから、お前の口から奴の名前を聞いた覚えは俺にはただの一度もない。奴だけじゃない、他の留置人の誰一人もだ。お前が話していたのは、事件と捜査本部のことだけだ。そんな奴にチャンスが来るはずがない」

言い終えた豊本を見つめる福山の顔色は、肌色から青白くなりつつあった。

「とにかく、結果を出せたのは、ひとえに武本の手柄だ。よくやったな」

武本に向けられた豊本の目は、それまでと違って和らいでいた。武本は無言で一礼する。

「やる気はさておき、まだまだ地道にやっていかんとな、福山」

豊本が穏やかな声を掛ける。肩を落とした福山が、なんとか「はい」とだけ返した。

「しかし休みの日にこんな責任の重い大仕事で呼び出し喰らうなんて大変だったな。俺だったら断ってたよ」

のんびりと豊本は言うと、壁の時計に目をやった。

「おしゃべりしている場合じゃない。交替時間だ。——ここで勢いよく立っちゃダメなんだよな」

言いながら机に両手を突いてゆっくりと立ち上がり始める。その様子を見ていると豊本がこちらを見た。その目が笑っていた。武本は感謝の気持ちを込めて改めて一礼すると、ドアへと向かった。

2

窓から差し込む西日に机が照らされている。ディスプレーのケーブルはすでにパソコン本体から外されていて、あとは持ち運ばれるだけになっていた。星里花が十二月三日に新宿の捜査本部に配属になって以来一ヶ月強、ずっとこの席でディスプレーを見つめ続けていた。それもこれでおしまいだ。

前日の柏木の自供を受けて、捜査本部は縮小が決まった。人手不足から最後に投入された潮崎と宇佐見と星里花は任を解かれた。これで仰せつかったお目付役も終了だ。

「これ、運びます」と新宿署の事務官が声を掛けてディスプレーを運び去る。机の上には何もない。周囲を見渡すと、すでに机の一部も撤去され始めていた。七階のフロアの三分の一以上の面積を占めているのだから会議室は広い。だが今まではホワイトボードやコピー機、大量の机の上にはパソコンにディスプレー、それに多くの捜査員で溢れていた。だが物が運び出され捜査員も減った今、急に部屋の広さを感じる。

「無記名だから私物の立証は出来ないというのは誤りです。本部が提供していたのはゼブラ製です。庶務課の購入記録を確認すれば明白です。ですがこれはパイロット。第三者の物の可能性はぬぐえませんが、少なくとも新宿署が提供した物ではありません。ですので持ち去ることは拒否します」

宇佐見の理路整然とした説明に事務員がたじたじとなっている。以前だったら、嫌な気持ちになっていただろう。だが今は、相変わらずだなとしか思わない。

「正木」

藤原管理官の声だ。すぐさま「はい」と返事をしてホワイトボードの前に向かう。

「このまま本庁に戻るんだよな」

「はい、管理官は？」

「三田の本部を畳むのに、もう少し掛かる」

「分かりました」

一礼して立ち去ろうとする星里花に「今回は、よくやったな」と藤原管理官の声が聞こえる。お褒めの言葉に嬉しくなるが、それでも下田捜査一課長直々の命には背いただけに、手放しでは喜べない。何より、鳩羽三係長や遠藤が自分についてどう思っているのかが不安だった。潮崎の暴走を止めるどころか報告すらせずに同行したのだ。勝手なことをする奴と思われて、距離を取られたとしても仕方ない。

「面倒な役目を担わせて悪かったな」

藤原管理官に謝罪されるとは思っていなかった。

「鳩羽と遠藤には事情を説明しておいた。あの二人相手では正木には荷が重すぎる。なんで止めなかったんですか？　って、二人から責められたよ」

予想外、それも嬉しい方向の話だ。

「じゃぁ、お前達のどちらかが代わってやれば良かっただろうと言ったら、それは絶対に嫌です、ご免ですって。二人ともすごい顔で即答しやがって」

二人の様子が想像出来る。鳩羽三係長は真顔で、遠藤は顔を歪めてそう言ったに違いない。

「誤解のないように言っておく。今回のことは、正木個人に対して何かの意図があってのことではない。単純に年下の女性の部下をつけたら責任を感じて少しは行動を制限するんじゃないかと思ってのことだ」

宇佐見の読みは完全に当たっていた。やはり自分だからではなく、性別の問題だったのかと改めて分かって拍子抜けする。

「でも、誰か適任はいないかと下田捜査一課長から聞かれたときに、三係の誰よりも根性があってへこたれない彼女なら、やり通してくれますと、正木を推薦したのは俺だ」

藤原管理官の言葉に星里花は目を丸くする。

「実際、やり通してくれた。――よくやったな」

胸の奥に何かがこみ上げて来る。目に映る藤原管理官がかすみ出した。

「ただし、今後は指示を守れよ」

「はい」と言って星里花は一礼した。下を向いたときを待って、溢れ出た涙を右手でぬぐい去ってから姿勢を戻す。

「それじゃ、三田に行ってくる」

「行ってらっしゃい」と勢いよく応えて星里花は藤原管理官を送り出した。遠ざかる背を見つめていると「いやぁ、いいものを見せていただきました」と潮崎の声が聞こえた。いつの間にやら近づいて来ていたようだ。

「さすがは藤原管理官。あれぞ理想の上司。実に素晴らしい」

胸の前で腕を組み、自分の言葉に納得しているのか小さく何度も頷いている。最初は潮崎の芝居じみた言動に驚いたが、今ではもう慣れた。

「撤収してよろしいですか?」

背後から宇佐見の声が聞こえた。見ると、すでに荷物をまとめた鞄を持っている。潮崎が同意したら、今すぐ部屋を出て行きそうだ。情緒皆無の真顔で宇佐見が答えを待っている。さすがは警視庁の変人、その揺らがなさに星里花は感動すら覚える。

「その前に一つ。――いや、いいです。今回は、僕の上司としての至らなさから、お二人にはご迷惑をお掛けして申し訳ございませんでした」

言い終えると潮崎が深く頭を下げた。何かを言いかけて止めるなど、潮崎には珍しいことだ。何より、これでお別れなんて寂しいから始まり、延々喋り続けるだろうと思っていただけに星里花は驚く。しかも上げた潮崎の顔は浮かない表情をしている。昨日、柏木の取調べ直後は舞い上がっていた。だが一夜明けての今日は、ずっと表情が暗い。

その理由を考える。捜査とは無縁の従来の職場に戻りたくない。新宿署に来ないことで武本に会えなくなる。この二つくらいしか思いつかない。どうしたものかと考えていると、「どうかしましたか？」と宇佐見が尋ねた。

「えー、でもぉ」と、珍しく潮崎が渋っている。

「これで最後ですから、話を伺いましょう」

言いながら宇佐見は鞄を床の上に置く。てっきり立ち去るとばかり思っていた宇佐見がそう提案したことに星里花は驚いた。

「今回、武本先輩と取調べを一緒に担当させていただいたのですが」

武本は柏木を自供させた。その場に立ち会ったというのに、何か不満があるのだろうか？

「先輩は基本無口な方で。これまで僕といるときはほとんど喋らないというのか、ほぼ無言というのか。それが取調べだとあんなに雄弁で。いや、当然のことです。取調べなんですから。話さないと。でも、僕にはほとんど話してくれていないなぁって」

自分の眉間に皺が寄っていることに星里花は気づいた。潮崎が落ち込んでいる理由は、くだらないことだった。

――そりゃ、あなたが一方的に突拍子もない、どうでもいい話を口を挿む間もなく話し続けているからでしょうが。

なんだかんだで宇佐見と自分の二人は、丸一ヶ月は潮崎と行動を共にした。本部縮小となり、それぞれの職場に戻るように命じられた。これでもう当分はどころか、場合によっては二度と一緒に仕事をすることもないかもしれない。そんな別れの時なのに、気に掛けていたのは武本のことのみだ。怒鳴りつけてやりたいとも思ったが、呆れかえって言葉も出ない。ただ、自分が言うまでもなく、屁理屈大王が鋭い言葉を浴びせてくれるに違いない。

「話す必要がないからでは?」

宇佐見がぽそりと言い返した。さあ、来たぞと星里花は期待する。

「私も自発的に話す方ではありません。その私が話すときは、必要性があるときです。逆に言えば必要がなければ話しません。ですよね?」

確認を取るように宇佐見が訊ねる。宇佐見が長く話すときは、相手に理論を説く必要があるときだ。

「誤解のないように言っておきますが、この必要がないというのは、相手に興味がないとか、嫌いだから話したくないとかではありません。潮崎警視と武本さんの場合は、わざわざ話すまでもないというだけだと思いますね」

星里花は耳を疑った。現実や理屈を突きつけて潮崎をさらに落ち込ませるとばかり思っていたのに、宇佐見はそうせずにプラスに取れるような提言をしている。

「それって、話さなくても通じ合っているということですか？」

「ということになりますかね」

さらに良い方向に勝手に解釈した潮崎を、宇佐見は否定しなかった。

「そうか、そうですよね。うん、そうに違いない。いやぁ、ありがとう宇佐見君！」

潮崎が宇佐見の手を握って上下に大きく振っている。宇佐見は嫌な顔もせずにされるがままになっていた。信じられない思いで、星里花はその様子を見つめる。

「お引き留めしてしまって申し訳ないです。お二人とも、それぞれの職場に戻らないと。本当に色々とありがとうございました」

手を離した潮崎が二人にまた深々と頭を下げる。

「それでは、これにて」

姿勢を戻した潮崎は二人に手を振ると、早足で歩き出した。

「あれって」

「武本さんのところに行くんでしょうね」

こんなにあっさりした別れになるとは思っていなかっただけに、星里花は鼻白む。

だが何より宇佐見の言葉に驚いていた。

「なんか、ずいぶんと警視に優しくありません？」

「時間が掛かりましたが、ようやくあの人の扱い方が分かったので実践したまでです」

「扱い方ですか？」

「機嫌を良くしておく方が楽」

宇佐見が遠ざかる潮崎の背を見ながらぴしゃりと言いきった。わずかなニュアンスだが、それが本当に嫌なものを斬り捨てるように言っているのではないと星里花は見抜く。これでこの変人との共同作業もおしまいだ。

「色々とありがとうございました」

星里花は宇佐見に謝辞を伝える。

「ひとまずありがとうございました。あなたとはまたご一緒する機会もあると思いますので、いずれまた」

宇佐見がぺこりと頭を下げた。この奇妙な動きを間近で見る機会もなくなると思うと、どこか寂しさすら感じる。姿勢を戻した宇佐見が「クリーニング」と一言言う。

「は？」

「おせんべいをポケットに入れたスーツは、もうクリーニングに出しましたか？」

尋ねる宇佐見は真顔だ。

あれから何日過ぎていると思っているのだ。もちろん出したに決まっている。

「出しましたっ」

語気荒く言い返す。それで終わりかと思いきや、「鼻息が荒いです」とさらに言われた。

「また嫌ごと言うっ！」

堪らず星里花は言い返した。そのとき潮崎の声が聞こえる。

「お二人とも、また本庁でお会いしましょう！　仕事的に僕の方が時間に余裕があるので、折を見てお二人のところにお伺いしますのでよろしくお願いしま～す」

ドアから顔だけ出した潮崎は、言い終えるとそのまま消えた。

言葉通りに取るのなら、また本庁内で潮崎と顔を突き合わせることになる。いや、潮崎のことだ。明日にでもやってくるに違いない。

「これって」

来たるべき未来を予想したとたん、背筋がぞくっとする。

「正木さんは外勤が多いからまだマシです。私は内勤ですよ」

遠い目をして言う宇佐見に、星里花は本気で同情した。

3

第一当番の勤務を終え、武本はいつものように階段へと向かう。予想通り、階段の踊り場に潮崎がいた。ただ今日は潮崎一人で正木巡査の姿はない。

「お疲れ様で～す」

見上げる顔には明らかに累積された疲労が見える。だが表情は明るい。武本が踊り場に着くのを待ってから、潮崎が口を開く。

「本部縮小につき、撤収を命じられました。今日、片付け終えたら本庁に戻ります。なので明日からは、もうこちらには伺いません」

「お疲れ様でした」

一礼して武本は言う。

「なんだかんだで、また伝説を作っちゃいましたね」

どこか嬉しそうに潮崎が言う。悪評の間違いではないかと思ったが、武本は無言で受け流した。

「もっとも今回は二人でじゃなく、四人でですけれど」

正木と宇佐見の二名を巻き込んでしまったことには、武本は申し訳なく思っていた。

「心配はいりません。二人には何のお咎めもなしです。二人ともペナルティなしで従来の配属に戻ります。正木さんは僕のお目付役という上からの指示を少々無視はしましたが、防犯カメラの映像の中から偽造ナンバーの白いハイエースをみつけたのは彼女です。その功績で帳消しになりました。宇佐見君は」

潮崎はこほんと咳払いすると、目を細めて唇だけを動かすように早口で話し出す。

「犯罪捜査に私の能力が活かせる場所ならばどこだろうと構いません。ですが、活かせないところに行けというのなら退職させていただきます。辞めたところで会計士の資格を失いはしないので、生活には困りませんので」

明らかに宇佐見を模していた。実際、武本の印象としてかなり似ている。

「こう言われてはね。何しろ失うには惜しい人材ですから」

二人に累が及ばなかったことに、武本は心底安堵した。二人に謝罪を伝えて欲しいと言おうとして、潮崎が会いに行く理由を作ってはならないと気づき思い止まる。これ以上、あの二人に迷惑を掛けてはならない。それよりも潮崎に伝えなくてはならないことがある。

「申し訳ございませんでした」

人目のある署内で詳細は話すことは出来ない。潮崎ならば察してくれるだろうと信じて武本は深く頭を下げた。

「嫌だなぁ、頭を上げて下さい。それにしても、宇佐見君はさすがだなぁ」

取りなした直後、潮崎は宇佐見に感心しだした。

「僕と先輩は話さなくても通じている。そう言ってくれたんです。今、まさに体感しました。嬉しいなぁ」

ひとしきり喜ぶと潮崎は先を続ける。

「正直に言うと、今回、僕を頼ってくれたことが本当に嬉しかったんです。だからこれからもどうぞって言いたいところなのですが、先輩のお人柄からするに、二度とはない」

「はい」と武本は同意する。言われるまでもなく、二度はないと心に誓っていた。

「そこはなんとかお気持ちを変えていただけないですか？　だって、ほら、だからこそ犯人を逮捕出来たわけですし」

潮崎は武本の耳元に伸び上がると、ひそひそと囁いた。潮崎らしいとは思うが、さすがにこれには同意は出来ない。

「出来ません」と、はっきりと断る。

「ですよねぇ。そこが先輩の良いところというのか、だからこそ尊敬しているのですが、でもこれだけはなんとか」

なおも潮崎が粘ってくる。「それでは」と一礼して武本は階段を下りようとする。

だが潮崎がまた話しかけてきた。

「柏木の自供内容を知ったら、磯山と牧原の二人は供述を変えると思いますか？」

芝浦と新宿の事件のすべてに関与した、自分こそが主犯だと柏木は自供した。だが吉井殺害の実行犯だという証拠はない。あるのは本人の自供のみだ。

磯山と牧原の二人は、自分たちが重荷を背負うと決めていた。待ち受ける未来を覚悟のうえでの自首であり自供内容だ。ならば二人は供述を変えないかもしれない。

——その場合、柏木の罪状はどうなるのだろうか？

その後の進展について武本は考え始めたが、すぐに止めた。考えたところで答えは出ないと気づいたからだ。

「分かりません。ですが、柏木の罪は立証されると信じています」

この先は携わる警察官それぞれの職務だ。自分が己れの職務を全うするように、誰しもがそうすると武本は信じていた。

「ですよね！　ええ、そうです。必ず立証されますよね、僕も信じています。いやもう、やっぱり先輩は素晴らしい！」

感極まったのか、潮崎は天を仰ぎ、拳にした両手を肩まで上げた状態で立っている。相変わらず変わった人だと武本は思う。だがこれこそが潮崎であり、それが悪いとも武本は思っていない。同じポーズで立ちつくしている潮崎をそのままに、武本は階段を下り始めた。

「あ、そうだ。最後に一つだけ。どうしても先輩にお尋ねしたいことがあるんです」

仕方なく武本は立ち止まる。

「今回の事件について、どう思われてます？」

答えを待つ潮崎の表情は真剣だった。どう答えていいのか考える。いろいろな言葉が頭に浮かんだが、どれも適切ではないように思う。やがてひとつの言葉が浮かんだ。

「やりきれないです」

他に言うべき言葉はみつからなかった。

参考資料

『前科おじさん』高野政所・著（スモール出版）
『冲方丁のこち留』冲方丁・著（集英社インターナショナル）
※右記以外にも、新聞記事、インターネットで閲覧できる論文や電子化されたテキストを参考にしました。

本書は二〇一八年一一月に小社より刊行された
単行本の文庫版です。

双葉文庫

た-35-11

ゆえに、警官《けいかん》は見護《みつめ》る

2022年10月16日　第1刷発行

【著者】

日明恩《たちもりめぐみ》

【発行者】

箕浦克史

【発行所】

株式会社双葉社

〒162-8540 東京都新宿区東五軒町3番28号

［電話］03-5261-4818(営業部)　03-5261-4831(編集部)

www.futabasha.co.jp（双葉社の書籍・コミックが買えます）

【印刷所】

大日本印刷株式会社

【製本所】

大日本印刷株式会社

【カバー印刷】

株式会社久栄社

【DTP】

株式会社ビーワークス

【フォーマット・デザイン】

日下潤一

ISBN978-4-575-52611-0 C0193

Printed in Japan